ちくま文庫

箱根山

獅子文六

筑摩書房

目次

箱根山……9
『箱根山』を降りて……420
箱根山のケンカ……423
解説　大森洋平……425

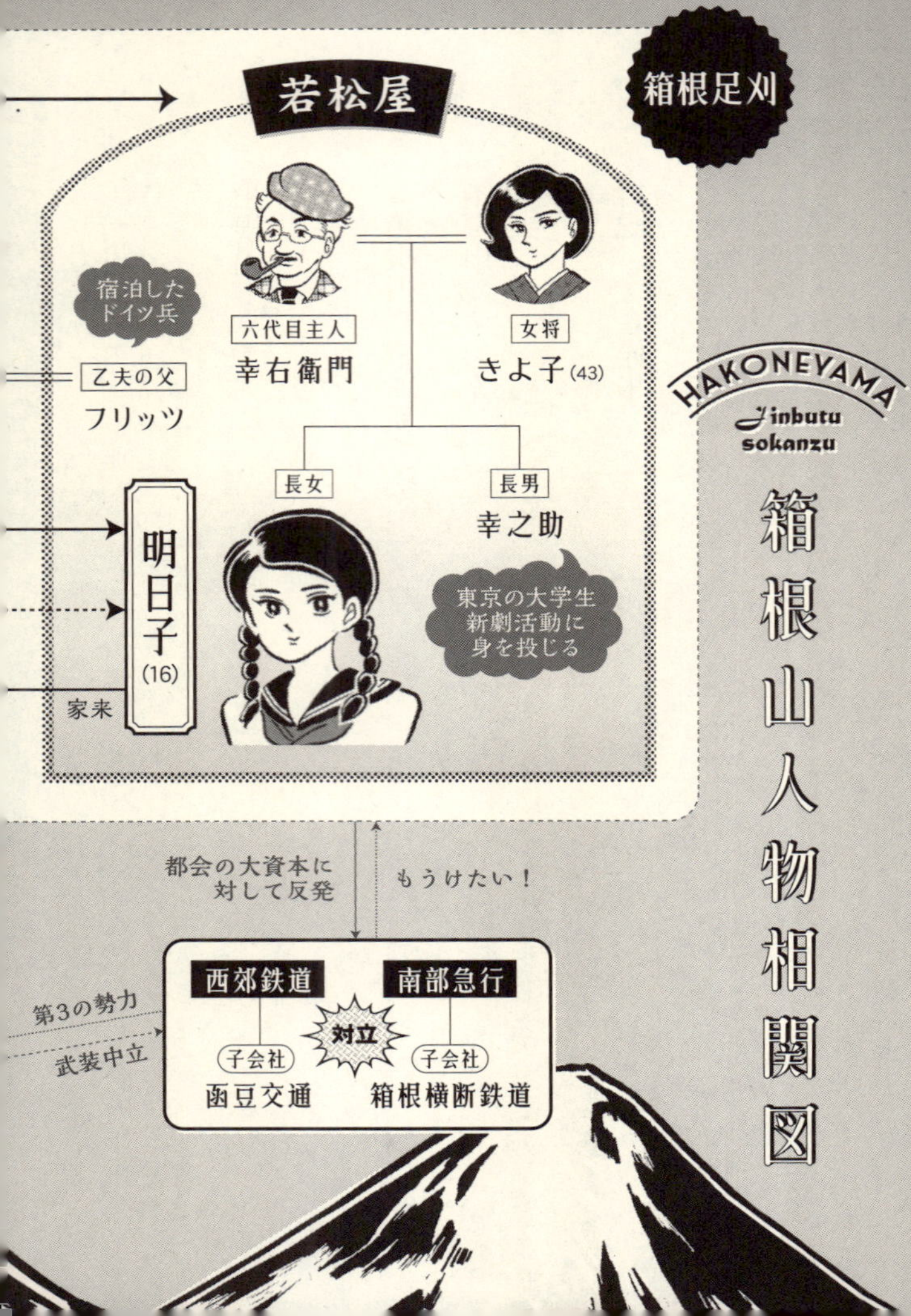
箱根山人物相関図
HAKONEYAMA
Jinbutu sokanzu
箱根足刈
若松屋
六代目主人
幸右衛門
女将
きよ子(43)
宿泊したドイツ兵
乙夫の父
フリッツ
長女
長男
幸之助
東京の大学生 新劇活動に身を投じる
明日子(16)
家来
都会の大資本に対して反発
もうけたい！
西郊鉄道
南部急行
対立
子会社
函豆交通
子会社
箱根横断鉄道
第3の勢力
武装中立

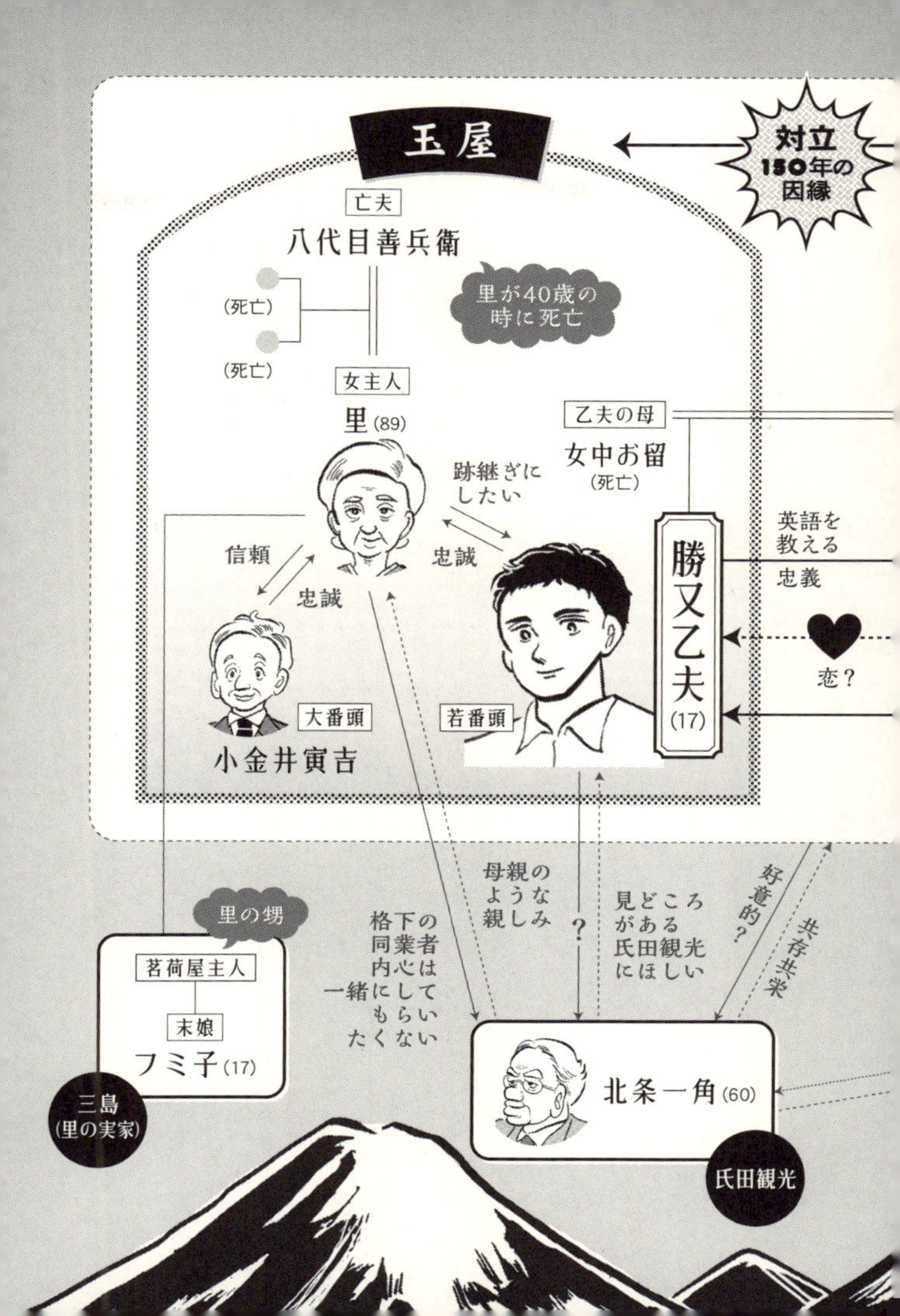

玉屋
対立
150年の
因縁
亡夫
八代目善兵衛
(死亡)
(死亡)
里が40歳の
時に死亡
女主人
里(89)
乙夫の母
女中お留
(死亡)
跡継ぎに
したい
忠誠
信頼
忠誠
英語を
教える
忠義
恋？
勝又乙夫
(17)
若番頭
大番頭
小金井寅吉
母親の
ような
親しみ
格下の
同業者
内心は
一緒にして
もらい
たくない
？
見どころ
がある
氏田観光
にほしい
好意的？
共存共栄
里の甥
茗荷屋主人
末娘
フミ子(17)
三島
(里の実家)
北条一角(60)
氏田観光

「箱根山」

獅子文六

聴聞会

昭和三十五年の七月九日は、土用の油照りが、早めにきたような天候で、東京駅前の運輸省の建物も、午前十時というのに、汗だらけになったような、鈍《にぶ》い反射を見せていた。

運輸省の建物といっても、ほんとは、国鉄本社の四階から上を、借りてるので、その国鉄の従業員が、娯楽や勉強の目的で、映画を見るホールが、八階にある。映画会社の試写室の倍ぐらいの広さがあるが、汚いことにかけても、倍ぐらいで、建てはじめは、立派だったのだろうが、何しろ、日本の官公吏は、建物を汚す名人だから、仕方がない。

その映写室に、ギッシリ人が詰っている。正面のスクリンは、エビ茶の幕でかくされているが、その前に、運輸大臣以下、次官や局長が、ズラリと、腰かけている。運輸大臣は、アゴひげを三角に刈り、ロイドめがねをかけた、小肥りの男で、ちょっとフランスの警察署長さんといったような風采である。

大臣たちと向い合わせた、映画を見るための固定イスが、通路を境にして、両側に横ジマを描いているが、その前列の右と左に、東日本の交通と観光の二大資本に属する人物——西郊鉄道の会長篤川安之丞《とくがわやすのじょう》や、南部急行社長の近藤杉八がデンと坐っている。両側に分れて坐っても、通路の幅は狭いし、同業者のことであるから、世間話でも始めるかと思ったら、双方とも、首筋にネブトでも出たように、ソッポを向いて、一言も口をきかない。場内は、ひどく蒸し暑いので、冷やしタオルや、冷やしムギ湯なぞを、女子事務員が、エラガタのところへ、配って歩くが、べつに、運輸省のサービスというわけではなく、各々、自社のB・G諸嬢を、出動させているので、従って、他所さまのところへは、頼まれても、持っていかない。

イスを占める人数の大部分は、両社の社員であり、たとえ係長、平社員といえども、今日は、選り抜きを連れてきたらしく、何か書類を持って、幹部の席に耳打ちにいく態度も、キビキビと、抜目がない。その中に、体格も抜群の数名が、目立つのは、義勇、社に報ずる場合に、備えてるのであろうか。

何しろ、暑い。南側の窓は、全部開け放してあるが、風のない日で、いたずらに、東京駅広場の喧騒を、運ぶだけである。各所に立てた氷柱も、見る間に、細っていく。運輸大臣が上着を脱がないからといって、誰も義理立てはできない。ほとんど全部が、白いワイシャツ姿になってる。ただ、両社の親玉は、我慢会に出席したように、威儀をくずさず、白扇を動かしている。その隣りに坐った子会社の社長や専務も、汗を流しながらも、それにならってる。〝西郊〟側の子会社、函豆《かんず》交通の大浜社長、南急側の子会社、箱根横断鉄道の千葉社長の両人であるが、今日の聴聞会が開かれたのも、当面の理由は、二つの子会社の係争にあったのだから、暑さぐらいは、我慢しなければならない。

開会は、午前十時。そして、壁の電気時計も、ほどなく、十時をさすので、場内の緊張は、扇を動かす手つきにも、現われた。ドアの外は廊下で、場内整理のための入場券を渡し、山と積まれた両社それぞれの宣伝資料をもらって、映写室へはいってくる人々の靴音も、次第に、まばらになってきた。

——そろそろ、始めるか。

そんな風な顔つきで、運輸大臣は、隣席の自動車道課長に、私語した。

その態度には、自信と焦躁が、半分々々で、同居していた。この大臣は、個人タクシー増車を認めて、ちょっと、世評を博したので、今度は、十年間ももみ抜いてる、箱根問題を解決してやろうかと、色気を出したという噂もあった。今日の聴聞会も、両社の首脳者を呼んで、いいたいことをいわせ、それを、自分が明快な断を下すための段取りにしようと、考えていたのではないか。どうせ、両社のいい分は、今までに、かね太鼓で、放送されつくしてるので、ここで聞かなくても、わかってる。また、自分が下す結論も、大体、腹のうちにできてる。だから、開会にあたっても、もっと悠然として、三角ヒゲをなでたり、突き出した腹を叩いたりして見せたいのだが、困ったことに、この数日来、政情が急に緊迫してきた。ことによると、内閣は瓦解するかも知れない。そうなると、箱根問題の解決どころではない。そして、せっかく開いた今日の聴聞会も、無意味になってしまう。一体、この聴聞会というのは、公聴会と文字からしてちがい、大臣の特命によって、招集したもので、できれば、この機会を生かしたい。そして、時間的に怪しくなった任期中に、何とかして、手を打てれば、十年来の難問題を解決した、近来の名運輸相と、語り草に残るのだが——

そんな慾と焦躁があった上に、場内の熱気と殺気が、誰の顔をも赤くしてるうちにも、彼の円い頬と円い鼻が、特別目立った。背後のカーテンに、箱根交通図を描いた大きな紙片が、ブラ下っているが、その赤インクの色と、敗けないほどだった。そこへいくと、正面の右に置かれた、故下山総裁の青い胸像は、冷静だった。渦中に巻き込まれると、ロクなことはないぞ、といってるように——

電気時計は、十時をさした。

今度は政務次官が、大臣に私語を始めた。なかなか長い私語であって、大臣は体を斜めにして、うなずいているが、やっと、最後に、大きくうなずくまでに、五分間かかった。

十時五分。そして、司会の自動車道課長が、イスから立ち上った。

「大へん、お待たせいたしました。ただ今から、箱根地区における、自動車事業限定免許申請に関する聴聞会を、開きます」

といって、お辞儀をした。急に、場内がシンとして、急設した小さな扇風機の音が、聞えるほどだった。誰かが、エヘンと、大きなセキばらいをした。

大臣が、立ち上った。案外、背が低かった。

「わたしは司会者として、主管大臣として、一言、ごあいさつ申しあげます。エー、この箱根地区の自動車道の問題は、多年にわたって、紛争しとりまして……」

弁護士出身だけあって、彼の声の調子も、言葉の歯切れも、悪くなかった。そして、今日は運輸省側の意見は、出さないが、両社の責任者は、時間もあることだから充分に主張をのべてもらいたい。ただ、あくまで、大臣の統制のもとに、大臣の了解を得て、両者の間に、質問を交わすようにしてもらいたい――と、最初に釘を打ったのは、混乱を予想したからだろう。

「それでは、冒頭陳述に、三十分程度ずつ、お話を承りたい。それについては、限定免許の申請者である、函豆交通の方から、最初に……」

大臣が着席すると、会社側席の二列目から、茶色のセビロ、坊主刈りの頭、ガッシリした体格の老人が、いやにゆっくりと、腰をあげた。

「おや、篤川が、ハナから出るのかい」

記者席から、ササヤキが聞えた。

有名な、篤川安之丞である。大変な地所持ちで、道路と、電車と、バスと、百貨店と、ホテルの経営者で、代議士で、柔道が三段で、下院議長の前歴があって、大交通資本の西郊鉄道のワン・マンであって――とにかく、すごく、勢力のある男である。もっとも名義上、〝西郊〟の社長は、子分にやらせ、自分は会長の地位に退いているから、今日、自ら陣頭に立つのは、おかしいともいえる。そして、今、大臣から呼びかけられた函豆交通は〝西郊〟の子会社であり、彼が立ち上っては、子供のケンカに親が出るようなものだが、それを、たれもあやしまないところに、箱根問題の姿があった。

箱根問題は〝西郊〟と〝関急〟（関東急行）の争いと、世間は見てる。それよりも、篤川と木下の争いと、見てる。一年前に死んだ〝関急〟の木下東吉――これも、大交通資本家で、大臣を勤めたこともあるが、どういう星の生まれ合わせか、二人は、犬と猿どころではない、大規模なツカミアイを、長い間、続けてきた。箱根ばかりではない、軽井沢でも、伊豆でも、景色のいいところでは、きっと、二人がもみ合うのである。もっとも、木下の方では、篤川などは相手にしないといってるが、彼の影法師が地面に映ってるのを、消すわけにはいかない。性格からいっても、木下は陽性で、アケッパナシ。篤川の方は、すべて、その逆。経営も、篤川は、篤川一家というような、人情的な結合で行こうとするのに、木下の方は、適材適所の合理的な組織で、臨もうとする。木下は、芸妓や、骨董を買うことが好きだが、篤川は、宴会ぎらいで、何かというと、世のため、人のためというのが、口癖だった。

何から何まで、性質のちがう二人だったが、一方の木下がポックリ死んだから、ケンカも収まるかと思ったら、そうはいかない。息子の英一を守って、木下の残した組織が、ひどく強固だった。事業と共に、ケンカも引き継がれ、その強力なる遺臣の面々は、映画部門の大河原を除き、全部、ここに出席してるのである。

マイクを前にして、篤川安之丞の声は、座談調であるが、シンが強く、ネバリも強く、

「本日は、大臣が従来なかった、異例の聴聞会というものを、開かれまして……」

と、運輸大臣の方に、会釈を送ったが、腹の中では、この大臣なんかより、自分の方が、政治家の席が上だと思っているかも知れない。

「……普通なら、路線を許可するとか、せんとかいうのが、事案になるのでありますが、これは、路線の問題ではありません。乗っ取りであります。専用道路の乗っ取りであります。いいな、単なる路線の乗っ取りではなくて、会社の乗っ取りであることを、私は確信いたします……」

最初から、彼は、強い言辞を、ブッつけた。そして、〝乗っ取り〟という語を、四度も用いているのは、〝関急〟側に対するアテツケである。関急の故木下東吉が、会社乗っ取りの覇王という世評があり、東吉ではなくて盗吉だと、異名もあるのを、篤川は、におわせてるわけなのである。まだ、今日の席では、口を慎んでる方で、雑誌のインタビューなどの時は、明らかに、強盗という言葉を用いて、木下を罵る。その木下が死んでも、息子の英一が方針を変えないから、世襲強盗だと、きめつけたりする。

しかし、〝強盗〟とにおわされても、〝関急〟側の席に坐ってる近藤とか、千葉とかいう木下の重臣たちが、〝何をいっとるか〟という顔で、眉も動かさないのは、度量海のごとしというわけでもなかった。この両社は、事あるごとに、言論でも、宣伝パンフレットでも、互いに、悪罵の限りをつくしてるので、神経が太くなって、におわせ言葉ぐらいでは、ピンとこないのである。

篤川は、冒頭陳述は三十分ぐらいという指定を、倍近くかかって、シャベり続けた。彼は、論理的な説得力が得意ではなく、結論を先きにいうかと思うと、証拠事実というのを持ち出して、細部描写を長々とやってみたり、話術をもって、聴者の人情や常識を動かそうとする行き方である。

今日も、自分が四十年も昔に、いかに苦心して、箱根開発をやったかということを、感傷的に訴え、木下君なぞは、途中から箱根へ乗り込んできたので、その証拠には、ここに、木下自筆の手紙を持参していると、それを読み上げた。そして、途中から入り込んで、函豆交通の乗っ取りを計ったという断定へ、持って行った。

やがて、関急側の席にいる箱根横断鉄道の親会社、南部急行社長の近藤杉八の方に、目をやりながら、

「ご出席の近藤君は、故木下君の弟子ということでありますが、乗っ取りにかけては、出藍の誉れだと、世間ではいってる。その近藤君と、木下英一君の二人に、シツコクやられて、私は、もう、たまったもんではありません。そして、逆に、私の方の函豆交通が、箱根の交通を、全部、独占しとるがごときことをおっしゃる。冗談ではない。わが社の車が、単独で走ってるのは、わずか三十三キロ。それも血の出るような金をかけてつくった、わが社の専有道路の上をですよ……」

篤川安之丞は、なおも、千言万語を費して、〝横断〟側をきめつけ、

「近藤君において、ご反問があるならば、何なりとお答えいたします」

と、胸を張ると、盛んな拍手が起った。といっても、通路の左側の自社席だけであって、右側は、知らん顔。その他、万事、日本の国会を、お手本にしてる様子が見える。

篤川の腹の中は、敵の主将〝南急〟の近藤社長を、早く引っぱり出したかったのだろうが、相手もさる者で、ヒラリと体をかわし、箱根横断鉄道の千葉社長を、打席に送った。箱根の問題は、箱根の出先きの責任者が、最初に立つべきで、親分を先頭に出す相手側のような、血迷ったマネはせんぞと、いうところなのだろう。

その千葉社長は、蝶ネクタイを、キチンと結んだ紳士で、態度も、もの静かだった。そし

て、篤川の陳述に真っ向から反論を加えるというよりも、問題の経過や見解を、ジュンジュンと説いて、後で立つ南急の近藤社長のために、地ならしをして置く作戦らしかった。とはいっても、要所へくれば、抜からずに、チクリとやるから、ムシロ、人の悪い弁舌ともいえた。

「……われわれは、一般自動車道に、金を払わずに乗り入れたいと、申すのではございませんので、つまり、強盗ではない点を、ご了承ねがいたいのであります。そういうことをおっしゃるのは、道路の所有権と道路の管理権とを、混同したところの詭弁ではないかと……」

なぞと、針を用いるから、相手は、黙っていない。

「何をいうか」

「詭弁とは、何だ」

と、国会並みの怒号が起こる。

「大臣、ちょっと、質問したいことがある……」

篤川が、また、立ち上った。

そして、彼の所有する専用道路の歴史と権利について、トウトウと述べ始めた。しかし、その主張は、パンフレットその他で、誰も知ってるので、耳新しいことはなかったが、彼はきわめて強力な刺戟剤を用意した。相手側の忘恩を罵る材料として、彼は、先年、自分が南急株の買占めをやった時のことを、持ち出した。その買占めで、南急側は大いに困ったが、時の運輸大臣の仲裁があって、篤川は株を返した。その時、近藤や千葉は、どれほど喜んだか――

「近藤君のごときは、ここに出席しとる私の息子の貞二や、函豆交通専務の大浜君を抱いて、口や頬に、キッスをされたではないか」

これには、満場が、ドッと、湧いた。暑さにウダってる記者席には、いい眠気ざましだった。

「その両君、ちょっと、立ち給え……」

篤川は、自席に近い二人を、立ち上らせた。二人とも、何の目的かと、照れた顔をしてるのを指さして、

「ご覧のとおり、キッスをして貰うほど、美青年でもありません。しかるに、それほど感謝して置きながら、すぐ恩を忘れて、強盗を働くとは……」

キス事件がもち出されてから場内の雲行きが、だんだん険しくなって、他人の陳述中に発言を求める声や、ヤジや、罵声が飛び交うので、

「静かにしなさい」

と、運輸大臣が、肉づきのよい手をあげたが、いっこう、効果がなかった。

何といっても、〝西郊側〟は、血の気が多いようで、篤川に次いで立った大浜函豆社長なぞも、〝南急〟の重役がヤジったといって、まっ赤になり、

「黙れ！　下ッパが騒ぐなら、よろしい。いやしくも常務取締役たるものが、なんだ。もっと、落ちつけ。いいか」

と、マイク不要の大声を発した。いい年をしたオヤジ連が、そんなに昂奮しなくてもと思われるが、そこが宿怨のおそろしさであり、また、国会の影響力の強さでもある。

しかし、大臣の指令によって、やっと立ち上った南急社長の近藤杉八——この人は、また、ひどく冷静だった。

「それでは、株のお話が出ましたので、私からご説明申しあげます……」

声は低いが、よく通るのは、小唄でもやってるのか。七三にわけた髪も、まだ黒く、男振りも苦み走って、芸妓にモテそうだが、女に血道をあげるヒマも、情熱も持ち合わせないといった、秀才タイプである。いうことだって、激しい言葉は、一切使わず、調子もはらず、慎重に、理づめに、いつか自分に有利な方へ、結論を持っていくという風である。そういう彼が、感きわまって、同性にキスしたというのは、腑に落ちないが、あるいは何かの演出だったかも知れない。とにかく、両社とも、冷戦と熱戦の限りをつくしているので、勝つためには、どんな方法も辞さないのである。一見、冷静に見える近藤も、闘志の点では、篤川側に一歩もゆずらなかった。

ただ、ブルドッグと土佐犬のケンカにしても、かみつき具合は、おのずから差異があるので、そこに、社風が現われている。〝関急〟〝南急〟の幹部は、東大出身が多く、近藤もその一人である。〝西郊〟と〝函豆〟には、早稲田系が集まってる。関急側には、運輸官僚の古手が入ってるが、西郊側は、大浜のような箱根育ちの野武士がいる。一方がワン・マン一家の団結を誇っていれば、もう一方は、緊密な組織の力で対抗する。そもそもケンカの発頭人の故木下と篤川が、性格からしてガラリとちがうので、箱根の山でめぐりあわなくても、争いは起こるのである。いわば、両社の関係は、三原と水原というよりも、米ソの対立に近いものであって、運輸大臣が聴聞会を開いたぐらいで、収まるどころか、むしろ、火に油を注ぐ結果が予想された。

果して、近藤の陳述が、一まず終ると、また篤川が立ち上った。

「ただ今の近藤さんのお話、まことに、聞いてると、ホロリとさせますが……」

と茶化し出した。この暑さに、これでは、キリがなさそうである。

どうも、筆者は、重大な失敗をやったらしい。箱根問題をわかって貰うためには、聴聞会の速記録をそのまま載せるに限ると、思っていた。問題の由来も、係争点も、両社の主張も、そしてまた、両社の性格や戦術の相違も、おのずから、事実が語ってくれると、思っていた。その上、速記が忠実に示す聴聞会の経過は、読物として、すばらしいのである。日本の大会社の首脳といわれる人物たちは、こんなに無邪気に、こんなに面白く、暑い一日を、朝から夕まで、舌戦《ぜっせん》で送ったということがわかって、ヘタな小説よりも、読者を満足させると、思っていた。

そこまでは、少しも、まちがっていなかったのだが、速記録の分量を、とんと、忘れていた。何しろ、弁舌にすぐれた人々が、一日がかりで、シャベり合ったので、速記の方も、活字にして、大判雑誌一冊の分量が、タップリある。それを、全部載せるとなると、新聞連載にして、二百回以上に達することに、気がついた。それでは、新聞社が顔をシカめるであろう。ほんとに、惜しいもんだが、その企画は、中止せざるをえない。しかし、箱根問題とは、どういうものだか、なぜ、二つの大きな会社が、目の色を変えてケンカするのか、これは概略だけでも、書く必要があるだろう。

概略といっても話は大変こみいっているし、時間的にも、主力戦になってから十余年、緒《ちょ》戦《せん》にさかのぼると、何十年も前ということになって、書く方の身になると、ずいぶん面倒くさいのである。

そこで、概略のまた概略ということにして、昭和二十四年から始めると、この年に、駕川側の函豆交通が、箱根—小田原間のバスの運転免許を貰った。ところが、この国道を走る路線は、戦前から、木下側の箱根横断鉄道が、一社でバスを動かしていたので、商売敵の出現を、黙視できない。といって、戦後、道路運送法ができて、公道の独占運転が許されなくなったのだから、仕方がない。そこで、ケンカ的競争が始まった。

小田原駅前は、両社の客引きアナウンスで、大変なことになった。両方とも、声のいいお嬢さんを雇って、自社のバスへお乗り下さいと、マイクで宣伝するのだが、しまいには、相手のアナウンスを妨害するのが目的となって、ガーガーと、どなり合ったので、ウグイス嬢がカケスのような声になって、縁談にさしつかえたという話も、残っている。

騒々しいのは、まだ我慢するとして、両社のバスが、あの曲折の多い、急坂の国道を、競走し始めたのだから、危険この上もない。そのわりに、事故が起きなかったのは、日本人の運転技術の優秀さであろうが、相手に抜かれないためには、一人や二人の下車客があったって、停留場をノン・ストップ。どうしても、停めなければならぬ場合だって、意地悪く、往来のまん中に停車して、後からくる相手の車に、トオセンボウをする。

そんな騒ぎが起こるのも、敵の割り込みがモトで、今度は、こっちが割り込みをする番だと、〝横断〟バスの方では、早雲山―湖尻線の申請をやった。

箱根横断鉄道は、その名の示すごとく、親会社の南急電車で、湯本まで来た客を、登山軌道で強羅《ごうら》へ運び、それから一直線に、ケーブルで早雲山まで、引っぱり揚げるのだが、揚げっぱなしでは、しかたがない。芦ノ湖まで持ってって、自社系の汽船に乗せて、箱根町なり、元箱根なりへ運ばなければ、一貫作業にならない。ところが、早雲山―湖尻間は、〝函豆〟のバスが、自社の専用道路を走ってる。その路線に割り込むほかに、道がない。

その乗り入れ免許申請をやったのは、相手がお面へ切り込んできたから、胴をねらうという戦法だろう。これで、箱根問題が点火した。〝函豆〟側では、わが社の専用道路へ乗り入れるなんて、とんでもないと反対するし、〝横断〟側は、金を払って有料道路を通行するのを、拒む理由はないと、もみ合った。わが社が築いた道路は、わが社の私有財産だと、一方はいうし、片一方は、道路の公共性を主張し、それぞれ、学者を頼んで、法的な解釈を求めたが、学者も頼まれた方にギリを立てないまでも、どっちにも理窟の立つ、微妙な問題なのである。

そのケンカを、運輸省が仲裁に入って、横断側に免許を下すのでなく、年ぎめ契約の乗り入れ協定で、〝横断〟のバスが走るようになった。しかし、いろいろ小ぜり合いがあって、横断バスが運転中止をしたのを、函豆側が契約違反で訴えるというような、不思議な事態も生じたが、そのうちに、ドカンと、大きな爆発が起きた。

芦ノ湖を渡る汽船の問題なのである。箱根へ来れば、誰だって、湖が見たくなる。船で湖を渡りたくなる。その汽船は、両社とも、航路を持っているのだが、同じく湖上縦断をたのしむなら、大型で、スマートな新造船に乗りたくなるのが、人情である。それまでは、函豆側の汽船の方が立派だったが、横断側が、突然、すばらしい大型船を浮かべてしまった。

これで、大ゲンカとなったのである。函豆側は、協定違反と航行危険を理由として、船舶建造認可取消しの行政訴訟を起した。しかし、時の内閣は、篤川よりも木下を可愛がったという説もあり、認可があったのだから、船は平気で就航した。何しろ、篤川も木下も、彼ら自身が政治的な有力者である上に、それぞれ、保守党の大ボスとつながっている。篤川は、大磯の元老や麦飯大臣と具合がいいというし、木下の方は、政党出身の甲野や大原と有無通じる上に、運輸官僚を握ってるというし、資本のバックも、それぞれ一流の金融機関が控えていて、日本の大勢力をかたちづくっている。これが、箱根山の局地地震ですめばいいのだが、なにぶん二人が大物なので、東京へ響く大震動となって、歴代の運輸大臣を、

「あの問題だけは、手がつけられん……」

と、嘆かせるに至った。

バスのケンカが、船のケンカとなり、さらにケンカが上陸して、早雲山―湖尻の自動車道路へもどってきた――話だけでも、ヤヤコしい。概略だけでもこのとおりで、御用とお急ぎのない方に、聞いていただくほかない。

とにかく、函豆側は船の仇を討つために、道路に遮断機を設け、横断バスの通行を、実力でとめてしまった。同時に、通行禁止仮処分の申請を、裁判所にもち出すと、一方も、通行妨害禁止仮処分の申請で対抗した。

勿論、裁判の結果を、ノンベンダラリと待ってるような、連中ではない。〝横断〟側は、早雲山から湖尻まで、空中を旅客運搬するロープ・ウェイの工事を始めた。函豆側は、従来の路線を確保するために、限定免許の申請を行った。それが認可されれば、永久に、その路線から、〝横断〟の車を法的にも追い出すことができる。そればかりか、篤川安之丞は、南急株の買占めという奇手を用いて、相手を困らせた。株の買占めは、木下東吉の家の芸であったが、敵の戦法で敵を悩ましたのだから、篤川も知将である。この時も、運輸大臣が仲裁に入って、株は南急側へ返されたが、聴聞会の場内を湧かした、キス事件というのは、それに関連しているのである。

そんな揉み合いの間に、木下東吉が死んでしまったが、箱根に関係ある〝南急〟や〝横断〟は、ビクともしなかった。いつか、南急社長の近藤杉八が、大物に成長していたからである。見たところは、温厚そうだが、頭がよくて、シンが強くて、抜目がない。死んだ木下東吉は、盗吉といわれながら、豪放で、愛嬌があって、時にはスキも見せるが、近藤に至っては、いつも、ピタリと、正眼の構えで、殺気を帯びている。しかも、どんな場合でも、いやに冷静で、根気がいい。

根気といえば、篤川安之丞も、その方では評判の男で、箱根山上のある地所を手に入れるのに、三十何年も待ったという語り草をのこしている。どうしても売らないといった所有者が、死ぬまで待ったのである。

ところで、近藤杉八の根気のいい例証は、ある交通雑誌の記者が、箱根問題について、談話をとりにいった時に、この問題は、容易にかたづかない長期戦であると、前置きしてから、

「私は、木下さんや、篤川さんのマネはしませんよ。マネしたくても、実力がありませんからね。しかし、私は、若い。若いから、反省と努力で、一歩々々、仕事を進めていきたい。そのうちに、世間の理解と支持を頂けるでしょう。また、そのうちには篤川さんのご活動力の消える事態も、くるでしょう。え？　そりゃ何といっても、篤川さんと私の間には、二十年も、年齢の開きがありますからね。いや、勿論、篤川さんの死を待つなんて、失礼なことはいいません。若い私の方が、先きに参るかも知れません。しかし、私の後継者は、沢山いましてな。どうも、この問題は、私一代で終るとは、思えませんよ……」

と、大変、気が長い。

そんな持久戦が長々と続いて、あげくのはてに、聴聞会が開かれるところまできたのだが、それによって、多少の成果をあげるかと、希望をつなぐのは、主催者の大臣だけで、両社側では、鼻であしらう気持があった。ここまでコジれた難問題が、一席の討論ぐらいで、かたづくわけがない。といって、黙っていては損だから、シャベるだけのことはシャベる。シャベる以上は、相手の腹の立つようなことをシャベる。どっちが先きに、箱根の山へきたかと

いうような三十年も前のことから、争い始めて、一方が、路線申請は乗っ取りだといえば、片一方は、限定免許は違法であると叫ぶ。ノットリだ、イホウだと、同じ文句ばかりド鳴り合ってるところは、六大学野球の応援隊より、もっと、熱血にあふれていた。あんまりヤジがひどいので、大臣が度々、制止するが、誰も耳に入れる者はない。内閣の命脈も、旦夕《たんせき》にせまってる時だから、一層、大臣を甘く見たのかも知れない。

一番、ズルい男は篤川安之丞で、いいたいことは、散々、いってのけた後で、ヤジと怒号が高まってきたのを口実に、

「ちょっと、お願いがあります。実は、私も老人で、頭も少しイカれておりますので、こういう騒ぎの中におりますと、血圧が高くなって、脳溢血を起す恐れがありますから、本日は、これで失礼を……」

と、サッサと、退場してしまった。

そうなると、近藤杉八だって、いつまでも会場に残ってるのは、バカバカしいから、折りを見て、姿を消した。

後は、〝横断〟の社長の千葉と〝函豆〟の社長の大浜が、副将から主将になって、戦いを進めた。副将とはいっても、それぞれ、箱根の現場の大将であるから、この問題の立役者である。そして、双方の幕僚も、交互に弁舌をふるうので、会場は、いよいよ昂奮してきた。暑熱も、ますます加わってきた。

午飯の休憩が一時間と、午後に、十分間の小休止があったというものの、朝の十時から夕

方の五時五十分まで、よくも、両軍、舌戦の限りを尽した。日本の国会議員が、いかに精力的なりとも、これほど長時間の討議に耐えないだろうし、しかも、遂に乱闘に及ばなかったことも、称讃に値いする。

ただ、気の毒なのは、運輸大臣で、主催者だから、途中退場もできず、ヘタヘタに疲れた上に、討論が何の成果も、結ばない。長い夏の日も、暮色が迫ってくるのに、両社側とも、勝手なことばかりいい合って、はてしがない。遂に、彼も、ソワソワしだして、

「エー、それでは、私もやむを得ない用があって、他へ回りますから、これで、会を閉じます。いずれ、再開の日取りは、官房長とも相談して……」

と、やったので、また、一騒ぎ起った。

結局、十四日に再開ときまったが、その日に、安保問題で、内閣はツブれてしまったのだから、すべてはウヤムヤに終った。

暑い、長い、一日の聴聞会は、まったく徒労であった。翌日の新聞も、ほんの少ししか、紙面を割かなかった。

第三の男

聴聞会が徒労に終って、間もなく、箱根の夏のシーズンが始まった。寒暖計の水銀と同じ

ように、暑さが加われば、箱根の繁盛も、山の上部へのぼっていく。湯本、塔ノ沢よりも、宮ノ下から上の方へ、涼気を求める人が集まるのであるが、山の上の一号国道を、夕から夜にかけて走るバスの客や、定期便トラックの運転手は、肌寒い風に、クシャミをしながら、

「おや、何だいありゃ……」

と、見慣れぬ風景の展開に、目を見はった。わざわざ、車をとめて、見物していく、乗用車もあった。

宮ノ下―元箱根間の山の中に、戦前は、大富豪の別荘部落として有名であっても、温泉旅館は古い家が二軒ほどあったきりで、紅葉とツツジの名所だった閑寂な世界――夜は、人通りも少い小涌谷《こわくだに》界隈であったが、その国道沿いのすぐ下に、真昼のような明るい照明を浴びて、プールの水が、ギラギラ光ってる。女の裸体も、果物のように光ってる。周囲には、ハデな色のビーチ・パラソルとデッキ・チェアーがならび、アロハを着た楽手が、たいへん眠くなる音楽を、フワリフワリやってると、プールの上で、赤い水着の女と、黒い水泳パンツの男が、ステップを踏んでる。

そして、その背景に、戦艦大和のような、巨大なホテルが、全館の窓に灯を盛ってる。星空に黒い箱根外輪山に、象眼細工が入ったような景観である。

大戦艦は、一隻だけかと思ったら、道をはさんで向う側にも、同じような外観と容積をもったのが、やはり、コウコウと、燈火を輝かしている。

「まあ、いつの間にこんなところに……」

「まるで、狐にツマまれたようだな」

と、バスのお客さんは、ビックリしてるが、バスの運転手や車掌さんは、何でもご存じ。

「常春苑《とこはるえん》のハワイヤン・ナイトなんですよ」

と、事もなげに、車掌さんが説明してから、小湧谷通過の信号を送った。

この路線は、国道であるから、〝横断〟バスも、〝函豆〟バスも、競争で走ってるわけだが、かりに、ハワイヤン・ナイトなるものを、敵側の会社が催したとしたら、バスの車掌さんだって、絶対に、説明の労はとらない。芦ノ湖の汽船にしても、船内の案内嬢は、自社側の設備のある湖畔風景だけを説明して、敵の会社に関係のある場所は、オシのように口を閉ざすのである。

それにしても、山の上のハワイヤン・ナイトでは、少し調和を欠くが、これが、結構、人気を博してる。何でも、プールの側面が、ガラス張りになっていて、泳ぐ女性が人魚のように、見える仕掛けになってるとか。そのガラス窓は、地下キャバレの壁面になっていて、ショーと人魚を、交互に眺めながら、飲んだり、踊ったりするのだとか、評判も立っているのである。

しかし、その山上楽園が、篤川資本とも、木下資本とも関係がないとすると、いつか、第三の勢力が出現した証拠になる。

北条一角が箱根へ目をつけたのは、わずか十二、三年前で、篤川資本と木下資本が、小田原路線で大ゲンカの幕を切ったばかりのころだった。

　北条も、箱根の価値ぐらいは知っていただろうが、小湧谷に拠点を置いたのは、一つの偶然だった。戦前の財閥氏田《うじた》家《け》の別荘が、ここにあったからである。そして、彼が氏田家の財産整理を任されていたことが、因縁だった。

　もともと彼は、信託会社のサラリーマンで、レジャー産業に乗り出したのも、東京郊外の遊園地富島園《とみしまえん》が、その信託に金を借りて、焦げつき、彼が経営を任されて、成功したのが、最初の踏み出しだった。着眼がちょっと変っていて、計数にひどく明るいのが、彼の特徴であるが、小湧谷に、今のような規模を出現させる構想が、最初からあったかどうか。最初は、四間か五間の小温泉旅館で、出発したらしいが、温泉ボーリングをやってると、温泉の代りに、すごい圧力の蒸気が、噴き出したことが、彼にヒントを与えたのではないか。

　普通の人間なら、温泉の出なかったことに、失望するところだったが、彼は、逆に、勇躍した。蒸気があれば、温泉なんて、いくらでも製造できる。箱根の温泉量は、すでに極限にきてるので、谷川の水を地熱で温めて、ゴマかす方法は、他でも行ってる。そして、噴出蒸気の利用法は、温泉製造のみに限らない。発電もできる。大建築の暖房源にもなる。すると、従来、休業同様だった冬期の箱根に、熱海と同じ条件で、客を迎えることができるのではないか。

　常春苑という名が、蒸気噴出の翌日に、彼の頭に浮かんだ。

　もっとも、蒸気熱だけでは、商売にならない。水が欲しい。その水を、彼は、五年がかりで、手に入れた。山上の名峰神山から湧く水であって、篤川安之丞も狙っていたが、北条の執念には勝てなかった。

水と地熱！

北条は不思議な男で、その二つに、原始人的な信仰を持っている。彼は、日本を救うものは水であると、考えてる。また、箱根ばかりでなく、彼のもくろむ観光事業は、必ず富士火山脈に沿ってる。地熱のあるところで、水を求める。両方手に入れば、即座に、事業にとりかかる――

莫大な蒸気と水の量を擁して、まず、彼が小湧谷に現出させたのは、箱根に類例のない、大衆温泉殿堂だった。昨今、東京で流行してるヘルス・センターの型を、山の中で、大がかりに始めたわけだが、これが、非常に当った。大衆の好きな野天風呂と大浴場を、数多く作り、舞台つきの大広間を、各所に建て、パチンコや射的の娯楽場や、デパートのお好み食堂式の飲食設備や、喫茶店や、バーや、ダンス・ホールや、おみやげ屋があり、いってみれば、熱海の街全体にあるものを、大きな屋根の下に包み込んだようなもので、また、箱根の浅草のような、気安さもあった。

北条は、恐らく、富島園経営の時代に、大衆とはいかなるものであるかを、学びとったのであろうが、そのウンチクは、空恐ろしいほどである。こんな男がアメリカの政治家になったら、さぞ、人気のあるボスができるだろう。

大衆とは、金づかいの荒いものだ、ということを、彼は知ってる。富める階級は、一万円のお茶代を出しても、それに相当する設備とサービスを要求する。計算なしに、一銭も消費するものではない。しかし、大衆は、百円ぐらいの休憩料を払って、一日の遊びができるなら、大変安いと思って、安心したとたんに、やたらに、金をつかってくれるのである。例えば、土産物売店にしたって、大衆が最大の顧客である。彼らは、一日の行楽を、自分だけに終らせないで、必ず、近隣へお土産を持って帰る習性を、持っている。百円の休憩料、百円の食事代に対して、二百円の土産代を、惜しまない。

また、修学旅行の子供たちにしたって、宿泊料こそ、一泊四、五百円でも、子供の一人々々が、パチンコ的な娯楽設備や、アイスクリームや、ラーメンや、記念品購入に費す金が、それ以上である。近ごろの子供は、修学旅行の時に、意外に多額のこづかい銭を、ポケットに入れてくるのである。

大衆は、絶対に、一万円の茶代を払わないし、一人当りの消費額は、富める人の十分の一にも足りないが、彼らは数である。大衆とは、数のことである。一日がかりで、一尾のタイを釣り上げるのと、トロール網でイワシを漁るのと、どっちが利益があるか、いうまでもない。しかし、大衆には、自尊心がある。そういう点を、北条一角は、よく心得てる。常春苑が大衆専門の遊び場とレッテルを張られたら、足を踏み入れなくなるのは、富める階級よりも大衆自身であることを、よく知ってる。

一体、高級温泉地の箱根で、ヘルス・センター式の営業が成功したのも、大百貨店の特売場に、人が集まるのと、同じ理由なのである。一方に、ゼイタク品売場があり、そこの商品も、特売品と同じ包装紙を用いる点を、大衆は満足するのである。

北条は、大衆向き設備の完成と同時に、国道をはさんで向う側に、箱根で一番高級といわれる不二ホテルに匹敵する豪華なホテルの建築を始めた。日本の最大財閥の別荘を買って、古い建物は装飾用に再建し、別に、大衆旅館部と姉妹的な外観と面積をもって、今度は、富める階級のみを顧客とする商売を始めた。

無論、北条は、この大ホテルで、すぐ、利潤をあげることを、考えていない。当分は、儲からなくても、いいのである。しかし、このホテルに、常春苑の名を冠することは、是非必要なのである。大デパートの包装紙と、同じ効力を、期待するからである。

そして、そのホテルが竣工して、最初の夏季シーズンを迎えた。開幕も、ハデに、高級にいこうというので、〝ハワイヤン・ナイト〟の照明と音楽が、国道の車を驚かすことになった。

北条は、第三の男として、箱根山に出現したのだが、すでに行われている箱根戦争に介入して、流弾を受けるような態度を、とらなかった。彼は、〝関急〟の故木下とも〝西郊〟の篤川とも、かつて関係をもっていたが、現在では、どちら側とも結ばず、武装中立の立場を保った。また、小湧谷でそんな大規模な営業を始めても、近隣の温泉旅館を脅威しないように、共存共栄とか何とかもちかけて、安心感を与えているのは、篤川安之丞あたりの行き方と、反対だった。

「どうも、ただのネズミじゃねえ」

山の上の人々に、彼が好意ある注視を浴びたのは、既存の二大勢力に、箱根を自由にされてる反感が、あったからだろう。しかし、いくら重要な拠点でも、小湧谷だけでは、箱根を制する見込みはなかった。それに、彼は、バス路線も、鉄道も持っていなかった。

ところが、東京方面では、新しい観光王として、彼の名が、にわかに、ジャーナリズムを騒がせてきた。アメリカの週刊誌〝タイム〟まで、常春苑の記事を書いた。

氏田観光の名の下に、彼の始めた事業も、いつか東京小石川の春山荘、東京駅の国際ホテル、箱根、伊東、大島の各地の常春苑、大阪の英雄閣と、チェーンが太くなり、大島航路の汽船会社や遊覧航空の事業まで、手がのびてくれば、自然、名が売れずにいないのである。その上、彼の容貌が、いかにも怪物じみ、言動がケタ外れで、ブルドーザーというアダ名も、生まれた。

そういう東京の噂が、箱根の山に響いてくると、北条は、いよいよ、ただのネズミでなくなった。

「よく、地図を見てみろ。二ノ平は、箱根の中心だぜ」

小湧谷をふくんで、北条が占めてる土地は、二ノ平といって、箱根のヘソのような場所にある。しかも、元箱根から湯ノ花へかけて、広大な篤川の所有地と、小田原から強羅を結ぶ木下側の勢力圏と、ちょうど中間にクサビを打ち込んだ形になってる。

そればかりではない。

北条は、篤川と木下が揉み合ってる地点を、ずっと離れた外側から、大きく包囲するような態勢を、敷き始めた。

芦ノ湖は東岸ばかり発展したが、交通の点では、名ばかりの県道と、〝函豆〟の専用道路があるだけだった。西岸は眺望もいいのに、ケンカに追われて、二大勢力とも、手をつけなかった。

　そこへ、北条が、布石を下したのである。箱根峠から山伏峠を経て、湖尻へ下る道——それができると、篤川の湖畔専用道路の価値は、すっかり下落するが、さらに、本線は、長尾峠まで出て、御殿場道と接続し、富士と箱根を結ぶ動脈となるのである。しかも、そのスカイ・ラインの景観は、篤川の持ち物である十国峠《じゆっこくとうげ》をしのぐほど大きい。

　富士箱根国立公園という名もあるので、二大勢力の方でも、以前から、箱根を孤立させない構想は、立てていたのだが、新米の北条が、いきなり、それを実行化してしまった。ホテル完成の時には、すでに、工事を始めていた。


　その北条一角を乗せた車が、常春苑ホテルの裏口にあたる、ドライブ・インの方へ着いた。表玄関から入って、お客の目を奪うようなことを、嫌うからだろう。

　それでも、連絡があって、塚田総支配人や、ホテル支配人が、出迎えに立っていた。

「明日の朝早く、現場を見にいくが、用意はいいかね」

　淡色のセルロイドめがねの奥にハレぼったい目が光り、突き出した唇は、ワニに似ている。顔色も、ドス黒い。しかし、今年六十とも思えない精気が、憎々しいほど、体にみなぎっていた。

「山着も、ゴム靴も、それから、ジープの用意も、できとります」

　返事を聞く前に、彼は、もう歩き出した。このホテルは、地形の関係で、五階以上が眺望がよく、よい部屋が多いが、彼が常用するのは、一階の機関室に近い、薄汚い小室だった。

「社長、箱根町の町会議員と、〝週刊日の出〟の記者が、ロビーで待っとりますが……」

「そうか」

彼は、部屋へ入るなり、すぐ、上着を脱ぎ捨てた。白いカッター・シャツに、ネクタイなしであるが、さらに、袖をまくりあげて、

「箱根町の人の用向きは、また、元箱根との対抗運動なんだろう」

「そうだと思います」

「じゃア、君会って、大体の話を、聞いといてくれ。そして、明日、山を見た帰りに、会う気になったら、会うとしよう」

「かしこまりました。スカイ・ラインの工事が始まったので、箱根町では、入口に近いですから、急に、活気づいてきまして、この間うちから、町の有力者が、何べん訪ねてきますことやら……」

塚田総支配人が、大きな体を曲げて、イスの上の社長に、話しかけた。常春苑の仕事のみならず、北条の箱根山の事業は、一切、この男が監督しているので〝横断〟の千葉や、〝函豆〟の大浜に相当する役回りだった。

「しかし、スカイ・ラインが開けても、すぐ、箱根町が潤うわけもないのだがね」

北条は、ワニが笑うような、無表情な、顔の動きを見せた。

「そう思うんですが、そこが、先祖代々の競争意識なんでしょうな。なにしろ、箱根町と元

箱根の争いときたら、〝西郊〟と〝関急〟のケンカ以上に、深刻ですからな。幕府時代から、やり合ってるんじゃないですか」

ホテル支配人が、口を出した。

「このところ、ずっと、元箱根の景気がいいから、箱根町としちゃア、ワラでもつかみたい気持だったんですよ。頼みに思う〝南急〟さんにも、最近ソデにされた形ですからね。そこへ、突然、芦ノ湖スカイ・ラインというものが始まったんだから、わが社へすがりたい気持になるのは、当然ですよ」

と、総支配人がシャベるのを、聞いてるのか、聞かないのか、ハレぼったい目を閉じていた北条は、急に顔をあげて、

「雑誌の人に会うから、ここへ、呼んでくれ」

「この部屋へですか」

「かまわん」

〝週刊日の出〟の記者も、アロハ姿で、行儀の悪い北条の服装を、責める資格はなかったが、室へ入るやいなや、

「水、水、水……」

と、どなられたには、驚いた。

「え？　ボーイを呼びましょうか」

「そうじゃない。日本の国富は、水だというんだ。日本全土に降る雨が五千億トン、そのう

ち使える水が、二千億トン、これを、一番安い工業用水に売るとしても、一トン五円だから、毎年、一兆円という資源になる……」

記者はあっけにとられて、メモを書くことも忘れた。北条のしゃべり方は、セカセカと早く、やたらに数字が飛び出すのが、特徴である。

「日本の耕地を二百億坪としてだな、米をつくって、反三石――坪当り百円というんじゃ、どうにもならんじゃないか。これをだな、工業生産にもっていくと、坪当り四万円かせげるんだぜ、君。日本が世界一のセンイ工業国になったのも、いい水があったからなんだ。そして、人――コスト・ダウンする人口が、あったからなんだ。産児制限なんて、何というモッタイない……」

北条は、話が進むと、ズボンをまくりあげる癖がある。そして、室の中をクマのように、歩き出す。

「水、水、水といっても、水だけでは仕方がない。次ぎには、熱だ。君、災という字を、知ってるだろう。水と火という字を一字にしたものだ。昔の人は、水火の難といったが、ぼくにとっちゃ、これ以上の富源はないんだよ。工業立国は、戦後日本の国是であり、その日本を繁栄に導くものは、水と熱である……」

「つまり、常春苑が成功したのも、蒸気温泉の発掘と、水源地の確保ということに帰するわけですな」

記者が、やっと、口をはさんだ。

「常春苑なんぞは、問題でない。ぼくの事業の第一石に過ぎない……」

「しかし、北条さんが、篤川と木下のケンカの中に、乗り込んできて、今や、箱根山は三つ巴の……」

「バカいっちゃいけない。ぼくは、ケンカは大嫌いだ。理想と数字に生きる人間は、ケンカはできないよ。ぼくは、共存共栄でいく。それが、事業というものだ……」

「でも、世間では、北条さんの包囲作戦が、着々、成功して……」

「いや、ぼくは、スカイ・ラインが開通しても、どこの会社の車も、通すつもりだよ。独占なんて、夢にも考えん。ぼくの考えるところは、共存共栄による、日本の繁栄なんだ。水と熱と土さえ巧く使えば、大衆の所得は、倍増どころではない。五倍になり、十倍になる。電気の三種の神器はどこの家庭にも、見られるようになる。一週のうち、四日間働いただけで、誰も食えるようになる……」

「つまり、大レジャーブームがくるわけですか」

「そうだ。そして、箱根山が埋まるほど、皆さんに遊びにきて頂く……」


朝は六時に起きた北条一角が、白い作業衣に、ゴム長、白塗りの鉄カブトまでかぶって、ジープに乗り込んだところは、土建屋がナグリコミをかけるような、勢いだった。

こんなマネは、篤川安之丞や、故木下東吉にもできなかった。篤川たちは、それぞれ、大御所で、大旦那だった。若いうちから、大旦那たることを目ざして、働いてきた。今の身分になれば、どうしても、デンと、重みを見せたくなる。政治と書画骨董に手を出せば、肉体労働をする足は、弱ってくる。

そこへいくと、北条の方は、わざと、従来の実業家の型を破ってるところがあり、全国で数百万坪の土地を所有してるというのに、わが家は四間の小屋でしかない。氏田観光の本社だって、貧弱なビルである。しかし、事業には、思いきって、金をかける。彼が服装をかまわないのは、有名だが、質素倹約の趣旨ではなく、頭の中が忙がしくて、そっちに考えが回らないといった風である。もっとも、オシャレをしたって、ひきたつ人相でもなかった。深山の踏査には、馬にまたがって出かけるほどの男で、ジープで行ける今日の現場歩きなぞは、物見遊山に近かった。それなのに、鉄カブトまでかぶる必要はないのだが、そんな服装が元来、好きなのであろう。

「京都の方は、よくなるぜ」

彼は、同乗の塚田総支配人に、話しかけた。塚田のほかには、工務主任がハンドルを握ってるので、運転手はいなかった。

「そうですか。やはり、志村さんの設計は、ちがいますな」

車は、精進ケ池を過ぎて、七曲り《ななまが》へかかろうとするところだった。朝霧が、杉木立の中に残り、野百合の花が白く、ウグイスが鳴き、爽快な景色であるのに、彼は窓の外に、目をやろうともしなかった。風光を売る商人は、店の品物を、ツマミ食いしないという料簡か。

彼は、京都で、大きなホテルを建築中だった。設計者は、箱根常春苑と同じ人で、その人が、皇居の宮殿建築にも選ばれたことに、彼は気をよくしていた。常春苑ホテルの洋室も、和風を加味して、障子など用いているが、その好みを、京都ではもっと強く押し出す考えだった。なぜといって、京都のホテルの顧客は、観光外人をねらっていた。相手が外人だから日本風でいく――そういうところに、彼のねらいがあった。それは、大衆を呼ぶヘルス・センターをひどく豪華らしく建てるのと、同じ手法だった。

「社長、〝横断〟が、また、大きな新造船を、浮かべましたぜ。今度は、オール・スチールです。まだ、早いから、動いていませんかな……」

塚田が、船つき場のあたりを通る車から、湖面をのぞいた。昼間は、浅草のように雑踏するこの付近も、さすがに、まだ、人影がまばらだった。

「くだらん。同じ場所で競争するなんて、資本主義の小学一年生だよ……」

北条が、ツバでも吐き捨てるようにいった。

湖畔を通り越して、箱根峠へかかると、左へ折れる道は、近代の箱根関所のような建物があって、通行する車は、全部、金を払わなければならない。バス、九百円、乗用車、大型百五十円、小型百円。

しかし、箱根山から熱海へ直行するには、これ一本の道しかない。イヤでも、ここを通らなければならない。しかも、途中、十国峠の眺めがあるから、団体旅行のバスは、必ず、この道路へはいっていく。

篤川安之丞が、昭和七年につくった、日本で最初の有料道路である。世間では、専用道路といってるが、私有一般自動車道というのが正しい。しかし、〝函豆〟の株主総会の大反対を押し切って、この道路を完成した篤川は、やはり、鋭い頭の持主だった。最初は、函豆バス以外に、通る車も少なかったが、戦後の自動車ブームで、大当りとなったのである。熱海の客は、ちょっと気を変えて、山の景色が見たくなるし、箱根の客は、海辺の繁華温泉に一浴して、東京へ帰りたくなる。その熱海と箱根を結んだのだから、先見の明があった。その道路の稼ぎが、シーズンには、毎月八十万円から百万に達することもあるのだから、篤川としても最も可愛い子供の一人なのである。

宿敵の〝南急〟も、この路線の乗り入れを申し込んだが、無論、相手にされなかった。そこで、競争線の道路を計画してるが、まだ着工の様子がない。熱海―箱根間だけは、当分、篤川の天下であって、泰平が続くだろう。

その道路ばかりでなく、奥箱根の中心地、元箱根付近は、彼の最初の拠点であり、現在も、その勢力圏である。この辺の土地のどこを買おうとしても、ムダである。ずっと裏山の方まで、四十年も前から、彼の所有地となってる。なにしろ、土地を買うのが好きな男で、それも、安い時に、ベタベタと買い込む。それで、安之丞だとも、いわれてる。土地というスペースを押えるのが、彼の思想であって、点と線を確保しようとする北条の考えと、おのずから対立するのである。

北条の乗ったジープが、今、通過した元箱根の町は、篤川の縄張りといわれ、彼の第一の子分、大浜銀次は、ここの生まれだった。箱根生まれだから、ケンカが強くて、運輸省の聴聞会でも、篤川に次ぐ働きを示した。

篤川が、もし、この牙城にこもって、天下をにらんでいたら、あるいは、箱根戦争は、起らなかったかも知れなかった。もっとも、戦国時代と同様、弱肉強食であって、守る者が必ず勝つともいえないが、彼が小田原へ南下作戦をたててから、箱根の山が揺れ出したことは、確かである。あの暑い日の聴聞会は、どっちが先きに手を出したか、ということの論争に、終ってしまった。

しかし、元箱根の篤川もいつまでも、安閑としていられなくなった。〝南急〟側の大きな船が、乗り込んできたし、今、ジープで通った男が、芦ノ湖の対岸で、何を考えてるか、知れないのである。

北条一角は、鉄カブトをかぶってきて、損はなかった。スカイ・ライン工事現場は、掘りかえした泥土の荒海であって、ジープでさえ、通行が困難だった。運転する工務主任は、平然と、逆落し、ツバメ返しというような、高等技術を用いて、バク進するが、乗ってる北条たちは、熱い鍋に入れられたドジョウのような運動を見せた。腸ネンテンを起さないのが、不思議なほどの動揺であり、北条も、二度ばかり、車の天井に頭をブツけたが、鉄カブトが救ってくれた。

しかし、「痛い！」なぞと、口に出す男ではない。むしろ、舗装道路を走っていた時より、きげんがよくなった。

「おい、あの木は、助けろ」

これも、彼の経営であるゴルフ場がほぼ工事を完成しているが、その向う側の丘に、みごとな杉の老樹が、道路の土を掘ったために、傾きかけていた。

「しかし、社長、あすこを迂回すると、工費が……」

工務主任が、ハンドルを握りながら、抗弁した。

「かまわん。この道路はな、単なる交通路でないことは、知っとるだろう。全道路が、箱根第一のパノラマ台になるように、持っていくんだ。あの木は、大切な近景だ……」

北条は、常春苑の建築の時も、樹木の配置を、やかましくいった。石も、やたらに、手をつけさせなかった。大ブロシキをひろげることの好きな彼が、隠居の老人のような、細かいことをいうのは、自然詩人の好みがあるわけではなかった。彼は演出家なので、舞台装置を気にするのである。都会人を誘引するのに、深山幽谷《しんざんゆうこく》の大道具が必要なことを、考えてるだけだった。

——しかし、箱根も、十年内には、ただの郊外に過ぎなくなるな。おれが、こんな便利な道をこしらえるから……。

彼の頭の中を、サッと、そんな考えがひらめいた。

——伊豆だ、次ぎは……。

その時、ジープは、飯場の前を過ぎた。社長の巡視と知って、作業衣姿の男たちが、道端に列んでいた。

「ご苦労……」

彼は、車を止めさせて、人々から、工事進行の報告を聞いた。みんな、工務主任から聞いてることばかりだったが、彼はいちいち、うなずいてみせた。

また、車が進み出すと、道は、ますます、ひどくなった。その代り、相模湾と駿河湾と、両方が見える大きな展望を左方に、そして、裾野から、あからさまな、全裸の富士山が、正面に立っていた。こんな、率直な富士の姿は、珍らしかった。

大昔の入峯道の山伏峠まで工事が進んでいた。二台のブルドーザーが、野獣のように咆えながら土をけずっていた。ブルドーザーというアダ名の男が、目を細くして、その活動を見ていた。

山が好きなのか、北条は、二時間近くも、現場に留まっていた。この道路の土地買収をする前に、計画が人に洩れぬよう、ハイカーに身をやつして、部下二人と、山の中を歩き回ったことがあるから、地理にはくわしかった。愛着も、また、深かった。

一番眺望のいい山伏峠と湖尻峠に、彼は、展望台をつくる計画だった。レスト・ハウスと駐車場は、篤川の十国峠のそれより、二倍の大きさを、見込んでいた。また、三国山の原始林を、どのようにして、風致を損わずに、道を通じるかも、成算が立っていた。

――来年一ぱいに、この道ができあがるのだ。

彼は、いい気持だった。工費からいえば、六億四千万円で、彼の事業として、最大ではないが、天路を開くという土木工事は、彼の気性に適していた。ホテルを建てるより、確かに、この方が魅力的だった。そして、彼のような事業家にとっては、この道路の開通式に列するよりも、未完成の現在を見る方が、ずっと愉しいのである。パイオニアの意識は、クワを握ってる時に、一番強く、味わえるのである。

しかし、感傷は、十秒間で終った。それ以上、詩人になれる男ではなかった。

「さ、帰る……」

別人のような乾いた声で、彼は、ジープの方へ歩き出した。

また、七転八倒のドライブになった。太陽が高くなったので、もまれると、汗が出てきた。その代り、国道へ出ると、ウソのようにラクになった。

篤川の経営する高麗山《こまやま》頂上のレスト・ハウスが、白い反射を輝かしていた。湖上も人が出たらしく、数隻のモーター・ボートが青い水を蹴立てていた。

「これから、東京へお帰りになると、暑いことでしょう」

塚田総支配人がいった。小湧谷で、車を替えて、北条は帰途につく予定だった。

「暑いのはかまわんが、時間が、ちょっと、余ったな……。おい、君、ワシの湯で、ちょっととめてくれ」

「一風呂、お浴びになるのですか」

工務主任がきいた。

「いや、玉屋の婆さんと、三十分ばかり、話していく……」

「社長は、玉屋がごヒイキですな」

「玉屋がヒイキじゃない。あの婆さんがヒイキなんだ……。元気かい」

「ええ、あいかわらず……。もう、八十八ですか、九ですか」

「人間、あれでなくちゃ、いけないよ」

車が国道を折れると、プーンと、強い硫黄の匂いが、流れ込んできた。ワシの湯へきた証拠だった。

「十五年前には、よく、ここの湯へはいったからな……」

北条は、箱根で仕事を始める前に、ワシの湯へきて、形勢をうかがったこともあった。

ワシの湯

箱根でも、最も古い温泉場の足刈《あしがり》には鷲《わし》の湯と、雁《かり》の湯の二泉があり、旅館も二軒しかないが、そのうちの一つ、ワシの湯の玉屋は、寛文二年の創業というから、ほんとの草分けである。国道から入って、近くの方に、もう一軒あって、これが若松屋――これも、古い。しかし、創業者は、玉屋の出だということで、それだけ後代になるが、どっちみち、チョンマゲを結っていた時代の話である。

そんな古い温泉宿だが、二軒とも、戦後は、大改築をやって、表構えは、申し合わせたように、吉田五十八さん流の近代日本建築で、玉屋の方が、少し洋風が勝ってるというぐらいの差であるが、その広々した玄関に、北条一角の乗ったジープが着いた。

番頭と女中が、早くも迎えに出たが、北条は、見向きもせず、

「じゃア、君たちはこれで帰って、しばらくしたら、ぼくの車を迎えによこしてくれ……」

と、塚田たちにいい渡すと、サッサと、式台へ上り込んだ。

「これは、これは、北条さま……」

事務所風の帳場から、大番頭の小金井老人が、慌てて、飛び出してきた。

「お電話でも頂きますれば、何とか、お部屋をとって置きますものを、何分、夏場のことで、どこもかしこも……」

「わかっとる。婆さんの顔を見にきたんだ。三十分で、帰る……」

「それにいたしましても、お通しできるようなお部屋が……」

相手が、飛ぶ鳥を落す旦那と、知ってるから、小金井番頭も、シンから、閉口のていであった。

「いいんだ。婆さんは、いるんだろう。じゃア、婆さんの部屋へ、行くよ」

「あんな汚いところへ、旦那……」

「なに、何べんもきているんだ……」

委細かまわず、北条は、料理場へ行く通路を、歩き出した。その隣りに、〝お部屋〟と称して、主人がたむろする一室があった。

「ご免……」

小金井番頭が、事重大と見て、先きを潜って、主人に注進に及んだ。

そのせいであろう。北条が、お部屋の入口に立った時には、チャブ台の前に、座布団がそなえられ、女主人の森川里は、泰然と、めがねをはずしながら、

「まア、まア、何だって、こんなに、お早く……」

と、座をすさった。

「ご免よ、お婆さん、ちょいと、ここを通りかかって、寄りたくなったんだ。いつも、元気で結構だね……」

北条は、作業衣の膝を、アグラに組んだ。

「いいえ、もう、元気どころじゃござんせんよ。昨日もね、小田原へ、ちょいと活動を見に降りましたが、一軒だけで、切り上げる始末で……」

九十に手が届くというのに、口のききよう、髪の分量、顔のツヤ——化物のように、若々しい婆さんである。

お茶を持ってくる。おシボリを持ってくる。お菓子と、果物と、冷やしジュースという風に、お部屋づきの小女中と、小金井番頭とがセッセと出入りして、北条に対する最大のサービスを、見せようとする。

「お婆さん、あんた、何を食ってそんなに丈夫なんだね」

北条も、六十という年より若いのが、自慢だったが、玉屋の婆さんに会っては、ものの数

ではなかった。健康と長寿が、何よりの願望である彼は、ただのアイサツ以上に質問に熱がこもった。

「何をといって、朝はトースト……」

「シャれとるんだね。それから……」

「お昼も、夜も、ご飯は半杯。おカズは、ずいぶん食べますよ」

「歯がいいんだな、きっと……」

「いいえ、歯は、六十の時から、総入れ歯……。人間がバカだから長生きするんですよ」

お里婆さんは、西郷隆盛の西南戦争を、ウロ覚えに知ってるし、三島から玉屋へ嫁にきたのも、日清戦争の時だという。玉屋の主人は、代々、善兵衛を名乗るが、彼女の亡夫は八代目であって、婆さんが四十の時に死んだ。それ以来五十年近くを、女の手一つで、営業を続けてきたのである。もっとも、旅館という商売は、なまじ男が顔を出すよりも、女主人の方がうまく行く場合が多い。それに、婆さんの実家は、三島の本陣であって、子供の時から、宿屋商売というものに、慣れていた。その上八代目善兵衛は病身だったから、嫁いですぐに、サイハイを振らねばならなくなって、自然に、商売が身についた。そして婆さんが未亡人になってから、玉屋は、むしろ繁盛して、戦前までは、商売敵の若松屋をしのぐほどだった。

それには、番頭の小金井寅吉の力も、認めねばならない。ことに戦後は、箱根の形勢も変ってきて、お里婆さんの経営法では、追いつかないことも多いのだが、そこは、小金井の補佐が、ものをいった。大改築を行い、水洗便所に改めたのも、彼の決断であった。

小金井は、箱根町の生まれで、十五の時から、玉屋の掃除番に雇われ、六十二の今日まで、ずっと勤続しているのである。番頭になってから、妻帯しても、引きつづき玉屋の一室に起《き》臥《が》している。

世間では、小金井がお里婆さんのツバメだろうと、噂したこともあった。それは、彼があまりにも主人思いで、まるで〝春琴抄〟のお琴に対する佐助のように、献身的な敬慕をささげるからだろうが、いくらお里婆さんが壮健でもその方の情熱は、三十年前にアガったと、見るべきだろう。

婆さんの唯一の不幸は、子のないことである。子はあったのだが二人とも、夭折してしまった。彼女は、何としても、玉屋の跡をつぐべき人間を、さがさなければならない。小金井を養子にすることを、考えないでもなかったが、彼も六十を越してるのだから、養子のまた養子でも貰っておかないと、安心ができなかった。

「ぼくも、お婆さんの年まで生きて、仕事しなくちゃアね。どうも、やりたいことが、後から後からと、出てくるんでね……」

北条一角も、部下や世間の人の前では、こんな本音を、もらす男ではなかった。

「大丈夫。あなたなら、保険つきですよ。長命の相が出てますもの……」

お里婆さんは、絶対保証という、もっともらしい表情を、つくった。

「そうかね」

「そうですとも。ご安心なさい。ただね、ムリはいけませんよ。何事によらず、生木を折るようなことは……」

「その点は、ぼくも気をつけてるよ。箱根の仕事にしたって、篤川や木下の流儀は、やってないつもりだ。人を押しのけるより、人の先きに駆け出す主義だからね」

「そう、そう。それが、よろしゅうございますよ。でも、出足がいいからって、いい気持におなりになっちゃアいけませんよ。天狗になっちゃア……」

婆さんは、思い切ったことをいった。北条に向って、こんな口をきく人間は、めったにいないだろう。

といって、お里婆さんは、歯に衣着せぬという性分ではなかった。今でも、おナジミのお客さまがくれば、お座敷へ出て、平身低頭するし、お世辞のいいことにかけては、どんな古い女中も、敵うものではなかった。そして、金持の客を大切にするのは、商売柄であって、北条の百分の一の財産家に対しても、タタミに頭をすりつけるのである。いや、北条自身に対しても、十年前に、宿泊にきたころは、鄭重《ていちょう》この上もなかったのだが、このごろはすっかり変ってしまった。

それは、北条に、個人的な親しみが加わったというよりも、彼が、同業者になったという考えからしい。小湧谷で、彼が、どのような大規模な事業を始めたか、彼女も、小田原へ遊びにいく時の往復で、目のあたりに、見ている。しかし、いくら、大ホテルだって、豪華ヘルス・センターだって、結局、彼女と同じ接客業ではないか。お泊りのお客さまから、宿賃やお茶代を頂いて、儲ける商売ではないか。それに、小湧谷なんて、温泉場として、ワシの湯よりも、格が下ではないか。こっちは、箱根七湯の昔から、天下に鳴り響いた古い湯治場であり、箱根権現の霊湯でもあった。チャンと、地面の下から湧いて出て、いろいろの病気を治す力のある温泉であって、蒸気で、谷川の水を熱したような新興温泉と、一緒にして貰いたくない——

そういう考えもあって、おのずから、北条に対して、腰が高くなるのだが、それを、過度に示すような、ハシタない婆さんでもなかった。

「それはそうと、今日は、ずいぶん、おミナリが変ってらっしゃいますね。まるで、アメリカの兵隊さんみたいに、威勢のいい……」

婆さんは、北条の白い作業服と、白い鉄カブトに、目をつけた。

「ああ、こりゃ、山歩きをする時の衣裳だよ……」

北条は、作業服の袖をなでた。

「感心ですね。そういう風に、お気取りにならないから、あなたは、お偉い……」

お里婆さんは、真っ向から、油をかけて置いて、次ぎに、サグリを入れた。

「また、どこか、土地をお買いになるんでしょう」

「いいや、そうじゃない。とっくに買ってある土地に、道をつけてるんだよ。箱根峠から長尾峠へ、自動車道を通そうと、思ってね」

「そのお話なら、聞いてましたよ。大変、便利になるんでございますってね。それに、眺めも、大変によろしいそうで……」

「景色は、すばらしいね。箱根第一等、疑いなしだ。来年開通の時には、お婆さんを車に乗せて、案内するよ」

「ありがとうございます。ほんとに、そんな立派な道ができるし、〝南急〟さんのロープ何とかいうのも、開通だそうで、皆さんのおかげで、箱根はどこまでよくなるんだか、見当がつきませんね。あたくしが、ここへ嫁にきました時なぞ、山カゴに乗って、竹ヤブをかきわけて、やっと登ってきた始末ですよ」

「明治時代でも、そんなだったのかねえ。しかし、宮ノ下からワシの湯を通って、箱根町へ出る道は、たしか、お宅の先祖か何かが……」

「先祖ではございません。七代目玉屋善兵衛でございます。あたくしのツレアイの父でございます」

「お婆さん、知ってるの」

「知ってる段じゃございません。あの道をつけましたのも、あたくしが嫁にきてからでございます。七代目は、宿屋の主人なんて人では、ございませんでした。伊藤博文さん（よく家に泊りにおいで下さいましたけれど）なんかより、立派なヒゲを生やしていたくらいで……」

ヒゲだけ立派なのではなかった。七代目玉屋善兵衛は、雄図をいだいて、今の国道一号線の前身にあたる箱根の動脈を、通じようと、あらゆる困難と闘った。

七代目が、その計画をたてたのは、明治三十一年で、それを思いつかせたのは、外人客であった。

一体、箱根というところは、外人と縁が深かった。最初に足を印したのは、元禄時代で、ケンペルというドイツ人。もっとも、彼は単に箱根を通過しただけだが。慶応年間には、仏人ボーボアール侯爵が、宮ノ下に宿泊した記録がある。明治に入ってから、モリソン氏、ファウラー氏を先頭にし、続々と、外人が奈和屋旅館に投宿した。明治十一年に、不二ホテルが宮ノ下に開業してから、急に数がふえた。

外人は、温泉よりも、箱根の風光を愛して、集まるのである。宮ノ下までできて、さらに山上に足をのばせば、美しき湖と神社ありと聞いて、奥箱根の観光を始めた。七代目善兵衛は、そういう外人客のために、宿泊設備を始めた。洋室を建て、ベッドを入れ、東京からコックを招いた。ホテルである。時期は不二ホテルと、大差なかった。

カヒーがコーヒー。ヘリモトがベルモット。ブレドーがパン。ケチン・カテレツが、フライド・チキン。そういったメニューが、当時の風雅なナイフやフォークとともに、まだ、玉屋の蔵の中に、残っているが、明治の初頭に、こんな山の中で、洋食を食わしたというだけでも、驚くべきことである。

当時の玉屋の外観が、古い書物の銅版画に描かれてるが、白塗りの木柵の中に、草ぶき屋根の洋館が建ち、門前に、高い、旗ざおを立ててる。恐らく、店旗を掲揚したのであろう。そのためか、全体の印象は旅館というよりも、弱小国（これは、失言）の領事館に近いのである。

とにかく、ホテルまがいの営業を始めたのであるが、七代目善兵衛がいかに進取的な男であっても、べつに洋行の経験もないのに、よくそんな芸当ができたと、思われるけれど、すべては、外人客の入れ知恵であったらしい。お客さんが、大工を指図して、洋館を建て、コックを呼んで、料理を教えたらしい。外人というものは、その時分から、日本人にものを教えることが好きであって、衣食住からデモクラシーまで、親切この上もない。

しかし、七代目善兵衛の身になると、そういう外人客が、宮ノ下から馬に乗ったり、チェアと称する一人カゴに揺られて、ワシの湯に登ってくるのが、気の毒でならない。何とかして、せめて、人力車で来遊できるようにしてやりたい。

そこで新道開発を、思いついたのである。

何しろ、箱根というところは、徳川幕府の政策で、旧東海道以外に、道を認めない。認めても、箱根の関所へしぼりあげるような、細道ばかりである。そして、明治政府も、道というものには、冷淡だった。湯本から宮ノ下の車道だって、明治二十年に、やっと、不二ホテルの初代主人が、開通させたのである。

だから、七代目善兵衛が奥箱根新道を計画したのが、明治三十一年であっても、あながち遅いとはいわれない。また、幅員三間三尺、延長七千二百四十四間の道路計画が、小規模であるとも、笑えない。

それどころか、その程度の道路であっても、当時の神奈川県会議員は、不用工事として、請願を認めなかったのである。むしろ、知事の周布《すふ》公平の方が目が高くて、ついに認可を与え、補助費三万円を出すことになって、やっと、工事を始めたのが、明治三十五年だった。県の補助費や、宮内省の下賜金《かしきん》はあったが、七代目善兵衛は、常に資金難で苦しんだ。彼自身も、所有の土地を売り、子供たちの東京遊学を、一切とりやめさせた。家族は彼をうらみ、村民も彼を信じなくなった。それでも、彼は少しも屈せず、二年二カ月を費して、ついに新道を開通したが、開通式を行う金が、一文も残らなかった。

しかし、その道路に、専用道路という名はなかった。人力車一台にいくらという、通行料金もとらなかった。どなたもご勝手に、お通り下さいというのだから、聴聞会を開くような争いが、起こる道理がなかった。

「ほんとに、新道工事の時には、あたくしたちも苦労しましたよ。おじいさんは、気がちがったんじゃないかと、思いましたね。だって、あなた、商売のことは、すっかり忘れて、家を外に、歩き回って、たまに帰っても、やれ技師だ、役人だと、お金を払わないお客さんばかり連れてきちゃア、飲み食いさせるんですからね……」

お里婆さんは、当時のワシの湯のさびれ方を、細かに話した。

「でも、あの道を開いた着眼点は、えらいもんですよ。今じゃア、国道第一号線で、箱根でも一番立派な道路になってるのが、何よりの証拠だ。その時分、ぼくに今の力があれば、七代目善兵衛さんに、敗けちゃおらんがね。この道ばかりじゃない。仙石《せんごく》線でも、早雲山線でも、みんな、ぼくが開いてやったんだがなア……」

北条一角は、ほんとに、残念そうな顔つきだった。

「そりゃア、あなただったら、箱根じゅうを、道だらけになさいますよ。何でも、大仕掛けのことが、お好きなようだから……。でも、うちのおじいさんだって、あの時分にしちゃア、大きなことを、考えたもんですよ」

「そりゃア、そうだがね。人力車が通れるだけじゃ、心細いよ。明治三十七年なら、もう、自動車を考えとってよかったな……」

「あら、自動車だって通りましたよ」

「いや、まだ、実用時代ではなかったはずだが……」

「いいえ、英国人のハミルトンさんていう人が、一度だけ、走って通りましたよ。現に、この目で、見てるんですからね」

「そうかね？」

と北条が笑うのを、お里婆さんは、ヤッキとなって、

「あなたは、昔の人間をバカになさいますけど、不二ホテルの二代目の山内長造さん――あの人なんかは、そういっちゃ失礼ですが、あなたよりも、少し大きなことを考えていましたよ」

「へえ、あのプロペラひげの山内がね。あの男は、ホテル・マンとしちゃ、一流だったが、事業家としては、不二箱根バス会社を始めたぐらいで、格別のことはなかったと思うが……」

「冗談おっしゃっちゃいけません。あの方は、うちのおじいさんとも、仲よくしてらっしゃいましたから、あたくしも、よく存じあげていますがね。あれだけのヒゲを生やす方ですから、おツムの中も、ケタはずれでしたね」

「ヒゲじゃア、とうてい敵わんけれど……」

北条は、行儀悪く、足を投げ出しながら、ワニ革のように、ツルツルした頬をなでた。

「いいえ、お考えの方も、だいぶ大きかったようですよ。大正十四年に、今のあなたの道路をつくることを、考えてたんですからね」

「芦ノ湖スカイ・ラインをかね」

「そうですとも。その道っていうのが、あなたの道路のように、箱根峠止まりじゃないんですよ」

「へえ、どこへ抜ける？」

「熱海までですよ。今の篤川さんの金ヅルの道路は、山内さんが最初に考えていたんですよ。だからあのおヒゲさんは、あなたと篤川さんを一緒にしたぐらい、大きな考えだったんですね……」


その山内長造は、戦争末期まで生きていたが、箱根の名物男であったのみならず、国際的に、不二ホテルというものの風格をつくった。初代の山内千之助が描いた構図を、長造が拡大し、賦彩し、大絵巻に仕立てた。帝国ホテルと並ぶホテルを、山中に現出させたのは、誇るべき功であろう。それだけで、功は充分であったのに、交通事業に手を出したのは、慾の山である箱根の毒気に、あてられたのか。

箱根山の交通が、山カゴと人力車だけの間は、何の騒ぎもなかった。道が開け、ガソリンのにおいがし始めてから、ケンカ時代となった。不二ホテルへ自動車を乗りつけて、長造に文明の利器を教えた外人客が、今日に及ぶ箱根騒動の放火犯人であった。

長造が、ハイヤーとバスの不二自動車会社を始めたのは、大正八年であるが、そのころすでに競争者が現われた。〝小田電〟である。〝小田電〟は小田原電気鉄道の略称であって、国府津・小田原・湯本を通じ、鉄道唱歌に出てくるほど古い電車で、近年は、小田原市中だけを、トボトボ走っていたが、もう、その姿も見られなくなった。

しかし、昔は勢力のあった会社で、箱根へくる者は、誰もその電車に乗った。その会社が、鉄道駅から山上へのバス路線を計画したのである。もっとも、大正二年の箱根には、自動車が二台しかなく、その一台は小田電の所有だったというから、その方の先覚者でもあったのだろう。

そして、不二バスと小田電バスの競争が始まった。今日、篤川側の函豆《かんず》バスと、木下側の横断バスとが、激しいケンカをやってるが、これは二番センジであって、最初の栄冠は、不二と小田電が頂くべきであり、ケンカそのものも、現在より、もっとハデであった。

鉄道駅の下車客の争奪戦にしても、その当時は、マイクロフォンの利用が、行われていなかったから、〝函豆・横断〟戦の時のように、ウグイス嬢を陣頭に立てることができない。口のケンカができないとなれば、どうしても、手が出てくる。

両社のポーターが、毎日、客の奪い合いで、プロ・レスごっこを演じる。電車の着く度に、砂煙をあげて、駅前で闘うのだが、駅長も、警察署長も、しまいにはサジを投げた。

当時のバスは、円太郎式の小型だが、危険な追い抜き競争をやる以外に、別な競争もあった。運転手の服装の競争である。一方が革のゲートルをはかせれば、すぐ一方が革の制帽をかぶらせる。従って、運転手は日増しに、スマートになって、全山の旅館女中をよろめかした。女中さんは、好きな運チャンにささげるために、運転台用の座ブトンを縫った。ここにも、競争が始まった。

しかし、両社の競争が、あまり激しいのを見て、地元の官庁のみならず、鉄道省（今の運輸省）まで動き出し、両社の合併が実現した。不二箱根自動車会社となって、ケンカは収まったのであるが、それから十年ほどして、木下東吉という大物が、箱根へ登場し、〝不二箱根〟をわがものとしたので、奥箱根の支配者篤川勢と、イヤでも、にらみ合うこととなったのである。

山内長造の話から、箱根のバス競争第一回戦のことまで、お里婆さんがクドクドいうので、何も承知の北条一角は、少し、ウンザリして、

「箱根というところは、ケンカばかりしとるじゃないか。箱根の山は、天下の嶮じゃなくて、ケンカのケンだぜ」

と、シャレをいいながら、腰を上げかけたが、婆さんは、

「そういう北条さんだって、ご自分から、ケンカの仲間入りをなさったんじゃございませんか」

「いや、ぼくは、ケンカは嫌いだよ」

「でも、常春苑をお建てになったり、今度のような道路をおつくりになれば、相手は黙っていませんよ」

「そうかなア。ぼくは、もう少し、遠大なことを考えとるんで、箱根なんかは、途中の停留所なんだよ」

「停留所にしちゃア、ずいぶん、ご念が入ってますね」

お里婆さんが、そんなイヤミをいうのは、北条の最初の一句が、少し、胸へこたえてるからであった。

——箱根というところは、ケンカばかりしてる。

それにちがいないのであるが、ちょっと、婆さんの頭へきたことがある。小田電と不二バスや、〝函豆〟と〝横断〟のケンカのことだけだったら、なにも、婆さんが土地の名誉を背負って立つこともないのだが、北条は、玉屋と若松屋の代々の不仲を、知っているらしい。十年前に、彼が玉屋——婆さんの家に、滞在していた間に、そのことを、聞いてるらしい。だから、箱根はケンカばかりしてるというのは、彼女にもアテつけてるにちがいないと、ヒガむのも、無理はなかった。

「どうせ、山の中ですからね。みんな、気が荒くなりますよ。うちと若松屋さんのことだって、どっちが悪いんだか知りませんが、もう何代も続いた不仲ですからね。今さら、どうなるもんでもございませんよ」

婆さんは、自分の方から、内幕を口に出してしまった。

「へえ、若松屋と、そんなに、仲が悪いのかね」

北条は知ってか、知らずか、薄笑いをして、きき返した。

「いやですよ、何もかも、ご承知のくせに……」

「いや、何も知らんよ。それに、そんなことに、興味もないな。ただ、こんな狭いところで、たった二軒の旅館が、つまらんケンカをしとると、その隙に、山の狼が下りてきて、何をするか、わからんぜ」

北条の声には、やや、真情があった。

「オオカミは出ませんよ、いくら山奥でも……」

「だって、この温泉の地所は、お宅と若松屋で、半分ずつ持ってるんだろう」

「そうでございます」

「その地所をねらって、洋服を着て、自動車に乗った狼が、飛び込んでくるんだ。第一、ぼくだって、その一ぴきかもわからんのだからな……」

玉屋と若松屋の確執は、まだ、人間がチョンマゲを結ってる時代に、さかのぼった。それ以前は、二軒とも、仲がよかったというよりも、それぞれの主人は兄弟で、切っても切れぬ間柄だったのである。

そのころは、ワシの湯に八軒も湯治宿があって、玉屋と若松屋は、むしろ提携して、他の同業者に対抗していたのだが、両方とも、商売が繁盛してからが、いけなかった。お互いに、他の宿屋を買いつぶして、一軒だけが太り、おのずから対立が生まれたところへ、五代目玉屋善兵衛が、元箱根から嫁を迎えた。ちょうど、同じころに、若松屋の方でも、箱根宿（今の箱根町）から、養子を貰った。

これが、不仲になる最大の原因だった。

箱根町と元箱根——同じ湖畔に隣り合わせた町であって、現在は史跡の松並木が境界になってるだけだから、普通の観光客は、一つの町だと考え、元箱根だの、箱根町だのというのは小字の名に過ぎないと思う。それが道理であって、地理的には、一体をなすべき町なのである。ところが、人間が、ヨケイなことをした。人間とは、徳川幕府のことであって、箱根の関所を設けるにあたって、人工の町をつくった。それが、箱根町（箱根宿）である。

もともと、箱根町のあったところは、寒村であって、元箱根に人家が多かった。その人家というのも、箱根権現の社人、楽人、雑役等の人々が住んでいた。いわば、箱根権現の門前町である。

すでに住民がいるのだから、幕府としても、元箱根に宿場を置く計画をたてたのは、当然である。宿場となれば、土地が繁盛するから、住民も異存ないと思ったら、元箱根は、ポンと、それを蹴った。宿場には助郷《すけごう》制度というものがあって、元箱根にも、駄馬百足の準備をしろと、幕府の命令があったのを、断乎と、拒絶したのである。

当時、幕府にタテつくことは、想像もできなかったが、箱根権現の威力というものも、また、想像以上だった。権現の司である別当は、箱根の帝王であった。奈良時代に、万巻上《まんがんしょう》人《にん》が、ここに霊場を開いて以来、箱根修験道の本山として、全国の信仰を集め、京都の天皇も、鎌倉の将軍も、その信徒となった。徳川家康さえも、社田を寄進した。その宗教力、政治力は偉大であって、その上、僧兵の武力まで蓄えていた。

そういう過去があり、土地は天領であって、権現別当の誇りは高く、幕府役人の要求なぞ、鼻であしらったのである。

そこで、役人の方が、イジになった。そして、三島寄りの地点に、新宿場の建設を始めたのである。小田原、三島の両町から、各々五十軒ずつの家を、強制疎開させて、急造の町づくりをやった。その地点が、小田原町、三島町の名で、今の箱根町に残っている。

昨今、東京遷都論が行われているが、論は無用、よろしく幕府役人にならって、文教町と政治町を強制疎開せしめないことには、ラチがあくまい。

役人のつくった箱根町は、急激に発展した。大名の泊る旅館、本陣が六軒もできて、人馬供給の問屋場が建ち、諸商人が集まったから、繁盛するのが、当然である。

しかし、元箱根の方は、火が消えたように、さびれてしまった。自然、箱根宿の繁盛をうらやむ気持が生じたところへ、両者の疎隔に輪をかけたのは、その中間に関所ができたために、鼻の先きの近くでありながら、切手なしに往来できない。ちょうど、現在の東ベルリンと西ベルリン。人間生活を阻害するものは、政治である。

そういう状態が長く続くと、人心も変ってきて、権現の勢威のもとに、気位の高かった元箱根の住民が、貧すれば鈍して、無気力となり、官権に庇護された箱根町の方は、リュウリユウと、威張り出した。そして、対立から絶交の状態に及んだのだが、その時分に、ワシの湯の玉屋は、元箱根から嫁を迎え、若松屋は箱根宿から、養子を貰ったのである。

ワシの湯は、中立地帯だから、ここへきたら、出身地意識も消えるだろうと思ったら、そうはいかなかった。箱根の山に住むかぎり、ケンカは宿命と見えて、湖畔の争いを、縁家先きへ持ち込み、それぞれの実家が、うしろからケシかけるので、一層、火の手があがった。

先祖は兄弟であるのに、両家のにらみ合いが始まったのだが、そのうちに明治維新となり、関所が廃止されたので、箱根宿の繁盛も、一夜で消えたが、元箱根の方だって、廃仏棄釈《はいぶつきしやく》の騒ぎで、権現さまも神社となり、別当が神主にされるという珍事が起き、気勢があがらなかった。

その時が和解のチャンスであったのだが、長い間の感情のもつれは、どうしようもなかった。玉屋と若松屋の対立も、代が替っても解けようとしなかった。一つには、互いに商敵の関係が生じたからだろう。

玉屋善兵衛の新道が開通する時代になっても、両町の住民は、仲が悪かった。

「元箱根の女は、白粉ばかり塗って、飯のたき方も知んねえずらよ」

「箱根町の男ときた日にゃ、義理を欠くほどケチンボじゃんかよ」

と、互いに軽蔑し合うので、両町民の間に、婚姻関係が結ばれたことは、この一世紀近くの間に、わずか二件に過ぎない。

しかし、大正期に入って、篤川安之丞が、箱根へ目をつけ、まず箱根町の土地を買占めようとした。ところが、町長がちょっと慾を出したので、篤川は怒って、元箱根に方向を転じた。元箱根には、三十九人衆というものがあって、権現信徒の代表者だが、排他性が強いので有名だったのを、篤川は、巧みに地盤を築くことに、成功した。

それ以来、元箱根は、篤川資本の箱根基地となり、バスと汽船のターミナルとなって、メキメキと隆盛をつげたのに、箱根町の方は、不二ホテルの支店があるぐらいで、ひどく閑静な部落となってしまった。

そこへ、木下系の〝箱根横断〟が乗り込んできて、箱根町に加勢する態度をとり、湖上観光船の発着所も設けたので、情勢も変化するかと、思われたが、やはり、人の集まる元箱根で、篤川系と戦いをいどんだ。

今は、〝横断〟と〝函豆〟の桟橋《さんばし》が、仲よく――でもないが、ならんで湖上へつきだしてるが、こうなるまでの睨み合いは、大変なもので、神奈川県当局は、共同桟橋設置を提案して、予算も通ったのに、〝函豆〟側が反対した。結局、湖岸を埋め立てて、〝横断〟側の桟橋をつくることになったのだが、争いは二年も続き、その間に、折衝の役を買った副知事が、心労のために、病死したといわれるほどだった。

そして、今度は、大型船の建造競争で、両社は、シノギをけずってる最中だが、置き忘れられた箱根町が、いつまで、その閑寂ぶりを保っているか、どうか。芦ノ湖西岸は、風光に恵まれてるのに、まだ、少しも開拓されていないが、箱根町のすぐそばの畑引山は、地理的、景勝的に、たれもねらう最初の地点であり、おそらく、次ぎの争いは、この辺から始まるだろう。すでに、北条一角の芦ノ湖スカイ・ラインは、その先きに、入口の工事を起しているのである。従って、箱根町が、徳川時代の繁栄を、もう一度示す時が、ないともいえないが、今度は、〝横断〟と〝函豆〟の他に、氏田観光が加わって、三つどもえのすさまじいケンカとなるだろう。

それにしても、箱根の山上では、なぜ、こんなに、人が争うのだろうか。東京から入ってきた資本が、ケンカをするのは、資本というものの本質上、是非もないことであるが、この山に住む人々が、遠い過去から、対立感情を続けてるのは、まったく解せない話である。

元箱根と箱根町のケンカだけではなく、強羅と宮城野が、仲が悪い。紀元二千六百年の祝祭の時に、宮城野のオミコシが、強羅へ行って冷遇されたといって、三日間徹夜で争った。それから、仙石と元箱根のケンカは、大岡越前守が裁定したというので、有名である。問題は、姥子温泉の争奪であって、大岡サバキの前には、名主と名主が、相撲をとって、勝負をきめたというが、この方が文化的でないとはいえない。

仙石領と権現領（元箱根領）の境界線を、大岡越前守がきめたわけだが、その裁定は、必ずしも、名判官ともいえなかった。姥子は、ギリギリのところで、元箱根の領分に入っているが、地形的に見て、ムリがある。それを、明治になっても、大岡ラインが生きていたから、仙石原の子供は、可哀そうに、遠い山路を、元箱根の学校に通わねばならず、山火事が起きても、自分の村のポンプで、消すことができない。

しかし、最近、〝横断〟側は、この大岡ラインにそって、ロープ・ウェイを架設した。これが、大当りだった。運輸省の聴聞会で、争点となった早雲山―湖尻のバス路線を、空中で客を運び出したのだから、ケンカ相手にとっては、さぞ憎いであろう。

しかし、古今を通じて、箱根の山は、なんと、ケンカの山であることか。

北条一角は、腕時計を見て、

「さ、帰る。もう帰る……」

と、腰をあげた。

そのセッカチな、はや口のものいいが、本来の彼であって、今まで、お里婆さんと話していたような閑談調は、例外のはなはだしきものであった。

しかし、彼のような多忙な人間になると、かえって、この時代放れのした婆さんと、ノンビリした対坐が、命の薬になるらしく、また、この婆さんに会ってると、母親のにおいも、思い出せるのである。彼も還暦の年であって、母親はずっと前に死んでいるが、年齢は、大体、お里婆さんと同じだった。

それだけ、彼は、玉屋のヒイキであり、この由緒ある旅館の永続を望んでいるから、お里婆さんの悩んでいる後嗣者《あとつぎ》のことも、心配しないではなかった。

婆さんも、二人の子供に死なれて、一人ぼっちであり、身寄りは慾の深い連中ばかりで、気が許せず、シッカリした養子はないかと、北条も、頼まれたことがある。そのことは、彼も本気で心配してるのだが、いっそ、この玉屋を買って、名義だけを残し、婆さんを、気楽に死なせてやりたい考えも、ないではない。

勿論、それは、婆さんに対する同情のみではない。このワシの湯は、箱根三山の一つの高麗山に近いが、そこはすでに篤川側に、占領されてる。北条の常春苑ヘルス・センターの成功を聞いて、どうやら、篤川も、高麗山の下に、同様の計画を立てるらしい。競争者が現われても、地理的に先方が不利だから、一向かまわぬが、もし、篤川が、国道に近い、このワシの湯へ出てくるようだと、話はちがってくる。その先手を打って、彼が玉屋を買収すれば、問題はない。その考えは、最近、彼の頭にあるから、さっきも、自分も、山の狼の一ぴきかも知れぬと、冗談をいったのだが——

「じゃア、お婆さん、また……」

彼は、サッと、立ち上って、歩き出したが、白い鉄カブトを忘れたことに、気がついた。

「おや、帽子がないな」

彼の坐ったあたりに、影もなかった。

「お車の中へ、運んで置きました」

さわやかな、よく通る声が、部屋の入口で聞えた。相撲の大鵬に似た顔の少年が、ニコニコして身を屈めた。年は十七、八だが、半袖のスポーツ・シャツに、灰色のズボンをはいた姿は、ガッシリと、大きかった。

「気がきくな。いつの間に、持っていったんだか……」

北条は、その少年に、注意した。彼は、人買いのような男で、部下にも、学歴や経験よりも、人物を見込んで、方々から、集めてくるが、この少年にも、無意識に、選択眼が働いたのだろう。

「乙夫《おとお》、外まで、お送りして……」

お里婆さんも、エッチラ腰をあげたが、少年は、先きに、玄関に駆け出した。

カリの湯

ワシの湯のある部落は、足刈村と呼ばれ、戸数が二十ぐらいで、日本最小の村として、有名だった。土産物屋も、射的屋もない代りに、郵便局があって、明治年間に外国電報を取扱っていたというから、いかに、外人客が多かったか、想像できるだろう。

もっとも、今は、箱根町、元箱根と合併して、村称は消えたが、足刈の名は残ってる。前面は、双子山が立ちふさがり、背後に、湯ノ沢高原を背おい、特に、眺望の奇はないが、夏の涼しさは、箱根第一といわれている。太古には、この辺が、芦ノ湖であって、現在の芦ノ湖は、箱根湖と称されたらしい。そして、ワシの湯の名の由来も、傷ついた鷲が云々の伝説よりも、アシがワシに転化したと考える方が、至当であろう。

その証拠に、地名の足刈に対応するごとく、ワシの湯に対して、雁の湯があるのである。同じ土地の温泉で、同じ硫化水素泉であるが、自噴する泉源は、ちがっている。これは、玉屋の先祖が二つの泉源を持っていたのを、一つを長子に譲って、自家を継がし、もう一つを、次男に与えて、カリの湯を起こさしたのである。

　カリの湯は若松屋旅館であって、主人は、代々、幸右衛門を名乗る。現主人は、六代目幸右衛門であるが、以前は、森川浩二という、ありふれた名であった。今でも、彼は、親しい友人や、大学の級友たちには、浩二の名を用いて、若松屋幸右衛門を、忌避している。

　どうも、今の世の中に、幸右衛門という名は、耳ざわりのいいものではない。それに、浩二は、あらゆる点で、幸右衛門というジイさんくさい名に、遠い人物だった。

　彼は、宿屋の主人にしては珍しく、東大法科出身だった。先代の幸右衛門が、ハイカラ好きで、子供は、皆東京へ送って、優秀校へ学ばせた。

　もっとも、浩二は、法科へ入っても、好きな考古学とか、民俗学とか、そんな方に身を入れて、あまり勉強もしなかった。そして、道楽の学問の方で、世に出たいと思っていたところが、突然、兄の泰一が死んでしまって、やむをえず、若松屋の跡を、継がねばならなくなった。

　跡を継げば、イヤでも、オウでも、幸右衛門――ベレーをかぶって、パイプなぞくわえる幸右衛門ができあがったのであるが、根が楽天的で、サッパリした性格なので、気に染まぬ温泉旅館業も、今年で二十余年ほどやってるうちに、そう不平も出なくなった。

　しかし、持って生まれたインテリ風貌は、どうしようもなく、大学卒業記念にはやした鼻下のヒゲも、剃る気になれず、ましてや、茶代のお礼に、客の座敷へまかりこす芸当は、逆立ちするよりむつかしく、その方は、細君のきよ子に任せて、自分は、帳場の奥か、別棟の自宅に、ひっこんでる時が多い。旅館経営に、頭を使わないわけではないが、趣味生活の方にずっと熱心な男なのである。

旅館の主人というものは、建物の中で、一番、日当りのよくない、風通しの悪い、つまり客座敷に使えないような部屋に住むのが通例であって、現に、ワシの湯の玉屋の婆さんなぞも、その慣行に従っているが、若松屋幸右衛門は、まったく反対だった。

彼の自宅は、旅館の建物と離れて、小型ながら、シャれた和風建築で、彼自身が、一年がかりで設計しただけあって、間取りもよく、建具も立派な上に、採光通風ともに、申し分ない。

そこに、彼は、四人の家族と起居してるのだが、長男の幸之助は、東京在学中で、細君のきよ子も、朝から夜まで、旅館の方へいってるし、彼だって、一日の半分は、帳場へ顔を出すから、一番この家の恩恵に浴してるのは、長女の明日子《あすこ》だろう。彼女は、強羅のミッション・スクールへ、通学してるが、その他の時間は、家にいて、めったに旅館の方には、出かけない。

しかし、今日は、幸右衛門が、スキヤ風を加味した応接間で、客と話していて、明日子は、まだ、学校から帰っていなかった。

「やっと、春めいてきましたね」

と、いいながらも、プロパンガスのストーブへ、両手をさし出した男は、箱根町の町会議員であって、ジャンパーを着用してるのは、本職が、電機屋さんだからだろう。

「うん。しかし、湯本の桜は、もう散ったっていうのに、今朝の霜なんか、ひどかったからな」

幸右衛門は、厚いジャケツの上に、背広を着てるが、足には、紺足袋をはいてる。

「でも、湖水じゃ、子持ちのアカハラが、とれだしましたぜ。やっぱり、春ですよ……。いかがです。春の団体は？」

「何だか、知らないが、今年は、早くから、団体さんが多いね。昨日も、今日も、中ぐらいのが、二組はいった……」

「やはり、若松屋さんは、景気がいいですな」

町会議員が、お世辞をいった。

あれから――北条一角が、玉屋の婆さんを訪ねたころから、十カ月近くたって、この足刈も、短い秋と、長い冬を送り、やっと、ヤブ・ウグイスの声が、聞けるようになったのである。

「なアに、景気なんて、知れたもんだよ。団体さんで、イキをつくといっても、もともと、うちゃ玉屋さんのような、湯治宿というものは、時代錯誤になっちゃったんだ。箱根へ、病気をなおしにくる人が、なくなっちゃったんだから仕方がない……」

「お宅の湯のように、皮膚病にはゼッタイという力があるのに、惜しいもんですな。でも、ワカシ湯とは、気分がちがいますよ」

「ところが、ワカシ湯の旅館の方が、みんな、繁盛してるよ。泉量は多いし、第一、経営が、まるでちがうんだ。一番いい例は、常春苑だよ。これからの箱根は、あの方式でなけりゃ、旅館という事業も、成り立たんのじゃないかね……」

幸右衛門は、悲観的観測を口にしたが、顔つきも、声音も、まるで、他人の話をするように、ノンビリしている。

　箱根の温泉で、お客が長期の滞在をするのは、もうここのワシの湯とカリの湯だけであるが、それも、夏場の一カ月間に限られて、あとは、一泊か、休憩の客ばかり。

　昔は、交通も不便なので、来たお客さまは、全部、滞在ときまっていたから、座敷も料理も、サービスにしても、それを基準に、できあがっている。今のように、サッと来て、サッと遊んで——まるで、料理屋へ来る気持の客を、満足させるには、家の建築から経営法、一切を、変えていかねばならない。

　それをやらないから、いい客は、皆、宮ノ下や湯本に、とられてしまう。昔、足刈の常客だった大臣や財産家は、パッタリ足を絶ってしまった。といって、全館を新スキヤ風か何かに改築して、寝具什器一切を改めるとなると、莫大な金がいる。戦後、表構えの改築だけやった時でも、銀行の厄介になった。

　金の問題は別としても、新式経営に切り替えが、ちゅうちょされるのは、ノレンへの愛着である。足刈の玉屋、若松屋といわれて、徳川時代から名を売ってきた湯治旅館の形に、未練が残るのは是非もない。玉屋のお婆さんなぞは、それにすがりついて死ぬつもりらしい。

　幸右衛門は、まだ、五十を過ぎたばかりで、それほど頭は古くないが、といって、四苦八苦して、戦後式の改革をやる情熱も、乏しいのである。

　——滅ぶべき民族は、どんな手をうっても滅ぶもんだからな。

　なまじ、考古学だの、民俗学などを、カジったおかげで、自分の一家を、研究の対象なみに、扱ってしまう。性格的にも、クヨクヨ心配することが、きらいである。

それに何といっても、いつ旅館をやめたって、食うに困らないという腹が、あるからだろう。貯金や株券こそ少いが、この足刈の土地の半分は、彼の所有である。最近の土地の値上りに輪をかけて、この付近が高値を呼んでるのは、すぐ山の背後まで食い込んできた篤川側と、木下側のせり合いが、始まったからである。

木下側の〝関急〟が、同系の〝南急〟とは別に、箱根山上への新道路と、その途中に箱根ニュー・タウンなるものの建設を、企てている。東京オリンピックまでに、三十億を投じて、完成するというが、その道路の出口が、足刈付近にあたるのである。〝関急〟としては、是非、玉屋か、若松屋の土地を、買収したい。

一方、篤川側でも、その妨害をする上にも、また、湯ノ沢高原に、常春苑式なヘルス・センターの新営業を始めるためにも、その入口である足刈に、土地が欲しいのである。

もし、幸右衛門がウンといえば、温泉権利とも、三億かそこらの金が、すぐ、飛び込んでくるのである。旅館をやめて、東京の田園都市にでも住んで、一家、安泰に暮せるわけなのだが、そこが、少し変った男で、なかなか、ウンといわない。

そう安易に、ウンといっては、世の中が面白くないということを、考えてるのは、やはり、資本家に対する反抗であるか。

今日訪ねてきた、電機商の町会議員だって、ムダ話に、足を運んだわけはなかろう。この秋には、箱根町村合併以来、最初の大選挙区制で、投票があるのだが、彼も、再出馬を期して、運動にきたとも、考えられるが、それぱかりではあるまい。

彼の地盤の箱根町は、今のところ、〝南急〟や〝横断〟の勢力が強く、篤川側が弱い。箱根に住むかぎり、そのどちらかの勢力にくみさなければ、生活が立っていかない。中立なんてことは、幸右衛門のような有力者にして、初めて行われることである。この電機屋さんなぞも、ハッキリ〝南急〟方だと、看板を出して、その政治的地位を、保ってるのである。

幸右衛門も、この町会議員の腹を読んで、恐らく、木下側の望む地所買い入れの話でも持って、訪ねてきたのだろうと、思っていたが、相手は、容易に切り出そうとしなかった。

「時に、玉屋のご隠居は、相変らず、お丈夫ですか」

町会議員は、新しいタバコに火をつけた。

「ご隠居なんていうと、怒られるよ。おかみさんといわなくちゃア……」

「つまり、それほど、お元気ってわけですか。しかし、えらいもんですな。去年、米寿の祝いだったから、今年は八十九でしょう」

「いくつになったって、あの婆さんは、変りゃしないよ。ガンコの標本みたいな人なんだから……」

幸右衛門も、苦い顔になった。

「でも、百まで生きるわけでもないのに、あの身代を、だれに譲る気なんでしょうね」

「よけいな心配をしなさんな」

「いくら、仲が悪くったって、お宅とは、血がつながってるんだから、相続人は、お宅から……」

「バカいっちゃいけない。若松屋には、家憲があるんだ。玉屋とは、一杯の水も、やらず、貰わずという関係を、もう何代も、続けてきてるんだ。いわんや、子供を……」

「旦那のような文化人が、そんなことをいってるのは、腑に落ちませんね。家憲なんて古証《ふるしょう》文《もん》みてえなもんですよ。それより、儲ける方の算段をしなくちゃア……」

と、電機屋さんにヒヤかされて、幸右衛門は、怒ると思いの外、素直な微笑を浮かべて、

「そりゃ、君のいうとおりだ。先祖のケンカを、後生大事に、続けるなんて、バカな話だよ。ほんとをいうと、ぼくの心の中にゃ、一かけらの憎しみも、玉屋に持ってやしないよ。むしろ、手をつないで、商売をしていきたいと、思ってるんだ……」

「それが、本筋ですよ」

「いや、その必要に、せまられてるんだ。だって、このごろの団体客は、一列車買い切ってくるような、大きいのが多いだろう。とても、うち一軒じゃ、受けきれない。玉屋さんと共同なら、何とかなるのを、みすみす逃がしちまうことがあってね……。しかし、あの婆さんと、相談に行こうとすると、足がすくんで動かなくなるから、不思議だよ……」

外国なら、〝ロミオとジュリエット〟のモンターギュ家とキャプレット家の宿怨、日本では、〝妹背《いもせ》山婦女庭訓《やまおんなていきん》〟の久我之助の家と雛鳥の家の争い。

家と家との運命的なケンカは、罪もない息子と娘の恋を妨害して、観客の涙をしぼるが、

いずれも、遠い昔の物語である。個人の自由が尊重される戦後日本に、家代々の対立が続いてるなんて、ウソのような話であるが、そこが、箱根山の特殊事情であって、ロープ・ウェイやケーブル・カーができても、伝統の山容を、消しがたいのである。

玉屋と若松屋のケンカの由来については、すでに書いたとおりであるが、明治年間に入ってからの経過は、両者の勢力伯仲であって、時々、一進一退を見せるのみであった。例えば、玉屋がホテル化して、外人客でにぎわった時には、若松屋は、邦人名士の常宿として、売り出そうとしたが、及ばなかった。しかし外人が軽井沢へ去ると、若松屋の保守主義が当って、足刈を代表する高級旅館となった。

玉屋の方にも、西郷隆盛や、木戸孝允のような上客もきたが、明治期は、何といっても、若松屋の全盛だった。それが、大正の大震災以来、形勢が一変した。若松屋の被害がひどく、一時、泉源も止まったのに、玉屋の方は軽くすんで、それを機会に、改築をやって、急にノシてきた。

その推進力になったのが、お里婆さんなのである。そのころは、婆さんも、まだ若い未亡人だったが、朝は暗いうちに起きて、丸マゲに結い、帳場と料理場と、女中や雇い人に、一切のサイハイを振り、午前中に、客室のごアイサツに回るのだが、その愛想のいいことが、玉屋の名物となっていた。愛想がよくて、抜目がなく、品が悪くない女将を、ヒイキにして、浜口雄幸だとか、大町桂月だという人たちが、滞在にきた。

しかし、太平洋戦争前には、若松屋が次第に発展してきて、お里婆さんの旧式経営をしのいだが、戦争で、競争はストップ。そして、戦後は、婆さんを補佐する番頭の小金井が、腕をふるいだして、大改築も、若松屋に先きんじ、ややリードの形をとってる。

そんな具合に、長い間の抜きつ、抜かれつを、くりかえしているのは、〝函豆〟と〝横断〟のバスに似ているが、会社のケンカとちがってるのは、両家とも、百年戦争の期間に、決して、血迷わなかったことである。

毎年、元旦を迎えると、若松屋幸右衛門は、羽織ハカマの姿で、玉屋の玄関に、年賀をのべに行く。玉屋の方でも、以前は、婆さん自身が返礼に行ったが、近ごろは、小金井番頭が代理をする。

冠婚葬祭の時にも、両家は、必ず、招き合う。どんなに仲の悪い時でも、先祖を一にする礼儀は、忘れない。

しかし、それ以外には、全然、交際をしない。主人や家族ばかりでなく、使用人まで、敵味方の意識に、燃えてるし、出入りの諸商人も、全部、両派にわかれてる。

「そんな風じゃア、何ですね、玉屋さんとご縁組みなさるようなことは……」

町会議員は、サグリを入れるようなことをいった。

「縁組み？」

「ええ、お宅のお嬢さんを、玉屋の養女におやんなさるっていうようなことは……」

「考えたこともないよ、そんなことア。第一、行うべからざることだ」

幸右衛門は、テーブルをたたかんばかりの態度を、示した。

「そりゃ、ご両家の仲は、知らないわけじゃありませんけど、そこは、血をわけたご親戚のことだから、家が絶えるって段になれば……」

「そんな世の中じゃないよ。家名だとか、血統とか……。それに、民族の血が古くなれば、自然と出産率が下って、地上から消えていくのと、同理でね。個人の家も……」

「なるほど。そういやア、お宅の方が、玉屋さんより新しいから……」

「いや、うちだって、新興民族の強い血はないよ……。しかし、君、何だって、そんなことを、聞くんだ？」

「なアに、ちょいと、サグリを入れたんで……」

「何の？」

「いいえ、わかりましたよ。お嬢さんを、玉屋さんにおやりにならないとすると、他所へおあげになるお考えだってことが……」

それを聞いて、幸右衛門が、笑いだした。

「君は、うちの地所を売れ、売れって話ばかり、持ち込んでくると思ったら、今度は、縁談かい」

「いいえ、地所の方を、あきらめたわけじゃありませんがね……」

「まア、いいよ。ところで、君のいう縁談ッてのは、明日子のことなのかい」

「そうですとも、あれくらい美人で、品のいいお嬢さんは、箱根の山のどこを探したって、いやしませんからね。あたしゃ、是非、いいお婿さんを、お世話しようと思って……」

「おい、君、冗談いっちゃいけないよ。明日子は、まだ十六で、学校へ通ってるんだぜ」

「十六、結構じゃありませんか。昔なら、算え年十七、八で、年ごろでさア。それに、何も、すぐ式をあげなくたって、その、エンゲージってやつを……」

「ハッハハ。こりゃ、愉快だ。あの子に、縁談がかかるなんて……。当人に聞かしたら、腹を抱えて笑うか、それとも、烈火のごとく怒るか……」

「親のあなたが、そんなことといってちゃア困りますね。まア、話だけでも、聞いて下さいよ。婿さんというのは、去年、東大を出た秀才でね。年は、二十四。とても、スマートな青年でして、それに、家柄がいいんです。〝南急〟の近藤さんの親戚とかいう話で、目下、〝箱根横断〟の小田原事務所に……」

と、ベラベラ話しだすのを、幸右衛門は、返事の代りに、ハエでも追うように、片手を振って見せた。

幸右衛門が娘の縁談を、一笑に付するという態度を見せたのは、明日子がまだ十六歳で、セーラー服を着て、学校へ通ってるという理由だけではなかった。

彼は、そういう話を、極力警戒する必要があったからである。

最近、長男の幸之助にも嫁の世話をしたいという人があった。北条一角の氏田観光の重役が、友人の娘の写真を、送ってきたのである。また、篤川系の〝函豆〟の幹部は、箱根出身で、幸右衛門と以前から知合いのせいもあるが、もっと立ち入った話を、持ち込んできた。

それは、足刈の名家の玉屋が断絶しては、箱根として、惜しむべきことだから、夫婦養子に跡をつがせてはどうか。男の方は、優秀な人物の心当りがあるが、細君には、血縁である明日子を立てるのが、最良の策ではないか——と、いってきた。だから、電機屋の町会議員が持ってきた縁談は、実をいうと、最初ともいえないのである。

なぜ、そんなに、若松屋へ縁談が、集まってくるのか。明日子はもとより、幸之助だって、東京遊学中で、結婚適齢期でもない。それを知りつつ、そんな話を持ち込んでくるのは、どんなコンタンだか、幸右衛門には、よくわかっていた。

だれも、彼も、土地が欲しいのである。幸右衛門が容易に手放さないと知って、縁辺《えんぺん》となってから、カラメ手を襲おうとするのである。

そして、足刈の土地を二分して持ってる若松屋を、口説き落せば、玉屋の方は、やがて、婆さんが死ぬだろうから、問題は簡単だと、思ってる。さらに、慾の深い連中は、若松屋から玉屋へ、養子縁組をさせて、魚を寄せて置いてから、バッサリと、網を打とうという計略を、立ててるのだろう。

そういう形勢の中にあって、ウカウカと、縁談の持ち込みに、乗れたものではない。何しろ、相手は、知恵のすぐれた連中ばかりだから、どんな迷彩をほどこして、こっちをダマすかも知れない。万事、話を耳に入れないに限る——

そう思ってるから、町会議員が何といっても、無言で、手を振るばかりだったのだが、相手も、短兵急には、攻め寄せず、

「まア、よくお考えになって置いて、下さいよ……。それから、秋の選挙のことは、お忘れなく……」

と、自分用の念も押してから、やっと、帰っていった。

――あの男も、〝南急〟側とは知ってたが、あんな話まで持ち込むところを見ると、上役のだれかに、だいぶ信用されたな。さもなければ、そんな指令を、受けるはずがない。

彼も、箱根山上の情勢には、いつも、通じていなければ、地位からいっても、退屈しのぎの点からも、具合が悪かった。

「あら、お客さまでしたの……」

細君のきよ子が入ってきて、テーブルの上の茶葉を見た。

細君のきよ子は、今年、四十三。このごろの四十ソコソコは、若奥さんみたいなものだが、なかなか美人だから、一層、若々しく見える。

といっても、彼女が、若松屋の廊下を歩いてると、お客さんは、同宿の女客とまちがえるくらいで、どう見ても、宿屋のおかみさんではない。スラリとした、東京山の手の奥さんタイプで、着物の好みも、口のきき方も、それに準じている。それでは、商売に差支えるので、努めて腰を低く、愛想もよくするように、刻苦精励した結果が、やっと、今の程度であって、もともと彼女が幸右衛門と結婚した時は、学者の妻になるぐらいのつもりだったのを、計らずも、長兄の死去で、旅館業を継ぐことになったのだから、どうも、やむをえないのである。

彼女は朝から、若松屋へ出張していて、寝る時までは、大体、自宅へ帰らないのであるが、着換えなぞの必要が起きた場合は、ちょっと、足を運んでくるのである。

「団体さんは、まだかね」

幸右衛門がきいた。

「もうじきでしょう。小田原から、電話がありましたから……」

細君が、自分の居間へ行こうとするのを、

「おい、おい、面白い話があるぜ」

「何ですの」

「明日子に、縁談が舞い込んできた……ハッハハ」

幸右衛門は、アラマシを語った。

「人をバカにしてるわ」

きよ子は、半分聞かないうちに、眉を寄せた。彼女にとって、明日子は、青い、硬い、清浄な果物であって、それを、もう食べようなんて考える人間は、ひっかいてやりたいほど、憎らしい。

「キッパリ断って、下さったでしょうね」

「あたりまえだよ。まだ、縁談どころじゃない。それに、例によって、下ごころのある話らしいから……」

「あの電機屋さんなら〝南急〟方でしょう」

「うん、箱根町だからね。あいつも、だれか、ボスをつかんだんだろう。そりゃいいが、足刈も、これから、一層、重要地点になるらしいぜ」

「どうしてです？」

「木下さんの方で、ここから早川へ抜ける道をつくって、その中間に、近代的な温泉都市を建設するらしいんだ。オリンピック目当てなんだよ。そこへきたお客さんが、箱根へくるとなると、どうしても、この近くの国道へ、出てくることになる。もう、小田原から上ってくるお客さんばかりを、相手にしなくても、いいわけなんだ……」

「すると、また、地価が上りますね」

「売れ、売れで、当分、うるさくなってくるよ。今日の明日子の縁談なぞも、どうも、そっちの方と、関係があるんじゃないかな。〝南急〟も〝関急〟も、同系資本だし……」

「いやらしい。何も、明日子に目をつけなくたって……」

と、きよ子は、舌打ちしたが、

「そういえば、ちょっと、お話がありますの、明日子のことで……」

きよ子は、客の坐っていたイスに、腰を下して、良人の顔をながめながら、

「ほんとに、いやんなっちまいますわ、明日子ったら……」

と、ため息をついた。

「どうしたんだ、一体……」

幸右衛門は、クッタクのない性分であるが、それでも、娘のことになると、多少は、神経的な目つきを見せる。

「学校から、お注意がきたのよ」

「へえ、あの子のことだから、先生にタテでもついたんだろう。それとも、ボーイ・フレンドでもできたというのか」

「バカらしい。まだ、まだ、明日子は、そんな心配はありませんよ。ただね、英語と物理が、よほど、悪いらしいの。それで、受持ちの先生から、うちで、もう少し勉強するようにって……」

「なアんだ、英語と物理か。ぼくも、きらいだったな」

「あなたの時代とは、ちがうんですよ。好きな科目だけ、いいお点をとったって、ダメなんですよ。それに、あの学校ときたら、皆さん、とても勉強なさるんですから……」

明日子の通っている強羅の白バラ学園というのは、東京の同名の有名校と同系統のミッション・スクールで、東京の白バラが、戦時中に疎開した跡を、分校にしたようなものだった。箱根には、教育設備が乏しいが、この女学校だけは、評判であって、湯本や宮ノ下の良家の子女ばかりでなく、遠く熱海や小田原からも、多数の生徒が通ってくる。どれも〝いいお家〟のお嬢さんばかりで、気位が高く、成績の競争もはげしい。

若松屋では、旅館業に似合わず、子供に高等教育を受けさせるのが家風で、長男も、東京のK大に学ばせているが、明日子だけは、一も二もなく、地元の〝白バラ〟にきめた。足刈から、バスで小湧谷の横断鉄道駅まで行って、それから強羅行きへ乗る道を、もう何年も、通っているのである。

「それで、どうしようっていうんだ」

幸右衛門は、あまり熱意のない、反問をした。

「どうしようって、そりゃ、あたしが見てやればいいんですけど、お店があのとおり、目がはなされないとすると……」

「いや、君には、もうムリだよ。このごろの女学校の英語は、相当、程度が高くなってるんだから……」

「まア、失礼ね、じゃア、あなた復習してやって下さいよ。どうせ、半日は、遊んでいらっしゃるんでしょう」

「いや、英語は、何とかゴマかしても、物理となると……」

「そら、ご覧なさい。だから、どうしても、家庭教師を、頼まなくては……」

「この山の上に、そんな人間がいるもんか。小田原からでも呼べば、別として……」

「そんな手数のかかることをしなくても、あたし、心当りが一人あるんですけど……」

「心当りがあるって？　おかしいなア。この足刈にかい？」

幸右衛門は、妻の浅見《せんけん》をあわれむような、笑い方をした。ついこの間までは、日本で最小の村と呼ばれ、戸数も二十戸ほどで、人口は、玉屋と若松屋の家族と雇い人が、大部分を占めてるような、狭い土地なのである。人にものを教える人間がいれば、だれよりも先きに、幸右衛門が知ってなければならない。

「ええ、でも、それが、ちょいと……」

きよ子は、意味ありげな微笑を、洩らした。

「いるもんか、絶対に……。ちょいとも、何も、ありゃしない」

「ホ、ホ。燈台もと暗しってこと、ご存じ?」

「じゃア、だれだ。いってみなさい」

「乙夫!」

そういって、細君は、勝ち誇った。

「なアんだ、そうか……」

幸右衛門は、苦笑して、横を向いた。

玉屋の雇い人、勝又乙夫少年のことである。去年の夏、北条一角が、スカイ・ラインの工事現場の帰りに、玉屋のお里婆さんを訪ねたが、その時に、彼の鉄カブトを、いち早く自動車の中へ運んだ、少年のことである。体は大きく、顔は、相撲の大鵬に似て、可愛らしいが、年は、まだ、十七歳——最近、危険な年齢といわれているが……。

その乙夫少年は、箱根町の中学を出ただけなのに、頭がよくて、もの知りという点で、足刈の評判になっていた。幼いころから、玉屋で育てられ、十歳にならぬうちから、庭掃除もやり、お里婆さんの情けで、義務教育を終える間も、走り使いから、下足番もやり、完全な玉屋の雇い人だった。

そんなに、暇なく働きながら、これが神童というのか、学校は、いつも首席で、全科目、体操に至るまで、最高点をとってる。また、本人が、ひどく知識慾が盛んで、客の残していく雑誌や書籍は、かたっぱしから、読んでしまう。外人の客でもあると、側につききりで、英語の発音を覚えようとするが、それがまた、舌をまくほど速く、身につけてしまう。中学を出てからは、私大の通信講義録をとって、勉強に怠りない。

そんなわけで、今でも、玉屋第一のもの知りとなり、お里婆さんにも可愛がられて、帳場係り兼番頭として、十七歳ながら、欠くべからざる雇い人となっている。そして、乙夫だけは、商売敵の若松屋でも、高く評価されていた。幸右衛門自身も、

「あいつ、うちの雇い人なら、大学まで、通わしてやるんだがなア……」

と、口に洩らしたこともあった。

そんな乙夫であるが、さて、明日子の家庭教師とするには、問題があった。学力の点ではない。玉屋の雇い人という点が、困ったことなのである。幸右衛門は、その許諾を求めに、本人よりも、お里婆さんの前に、頭を下げにいかねばならない。

乙夫の出生

「何も、家庭教師なんて、大ゲサなことでなくても、日に一時間ぐらい、復習を見て貰うだけでいいんですから……」

きよ子は、良人《おっと》の気持に、同感できなかった。彼女は若松屋と玉屋の伝統的対立に、巻き

込まれてはいるものの、娘のこととなれば、考えもちがうらしく、相手の店の雇い人を、日に一時間ぐらい借りるぐらいの依頼は、何でもないことだと、思われた。

「そりゃ、先方にとっても、大した迷惑にはならんかも知れないが……」

　幸右衛門は、言葉の終りを、いい濁した。

「じゃア、頼んで下さいな。何でもないことでしょう」

「それが、そういかんのだ」

「なぜです」

「その場になれば、ぼくの足も、口も、動かなくなるんだよ。若松屋が玉屋に、頭を下げるということになればね……」

「それが、あたしにはわからないわ」

「ぼくにも、わからない。ぼく自身は、いつまでも、こんな状態を続けてはいけないと、思ってるんだ。頭では、そう考えてるんだが、体がいうことをきかない。不思議だよ」

「だって、乙夫を借りるぐらい、頭を下げるなんてほどの問題じゃないでしょう」

「それでも、一応は、あの婆さんを、通さなくちゃアいけない。それには、ぼくが出かけて、頭を下げて……」

「頭ぐらい下げたって、いいじゃありませんか」

「ぼくだけの頭だったら、いくらでも下げる。ぼくは、かまわん。ところが、ぼくの頭の中には、先祖代々の亡霊が、住んでるんだ……」

「気味の悪いこと、おっしゃるのね」

「先方の家にも、亡霊が生き残ってる。たぶん、うちよりも好戦的な亡霊が……」

「ほんとに、何ていう土地なんでしょう、箱根ってところは……」

「ぼくだって、嫌気がさしてるんだ。ここの地所を売って、東京へでも出ようかと、何べん考えたか、知れないよ。でも、ここにいる間は、仕方がない。先祖代々の亡霊の指図に従って、玉屋とにらみ合いながら、生きてく外はないんだ……」

幸右衛門も、本音を洩らしたらしく、声も、陰気に沈んできた。

「バカバカしいわ、ほんとに……」

と、細君も、サジを投げかけたが、何か思い返して、

「でも、乙夫の場合は、ちょっと、ちがうと思うわ」

「どうして？」

「だって、乙夫の父親は、うちのお客さんじゃありませんか。そんなら、うちにも、権利があるはずだわ」

「しかし、母親は、お留だ。玉屋の雇い人だ。そして、乙夫を育て上げたのも、玉屋の婆さんだ。してみると、まず、所有権は先方にあると、見なけりゃ……」

大東亜戦争の最中には、ソビエット人は強羅ホテルに、南方占領地にいたドイツ人家族は仙石《せんごく》に――という風に、箱根の山は、外人の巣になっていた。独ソ人に限らず、第三国人と

呼ばれる人々も、ここに集められた。

それは、外人を、景色のいい、温泉のある土地に静養させようという、日本政府の親切でも、何でもなかった。やはり、天下の嶮である箱根の山に、ものをいわせたので、そんな高いところへ、彼等を追い上げて置けば、防諜の目的を達するからであった。ドイツは盟邦なぞといっても、ドイツ人は何をするか、知れなかった。

戦時中の箱根の山は、〝横断〟のケーブル・カーも、鉄材供出で廃線となり、木炭バスが、わずかな回数で、やっと通っていた有様で、日本人の浴客は、ほとんど無く、反対に、外人がふえたのだが、その外人もヒマなので、やたらに、バスの車掌とか、旅館の女中とかをクドいて、問題を起した。小田原署の外事課では、ヤッキとなって、それを取締り、外人と関係した箱根の女を引致して、何をシャベったかを、きびしく取調べた。防諜のためかも知れないが、ヤキモチ半分でもあったろう。そして、警官があきれたことには、強い説諭で、涙を流しながら、署を出て行った箱根の女が、翌日は、ケロリとして、外人と手をつないで、山を歩いていた。よほど、外人の男の魅力が、強いらしいのである。

戦時下でさえ、そんな現象が起きたのは、やはり、箱根の特殊性なので、明治の初頭から、外人の来訪が繁く、外人を尊重する気風が、流れていたからだろう。鬼畜米英の呼びかけも、箱根の女には、通じなかったにちがいない。

足刈温泉は、宮ノ下と並んで、外人の遊んだ土地で、玉屋がホテル化した時代のことは、前に書いたとおりである。マカロフなんていっても、今の人は知るまいが、日露戦争の時のロシヤ極東艦隊司令長官――この提督なぞも、開戦前に、玉屋の客となったことがある。ただ、客となったばかりではない。滞在中に、マカロフの子というものを、数人も、こしらえた。もちろん、マカロフ個人の仕業とは限らず、幕僚もずいぶん手伝ったらしいのだが、土地の者は、生まれた子供を、全部、マカロフの子と称していた。

そういう土地柄であるから、大東亜戦争になって、外人の箱根軟禁が始まったら、当然、その一翼を担うべきであったのに、強羅や仙石に先んじられた。日本人の客は少く、外人も来らず、玉屋と若松屋は開店休業と同様であった。

ところが、昭和十七年の秋になって、若松屋に、ドサドサと、外人客が乗り込んできた。突然、飛び込んできたのではない。当主の幸右衛門が、付近第一のインテリであり、ドイツ語を解する点を見込んで、当局が、特に若松屋を選び、その外人群の収容を、依頼してきたのである。

それは、ドイツの仮装巡洋艦の乗組員で、艦長以下、七十五人の同勢だった。その船は、横須賀に碇泊中に、爆破を起したために、乗員は帰国することができず、日本海軍省の計らいで、箱根収容組に、加えられたのである。

そのころ、若松屋では、洋間といっては、ピンポンのある遊戯室ぐらいのもので、後の全部が畳敷きであったが、とりあえず、艦長のB大尉を、最上室の松の間、副官のM中尉を、竹の間、下士官は一人一室、水兵は三人一室という風に、それぞれ、部屋割りができた。しかし、食物の方は、日本の板前さんしかいないので、どうしたものかと、案じていたが、これほど手のかからない客は、二度とあるまいと思われる結果となった。

　彼等は、一艦の乗組員であるから、コックもいれば、洗濯係り、裁縫係りもいる。その上、戦時中の物資不足に際して、彼等七十五人が、五年間かかっても食べきれないほどの食糧を、持参していた。というのは、彼等は日本へ寄航する前に、インド洋で、豪州の食糧物資補給船を捕え、積荷の全部を奪っていたからである。その物資が、箱根の日本人に対して、金銭以上に、ものをいった。

　若松屋幸右衛門は、海軍省から、連絡事務担当を依頼されて、常に彼等と接触する地位に置かれたが、彼等が盟邦の現役軍人でありながら、箱根山上に軟禁された理由が、次第にわかってきた。彼等は、ナチではなかった。そういう空気は、彼等ばかりでなく、ドイツ海軍に、流れていたようだった。そして、ソビエット・ロシヤの悪口は、盛んにいうが、英米にはむしろ好意を持っているようだった。そして、スパイ行為を働きかねない危険さえ、あったのである。なにしろ、優秀な無線電信機と、技師までいたのだから——

　そんなことは別として、彼等は規律正しく、兵営生活を始めた。起床、食事、調練、就寝——ラッパの音と共に始まり、時間は、寸分の狂いがなかった。上官の威令はよく行われ、軍規はきわめて厳正だった。また、パンの製造はもとより、石鹼まで、自分たちで作って、身体と衣類の清潔を保った。その他、調髪も、クツ直しも、養鶏も、畜牛まで始めた。沢山の缶詰と交換に、付近の農家から、乳牛を仕入れてきた。

　そんな風に、彼等は国旗と軍規を忘れずに、山上の生活を続けてきたのだが、同じく忠勇の日本兵と、少しばかり違う点があった。

　女に対して、たいへん軍規が寛大なのである。艦長のB大尉からして、少し怪しかったが、下士官から水兵となると、公然と、女漁りに狂奔した。彼等に許可された散歩区域は、芦ノ湖畔から宮ノ下であるが、その辺で会った女に、ことごとく盟邦精神を発揮した。彼等には、振られては恥かしい、という考えがないので、一応、申し入れを行ってみるのだが、歩留りは高かった。なぜといって、箱根の特殊事情があった上に、彼等は、チョコレート、缶詰、石鹼等の有力武器を、持っていた。

　そういう豊富な物資は、若松屋の裏にある、トタン張りの倉庫にしまわれてあったが、その倉庫番のフリッツ兵曹というのは、もう中年の男で、もの堅い代りに、陰気で容貌も振わなかった。

　しかし、物資を握っているだけに、倉庫番という役は、なかなか勢力があって、他の下士官よりも、にらみがきいていた。ただ、役目柄、湖畔や宮ノ下へ、女漁りにも出かけられないのが、気の毒だった。もっとも、フリッツ兵曹は、女にモテるというガラでなく、黙々として倉庫の前にガンバる外ないとも、思われた。

　ところが、この謹直な兵曹が、いつの間にか、玉屋の女中のお留と、デキていたのである。彼だけは、真のドイツ軍人であると、幸右衛門の信用を博していたのだが、やはり、山上の孤独には、たえ難かったのだろう。最初のうちは、だれも気づかなかったが、お留の腹が肥大してきて、お里婆さんの目にとまり、究明の結果、相手はフリッツ兵曹と、わかったのである。

お留は宮城野から働きにきた女で、姓を勝又というのも、土着の住民の証拠だった。あの付近には、その姓が多いのである。年は三十を過ぎた出戻り女で、容色も醜かったので、玉屋では、お座敷へ出すよりも、洗濯や裁縫の仕事に回されていた。しかし、浮いた噂など、一度もなかった女で、無論、外国語なぞ一言も知りはしなかったのに、フリッツ兵曹と情けを交わすに至ったのは、だれも不思議と思った。一説には、やはりお留も、チョコレート、ジャム、石鹸等の魅力に誘われたのだともいう。その当時、どれだけ日本人が、そういう物資に飢えていたか、今の人は忘れている。そして、倉庫番の彼は、そういう物資を、自由にできる役回りだったのである。

とにかく、お留の腹がフクらんできたので、玉屋の婆さんは、若松屋へネジこむ理由を、発見した。いつも、にらみ合ってる両家の間に、こういう事件が起きたのだから、タダでは済まない。責任者のフリッツ兵曹は、若松屋の客であり、また、若松屋の主人幸右衛門は、単なる主人でなく、日独の連絡事務官待遇という役目である。

婆さんは表玄関から、若松屋へ乗り込んで、幸右衛門をトッちめた。

「お留を、どうして下さるんです。あれのお腹を、元どおりにして、かえして下さい」

これには、幸右衛門も困った。フリッツ兵曹に頼んだところで、元どおりになるものではない。仕方がないから、平あやまりに、あやまった。

婆さんとしては、幸右衛門に頭を下げさせれば、大部分の目的を達するので、散々、威張り散らして帰ってきたが、これでまた、両家の間の溝を、深くすることになった。

幸右衛門が艦長のB大尉に申告したので、フリッツ兵曹は、譴責《けんせき》のために、倉庫番からクリーニング係りに、格下げされたが、そんなことで、彼の情熱は衰えなかった。お留の妊娠を知ってから、彼は一層、足繁く、玉屋の裏口を訪ね、自分用の物資まで、彼女のもとにさゝげた。

この時のドイツ兵が、箱根山の女に植えつけたタネは、二、三にして止まらないが、お留の場合は最も早稲であった。つまり、最初に近い出産だったのだが、付近の評判になったのは、そのことだけではなかった。

父親であるフリッツ兵曹が、どんな日本人もマネのできないような、やさしい真情を、見せたからである。彼は、他のドイツ兵のように、一夜の慰みのつもりで、お留に対したのではなかったのか、それとも、妊娠という事実に、ひどく責任を感じたのか、六尺豊かな巨軀を、日に数度も、お留を見舞いに、現われた。

お留が臨月に近くなっても、まだ、玉屋の女中部屋にいたというのは、宮城野の実家に帰れない事情が、あったらしいのだが、いかに、お客のない戦時中とはいえ、玉屋にとっては、迷惑この上もなかった。お里婆さんも、腹の大きくなった女を、路頭に迷わすわけにもいかず、置いてやってはいるものの、文句タラダラで、すべてを若松屋の悪口に、もっていった。

そのうちに、出産の日がきた。ところが、これが、非常な難産――恐らく、玉屋で一番チンチクリンのお留が、ドイツ兵のうちでも巨漢のフリッツ兵曹のタネを、宿した結果かも、知れなかった。

とにかく、赤ん坊が半分生まれながら、何時間たっても、全部生まれないという状態が続いて、元箱根から呼んだ産婆の手にはおえなくなった。といって、戦時中のことで、産科の医者を、小田原へ迎えにいく自動車もない。産婦は苦しんで、衰弱してくるのを、オロオロしながら、心配していたフリッツ兵曹は、ついに意を決して上官の軍医のところへ飛んでいった。

軍艦の乗組員だから、軍医がいることはいたが、内科と外科は、ドイツ医学の心得が充分だったとしても、産科の方は、必要はなかった。軍艦には、男ばかりしか、乗っていない。そういう軍医さんが、部下の頼みで、シブシブやってきたのだから、どういう手荒な処置をとったか、知れたものではなかった。

赤ン坊は、とにかく生まれた。男の子だった。しかし、産婦の方は、呼吸も絶え絶えで、それから一週間後には、ついにこの世を去った。

それから後のフリッツ兵曹が、語り草だった。彼は、お留の死を悲しむ余裕もなく、わが子の養育を引き受けねばならなかったが、自室は兵営と同様であって、赤ン坊を連れ込むわけにいかない。やむをえず、軍務を放擲して、玉屋の女中部屋に入り浸った。そしてクマのような大きな手で、おシメを代えたり、乳をのませたり――乳だけは、乳牛も飼っていたし、缶詰ミルクは山のようにあるし、不自由はなかったが、この代理母親の不器用さは、目にあまった。しかし、その愛着振りは、だれの心をも打った。

ついに、お里婆さんが見かねて、手を差し出したのである。お留の実家では、そんな子は引き取らないというし、婆さんとしても玉屋で育てる外に、道がなかったのであるが――

それから、玉屋の婆さんとフリッツ兵曹の友情が、成立した。

婆さんは、無論、ドイツ語はできないが、フリッツ兵曹のカタコトの日本語と、後は手真似で、結構、多くの用が弁じ、また、感情の表現もできるのである。それに何よりも、婆さんがフリッツ兵曹の人柄に、感心してしまって、

「いま時、あんな正直で、気のやさしい男は、足柄山の奥を探しても、見つからないだろうよ」

と、彼のファンになったことが有力な原因だろう。もっとも、フリッツ兵曹の方でも、婆さんのもとに、多くの物資を運ぶことを、怠らなかった。

その赤ン坊は、お留の私生児として、役場に届けることになったが、命名をするのに、フリッツ兵曹は、断然、ドイツ名にするといって、譲らなかった。その時には彼も、ひどくガンコだった。

彼は、オットオという名を主張した。しかし、それでは、その男の子が、いつまでもアイノコということがわかって、可哀そうだからと、お里婆さんが、乙夫という漢字を思いついた。

「かまわないから、フリッツさんには黙って、届けてしまいなさいよ。オットオだって、乙夫だって似たもんだアね」

それで、勝又乙夫という小さな日本人が、できあがった。

勝又というのは、お留の実家の姓だが、これは、甲州から箱根へ移ってきた民族に多く、武勇に優れて、戦さをすれば、常に勝つので、又勝が、起源だという。そういう血を持ったお留と、ドイツ・ミリタリズムの血がまじったのだから、乙夫の将来は、頼もしいというの

か、恐ろしいというのか。

しかし、乙夫は、ほんとに可愛らしい、赤ン坊だった。父親に似ても、母親に似ても、顔立ちはよくないはずなのに、色白で、目がパッチリして、美男子の相を現わしていた。赤ン坊も、やはり、可愛い方がトクをするので、ヒマな女中さんたちは、争って世話をしたが、なかでも、小金井番頭の細君は、子供がなかったせいか、わが子のように、面倒を見た。そうはいっても、女将のお里婆さんの許可がなかったら、彼女たちも、そんな、好きなマネはできなかったろう。

戦局が、次第に不利になって、ドイツ兵たちも、いつ本国へ帰れるか、見込みが立たなくなったが、彼等は、あまり悲観していなかった。生命を賭けて、危い航海をするよりも、ノンキに、異国の山の上で、戦争の終結を待つという態度だった。従って、フリッツ兵曹も、乙夫の父親として、常に玉屋へ姿を現わし、お里婆さんを肉親の伯母のように、親しんでいた。

日本の敗北が告げられた時には、乙夫は算え年の三歳に達していた。そのころの日本の子供に見られない小ザッパリした、服なぞ着せられているのは、父親の丹精だった。

ドイツ兵は、終戦後二年も、箱根の山に留まったのは、敗戦国内の敗戦国軍人という複雑な身分のためで、また、彼等がさほど帰国を要求しなかったせいだろう。彼等の祖国は、東西にわかれ、麻のごとく乱れてるから、箱根山の平和な生活を、望んだのかも知れない。それに、彼等は、その時分でも、まだ、豊富な物資を蔵していた。

彼等の監督権は、日本海軍からアメリカ占領軍に移り、ジープに乗ったG・Iが、足刈へやってきたから、部落の人々は、ドイツ兵も、青菜に塩だろうと思ったら、大まちがいだった。ドイツ兵は、てんで、アメリカ兵を怖れないのである。アメリカ兵も、おれの祖父はドイツからきた、なぞというのがいて、ドイツ人に、一目置くのである。しまいには、両方仲よくなって、一緒に、物資をヤミ流ししたりするようになった。

フリッツ兵曹も、そういう環境のもとに、心ゆくまで、乙夫に父性愛をそそぐことができた。彼はわが子を、ドイツ流にオットオと呼び、ドイツ語の単語や、短いアイサツを教えたが、乙夫の利発さは、一度で、そういう言葉を覚えこむばかりでなく、発音も、きわめて正確だった。

父親の愛情も、いよいよ加わるわけで、彼としては、帰国の時も、乙夫を一緒に連れ帰りたかったにちがいなかった。しかし、軍籍にある以上、それができないとわかると、彼は、玉屋の婆さんに、涙と共に、依頼した。

「どうか、この子を、大切に育てて下さい。私は、必ず、いつか、この子を迎えにくる。実は、私の妻がハンブルグにいるが、もしか、妻が承知してくれたら、私は、すぐ迎えにくる。妻が不承知の場合は、妻の死亡を待って、迎えにくる。だから、その時まで、どうか、この子を預かって下さい。私は私のできるだけの礼を、あなたに呈するであろう」

という意味のことを、カタコトと手真似で、コンコンと、頼んだのである。

いよいよ、彼が山を去る日の愁嘆場《しゅうたんば》は、いうもおろかであったが、その日から、乙夫は孤児になった。五歳の夏だった。

お里婆さんは、義理堅く、フリッツ兵曹との約束を守った。婆さんはガンコ者だけに、ウンといったことは、忘れなかった。

「乙夫は、預かりものなんだからね、気をつけておくれ……」

おいおい、日本人も温泉を楽しむ時勢になって、婆さんも忙がしいので、乙夫の養育は、小金井番頭の細君に専任された。

そのころは、パンパンという女が、アメリカ兵の子供を生むようになり、箱根の山にも、そういう子供を育てる、光明学園の設備ができた。

「乙夫はね、パンパンの子とちがうんだよ。お留は、器量こそ悪かったが、身持ちは立派な女だったんだよ」

お里婆さんは、乙夫を戦争児と区別しようとしたばかりでなく、アイノコ扱いもさせないように、苦心した。

しかし、いくら、お里婆さんが苦心しても、乙夫は、育つにつれて、西洋人くさい顔立ちになってきた。髪の毛は、わりかた黒かったが、目と鼻が日本人の持ちものではなく、肌が抜けるほど白かった。

「やアい、アイノコやアい！」

足刈の子供は、乙夫に差別待遇を与えた。しかし、彼をいじめることは、できなかった。乙夫の体格は、同年の日本の子供より、ずっと大きく、腕力も強かった。

そのうちに、学齢がきて、箱根町の小学校に、通うようになった。この小学校というのが、箱根町と元箱根のケンカが因で、どっちの町へ建てても、苦情が出るので、ちょうど中間の丘の上にあった。昼なお暗い旧東海道の杉並木が残存するあたりで、今にも大名行列が現われそうな風致に富んだ場所ではあっても、箱根町の子供も、元箱根の子供も、町はずれまで歩かないと、登校できないのである。

乙夫は、足刈からバスで通うので、その点、問題はなく、また、両町の子供の対立に、巻き込まれる心配もなかった。アイノコという点で、多少、いやな目に遇ったことはあったが、それも、長くは続かなかった。

乙夫の成績が抜群で、箱根町の子供も、元箱根の子供も、側へ寄れなかったのである。受持ちの先生は、学校始まって以来の優良児と、折紙をつけた。読み方、書き方、算数、図画、体操——何でも、最高点なのである。どうして、そんなに、頭がいいのか。母親のお留は、気立てはよかったが、薄ボンヤリの女だった。父親のフリッツ兵曹だって、純朴の点では、玉屋の婆さんの推賞するところだが、頭脳明晰という評判はなかった。恐らく、フリッツ兵曹の祖父とか曾祖父とかが、ゲーテの血でもひいていて、隔世遺伝を現わしたのでもあろうか。

乙夫は、そんな優良児と謳われても、鼻にかける様子もなく、そういう子供にありがちな、異常さもなかった。いつも、ニコニコして、大人の命令にはよく従うので、だれからも、可愛がられた。これは、動物の保護色のように、彼の置かれた運命を安全に生きる、自然のチエであったかも知れない。旅館で生まれて、旅館で育てられた孤児は、料理人にも、下足番にも、憎まれては、損だった。

この小さな苦労人は、お里婆さんのお気に入りとなり、小金井番頭の細君のキミさんには、わが子同様の愛をあつめた。だから、フリッツ兵曹が、妻の了解を得て、乙夫を連れ帰りに、姿を現わしたとしても、すぐ手放すかどうか、疑問だった。

それに、何年たっても、兵曹は訪ねてこなかった。帰国して一、二年は、よく手紙をよこした。その手紙を、お里婆さんは、若松屋幸右衛門のところへ持っていけば、読んでくれるし、返事も書いてくれると、わかっているのだが、それができる婆さんではなかった。ドイツ語のできるお客さまが、泊りにくるまで待つという気だから、いつまでも、ラチがあかなかった。返事をやらないせいか、兵曹の手紙も、次第に間遠くなり、今では、音さたもなくなってるのである。

乙夫の優良児振りは、中学に進んでも変らず、いつも首席で、級長だった。

そのくせ、家へ帰ってから、予習や復習に、精を出すという風でもないのである。閑があれば、必ず、何か読んでいるが、お客さまに貰った雑誌や本が主であって、学校で教わったことは、一度で、頭にはいってしまうらしかった。また、閑な時間も、あまりなかった。

彼は、小学生のころから、庭掃きもやれば、使い走りもした。旅館のお客さまというものは、至って、行儀が悪く、縁側のテーブルの上に、灰皿があるのに、庭へタバコを捨てるし、鼻紙を丸めて投げるし、それで、翌朝になって、庭も掃かないと、文句をいうものだが、乙夫は庭番を受持った座敷から、苦情の出たことはなかった。

中学へはいってから、メキメキと、体が大きくなり、庭や風呂場の掃除だけでなく、男衆のやることなら、何でも手伝った。腕力も強くなって、学校で相撲をとると、彼に敵う者がなかった。そして、色が白く、顔が可愛らしいので、級友は、彼を大鵬と呼んだ。顔立ちも、どこやら似ていた。

しかし、玉屋では、乙夫に男衆の役をさせるよりも、もっと、店の役に立つことがあるのを知った。納税期になると、どこの旅館でも頭をなやますが、申告書を書くのが、小金井番頭の一番のニガ手だった。個人の所得申告とちがって、収支の明細は、まったく複雑多岐で、かつ大量である。それを何とか、適当に記入する秘術の方は、彼もよく心得ているのだが、無数の文字と数字をキレイに書き込むことが、どうしてもできなかった。消しゴムや、インク消しを用いても、字面は、いよいよきたなくなるばかりだった。

一度、その仕事を、乙夫にやらせて見たら、一目瞭然、まるで印刷したような、申告書ができた。数字の計算の誤りさえ、直してあった。

それを、一番喜んだのは、小金井番頭よりも、税務署であって、

「申告書は、こう書かなくちゃいけない。こっちも助かる代りに、そっちも悪いことはないぜ」

といってくれたが、果して、乙夫が書くようになってから、トッチメられ方が少くなった。

乙夫は役に立つという認識が、お里婆さんや小金井番頭ばかりでなく、玉屋全体にひろがってきた。そして、彼が帳場番頭助手に格上げされても、ソネんだり、文句をつける者はなかった。

帳場を手伝うようになっても、彼は、客のカバンも運ぶし、新聞を客室に配る仕事も、辞

さなかった。そして、毎夏、きまって滞在にくる客には、〝オトちゃん〟と呼ばれて、目をかけられた。

　ある重役さんの客は、彼の神童振りを聞いて、座興だったかも知れないが、

「どうだ、東京の高校から大学へ、進んでみる気はないか。学費は、おれが出してやるが……」

　と、いってくれた。

　乙夫の中学卒業が迫って、上の学校へ進ませるかどうか、という問題は、すでに、お里婆さんと小金井番頭の間で、論議されていた。

「学校の先生が、ああまで、おっしゃるんだから……」

　婆さんは、中学の受持ち教師が、是非、大学までと、頼みにきたのを口実に、乙夫の教育を継続させる考えだった。玉屋も、世間の好景気を受けて、繁盛してるし、乙夫の学費ぐらい出すのは、何でもなかった。そして婆さんは、常々若松屋のインテリ振りに、劣等感を抱かないでもないので、玉屋でも、一人ぐらい、大学出の人間が欲しかった。

　しかし、小金井番頭は、べつな考えだった。

「いいえ、旅館の番頭に、学問はいりません。乙夫は将来、わたくしの跡を、任したいと考えている男です。中学を出たら、お店の仕事を、ミッチリ覚えさせなければなりません。若松屋さんのように、なまじ学問がありますと、つい、お客さまを見下すようになります。そして、ヒゲでも生えると、町会議員に出たいなぞと、申しまして……」

彼は、どこまでも反対だった。

結局、当人の考えを、聞いてみようということになって、お里婆さんが、直談判をすると、

「ぼく、学校なんか、いきませんよ。学校へいかなくたって、学問はできるんですから……」

と、ひどく慾のない、そしてまた、日本の教育を軽蔑するかのような、返事をした。

それで、彼の将来がきまった。

校服を脱ぐと、翌日から、小番頭になった。もっとも、近ごろの番頭さんは、角帯に前掛けということはなく、冬はセーター、夏は半袖シャツでもよろしい。去年の夏、北条一角が玉屋へ寄った時も、乙夫は、そんな姿で、婆さんの部屋へ、出入りしていた。

しかし、あの時は十六歳——今年は、ちょっと、危険な年齢となった。どういうものか、十七歳の少年が、世間を騒がすのである。その理由は、医者に聞いてもわからないだろうし、社会学者に聞けば、何か長々としたことをいうだけだろう。もっとも、乙夫は頭がいいし、半分はドイツの血が混ってるし、そうムヤミに昂奮はしないだろうが、箱根山の風雲急なりと、新聞にも出ている折柄、底抜けの安心は、許されない。

今のところは、浅沼事件が起きても、嶋中事件が起きても、この足刈で、乙夫の年齢を、気にする者はなかった。彼の可愛らしい、ニコニコした顔を見ていると、どんな警官も、刃物の携帯を疑う気には、なれないのである。

ただ、箱根町の学校創立以来の秀才、何でも知ってる少年学者、本を読むのが飯より好き

な小番頭――そういう評判は、むしろ、実際以上に、宣伝されていた。さればこそ、若松屋の細君も、従来の関係を忘れて、娘の明日子の家庭教師に、見込んだわけなのである。

明日子

足刈にも、やっと、春がきた。

湯本で、桜が咲き出しても、ここでは、まだスケートをやってるくらいで、その花の便りが、大平台、宮ノ下、小湧谷《こわくだに》と、だんだん山を登ってきて、ついに、玉屋前のバス停留所の古木が、パッと、開花した。

やはり、桜が咲かないと、本格の春でない。

しかし、風情のあるのは、山桜――双子山、宝蔵ケ岳の木立の中に、朝霧の消え残ったような白点が、色そのものは貧しくても、杉の老樹の黒い緑を背負って、クッキリと、浮き出すのである。そして、山桜が咲けば、コブシ、紫ツツジと、山の花が次々に開いて、蝶も出てくれば、ウグイスがうるさいほど、鳴き立てる。一度に、春が駆け込んでくるところは、北国に似ていた。

すぐ上の山にあるゴルフ場も、芝が青んできたので、東京から車を飛ばしてくる客がふえた。高麗山へケーブルで登って、大きな景観を愉しもうとする団体バスが、幾台も、砂煙をあげて、玉屋の横を通り過ぎた。その玉屋でも、若松屋でも、お新婚さんや、お家族連れの客が、多くなってきた。また、お休憩さんと称して、百人を越す団体が、ドッと飛び込んできて、サッと湯にはいって、パクパク持参の弁当を食って、サッサと引き揚げていくような客の出現も、春を告げるのである。これは、旅館にとって、決して、迷惑な客ではない。お茶と座布団だけ出しとけば、商売ができる。休憩料御一名百円でも、頭数が多いから、短時間に、ちょっと稼げるのである。

とにかく、春がきて、すべてが活気づく。冬場は田舎へ帰っていた女中さんも、新調の座敷着で、働き出すし、去年は、とかく商人からリベートを取り過ぎて評判の悪かった板前さんも、この春から新しい職人と変った。〝横断〟と〝函豆〟のバスだって、ブルーとグリーンの車胴色を、それぞれ新しく塗り変えて、国道から足刈へはいってくる。春になって、そのバスの元箱根、箱根町行きが、一番混むのは、午前十時ぐらいから午後二時ごろまでであるが、足刈の下車客は少い。皆、湖畔へ行く客である。玉屋や若松屋へ泊る客は、四時ごろにならないと、バスから降りてこない。

長い春の日も、山がジャマして、早くから太陽の直射の消える土地であって、一台の函豆バスが、海底へ沈むように、降りてきた。

「足刈でございます。玉屋前……」

車掌さんは、声を張り上げたが、だれも降りなかった。

そして、バスは、十メートルも走ったと思うと、また、とまる。

「足刈でございます。若松屋前……」

面倒なことだが、こうしないと、両店がオサまらない。また、それほどにらみのきく、両店でもあった。

しかし、若松屋前では、下車客があった。紺のセーラー服に、赤い学生カバン、十五、六の美しい少女だが、ただ一人だし、携帯品は少いし、投宿客とも見えなかった。

ひどく、姿勢のいい女の子で、背も高いが、ヒョロ長の感じはない。長い手足も、適度に肉づいてるのと、しまった胴を中心に、体のバランスが、よく保たれてるからだろう。黒い靴下に包まれた下肢だけ見ても、何か、自然に伸びた植物を、思わせる。

そして、顔が面白い。

近ごろ、めったに見かけない典型的な卵型で、卵といっても小粒で、シャモの卵であるが、色も、それと同じ褐色を、呈してる。色の白い娘とは、ギリにもいえない。しかし、目鼻立ちが、小憎らしいほど端正で、鼻が高く、眉毛が黒く、目が強く、そして、肌の色がそんなだから、ちょいと日本人ばなれがして、タヒチとか、バリ島の美少女を、想わせるが、土人の娘には、こんな、唇の小さい、キリリとしまったのは、いないだろう。

足刈で評判の若松屋の明日子なのである。戸数二十戸の足刈で、美人と謳われても、自慢にならないが、東京からくるお客さんで、ある芸妓屋の女将が、明日子の姿を見て、

「あア、いい玉だねえ。あれを磨いたら、大したコになるよ。色の浅黒い、小股の切れ上ったというのは、ああいう娘のことだよ。近ごろは、種切れかと思ったら、やっぱし、まだ、

生き残ってるんだねえ」

と、感嘆の声を放ったというから、一般的水準も、抜いてるのだろう。

それでも、芸妓屋のオカミにほめられるくらいで、明日子の容色は、時代ばなれのした古風さがあって、最近流行のデフォルメ美人と遠いから、若い世代に通用するか、どうか。しかし、バリ島美人を連想させるというのは、ただ色が黒いだけのことではなく、その古典的美貌のなかに、何か野性の血の混入を、感じさせるからだろう。

彼女は若松屋前で下車したが、店の方には見向きもせず、サッサと、塀ぞいに、自宅の方へ歩もうとすると、

「ちょいと、ちょいと……」

旅館の広い式台から、母親に、呼び止められた。

「何よ」

姿勢のいい体が、スラリと立ちどまったが、顔は、明らかに、フクレ面である。

「何よじゃありませんよ。学校から帰ってきたんでしょう。〝ただいま〟ぐらい、いうものよ」

「なアんだ」

「なアんだとは、何です」

「じゃア、ただいま……」

といって、スタスタ歩きかけるのを、

「ちょいと、ちょいと……家へ帰ったって、パパはいないわよ。それに、今日は、こっちで

草餅をこしらえたから、お三時《やつ》の用意もしてないわよ」

「じゃア、向うへ持ってきて……」

「勝手なこと、いうんじゃありません。お店で、食べていらっしゃい」

「さて、と……」

まだ、十六歳。草餅は食べたいが、お店へはいるのは、あまり、気が進まない。彼女は、旅館商売が嫌いなのである。


若松屋の〝お部屋〟も、料理場や帳場に接続してはいるが、玉屋のそれとくらべると、ずっと明るく、居心地がいい。チャブ台も、近代風なパイプの脚がついてるし、座ブトンもハデな色で、座イスまで備えたのは、客座敷に近いほどである。

そのチャブ台をはさんで、母親と明日子が、草餅を食べてる。近くの山で、餅草がとれるのも、世間より一月おくれで、それを一度は餅にして食べないと、春になった気がしない。大皿に、ヒスイ色の餅を山盛りにして、側に、キナコとアンコが、これも大量に、添えてあるのも、旅館らしい。雇い人たちにも、分配するだけの量を、つくったからだろう。

それを、盛んに口へ運んでるのは、明日子だけで、母親のきよ子は、もうすでに味わった後で、客座敷に出る服装の膝に、キチンと、手を置いてる。

「もう、そのくらいにしてお置きなさい。じきに、晩ご飯よ」

「だって、お腹ペコペコ……」

「学校で、あんまり、遊んでくるからよ」

「遊んだんじゃないわよ。バスケットの練習ですもの……」

「そんなものの練習より、英語と物理のお勉強の方は、どう?」

「平気よ、あんなもん……」

「平気ってことは、ないでしょう。T先生から、お注意がきてるんだから……」

母親は、わざと平静に、隠し持った切り札を、出して見せた。

「え、ほんと?」

果して、娘は、草餅から手をはなした。

「もう、十日も、前のことよ。ママは、どんなに、恥かしかったか……」

「あら、恥かしがること、ないじゃないの。ママが、お注意食ったわけじゃないし……それに、あたし、英語と物理はニガ手だけど、国語と作文を見てちょうだいよ。ほとんど、いつも、満点よ。数学だって、そう悪くないはずよ」

「でも、女は、満点が一つよりも、平均して八十点の方が、いいのよ」

「反対だと、思うわ」

「とにかく、お注意点だけは、とらないようにしてね。あなたは、足刈では、ずいぶん目をつけられてる人なんだからね」

「足刈なんか、何だっていうのよ。こんなちっぽけな世界で、評判がよくったたって、悪くったって、問題じゃないわよ」

「そうはいきません。足刈の若松屋といえば、箱根じゅうに響いた名です。箱根じゅうの評判になります」

「箱根だって、やっぱり、小さな世界だわよ。何かっていうと、パパやママは、箱根、箱根っていうけど、箱根なんかなくなったって、日本は、ちっとも困りゃしないのよ。一体、箱根山で、何を生産するっていうのよ。箱根細工なんか、生産物資といえないわよ。東京人が遊びにくるお金のおコボレで、生活を立ててるんじゃありませんか。箱根全体が、いやな感じ……」

女の十六歳は、ナマイキ盛りであって、明日子ばかりが、そんな口をきくわけではない。それに、箱根のうちでも、この足刈は、山に囲まれた上に、霧と雨が多くて、閉ざされた世界の感じが強いから、若い娘でなくても、外への憧れを持ちたくなる。

「困るわねえ、お兄さんも、あんたも、そんなに、箱根を嫌っちゃア……」

母親は、チャブ台へ、頬杖をついた。

「でも、お兄さんは、箱根そのものを、憎悪してるわけじゃないのよ。芸術と旅館営業とは一致しないという観点から、将来、東京で生活したいといってるだけなのよ」

「どっちにしても、同じことだわ」

きよ子が、ため息をついた。

この春休みに、長男の幸之助が東京から帰ってきて、新劇運動に身を投じたいから、若松屋の次代の主人になるのはご免だと、いい出したのである。

幸右衛門は、自由主義者らしいところを見せて、ニヤニヤ笑いながら、息子のいい分を聞いていたが、母親のきよ子は、大いに反対した。新劇なんて、赤ではないか。何はおいても、それだけはやめてもらいたい。良人の幸右衛門のように、学識のある旅館主人になるのは結構だから、演劇の研究だけなら、反対はしないが、それを職業にするのは、マッピラだった。しかし、彼女が、いつか、自分の息子を、旅館の主人に仕立てたい気持になってるのは、自分でも、おかしくなる変化だった。

　彼女だって、決して、旅館業というものを、好いてはいなかった。宿屋の女房になるつもりで、嫁いできたのではなかった。良人が、兄の死のために、家業を継ぐことになって、今日に至ったのである。

　ところが、今となっては、彼女も、抜きさしならない気持で、若松屋の繁栄を考えていた。家の中のだれよりも、彼女が、商売に熱心で、若松屋のノレンを守る気になっていた。それは、商売の慾ばかりではなかった。玉屋との古い、長い対抗意識が、外からきた嫁である彼女の身に、いつか、のりうつってしまったのである。幸右衛門のような男でも、玉屋には特別の気持を抱いているが、良人よりも、彼女の方が、今では、渦中の人だった。

　——玉屋のお婆さんに、敗けていられるものではない。一歩だって、ヒケはとらない。

　そういう考えでいるから、玉屋が営業を続けている限り、若松屋のノレンを下すことはできないのである。それには、幸之助に、良人の跡を、継がせなければならない。

　しかし、幸之助もわがまま息子で、いい出したらきかないところがあり、もし、初志をひるがえさないとすると、頼みにするのは、明日子だけとなってくるが、それが、こう箱根の悪口をいうようでは——

しかし、玉屋でも、お里婆さんの跡を継ぐ者はなく、若松屋の方は、息子と娘はありながら、二人とも、家業をきらうのは、困ったものである。江戸時代から続いた、足刈の二名家が、同じような運命に、立っているのである。ケンカはしても、悩みは同じなのである。ノレンも、あまり古くなると、糸がくさって、軒を飾れなくなるのであろうか。

それなのに、若松屋の幸右衛門は、一向、心労の様子もなかった。なまじ、学問をやったおかげで、ものごとを、高見の見物をするくせがあり、玉屋や自分の店の運命を、沈む太陽になぞらえ、それを呼び返すことはできないという風に、アキラメをつけてるところがある。といって、彼も、仙人ではないから、金も欲しいし、玉屋に敗けたくもない。ただ、歯を食いしばって、父祖伝来の家業に、精を出したり、ノレンの競争をする気にはなれない。

それに、彼は、玉屋や彼の家のような、湯治宿の形態を保ってる旅館が、箱根では、もう営業がなり立たなくなってることも、知っている。滞在客を主として、昔から営業形態ができていたのだが、夏一カ月間の避暑客を除き、温泉で静養する客はなくなったのである。一泊客か、日帰りの客が大部分である。温泉の効能なぞ、だれも問題にしなくなった。短い時間に、できるだけの享楽をして、サッと東京へ帰っていく客ばかりである。

そういう客を相手にする料理屋式の旅館が、戦後、箱根で繁盛し始めた。三十ぐらいの客室で、女中が十人ほどの旅館は、皆、その方式をとってる。さもなければ、常春苑のような、大規模な大衆旅館か、現在の箱根に適合する旅館の形は、その二つを出ない。

玉屋も、若松屋も、箱根の旅館としては、まったく時代おくれなのである。料理がうまいわけではなく、きれいな女中がいるわけではなく、家具や寝具が新式なわけでもなく、また、大量生産的旅館のように、宿賃が特に安いわけでもない。

それなら、遊興旅館か大衆旅館に、転向すればいいようなものだが、長く続いたノレンが、それを許さない。足刈の玉屋、若松屋という格式がある。事実、その格式を喜んで下さるお客さまが、少数ながら、まだ生き残ってるのである。戦前からのゴヒイキで、家族連れで滞在にきてくれるお客さまを、粗末にはできない。だが、そんなお客は、皆、明治生まれで、そのうち死んでしまうにきまってる。

遅かれ、早かれ、湯治旅館の形態は、滅びてしまうのである。幸右衛門は、それを歴史的必然と考え、潮に逆らう気持は持っていない。若松屋も、株式組織にして、自分は背後に引っ込むか、場合によっては、土地と温泉権利を売って、東京郊外に居を移しても、余生は安楽だし——という風に考えて、少しも、アセる様子がない。

今日も、松の間へきてるお客さまのところで、長いこと、油を売ってる最中だった。

松の間というのは、総二階の本館を離れて、平屋づくりの別棟で、庭に面した、よい座敷だが、その部屋が好きで、映画監督のKが、泊りにきている。

彼はこの付近に、ロケハンにきて、若松屋のナジミになったのだが、今度は、シナリオ執筆だとかで、四、五日前から滞在していた。

幸右衛門は、社長とか、金持の客は、窮屈がって、座敷へ出たことはないが、話の合う客だと、

「お退屈でしょう」

なぞと、自分の方から、ノコノコ出かけていくような男なのである。Kとは、昨夜も、箱根の山岳信仰のことから、修験道について、すっかり話し込んで、まだ話し足りなくて、さっきから、松の間へ遊びにきていた。

広い廊下のイスは、だいぶ古びているが、それを乗り出すようにして、幸右衛門は、

「そうなんですね、箱根を開いて、この土地に熊野権現を祭ったのも、役《えん》の行者《ぎょうじゃ》といわれてますよ。後の万巻上人は、朝廷から派遣された官僧で、信仰の統合や修正を行ったわけです。そして、アシカリ三社権現というものができて……」

と、箱根修験道の歴史を、述べ始めると、Kは、ドテラの袖から、手をあげて、

「待って下さい、そのアシカリというのは、つまり、この足刈温泉と、同じ名に聞えますが……」

「そのとおり。このアシカリなんですよ。万葉集に出てくる、箱根のまくら言葉——安思我里乃波古禰のあのアシカリなんですよ」

「ぼくは、ここにワシの湯とカリの湯とがあるから、そんな名ができたと思っていたが……」

「いや、いや、ワシはアシの転化で、アシカリの名は、箱根の歴史と共に古いんです。箱根三山のことを、そういったんです」

「ぼくは、箱根の山を開いたのは、朝鮮人だと、聞いてるんだがな。大磯の高麗山に住んでた朝鮮人が、今、ケーブルのある箱根の高麗山《こまやま》にきたという。ハコネという言葉も、朝鮮語で、ハコは、神仙、ネは山……」

「箱根細工も、高麗人の伝来だというんでしょう。でも、その説を、箱根の人は、喜びませんよ。あたしは、べつな見地から、否定も肯定もしませんがね。とにかく、常春苑のある二ノ平付近の出土品から見ても、縄文初期に、われらの祖先が箱根に住んでいたことは、明らかですな」

「しかし、箱根山の上には、実にアシの字がつく名が、多いですね。アシの湖を初めとして、このアシカリ温泉、アシカワ、少し離れてアシガラ山……」

「それは、いいところへ、気がおつきになりました……」

幸右衛門は、柔和な目と、旅館の主人らしくない口ヒゲのあたりに、微笑をたたえた。

「と、おっしゃると?」

「アシは、ほんとは、アスなんです」

「アス?」

「そう。そこに、あたしの研究の眼目があるんです」

幸右衛門は、それがいいたくて、今日、Kの座敷へ、ジャマをしにきたようなものだった。

昨夜は、前置きが長くなって、そこまでこないうちに、女中が夜具を敷きにきてしまったので、引き揚げないわけにいかなかった。

彼は、そういう話を、人に聞かしたくて、たまらないのだが、足刈に住む連中は、またかと思って、相手にしないので、〝話のわかる〟お客さまの来宿を、待つよりほかはなかった。K監督は、たまたま、彼のメガネにかなったというわけなのである。

「わたしもね、商売は、家内に任してますし、といって、主人は主人でそう家をあけることもできないし、自然、ヒマなもんですから、自分の生まれた土地の研究を、始めたんですが、今じゃ、すっかり身がはいって、これを、生涯の仕事にしようかと……」

幸右衛門は、まるで、恋人のノロケでもいうように、目を細めながら、

「そこで、あなたのいわれるアシですが、これが、本来はアスであったことを、発見した時の喜びといったら……」

「ほう、ご主人の発見なんですか」

K監督は、ヒヤかし気味に笑ったが、幸右衛門は、ものともせず、

「そうなんですよ。アスはaçuであって、フェニキヤ語ですな。これは、朝日という語意です。アジアの語源も、そこからきてます。これに対して、夕日がエレブ êreb、ヨーロッパの語源とされてますがね……」

「フェニキヤ語とくると、ぼくも、ぜんぜん弱いんですが、箱根との関係は……」

「待って下さい。問題は、これから……。ただね、あすこに見える小さな丘、バスが国道か

らはいってくる曲りかど——あすこを、朝日と呼ぶことだけは、覚えていて下さい」

「つまり、アスですな」

「その通り……。それから、箱根山の最初の争いは、縄文人と弥生人の間に起っていたことが、推定されますが、その縄文人は、スワ族です。これが、後に至って、箱根権現と諏訪権現の信徒の争いとなって、江戸期の大岡裁判まで、尾をひくんですが……」

「そいつは、長いケンカですね。〝西郊〟と〝関急〟の争いどころじゃない……」

「そのスワ族が、どうも、外来民族なんですな。スワというのは、アスのことです。アス族なんです。この転化は、言語学から見てきわめて自然なんです。また、その民族が、何かの脅威を受けて、故意に、名を逆転させることも、考え得るのです」

「しかし、スワの逆転なら、ワスですぜ」

「ワスすなわちアスなんですよ。いいですか、この土地のことを、アシカリといいますが、そこにある二つの湯の名は、ワシの湯とカリの湯……」

「なるほど。すると、ワシの湯も、昔は、アシの湯といったんですか」

「無論そうです。万葉集に、〝あしかりの刀比のかふちにいづる湯の……〟という歌がありますね。あれは、ここを歌ったのですが、アシの字が、すでに、現われております……」

幸右衛門は、相手が信じようと、信じまいと、問題ではないといった風な、確信にあふれて、

「わたしは、想像しますね——遠い、遠い昔、アス族が、ヒマラヤの北を通って、チベットから、蒙古へきたんです。それから、沿海州に出て、海を渡って、流れついたところが、お

そらく、能登半島でしょう。彼等は、朝日の出る地点、つまり、未来と光明を求めて、日本へきたんですが、さて、日本へ着いてみると、さらに東へ、東へと旅を続けたくなって、信州から甲州、そして箱根へきたんですな。なぜ、箱根へきたかというと、彼等は山岳信仰の民ですが、ここの中央火口丘に立てば、大洋から旭日登天の姿が、アリアリと見える。そして、ここには、神秘的な地熱がある。温泉がある。その熱というもの——それにも、アス族の信仰が注がれていたんです……」

「とても、ロマンチックですね。同時に、映画的でもありますよ。アス族の移動を、太古の日本の自然のうちに、描いていけば……」

と、K監督も、テレビに対抗するには、雄大な超大作のほかないとの結論に従って、少し心を動かしたが、たちまちわれにかえり、

「しかし、アス族というのは、何だか、氏田観光の北条一角と、似てるじゃありませんか。あの人も、地熱を求めて、箱根にきたんでしょう」

「わたしの話に、水をささないで下さい……。とにかく、アス族は、箱根で栄えていたんです。箱根を開いたのは、高麗人ではなくて、アス族なんです。それが、後にスワ族と呼ばれるようになったので、箱根の仙石から宮城野にかけて、スワ神社が非常に多いのは、彼等の分布を知る上に、大変、参考になるんです……」

「なるほど……」

「しかしですな、アスの転化のアシの名は、この付近に、非常に多い。そして、アスの語意

である朝日という言葉も、地名となって、ここに残っている。地熱も、湯ノ沢の噴気がある。してみれば、アス族の本拠は、この付近にあったのではないか――わたしは、その推定のもとに、初めて、この研究に、本腰を入れる気になったんですよ」

「と、いうと？」

「だって、そうじゃありませんか。ここは、わたしの生まれた土地ですよ。そして、わたしの父も、わたしの祖父も、曾祖父も、ここで生まれ、ここに骨を埋めています。わたしも、こんな湿気の多い、寒さのひどい土地を、少しだって、好いてるわけじゃありません。旅館という商売に至っては、まったく、わたしの性格に合わないんです。しかし、こうやって、いつまでも、ここに居すわってるゆえんのものは、いうにいわれない、愛着というか、因縁というか、土地との結びつきなんです。過去との結びつきなんです。これは、切っても、切ることのできない、強いクサリです。わたしは、クサリから抜け出る代りに、クサリの研究を始めたんですよ……」

K監督は、そろそろ、退屈し始めた。しかし、幸右衛門は、いよいよ、話に油が乗ってきて、

「わたしのアス学説――学説といえるかどうか、知りませんが、着眼点はユニークだと、思うんですよ。わたしは、それを牝鶏《めんどり》が卵を抱くようにジッと、温めているんです。十六年間……」

「へえ、十六年も……」

「わたしは、職業的な学者ではない。宿屋の主人です。自分の学説を、学界に発表する必要

もないし、世評を博したいとも、思いません。しかし、わが子と同様に、可愛いんですよ、自分の学説が……。いや、わが子なんです。その証拠に、わたしが、十六年前に、あのアイディアを思いついた年に生まれた子供を、アス子と名づけましたよ」

「あア、明日子さん――その意味なんですか。珍らしいお名前だとは、思ってましたが……」

「アスは、未来と光明を現わしていますからね。まア、自分の子は、わたしのように、過去の亡霊にとりつかれない生涯を、送らせたいですよ」

「一、二度しか、お目にかかったことはないが、いいお嬢さんじゃありませんか。お美しいし、頭はよさそうだし……」

「ところが、どうも、頭の方は……。学校から、お注意がきたって、家内がコボしていましたよ」

「いや、学校の成績と、頭のよしあしは、関係ありませんよ。きっと、天才的なんだな、あのお嬢さん……」

「とんでもない……。でも、わたしは、そんな名をつけたせいか、あの子が可愛くてしょうがないんです。上に、男の子が一人いるんですが、どうも、明日子を偏愛するって、家内にしかられてばかり……」

「いや、あのお嬢さん、魅力がありますよ。ああいう顔立ちの女優が、近頃、とても少いんです。つまり、古典的な、非常に日本的な、同時に、ほんとの意味で、近代的な……」

「なアに、それほどのもんじゃありません。まだ、ハナったらしの小娘で……」

「いや、いや。どうですか、ご主人、明日子さんを、映画界へ出してみませんか」

「明日子をですか。いや、それよりも、長男の方を、いかがです。長男のやつ、東京で、新劇にカブれて演出家になりたいといって、きかないんです。新劇じゃア、飯は食えないだろうから、わたしは、映画の監督はどうだと、いってるんですが、Kさんのお弟子にしてくれませんか。無論、大学を出てから、後のことですが……」

「ええ、まア、それは、その時のこととして……映画監督志望者は、くさるほどいるんですが、明日子さんのような型の女優さんは、まったく珍らしいんですよ。どうですか、ぼくから会社に、推薦しますから、思い切って……」

「ヘッヘッヘッ……」

幸右衛門の手が、ゆっくり左右に振られたが、顔には、全然とりあわない、意志の表示があった。

そのころに、若松屋の〝お部屋〟では、明日子も、ゲンナリするほど、草餅を食べてしまって、後方に両手をつき、スカートの下の足を開いて、マジマジと、母親の顔を眺めていた。

「何よ、そのお行儀は？」

すぐ、叱言《こごと》がきた。

「消化を助けるためよ」

「みっともないわ。まるで、お産婦さん……」

母親は、サジを投げたように、眼をそらした。

「じゃア、もういいのね。そろそろ、わが家へひきあげるとするか」

明日子は、行儀の悪い姿勢のまま、体を一回転させると、学用カバンの方へ、手をのばした。

「お待ちなさい。まだ、お勉強の方の話が、ついてないわよ」

「あら、まだ、決定してないの」

「そうよ。あなたのお勉強見て頂く人、だれとも決まってないじゃないの」

「ナリユキに、任せるんじゃなかった?」

「とんでもない。絶対に、家庭教師をつけますからね。二度と、学校からお注意の来ないように……」

「でも、箱根町の中学の先生なんか、ご免よ。呼ぶんなら、東京から呼んでよ」

「ゼイタクいいなさい……。まア、小田原ぐらいからなら、仕方がないけれど……」

「小田原か」

「でも、高校の女の先生で、きっと、優秀な方がいらっしゃると、思うわ」

「女の先生って、感じ悪いわよ」

「だって、あなたは、もう十六ですからね。アルバイトの大学生にきてもらうわけにはいかないわよ」

「なぜ?」

「なぜって、どんな評判が立たないとも、限らないもの……」

「また、評判か……」

「マジメな話よ。ことに、こういう商売をしてる家庭は、人に後ろ指をさされない用心が、大切なのよ。それでね、ほんとは、いい候補者があったの。まだ、子供だし、この土地に住んでるし、家庭教師なんて、大仰なことでなしに、ちょいちょい、勉強を見てもらえるから、一番手ごろだと思ったんだけど、パパが、どうしても賛成なさらないのよ」

「だって、そんな人、足刈にいるわけないじゃないの」

「いるわよ」

「だれ？」

「乙夫よ」

「あら、乙夫……」

明日子は、火のついたように、笑いだした。

「何が、おかしいの」

「だって、乙夫が先生になると思うと……」

と、また一しきり笑ったが、急に、本気な顔になって、

「ねえ、ママ、お願い！　先生は乙夫にしてよ。パパを、説き伏せてよ。乙夫なら、じきに、家来にしちゃうんだから……」

家　来

玉屋の番頭の小金井寅吉は普通の番頭とちがって、旅館経営の一切を、お里婆さんから、任されていた。古い客たちは、彼のことを〝番頭さん〟と呼ぶが、女中や料理場の者は、ハッキリと、〝支配人さん〟といってる。

彼は、北条一角と同年の六十歳だが、一方は稀代のワンマン、この方は、一生を主人にささげて、いささかの悔いもない。似てるところは、体の丈夫なことと、一心不乱になれることぐらいだろう。

旅館の番頭というものは、客引きから内番頭、そして一番番頭になれば、羽織を許されるのが、昔からの習慣だが、小金井は、羽織着用時代なぞはとっくに過ぎて、今では、支配人らしく、ジミな背広を着ている。いつもキチンと、ネクタイを結んでるところは、若松屋幸右衛門なぞより、行儀がいいが、客の前に出ると、畳の上にかしこまるので、ズボンの膝は、円く飛び出してる。

小金井は、もう、現代日本で見ることのできない、忠義の信奉者であって、玉屋のため、お里婆さんのためなら、水火も辞さないという男だが、旅館経営の方の頭は、それほど古くさくもなかった。箱根全山の同業者の行き方を、よく眺めていて、おくれをとらぬよう、気をつけてた。戦後の大改築なぞも、彼の決断で、若松屋に先んじて、行ったのである。人間も、白いネズミそのものであって、雇い人に対しても、自分の経験があるから、無慈悲なことはしないのだが、対若松屋の競争意識は、お里婆さん以上に強烈であり、そのためなら、人が変ったように、強慾にもなるのである。

——今に、見てろ。足刈は、玉屋一軒といわれるように、ノシあげるから。

年はとっても、ファイトの若々しさは、幸右衛門なぞの及ぶところではなかった。小金井は、また、若松屋一家が、インテリ気取りで、家業に本気でないと考え、その点でも、勝利を信じていた。

彼は、箱根の交通の発達から、浴客の急激な増加を、見越していた。そして、客室の大増築をもくろんでいるのだが、難点は、温泉の湧出量だった。ワシの湯の霊効は、宣伝しなくても、東京方面に響いてるが、いくら効力があっても、分量が少く、現在以上に浴槽を殖やすことができない。箱根の新興温泉のように、ワカシ湯でやれば、問題はないが、そんなことを、お里婆さんが承知するはずもなく、彼自身も、古いワシの湯の伝統は、守りたかった。

そこで、彼が思いついたのは、新しい泉源の発掘だった。これは、勇気と決断を要した。なぜといって、この足刈では、昔から、現在の自噴泉源以外に、湯口はないものとされていた。かつて、発掘をやっても、一回も、成功したことはないのである。

——しかし、ずっと離れたところを、掘ってみたら……。

彼は、平地をあきらめて、宝蔵ケ岳の峰続きで、玉屋の裏山にあたる地点に、目をつけた。

そして、東京から技師を呼んで、調べさせると、やはり、その地点が有望とのことで、ボーリングにかかったのが、もう一年半前。

しかし、温泉は、そう容易に出るものではないので、半年目、十カ月目ぐらいまでは、小金井も、ボーリング機械のモーターの音を、平気で聞き流していたが、満一年たつと、そろそろイラ立ってきた。金も、二百万円以上、使ってしまった。

「どうも、ご新さん、あいすみません……」

今日も、小金井は、お部屋へきて、お里婆さんに、あやまるのである。〝ご新さん〟というのは、ご新造さんという古い言葉で、現代なら、若奥さんというところだが、それを、八十九歳の婆さんに対して、用いるのは、いくら長い習慣といっても、コッケイだった。もっとも、お里婆さんの方でも、気の若いところがあって、女中たちが、ご隠居さまなぞというと、いい顔はしない。おかみさんと呼べば、ハイと答える。

「何だね、寅さん、お前さんがあやまることはないじゃないか」

婆さんは、五月だというのに、火鉢に手をかざしながら、ニコニコした。

「いいえ、てまえが慾を出して、あんなことを始めたんですから……」

小金井は、座布団をはずして、頭ばかり下げる。

「慾なら、あんたに敗けはしないけど、温泉は、掘ったからって、すぐ出るもんじゃない……」

「それは、わかっちゃおりますけど、もう一年も、ムダな金を……」

「あたしゃ、五年と踏んでるんだよ。それも、運がよくての話さ」

「へえ」

「もともと、ここの温泉は、細いんで、有名なんでね。掘って、すぐ出るようなら、先代だって、先々代だって、捨てては置かないよ」

「そうおっしゃられると、いよいよ、面目ございません。そんな、アテにならないことに、つい、手を出しまして……」

小金井も、それほど気の小さい男ではないが、主人の金を浪費したら大変と、ノイローゼ気味なのである。

「寅さん、こりゃ、宝クジと同じだよ。運がよけりゃ、掘り当てるんで、そうムキになることはないよ。あたしゃ、初めっから、その気なんだから……」

「でも、あたくしゃ何とかして……」

「まア、いいよ。出るもんなら、そのうち出てくるよ……。それよりも、寅さん、三島の話だがね。この間うちから、あたしも、毎日考えてるんだが、どうも迷いが出て、決心がつかないんだよ」

と、お里婆さんは、ため息と共に、首を垂れた。

「ごもっともで……。ご新さんのご一存で、おきめになる外ないわけでございますから……」

小金井も、この問題ばかりは、滅多に、口出しはできなかった。

お里婆さんの実家は、三島の旧本陣の茗荷屋《みようが》であって、今も、旅館業は続けているが、箱根や熱海のように、客のくる土地ではないから、商売繁盛というわけにいかない。戦後は、食堂部を設けて、カツレツやライスカレーの収入で、イキをついている始末である。

今の主人は、婆さんの甥であるが、子供は大勢いるので、三男の息子を、玉屋の跡とりにという話が、もちあがっていた。宿屋の息子であり、婆さんの血もひいているので、適当な候補者ではないかと、話をもち込んできたのは、茗荷屋の方からだった。

しかし、婆さんとしては、なるべく自分の実家から跡とりを貰いたくない。そういうところは、悪く義理堅い婆さんであって、亡夫の血縁の者に、跡を譲りたいと考えてるのだが、若松屋の他には、血縁といっても、至って少く、ただ一人残ってる男は、北海道で、会社勤めをしている。その男の気を引いてみたが、家督相続はしても、商売の跡を継ぐ気はないと、キッパリいってきた。

茗荷屋の三男は、気質も悪くないし、婆さんだって、不適当とは思わないが、店の商売不振が、一番気になる。山の上の玉屋から、山の下の茗荷屋へ、渓流のように、金が流れ下るようなことになったら、婆さんとしては、亡夫に対して、玉屋の先祖代々に対して、申し訳がない。死んでも、死に切れない。

といって、八十九という自分の年齢を考えると、いつお迎えが来ないとも限らず、相続者をきめなかったら、最悪の事態が起ってくる。不本意な候補者でも、甥の息子にきめた方がまだしもと、いえるのではなかろうか――

　そんな風に、思い乱れて、お里婆さんは、腹をきめることが、どうしてもできなかった。そして、頼みに思う相談相手は、小金井だけであるが、彼は雇い人の分を守って、この問題には、一切、触れようとしないから困る。

「寅さん、あんたも、ただの番頭さんとちがうんだから、遠慮なしに、意見をいっておくれよ」

　彼女は、懇願するように、弱々しい声でいった。

「いいえ、手前なぞが……」

「わからない人だね。あたしが思いあぐねてるから、お前さんに相談するんじゃないか」

「へえ、それは、わかっとります。でも、このことばかりは……」

「いいよ。そんな、ガンコなこというなら、あたしは、死んでやるから……。今夜にも、あたしは、死んじまうよ。跡はどうなっても、知らないよ」

「いけません、ご新さん。そんな理不尽な……」

　と、小金井が大ゲサに慌てたのは、女主人に少し、甘えたのだろう。

「そんなら、お前さんの考えを、聞かしとくれよ。三島の方には、一体、何と返事をしたら、いいもんだか……」

　追いつめられた小金井番頭は、やっと、意を決して、

「そうまで、おっしゃいますんでしたら、手前の思ったことを、申しあげますが、お聞き捨てになさって、下さいますよう……」

「何でもいいから、いっとくれよ」

「何と申しましても、亡くなった旦那さまのお身寄りが、来て頂ければ、これに越したことはございませんので……。例えば、若松屋の明日子さま……」

「そうなんだよ。いくら、不仲になっていても、あの子が来てくれれば、あたしも、一番筋が通ると思うんだけど……」

「しかし、これは、とても見込みございません。幸右衛門さまに、お話ししたら、鼻であしらわれます」

「ほんとに、こんなことなら、二、三年前から、ちっと下手に出て置くんだったものをね」

「いいえ、こちらとしても、ちょっと、それは……」

「すると、まア三島の三男をということになるけど……」

「ご新さん、思い切って、三島におきめになったら、いかがでございます」

「だって、茗荷屋は、あの通りだし……」

「お気持は、よくわかっとります。しかし、先方に、勝手なマネをされないよう、こちらで、シッカリした人間がおりますれば……」

「そりゃ、寅さんという人がいるから、その点は、心配ないけど……」

「いいえ、手前は、もう年でございます。後、何年、働けるものでもございません。でも、手前がダメになりましても、乙夫がおります」

「なるほど、乙夫ね」

「あいつ、見込みのある奴でございます。そして、ご新さんを、親のように、思っております」

「あたしよりも、あんたんところのおかみさんだよ、あの子が、親だと思ってるのは。だって、ほんとに、手塩にかけて、育てたんだもの……」

「いいえ、ご新さんのご恩を忘れるような奴ではございません。乙夫なら、玉屋のノレンに、キズをつける心配はないと、存じます。何しろ、あれだけ、頭のいい奴で……」

「それは、知ってるよ。あたしも、次ぎの支配人は乙夫だと、前からきめてるんだけど、何といっても、雇い人だからね。後の主人の気に入らなければ、いつでもクビにされちまうわけだ。そこが、心細いんだよ」

「そこでございます。手前、よけいな口出しを致しますが、茗荷屋さんのお話を、少し変えさせて頂いて、三男の方でなしに、末のお嬢さんを、お貰いになれば……」

「なるほど。そして、乙夫と夫婦にさせるというんだね」

「さようでございます。それなら、乙夫も、クビになる心配はございません。ただ、困ったことに、乙夫は、アイノコでございます。代々続いた玉屋のお家に、ドイツの血がはいってます男を……」

　それをいわれると、お里婆さんも、ハタと当惑した。

　箱根の三大恩人の一人といわれる玉屋善兵衛——その誉れある名を継ぐ人物が、ドイツの血をひくというのは、どんなものか。乙夫も、この家の婿になれば、九代目玉屋善兵衛であるが、一向に、名は体を表わさないではないか。

それに、乙夫は、この一、二年来、顔立ちも、体つきも、急に西洋人くさくなった。髪の毛も縮れてきたし、目の色も青くなってきたし、何か、今まで遠慮してたものが、手足を伸ばし始めたという感じである。この分では、二十ぐらいになるまでに、ほんとのドイツ人に、還元してしまうかも知れない。

ドイツ人の玉屋善兵衛も、一代限りなら、まだ忍べるが、茗荷屋の末娘のフミ子と夫婦にさせれば、あの家は多産系であるし、乙夫の父親のフリッツ兵曹だって、ちょっと日本へきて、すぐ子供をこしらえたほどの男だから、いくらでも、子を生むだろう。その子たちは、みんな、アイノコくさい顔をしてるだろう。そして、長男が十代目を継ぎ、日本人の妻を迎えても、その子、その孫に、エンエンとして、ドイツの血が流れるわけである。いくら、乙夫が適格者だとしても、これは、ご先祖さまに対して、申し訳のないことになる――

「ほんとに、オビに短し、タスキに長しで、困ったもんだねえ」

と、お里婆さんは、腹の底から出るような、深いため息をもらした。

「いいえ、ご新さん、そんなに、ご心配なさってはいけません。この場で、おきめにならなければならんことでもございませんから、よくお考えになって……また、そのうちに、よいおチエも、出てまいりましょうから……」

と、小金井は、しきりに、気休めをいって、主人を慰めたが、やがて、

「では、ちょっと、ボーリングを見回ってまいります」

と、低いお辞儀をしてから、座を立った。

午前と午後、日に二回は、温泉ボーリングの現場を見にいくのが、この頃の彼の日課になっていた。裏口から、サンダルをつっかけて、きまった道を、山の方へ歩いていくのだが、今日は、わけても、足が重かった。

――乙夫のやつが、アイノコでなけりゃア、こんないい話はねえんだがな。だけど、あいつの頭のいいのは、ドイツ人の血のせいにちげえねえんだ。すると、話は、どういうことになるんだい。

彼も、主家のことを、思い悩んで、少し、頭が混乱してきた。

空も薄曇りで、明日は、雨かも知れなかった。しかし、空気の感触は、ウールのように暖かく、平地より一カ月おくれの新緑も、装いを整えかけていた。アシビの若芽が、ことに美しかった。

裏山の木立の下を、ダラダラと登ると、三角ヤグラが見えた。その下に、掘立て小屋が立ち、中から、モーターのうなりが、聞えてきた。

小屋の中は、薄暗く、キカイ油のにおいのほかに、兵営にでも行ったように、ヒナタくさいのは、男三人が、この中に、寝起きしてるせいだろう。

「ご苦労さん……」

小金井は、親方に声をかけた。

三人いるうちの二人は青年で、一人だけ、五十がらみの不精ヒゲを生やした男が、温泉井戸掘りの頭であって、修善寺からきて、この仕事を、請負っている。

親方は、こわれイスに坐って、鑿井錐《さくせいきり》の鉄索を、握っていた。モーターのベルトは、不断に回転して、天井の穴を貫いている錐の鉄索も、上下運動を起しているが、機械に任して置いては、仕事にならない。堅い石の層にぶつかっているか、それとも、ラクな砂層を掘っているか、それを判断するのは、鉄索を握ってる人間のカンであって、そのカンのいいのが、いい親方ということになる。

「へえ……」

親方は、そう答えただけで、小金井の方を、見向きもしなかった。こういう職人は、オベンチャラより、不愛想の方が、信用が置けるのだが、この親方は、口が重いだけでなく、小金井があまり足繁く、小屋へくるので、うるさくなってるのである。

何しろ、出るか出ないか、わからぬものを、掘ってる仕事で、気ながに、待って貰わなければならない。どこの依頼主でも、五日か一週間ぐらいに、覗きにくる程度である。それを、小金井は、番頭のくせに、まだか、まだかという風に、きまって日に二回、多い時には三回も、足を運んでくる。まるで、借金をせっつかれるようで、うるさくてかなわない。

小金井の方でも、それに気づかぬわけではないが、何しろ、主家の金をムダ使いにしては、大変と思うので、つい、現場の様子を、見たくなるのである。

「どうだね、温度は？」

彼は、オズオズきいた。

鑿井錐が上下する穴の側に、下水の蓋のようなものがあって、その隙間から、コンコンと、水が流れてるのが見える。いかにも清冽な水だが、どうも、温泉とは縁遠い感じである。

「二十二度……」

親方は、横を向いて、そう答えた。

「どうも、上らんねえ」

小金井は、顔を曇らせた。昨日も、今日も、大体、同じような温度である。二十二度なら、水に毛の生えた程度で、使い物にはならない。もっとも、北条一角だったら、温泉でなくても、これだけ量のある水脈を掘り当てただけで、

「水、水、水……」

と、大喜びするだろうが、小金井は、温泉一途に、このボーリングを始めたのだし、もともと、温泉旅館で一生を送った男であるから、水には何の愛着もない。

彼は、無言で、棚の上の工事日表を、手にとった。

もう掘り始めて、一年半――五十メーター掘って、微温湯が出てからも、ずいぶんになるのに、いつまでたっても、温度は上らない。日表の温度欄のところを見ても、二十四度が最高であって、その翌日は、二十一度に下ったりする。それくらいの温度は、地熱よりも、地上の天候で、左右されるらしい。

――じれってえなア、ほんとに！

小金井は、心の中で、舌打ちした。

この鑿井法は、パッカーション式といって、安上りではあるが、新式ではなかった。石油

井戸を掘るやり方だと、棒状になった砂土が出てきて、どういう地質のところを掘ってるか、わかり易いのだが、こっちの方式だと、砂粒を吸い上げるだけである。その砂や泥が、マス型の木枠に入れられて、工事の進行をもの語ってるが、小金井は、それを手にとりあげて見ても、温泉余土らしいものはなかった。

——こりゃア、場所でも変えないと、ダメなのかな。

温泉層というものは、牛肉のアブラ身のように、横ジマになっているらしく、それも、決して、厚い層ではない。その少し上でも、少し下でも、温泉は出て来ない。また、深く掘りさえすれば、豊富な泉層があるというわけでもない。現に、鑿井箇所を選定してもらうために、東京から呼んだ専門技師は、

「足刈の地質から見て、もし、出るとすれば、浅いところだな。浅い層で出なかったら、絶望かも知れませんよ」

と、鑑定したほどである。

工事を始めてから、もう、百メーター余も、掘っている。一年半もかかってるが、堅い岩層に当れば、日に二センチほどしか、進まない時もあって、これは、ほんとの根気仕事なのである。しかも、ムダ骨折りになりがちな、根気仕事で——

「オヤジさん、どうだろう、正直いって……」

小金井は、たまりかねて、疑惑を口に出した。

「どうとは？」

「いや、見込みがあるか、どうかってことさ」

「なアんだ、番頭さん、温泉場の人らしくもねえ口をきくね」

親方は、せせら笑った。

「なぜさ」

「だって、温泉井戸掘りって、どんなもんだか、知ってる人なら、そんなことは、聞かねえよ」

「そりゃア、わかってる。掘れば、きっと出るものとは、思っちゃいないよ。でも、お前さんは、専門家だ。今まで、方々の井戸を掘ってるんだから、今度の仕事は、どうやらモノになりそうだとか、こりゃア、鑑定家の見込みちがいだとか、カンでわかりそうなもんだが……」

できるだけ、相手に逆らわない用心をしながらも、小金井は、それを聞き出さないでいられない気持だった。

「わからねえんだ、それが……」

親方は、ニベもなく、答えた。

「そうかなア、オヤジさんにも、やっぱり……」

小金井は、ガッカリした。しかし、絶望といわれるより、まだマシだと、考え直したところへ、

「でも、番頭さん、ここが箱根の足刈だってことを、忘れちゃいけねえよ。箱根ってところは、もう、掘るだけの温泉は、掘っちまったんだ。別府や登別みてえに、道路工事をしても、湯が出てくるってわけにゃアいかねえんだ。わけても、この足刈ときた日にゃア、昔から、

湯の少いので、通ってるところだからね。どうも、番頭さんは、覚悟が足りねえんじゃねえかな」

親方は、イヤなことを、いいだした。

「そんなことアない。わたしだって、それくらいのことは……」

「じゃア、そんなに、うるさく、見回りに来ねえで下さいよ。こっちも、頼まれた以上、何とか、モノにしようと、一所懸命なんだ。出し惜しみをする湯を、ダマしダマし、少しでも、熱いのを出さしてやろうと、まるで、バクレン女を口説くように、苦心をしてるんですぜ。それを、番頭さんときたら、まだか、まだかと、矢の催促だ。いい加減、頭へきちゃうよ」

と、親方は、すっかりムクれてしまった。

「わかった、わかった。こいつア、わたしが、悪かった。これから、気をつけるから、キゲンを直して、是非一つ、バクレン女を、口説き落しておくれよ……」

商売柄、小金井番頭は、すぐ下手に出ることを、忘れなかった。そして、こういう時に、長居は無用と、小屋を飛び出して、外の空気を吸うと、急に、世の中が情けなくなった。

——井戸屋にゃア怒られるし、ご新さんにゃア顔向けできねえし……。

いっそ、首でもくくりたいと思ったが、玉屋に対する責任は、重大だった。

——この上は、神頼みだ。

なぜ、今まで、そこに気づかなかったかと、思うほど、彼は、神様のことを、忘れていた。旅館の近代化の競争で、彼の頭も、少し新しくなったのは、よくないことだった。箱根に住むからには、権現さまの信仰は、血となって、体を流れていなければならない。

しかし、彼は、バスに乗って、湖畔まで行かなくても、足刈の守護神がいることに、気がついた。足刈のことは、足刈の神様に頼むのが筋道だった。

裏山の裾を、彼は六字ケ池の方へ歩いた。六字というのは、南無阿弥陀仏からきているのだろうが、池といっても、今は湿原に過ぎなかった。芦が一ぱい生えているのは、昔、この辺が、アシの湖といわれた時代の名残りであろうか。

その芦の間に、細い石だたみの道があり、石の鳥居があり、そのつきあたりに、あまり大きくない社殿があった。六字ケ池の弁天である。

この六字ケ池は、一号国道への出口に面していて、野球場がタップリとれるほどの面積があり、水はほとんど干上ってるのだから、箱根の三大資本が、どれも狙いをつけてる場所だが、小金井番頭の今の心境は、そんなことを考える余裕もなかった。

それよりも、ここの弁天さまが、江ノ島弁天と同時代に、役の行者によってまつられたという伝説があって、霊験きわめてイヤチコであることに、心が一ぱいだった。

——ほんとに、掘り始める前から、お願いにくりゃア、よかったんだ。

確かに、足刈に住む人間として、重大な手落ちだった。そのお詫びもかねて、心血を傾けたお願いをしなければならない——

小金井は、芦の芽がヤリのように、両側から突き出した小道を、首を垂れながら歩いた。

芦の根元のジクジクした土の上に、東京では見られない、茶色の肌の大きなガマが、諸所で首を出していた。春になると、無数のガマが、山から六字ケ池へ、降りてくるのだ。

小金井は、ガマに慣れてるから、恐れずに、社前へ進んだ。東京の人が、昭和初期に改築した社殿も、硫黄分の多い空気のために、古色蒼然としていた。そしてヒマな滞在客の外には、足刈の住民も、金もうけが忙がしく、めったに参詣人もないので、社はだいぶ荒れているが、もし、祈願がいれられたら、きっと、玉屋で修復をさせて頂こうと、小金井は、心に誓った。

彼は、サイセン箱の前に、うずくまった。

――どうぞ、どうぞ、弁天さま、今度の湯が出ますように、お計らい下さい。なるべく熱い方が結構でございますが、もし、ご都合がつきかねますなら、七十度ぐらいでもかまいません。量は、タップリお願いします。この願い、お聞き届け下さいましたら、お社もきれいにして、盛大なお開帳をやらせて頂きます……。

そして、彼は、一心こめた合掌を、三分間ほど続けた。

その祈念が、終りかけた時に、社殿の横手から、ケラケラと笑う、男女の声が聞えた。

「畜生！」

小金井は、思わず、つぶやいた。

一心こめたお願いも、けがらわしい奴等が、側へ居合わせたら、半分も、弁天さまに通じなかったのではないか。

アベックに、きまっている。

高麗山に、ケーブル・カーができてから、どうも、アベックが殖えて、困るのである。旅館に泊る金もない、日帰りのチンピラ男女が、東京から遊びにきて、人のいない、寂しい場所で、イチャつくのである。ジュース一本、飲むわけでないから、足刈には、一文も金が落ちない。

かねがね、彼はアベックに反感を持っていたが、今日は、特別に、腹が立った。そこで、少しは、ジャマをしてやろうと、社殿の横手へ回ると、回廊に腰かけた男女を見て、

「あッ！」

と、声が出かかった。

何ということか！

乙夫のやつが、若松屋のお嬢さん明日子と、肩を並べて、回廊の板の上に、腰かけてるのである。

――いつ、乙夫のやつは、お嬢さんと……。

無論、狭い土地に住んでるのだから、二人は、知らない顔ではない。往来で会えば、乙夫はていねいに、お辞儀をするし、明日子は、戦前の皇族のような、答礼をするぐらいのことはあった。

しかし、それ以上に、どう発展しようもない、二人だったのである。身分がちがうし、また、玉屋と若松屋の対立というものがあったし――

――乙夫のやつ、とんでもねえことを、始めやがったな。しかし、あいつに限って、色気

のまちがいはねえと、思っていたのに、やっぱり、父親のフリッツ兵曹の血をひいて、ムッツリ・スケベだったんだな。

小金井は、アベックという先入主があるためか、その二人を、ただの仲とは、思えなかった。

——しかし、こりゃあ、困ったことができた。ご新さんの耳に入れれば、乙夫を追い出せと、おっしゃるにきまってるし、そうなったら、支配人の跡つぎがなくなって、玉屋は、どうなることか。

早くも、小金井は、将来を思い回《めぐ》らせて、胸がせまってきた。

しかし、回廊の二人は、覗く人ありとも知らず、至ってノンビリと、語り合っていた。神社の裏側は、杉の木立に混って、ツバキの大木があり、一ぱいに赤い花をつけていて、ヤブ・ウグイスの声が、あちらでもこちらでも聞えるのが、若い二人の寄り添った絵図に、ふさわしかった。

「ウイリアム・テルのところを、もう一度、読んでごらんなさい」

乙夫が、黄色い表紙の本を、明日子に渡した。ニュー・スタンダード・イングリッシュ(1)と、大きく、英字で書いてあった。

「あら、また読むの？」

「何度でも、読まなくちゃ、いけません。お嬢さまは、字を知っていても、発音が、まったく、なっていないから……」

「だって、意味さえわかれば、結構じゃないの。あたし、西洋人と交際するつもりで、英語習ってるんじゃないわよ」

「それが日本人の悪い癖なんですよ。言葉というものは、発音をはなれて、存在しないんです。会話をするつもりはなくても、発音は覚えなくてはいけません」

乙夫の口調は、ひどく熱心で、また、教師くさかった。

「どこから、読むの」

明日子は、恨めしげに、乙夫の顔を見た。

「はじめッから……」

「いやだなア……。ゼア・ウォークド・ワン・サニイ・デイ……」

「いけません、いけません。もっと、大きく、唇をあけて……。さア、もう一度、はじめから……」

小金井は、少し勝手がちがったと、思わずにいられなかった。

若松屋のお嬢さんは、乙夫から恋の手習いを受けてるのではなくて、英語を教えて貰ってる様子だった。しかし、若い二人のことだから、どういうハズミで、どういうことにならぬとも限らないと思って、なおも、油断なく隙見を続けていると――

「そんなむつかしいこといったって、急にはできやしないわよ」

と、明日子が怒り出した。

「急にできないから、何べんも、くりかえしてやらなくちゃいけません」

乙夫は、きびしい顔つきをした。

「ちょっと、あんたは、あたしの何だったか、忘れたの」

「忘れません」

「じゃア、いって見たら……」

「ぼくは、あなたの家来です。家来になると、お約束しました。お約束しなくったって、ぼくは玉屋の雇い人ですから、玉屋のご親戚の若松屋のお嬢さんには、やっぱり家来です」

「それが、わかってるなら、もう少し、尊敬した口をきくもんだわ」

「きいてます」

「ウソ。まるで、あたしを低能児扱いにして……」

「だって、発音に関する限り、お嬢さんは、低能児ですからね」

「そら、いった……。そんなに、あたしを侮辱するじゃないの」

「侮辱じゃありませんよ。家来は、忠義をつくすんです」

「そんな、忠義って、あって?」

「お嬢さんは、ぼくに、英語を教えろと、命令したでしょう。ぼくは、できるだけ忠実に、一心に命令を守ってるんです。それが、忠義です」

「だけど、家来なら、家来らしく、例えば、玉屋の小金井さんみたいに……」

「あれは古い忠義です……。お嬢さん、英語で忠義のことを、何ていいますか」

「英語に忠義なんて、ないもん」

「ありますもん。ローヤリティー。ぼくは、お嬢さんに、ローヤリティーをつくしてます」

「新しい忠義のこと？」

「ほんとの忠義のことですよ。ウイリアム・テルだって、忠義なサムライだったんですよ。さ、もう一ぺん、読み返しましょう」

「読むわよ。だけど……」

明日子は、だいぶ、飽きてきたらしく、赤い書物カバンから、チョコレートを出して、

「はい」

「何です、これは……」

「授業料よ。半分あげるわ」

厳格な教師は、怒ると思いの外、

「すみません」

出されたチョコレートを、銀紙の上から折ると、具合よく、半分ずつが、二人の手に残った。それを、口の中へ投げ込んだのも、同時だった。

「フ、フ、フ」

明日子は、何がおかしいのか、笑い出すと、ウグイスも負けずに、声を高くした。

小金井は、足音をしのばせて、その場を去った。

——あの様子なら、色恋の心配はなさそうだが……。

チョコレートで、口の端を黒くしながら、他愛のないことを語っていた二人は、この頃の

男女共学で、遠足に出かけた中学生のようだった。

　それに何より安心なのは、明日子が、ひどく乙夫を見下していることで、主君と家来の関係を保つ約束をしたらしく、自分は英語を教わっているのに、

「乙夫！」

と、先生のことを、呼び捨てにする声を、何べんか聞いた。

　まるで、淀君のように、威張ってる。あれでは、色恋の沙汰も、起こる道理がない。乙夫だって、体は大きくても、まだ子供だし、明日子の方も、マセてるのは、口のきき振りだけだから、もののハズミでどうということもないだろう。

　といって、安心ばかりもしていられない。玉屋と若松屋の従来の関係からいって、水一ぱいのやりとりもしないことになってるのを、ご新造さんが、このことを知ったら、何というか。もっとも、玉屋の雇い人が、若松屋の娘にものを教えてるのだから、玉屋側の〝貸し〟であって、決して、ヘコまされる理由はない。将来、両家の間に何か悶着が起きた時に、この〝貸し〟を持ち出してやることもできる。だから、このことは、自分の胸にしまって置いて、ご新造さんに告げず、しばらく様子を見ることにしようか――

　それにしても、一体、あの二人は、いつの間に、英語の勉強なぞする話が、ついたのだろうか。乙夫が学問のできることは、足刈の評判になっているが、まさか、若松屋の主人が、乙夫に直接の依頼をしたわけではあるまい。もし、そんな意志があるなら、必ず、ご新造さんなり、小金井自身なりに、一言のアイサツがなければならない。さもなければ、後で、若

松屋の方が、困った立場になるわけである——

　これは、明日子さんが、親に黙って、乙夫にジカ談判をしたにちがいない。乙夫も、使いのために、よく外出するから、路上で若松屋のお嬢さんに、命令的に頼まれて、イヤとはいえなくなったのだろう。

　何よりの証拠は、勉強をする場所を、人目の遠い、弁天堂に選んだことである。親が承知なら、乙夫は、若松屋主人の自宅へ、出張してるにちがいない——

　しかし、明日子さんが乙夫に、そんな助力を頼むというのは、あのお嬢さんの胸には、もう、両家の過去のワダカマリが、根を残してないからではないか。あのお嬢さんにしても、長男の幸之助さんにしても、次ぎの時代の人が、跡をとる時になれば、足刈も、グッと、変ってくるのではないか——

「こりゃア、お店の跡取りの問題も、考え直さなけりゃアいけねえぞ……」

　小金井は、自分自身に、つぶやきかけた。

無　理

　アメリカの事業主、ヘンリー・ジョン・カイザーと、北条一角とは、ちょっと似たところがあるらしい。

気が強くて、精力的なこと。人が尻込みする仕事に、進んで手を出すこと。そして、常に大衆を目標にして、仕事すること。

それで、大衆の奉仕者なんて、美名を頂くことになったが、ほんとのところは、大衆の気に入られなければ、大きな事業ができない計算を、よく心得てるに過ぎない。

カイザーは何かというと、アメリカの民主主義を、口にする。アメリカが独裁国家になっても、共産化しても、彼の事業は滅びる。北条一角も、将来の日本と日本人の力を信じて、国の繁栄に、事業を結びつけてる。賭けがはずれると、彼のすべての事業は、ペシャンコとなる性質を、持っている。

二人が、一番似てるところは、事業が好きで、好きで、たまらないことである。事業を止められたら、自殺する外ない男たちである。そして、それくらい事業が好きになると、事業を完成するよりも、事業を始めることに、最大の生きガイを、感じるらしい。ちょうど、真の女好きが、口説くという時期に、最大の価値を認めて、征服後は無関心であるのと、同様である。

――人生で、最もすばらしいことは、それが完全でないということだ。

――私は、いつも、事業は半分できた時に、もうできあがったと考える。

――私は、仕上げた仕事というものに、興味を残さない。

カイザーは、そんな言を吐いてるが、北条一角だって、〝水と熱の曲〟のラッパを、吹き鳴らす本意は、同様のところに、ひそんでるかも知れない。

もう一つ、二人の似てるところがある。

カイザーは、あれだけ大きな、数々の事業をやっていながら、ニューヨークの彼の事務所は、決して広大ではない。そして、事務所の入口に、表札というものを出さず、電話加入者名簿に、名を載せない。事務所は、隠れ家のつもりらしい。

北条一角の氏田観光本社も、至って貧弱な、モルタル塗りの建築である。場所も、銀座の裏通りで、人目につくのは、近隣のレストオランの方だろう。常春苑や京都のホテルは、バカでかいものをつくりあげるが、自分の事務所は、紺屋の白バカマというのであろうか。

その貧弱な建物も、初夏の夕ぐれの微光に、包まれると、モルタルにつもったほこりも目立たず、街路樹の鮮かな緑も手つだって、多少の風情を見せてきたが、鋪道に面した入口から、ドヤドヤと、四人の男が出てきた。

先きに出てきたのが、北条一角である。

その見送りにきたのであろう——専務の北条君太郎、箱根の塚田総支配人、そして、若い男の秘書が、社長の自家用車、黒塗りのクライスラーの前まで、歩いてきた。

運転手が、扉《ドア》を開けた。しかし、北条は、黙って、鋪道を歩き出した。

「社長、どちらへ？」

塚田支配人が、驚いて、声をかけた。

「腹が減ったから、バーへ行こうと思うんだ。皆も、一緒に、どうだ……」

北条は、ニコリともしないで、答えた。

「お供しますが、食事なら、バーでなく……」

専務の北条二世が、口を出した。これは、当然の質問であって腹が減ったから、バーへ行くという人間は、聞いたことがない。

「いや、バーがええ。カンタンに食事ができる……」

彼は、ガンとして、譲らなかった。こうなると、決して、前言をひるがえさない男だから、三人はすぐアキラめて、あとに従った。

この付近は、くさるほど、バーが多いが、その中で、特に名の売れたというわけでもない一軒へ、彼は、ツカツカとはいった。

「いらっしゃいませ」

時間が早いので、店はガラ空きで、数人の女給さんが、声をそろえて迎えたが、北条は、テーブルの方へ見向きもせず、カウンターの前へ、陣どった。

「社長、なかなか、通ですね」

塚田総支配人が、ニヤニヤした。

「通か、何か知らんが、ここへ坐る方が、早く帰れるじゃないか……。おい、君、何か、食うものないか」

北条は、向い合わせたバーテンに、話しかけた。

「はい、オードゥブルのようなものでも……」

「いかん、いかん。わしは、今まで会議しとって、何も食うとらんのだよ。もっと、腹のタシになるものないか」

「では、何か、お取りいたしましょうか」

「うん、それがええ。スシがええ」

「おスシですか」

「うん、うまいスシを、沢山……。おい、君たち、好きなものを勝手に飲め。わしは、何とかいうたな、氷のブッカキのウイスキー……」

「オン・ザ・ロックですか」

「それ、それ……」

そういいながら、彼は、上着を脱いで、秘書に渡した。

彼は、酒は強い方だが、ベツにバーが好きという方ではない。といって、待合遊びの方を、好むというわけでもない。死んだ〝関急〟の木下は、芸妓と待合が大好物だったが、〝西郊〟の篤川も、女はきらいでないらしいが、宴会で芸妓があらわれると、サッと座を立つという男だった。

そこへいくと、北条は、無趣味で無神経というのか、花柳界の魅力も、あまり感じないらしいが、毛ぎらいする様子もない。宴会にも、よく出る。しかし、世間の実業家のように、デンと、床の間の前に坐っても、面白くないらしく、また、形もつかない。セッカチで行儀が悪くて、とても、旦那の規格品になれない。

バー遊びだって、いい顔になれるほど、足繁く通うわけではないが、どっちかというと、待合よりも、彼の気性に合ってるだろう。

バーは、諸事、手間がかからず早く飲め、早く帰れる点が、北条の気に入るのだろう。そして、そのバーへはいっても、カウンターの前に坐れば、より早く飲め、より早く帰れることを、彼は発見していた。日本の新観光王ともいわれる男が、とまり木のようなところへつかまって、酒を飲むのは、不体裁であるとは、考えないらしい。

「わしはね、今、すばらしいバスのことを、考えとる……」

彼は、オン・ザ・ロックを、チューッと、大きな音を立てて、すすると、突然、シャベり出した。

「どこの路線ですか。さっき、会議の時には、お話が出ませんでしたが……」

左隣りに腰かけた、北条二世が驚いたような声を出した。

「路線獲得の問題じゃない。そんなことは〝横断〟と〝函豆〟に任しとけばええ」

北条は、バーテンに、おかわりの合図をした。

「しかし、〝関急バス〟が、間もなく、渋谷―長野間の長距離運転を、始めますが……」

塚田総支配人が、右隣りから、首を出した。

「その長距離バスさ。しかし、わしは、スシづめのお客さんを運んで、国鉄と競争するようなバスのことを、考えとらん……」

「すると、儲からんバスですか」

専務が、笑いながら、聞いた。

「そうだ。儲からんバスだ。しかし、しまいに、儲かるバスだ。そのバスを、是非、走らせて見たい。ことに、観光外人を乗せてな」

「観光外人は、バスなぞに、乗らんでしょう」

「バカいっちゃいかん。アメリカあたりの利用率は、非常に高いんだ。もっとも、わしの考えとるのは、アメリカの長距離バスより、ずっと、高級なものだが……」

「すると、車体や設備なんかは……」

と、塚田総支配人が、聞いた。

「エンジンも、車体も、国産で結構と思うが、特別に註文して、バネやシートは、最高級品にする。動揺を、最小限にするためにな。それから、車内装飾は、西陣の織物や、蒔絵を用いて、日本の宮殿調を出す。厚い、上等のカーペットを敷いて、座席も、固定式はいかん。まず、御召列車のイス・テーブルに匹敵するものを……」

「社長、そんなことをしたら、何人も乗れやしませんぜ」

「大勢乗せる車じゃないんだ。そして、冷暖房は、いうまでもないが、ちょっとした食事のできるビュッフェは、是非、必要だな。飲み食いをするとなれば、クソ・小便の始末は、考えねばならん。あまり窮屈でない、便所の設備は、欠かされんよ。いちいち、モーター・プールに止まって、汚らしい便所で、用を足すなんて、時代おくれのはなはだしきものだ。それに、時間の損失も、考えにゃならん……」

北条は、だんだん、舌の回転に調子が出てきた。

しかし、専務や支配人の身になると、全然、採算を無視した社長の提案に、アイヅチも打てなかった。また、北条はワンマンで、命令を押しつけるくせに、部下が唯々諾々だと、不満を表わした。

「大変、立派なバスですが、一体、だれを乗せて、どこを走るんですか」

君太郎専務が、ニヤニヤ笑いながら、質問した。北条は、小さなイスの上に、アグラをかいて、ズボンの裾から、素肌を現わしながら、

「そりゃア、君、最初は普通の客を、乗せないよ。観光外人とか、ぼくに金を貸してくれそうな銀行家とか、筆マメで、ヘンクツでない文士とか……。しかし、おいおいは、それくらいゼイタクなバスを、大衆に提供しなくちゃア……」

「でも、大衆料金で、走らせられますか」

総支配人が口を出した。

「なアに、二階バスにして、上をサロン風にすれば、ソロバンはとれるだろう。それに、大衆が、いつまでも、今のスシ詰め式で、満足してると思ったら、大まちがいだぜ。いつもいうとおり、明日の大衆は、金を持ち、レジャーを持つんだ。日本の民度は、どんどん上ってゆくんだ。あらゆる設備も、それを考えて、向上させにゃアいかん……」

「わかりました。すると、東海道の高速道路の完成を待って……」

専務が聞いた。

「あんなもの、とても、待っちゃおれん。わしは、今年の秋ぐらいから、走らせてみたいんだ」

と、持ち前のセッカチが、始まった。

「今の東海道をですか」

「そうだ。この秋には、京都のホテルが、完成するだろう。その時に、最初のバスを、出してみたい。大体、わしの東海道五十三次を、順々に、通ってな……」

北条は、東京の春山荘を起点とする、新五十三次の構想を立て、それを、ほぼ実現していた。東京と京阪をつなぐレジャー・ルートというべきもので、駅次は、彼がすでに築いた箱根の常春苑、浜名湖観光ホテル、名古屋の観光ホテル、京都の新ホテル、大阪の英雄閣等々、それにあてるのだが、その途中に、鳥羽の快楽島《けら》という寄り道も、考えていた。

快楽島なんて、名前からして、彼の気に入るのだが、そこへ、関西人のための常春苑の建設を、始めていた。明媚な海景の中に、小湧谷のような、ヘルス・センターと、高級ホテルと、両方を建てるわけだが、ここは、温泉の代りに、長期海水浴という看板を、考え出した。あの付近の清澄な海水を、太陽熱利用の貯水池へ吸い上げ、それをプールに落して、四月から十月まで、半カ年の海水浴を可能にする。そして、すでに彼の手中にある大島、八丈島から、熱帯植物を運んできて、極東のハワイを現出させ、関西の大衆と、全国から集まる伊勢神宮参拝客を、誘引する計画だった。

「だから快楽島には、どうしても、バスを回さにゃアならん。それから、京都だ。京都見物は、時間を要するから、ゆっくりと、新ホテルに滞在して貰うて……」

と、北条は、大体の計画を話して、オン・ザ・ロックを一飲みしたが、本論はこれからと

いう顔つきで、体を乗り出した時に、

「はい、お待ち遠さま……」

と、女給の一人が、スシの大きな桶を、抱えてきた。これが、十人前はタップリという大きな器で、タネの豊富な季節だから、色とりどりに盛り合わせたのを、北条のいる前へ、ドッカリと置いたが、カウンターにはのりきらず、ハミ出してしまった。

何事も大がかりなことが好きな男で、大量のスシを眺め渡してから、

「おう、うまそうだ。諸君、食わんかね。君も、どうだ」

と、バーテンにまで、すすめた。自分は、すごい速度で、中トロを三つばかり口に入れたが、スシをワシづかみにするから、ショウ油のついた飯粒がこぼれて、ワイシャツは散々である。

「そこでだ。東京から箱根常春苑までは、問題はない。今だって、八重洲口のホテル前から、直通バスが出てるくらいでな……」

と、大きな下唇を、前へつき出して、左右の二人の顔を、ジロリと見渡してから、

「しかし、それから先きを、どうするんじゃ」

と、急に、大きな声を出した。

これが北条の癖であって、キゲンよく話してると思うと、急にカミナリを落したり、反対に、怒ってるかと思うと、ケロリと、別な話を始めたりする。

部下の連中も、慣れているからそのわりに驚かないが、捨てては置けないから、

「それから先きと、おっしゃいますと……」

と、総支配人が、聞き返した。

「わかっとるじゃないか。箱根の山へ上ったら、どこかへ降りねばならんわ。君等は、三島へ国道が通じてると、いうのか。わしのつくる日本最初のデラックス・バスが、わしのつくった新五十三次を歴訪しようというのに、函豆《かんず》バスの後について、三島へ降りろというのか」

北条がド鳴り始めた。一番迷惑なのは、バーテンであって、彼の正面に向い合ってるから、怒声の度に、マグロくさい息を、吹きかけられる。

「わかりました。社長、あいすみません」

総支配人が頭を下げた。社長が、芦ノ湖スカイ・ラインの工事が、手間どるのを、叱っているのだと、やっと、気がついたのである。北条は、その新道路を通って、御殿場へ出たいのだろう。

「君、すぐ、突貫工事にかかれ」

「はい。しかし、完成予定期は、今年一ぱいですし、それまでには、何とか……」

「わしが、そのバスを走らせるのは、この秋の予定だ」

「そりゃア、社長、ムリですよ」

「ムリか、ムリでないか、やってみての上で、いいなさい！」

一体、北条は、なぜバーへきてから、そんな話を、持ち出したのだろうか。午後三時から、本社で企画会議を行ったのだから、その席上で話す機会は、いくらでもあった。もっとも、彼は汽車旅行をしている時でも、突然、窓の外を指さして、すぐあの土地を買えと、部下に命令を下すような男で、時とか、場所は、おかまいなしであるが、恐らく、会議の時に、話すつもりだったのを忘れて、バーへ持ち越したのだろう。

　しかし、一旦いいだしたら、きかない男で、芦ノ湖スカイ・ラインの突貫工事は、もう既定の事実になった。部下としては、こんな難題はない。本年一ぱいの完成予定だって、危まれていたのを、それより二カ月繰り上げて、完成しろというのだから、ムリな話である。

　ヘンリー・ジョン・カイザーも、ムリな仕事が好きで、対日戦争に、海軍当局も不可能と考えた、小型空母の急造をやりとげた。一年半の間に、五十隻を引き渡した。リバティ型船舶も、一隻を四日半で、進水させた。ムリといわれる仕事を、創意と努力で、やりとげることに、事業家は、無限の魅力を見出すのであろう。だから、彼等は、ムリといわれれば、一層、乗り気になるのである。

「何ていったって、十月完成は、ムリですよ」

　バーの帰りに、並木通りを、ブラブラ歩きながら、塚田総支配人は、専務に向って、嘆息した。北条は、車に乗って、まっすぐに、家へ帰った。

「そうですね。十二月完成は宣伝で、ほんとは、来年の今ごろまでかかる見込みだったんですからね」

　君太郎専務は、穏かなアイヅチを打った。〝関急〟の木下や、〝西郊〟の篤川も、それぞれ息子が働き者であって、重要なポストについているが、北条一角も、氏田観光の専務のイスに、息子を据えていた。彼は、木下や篤川の二世ほど、世に知られていないが、父親とは反対に、温和で、着実で、長い軍隊生活の経験から、忍耐にも富んでいた。

「そりゃアね、ただ、道をつけるだけなら、何とでもなりますよ。だが、社長は、三国峠の原始林を、大切にしろというでしょう。そのために、工事の困難は、倍加するんです。何しろ、木一本切ってもいけないって、命令なんですから……」

総支配人は、再び、嘆息した。

「お察ししますよ。ところで、今夜は、東京へお泊りですか」

「いや、あの命令を聞いちゃ、そうもいきません。晩《おそ》くなっても、箱根へ帰ります。しかし、今度ばかりは、箱根山へ上るのが、ユウウツだなア」

「ハッハッ。お互いに、できるだけ、困った顔をするんですな。そうすると、オヤジは、結局、何かチエを、持ち出しますよ」

「そのこと、そのこと……」

総支配人も、初めて笑った。

氏田観光の箱根事務所は、常春苑ホテルの中にあるが、塚田総支配人が、東京から帰ってきてから、急に、忙がしくなった。

塚田は、翌朝、工務主任の高野を呼んで相談した。

「十月一ぱいなんて、そんな、ムリな……」

高野は、あきれて、ものがいえないという表情だった。

「ムリか、ムリでないか、やってみた上で、いいなさい！」

塚田は、社長の口マネをした。

「そういったんですか、社長が……」

「何といったって、ムリはムリだよ」

「あたりまえですよ。社長は、どうも、日本語知らねえらしいな。ムリってことはね……」

「いや、ぼくたちの日本語と、ちがうらしいんだ。ナポレオン式なんだ」

「ナポレオンの日本語ですって？」

「いや、わが辞書に、不可能という語なし、というやつだよ。従って、ムリってことは、ないと思ってるんだよ。とにかく、えらいことになった……」

全長十四キロのスカイ・ラインが、一昨年の秋から起工して、やっと三国峠まで、半分の七キロができたが、その日数を考えても、今までの倍かかるわけである。もっとも、長尾峠の方からも、工事を始めているが、両方から、突貫工事をかけても、この秋に開通なんて、思いもよらない――

「社長の考えは、十月に、一台のバスが通れれば、満足らしいんだ。開通式に、名士にリボンを切ってもらうより、日本一のゼイタク・バスで、突っ切ろうというんだ」

「そのバスが、通れるような道が、間に合えば、文句はないんだが……」

「何とか、ならないかね」

「これだけは、どうも……」

工務主任は、まったく、自信がなかった。

「といって、手をこまぬいていたら、どんなことになるか、わかってるからね。まア、やるところまで、やってみるより、しかたがない。飯場の人数も、倍にして、ブルドーザーの数もふやして……」

「そう。こうなりゃア、こっちも、ヤケクソだよ。オヤジさんのムリと、討死にの覚悟で、やっつけましょう」

高野主任も、北条の子飼いのコブンで、社長の気持は、知り過ぎるほど、知っているから、特攻精神をふるい起すより、道はなかった。

そして、突貫工事が、はじまった。塚田も、ホテルやヘルス・センターの方は、そっちのけで、現場へ督励に行く時間が、多くなった。去年の今頃は、ハワイヤン・ナイトの準備で、いろいろ工夫をこらしたが、今年は、それどころではなかった。同じ催しを、やることはやるが、新趣向は、望まれそうもなかった。

そこへ、本社から、テレ・タイプがきた。

「なに？　社長が、大原さんを連れて、夕方、着くって？」

ヤレヤレと、塚田は、ため息をもらした。

大原さんというのは、保民党の大原泰山のことである。名前からして、山と縁があるせいか、箱根と関係が深く、〝関急〟のバックになったこともあるが、木下東吉が死んでからは、北条一角と意気投合した。観光事業も、これほど大きくなってくると、政界の守護神が必要であって、〝西郊〟の篤川だって、保守党の超大ボスと、大ボスの二人を、握っている。この二人は、官僚出身だが、大原泰山は、だれも知るごとく、政党生え抜きの大ボスである。

一体、箱根というところは、政治家と縁が深く、歴代の首相も、近衛は不二ホテル、吉田は小湧谷三井別荘、岸は宮ノ下の奈和屋、現在の池田総理は仙石の某別荘と、それぞれ根城をきめて、避暑ばかりでなく、週末の静養にもやってくる。そこへ、モロモロの政客や財界人が、押しかけてくるが、箱根山で製造された陰謀や政変も、ずいぶんあったと、想像される。

大原泰山も、箱根へくると、近頃は、常春苑が常宿だが、ホテルの方には、泊ったことがない。彼は、和服が好きで、漢詩もヒネくるくらいで、ベッドに寝て、食堂へ飯を食いにいくようなことは、趣味に合わないらしい。といって、この大ボスを、ヘルス・センターに案内するわけにもいかないが、旅館部の方に、離れ座敷が沢山あって、やれ赤坂だとか、柳橋だとか、政治家の好きそうな名がついてる。そのうちで、一番大きいのが鹿鳴館といって、氏田別荘時代の古い建物を補強したものだが、庭園や眺望も、随一である。普通の客は、この座敷へ通さないのだが、大原のような人物になると、話がちがう。彼がくれば、必ず、鹿鳴館へ泊るのが、例となってる。

今日も、本社直通のテレ・タイプが、大原の来遊を告げると、すぐ、旅館部支配人に伝達されて、鹿鳴館の部屋と庭の掃除が、始まった。床の間の軸も、花も、新しく変えられ、二人の部屋女中は、入念に化粧して、一番いい着物をきて、五時到着の少し前には、座敷に香までたいて、待っていた。

塚田総支配人、旅館部の小谷支配人も、神妙に黒い洋服を着て、鹿鳴館の玄関へ、姿を現わした。ヘルス・センターの大建築の横から、鹿鳴館へ通ずる小砂利の道があって、自動車が近づけば、音でわかるから、一度にドッと出迎えればよかった。

ところが五時になっても、自動車の音がしない。汽車とちがって、定刻というものはないにしろ、東京・箱根間をよく往復する社長の運転手は、大体、正確な到着時間を、見込んでるのだが、今日は、三十分過ぎても、まだ、到着しない。

そこへホテル部から鹿鳴館へ、電話がはいってきた。

「社長の車は、こっちへ着きました。塚田さん、すぐ来て下さい」

総支配人と、旅館部支配人は、ソレと、駆け出した。

「大原さんは、ホテル泊りに宗旨変えしたのかなア。そんなわけはないのになア……」

今日は、北条一角も、大切なお客さんを連れてるせいか、いつもの裏口でなく、堂々と、ホテル正面入口に、黒塗りのクライスラーを、とめていた。

「おい、おい、だれかおらんか」

ドア・ボーイやフロントの事務員が、出迎えているのに、北条は、わめきちらした。恐らく、塚田総支配人か、ホテル支配人を、求めているのだろう。

そして、おかしなことに、車を降りたのは、北条一人であって、大原泰山は、座席に腕組みをして、大きな目玉を、ギョロギョロさせていた。

そこへ、塚田以下の幹部が、息せききって、かけつけた。

「社長、鹿鳴館の方で、お待ちしていたんですが……」

塚田は、しきりに、頭をかいた。

「計画変更ということは、往々にして、起こるもんだ……」

「え、スカイ・ラインの方ですか。それは、ありがたいですな」

「何をいっとるんだ。大原さんが、途中で、体じゅうがカユくて、たまらなくなったから、計画を変更したんだよ」

北条は、セカセカと、意味不充分の説明をしてから、

「君、皮膚病に効く湯は、どこかな」

「いいえ、鹿鳴館の湯も、ヘルス・センターとちがって、天然ですから、多少の効力は……」

「社長に向って、宣伝はいらんよ。ワシの湯は、どうだ」

「そりゃア、何といっても、あすこは皮膚病専門ですから……」

「じゃア、すぐ、玉屋の婆さんのところへ、電話しなさい。一番いい部屋を、すぐあけろ、と……」

「すると、大原先生は、ウチへお泊りにならずに……」

「何でもいいから、早く、電話だ。人間、カユいのは、一番我慢のならんことだ……」

「はい」

塚田は、すぐ、フロントへ飛んでいった。

その間に、北条は、開かれた車のドアの外から、大原に話しかけた。

「あんた、まだ、カユいですか」

「うん、いくらか、おさまったが、この湿疹というやつは、外界の空気や温度が変っただけで、すぐ起こるんじゃな。わしは、糖尿の持病があるから、皮膚が、よほど敏感なんじゃよ。しかし、どっち道、生命に別条はない。まず、昨今の政情のごときものじゃ。ハッハハ」

と、いいながらも、着物の袖をまくって、片腕をボリボリかき始めた。

「政情は、さらに安定させた方が、いいですよ。ワシの湯に、ご案内しましょう。あの湯なら、はいったとたんに、効き目がありますからな。その代り、部屋と食べ物は、我慢して下さい」

「カユいのがとまれば、何でも、我慢するよ」

大原は、今度は、襟首をかき始めた。

そこへ、塚田総支配人が、帰ってきた。

「社長、いい具合に、離れの閑心亭が、あいてるそうです。料理その他、特に気をつけるように、小金井君にいっときました」

「そうか。あの家で落ちつけるのは、あの座敷ぐらいのものだ。それから、ビルはこっちへ回すように……わかっとるな」

「はい、よく伝えておきます。で、社長は、先生とご一緒に？」

「ぼくは、どこも、カユくないんだ。君、大原さんをご案内してくれ……」

北条は、車の中をのぞき込んで、

「じゃア、行ってらっしゃい。少し、臭いけれど、とても、よく効く湯です。塚田をお供させますから……」

「いや、ありがとう。あんたは、いつ、帰られるね」

「今度は、現場を督励にきたんですから、明日一ぱい、こっちにいて、明後日になりましょう。明日の夕飯でも、ワシの湯で、ご一緒に頂きますかな」

「是非、そうしてくれ給え。わしも、退屈するじゃろうから……」

いつか、氏田観光事務所から、主要な社員が、全部、玄関前へ出てきた。事務長や、経理、庶務、工務の課長も、社長の出迎えばかりでなく、大原泰山の見送りのために顔をそろえた。

「じゃア……」

車が動き出すと、その連中が、稲穂のように、首を下げた。北条だけが、立ったままで、手をあげた。

車が、国道の曲りかどに消えると、

「おい、高野君！」

北条が、人の列のうしろで、小さくなってる工務主任を、呼びとめた。その声は、もう、いつもの社長だった。

「はい……」

高野は、社長がムリな突貫工事の命令を出してから、当面の責任者だけに、最も当惑していた。そして、なるべく、社長の目にとまらぬように、遠くにいたのだが、まっ先きに、呼ばれてしまった。

「わかってるだろうな、ぼくが今度きた目的が……」

「はい」

「ムリか、ムリでないか、やってみなければ、わからんよ」

「はい、しかし……」

高野は、塚田に入れヂエされて、なるべく、困った表情をすれば、社長が工夫を授けてくれると、期待していた。

「何だ、その顔は、ベソをかいて……」

そして、大きなカミナリが、落ちかかった時に、一台のハイヤーが着いて、新婚らしく着飾った一組が、降り立った。

北条は、ツカツカと、その前に、進んで、頭を下げた。

「いらっしゃいませ。手前、このホテルの主人でございます。ようこそ、おいで下さいました。誠心誠意、サービスさせて頂きます。ご不満の点は、何なりと、支配人へ……」

閑心亭

玉屋も、明治から大正にかけては、ずいぶん有名な政客が、泊りにきたが、近頃はサッパリだった。近衛公が花形政治家になった時代から、箱根の一流地は宮ノ下に移り、戦後は、ことに、その傾向を強めた。

勿論、玉屋ばかりでなく、若松屋だって同じことだが、何分にも、この足刈は山の上だし、道路は立派になっても、遠隔感はまぬかれない。電話だって、ついこの間までは、東京との連絡に、数時間も待たされた。その上、玉屋にしても、若松屋にしても、もう時代おくれの旅館で、有名な政治家の虚栄心を満足させるだけの設備がなかった。昔は、浜口雄幸のような人も、玉屋の裏二階に、次ぎの間もないような一室で、長らく滞在したものだが、今は、政治家も、旅館も、ケバケバしくなって、古風ではダメである。

そういう足刈に、大原泰山のような、総理級の政治家が、宿泊にきたのだから、玉屋は大騒ぎだった。その大ニュースは、若松屋にまで伝わって、

「へえ、大原さんが、よく玉屋へ来たもんだな。もっとも、あの人は、旧式政治家だからな」

と、幸右衛門も、久しぶりに、玉屋にヤキモチをやいた。大原泰山の慢性湿疹が、箱根の山気で、急性状態になった結果とは知らないから、玉屋のノレンのためと、ヒガんだのだろう。

大原は、玉屋へ着くと、小金井番頭の案内で、廊下をクネクネ曲って、奥の離れ座敷の閑心亭へ通された。閑心亭の建物は古くなったが、十五畳、十畳、茶室まがいの六畳の三間に、専用浴室もついて、庭の眺めもよく、玉屋第一等の客室だった。

そして、到着客は、すぐ温泉にはいるものだが、ことに大原は、早くカユ味を去りたいので、タップリ湯に浸って、浴衣の上に茶羽織を着て、廊下のイスで、一服していた。

そこへ、お里婆さんが、シズシズと、現われた。

ほんとをいうと、そうカンタンに、現われたわけではない。大原が泊りに来ると、常春苑から電話があった時に、お里婆さんは、急にシャッキリしたのである。顔つきまで、十年ぐらい若やいだのである。

――あア、何年ぶりで、昔の玉屋に返ったことやら……。

婆さんは、明治大正時代の夢を、もう一度、見たような気がした。そして、にわかに、お部屋付きの女中を呼んで、着換えを始めた。それまでだって、習慣で、いつでも客前へ出られる服装だったのに、新調のアワセに改めた。そして、番頭を呼び、閑心亭受持ちの女中を呼び、料理番まで、お部屋へ呼び寄せて、大原の待遇に、キビキビと注意を与えた。器具調度も、特賓《とくひん》用のを、倉庫から出させた。

そして、閑心亭の女中に、大原が湯から上って、一休みという時を、前から打合せて、電話で速報させると、おろし立ての白足袋を、シズシズと、閑心亭へ運ぶことにしたのである。

部屋つき女中が、入口のフスマを開けると、花道の揚幕から出た役者のように、お里婆さんの足どりは、イタについた。

「これは、これは……」

婆さんは、廊下のイスの大原から、二メートルぐらい離れたタタミの上に、平伏した。

「やア、ご主人かね。厄介になりますよ」

大原は、軽く会釈したが、婆さんは、まだ、顔をあげない。そして、タタミと接吻しながら、

「まア、ようこそ、ようこそ、こんな、山の中まで……」

と、後はお経の文句のように、ムニャムニャとしか、聞えない。

「なかなか、ええ部屋じゃね。庭の苔と、杉の大木が、みごとじゃ……」

大原は、ほんとは、庭をほめる気だったらしい。

「いいえ、もう、何もかも、荒れ放題でございまして……。それでも、先生、昔は、この部屋に、乃木将軍もご滞在下さいまして……」

婆さんは、やっと、顔をあげた。そして、気づかれぬように、相手を観察し始めた。これは、旅館の女将の習癖であって、初めての客は、懐ろ具合から人物まで、一応、直覚力を働かさないと、後で、宿賃踏み倒しという危険がある。大原泰山には、その心配はなくても、どの程度の人物であるか、婆さんは、自分の目で確かめたいのである。実をいうと、大原泰山の名は知っていても、伊藤博文ほどエラいのか、それとも、箱根の町会議員に毛の生えた程度なのか、戦後の社会にウトくなってる彼女には、見当がつかないのである。しかし、なるべくなら、大原が偉大な人物で、大勢力家で、そして、これを機会に、玉屋をヒイキにし

てくれることが、一番、望ましかった。

「お婆さん、ここの湯は、ほんとに、効くかね」

大原はそれが一番、聞きたかった。

「効く段ではございません。それだけが、自慢でございまして……。先生は、どこか、お悪くいらっしゃいますので……」

「いや、湿疹なんじゃ。急に、カユくなっての」

「それでしたら、ビタリでございます。昔から、皮膚病には、草津か、ワシの湯かと、いわれましたほどで……。まア、ひと月もご入湯になりましたら、二度と出るようなことは、ございません」

「え、ひと月？　冗談じゃないよ。そんなに、東京をあけられやせん」

「それは、先生、湯治というものは、気ながになさいませんと……」

「弱ったなア。何とか、一週間ぐらいで……」

「ホッホホ。先生も、お気が短くていらっしゃいますね。もっとも、お国のために、お働きあそばすんですから、お体のあくヒマもございませんでしょうが……」

婆さんは、アブラをかけた。

「では、こう遊ばしたら、いかがでございます。夏湯の一カ月を、ご避暑のつもりで——軽井沢あたりへおいで遊ばす代りに、ここで、ご入湯になりましたら？　いいえ、涼しいことにかけては、軽井沢に負けません。その証拠に、吉田様も、岸様も、毎年、箱根で夏を……」

「知っとるよ。吉田君のところを、訪ねたこともある。しかし、あの別荘は、もう北条が買ったんじゃな」

「はい、北条さんは、名のある別荘は、みんなお買いになります」

「どうじゃね、北条のような男が、箱根に現われて、商売のジャマにならんかね」

「いえ、いえ、あの方のなさることと、こちらの商売とは、ケタがちがいまして……。それに、何と申しましても、あちら様は、おシロウトで……」

「ハッハハ、これは、面白い。北条に聞かしたら、ギャフンというだろう」

「でも、おシロウトの方が、成功なさる世の中ですから、結構でございます」

「いや、困った世の中じゃ。官僚や実業家が、一夜にして、政治家に化けて、ハバをきかすんじゃから、わしのように、長年、政党の飯を食った者は、バカバカしくなるな」

「先生、決して、そんなことはございません。ノレンは古ければ、古いほど、よいので……。何の商売でも、ノレンほど大切なものはございません」

「そうか。そりゃア、ええことを聞いた。ハッハハ。時に、お婆さん、いくつになるね」

「はい、もう意気地はございませんよ。八十九でございまして……」

「ふウむ、元気なもんじゃな。まア、大いに長生きして、ノレンを守って下さい」

「はい、恐れ入ります。先生も、これをご縁に、かようにムサくるしい宿でございますが、末長く、ごヒイキのほどを……」

婆さんは、また、平伏の姿勢を、しばらく続けて、

「先生、お夜食のお飲みものは……」

ほんとなら、女中に任すべきことを、女将みずから聞くのは、最上客に対するサービスのつもりであろう。

「一本飲みたいのじゃが、糖尿じゃから……。ウイスキーはあるかね」

「はい、ございます」

婆さんは、ウソをついた。ほんとは、国産ウイスキーの備えも、ないのである。

彼女は、お部屋へ帰ると、すぐ、小金井を呼んだ。

「だれか、常春苑ホテルへ走らせて、大原さんのお好きなウイスキーを、大急ぎで、分けてもらって……」

そして、婆さんは、チャブ台の前に、ベッタリと坐った。久振りで、大役を果した気持だった。

「ご新さん、いかがでした?」

「そうさね。伊藤博文さんほどではないが、箱根の町会議員よりゃずっとマシだね。とにかく、おナジミさんにしてしまわなけりゃア……」

翌朝、大原は、六時ごろに、目をさました。

閑心亭には、雨戸はあるが、暴風雨の時でもなければ、閉めないので、夜があけると、すぐ明るくなる。それに、昨夜は、珍らしく、早寝をしたので、充分に、睡眠がとれた。

——あア、ええ気持じゃ。

政治家も、つらい商売であって、東京にいると夜更かしが多いのに、朝は早くから電話や客に見舞われ、体が休まらない。老人の彼には、かなりコタえるのである。しかし、政治家だの、テレビ・タレントだのというものは、コマと同じく、回転をやめたら、倒れる運命を持ってる。過労は地位の保証であって、文句はいえないのであるが、湿疹がカユくなったおかげで、偶然、ノンビリした一夜を、送ることができた。さもなければ、昨夜は、北条の長広舌を聞かされて、十二時過ぎまでは、寝床にはいれなかったろう。

もう、温泉に三度もはいったせいか、カユみも減ってきたようで、これなら、あの婆さんがいったように、一カ月も湯治すれば、持病も全快するのではないかと、思われた。無論、今度は、そんなヒマはつくれないにしても、せめて、今週一ぱい滞在してみよう、という気になった。そうなれば、至急に、東京から秘書を呼びよせないと、電話の応対だけでも、やりきれないだろう。常春苑から、この宿屋へ回ったことは、北条が、きっと、各方面に連絡したにちがいなかった。

——よろしい。四日間、浩然の気を養うか。

彼は、こう決心すると、寝床を起き上った。

時間が早いので、閑心亭専属の女中溜りにも、まだ人はいないらしく、シンとしていた。そこは苦労人をカンバンにしてる政治家だけあって、呼び鈴を押すようなことは避けて、ひとりで、入浴の支度をした。

茶室の裏側が、浴室になっていた。そこで、彼は、硫黄くさい湯に、長々と浸った。湿疹は、両腕と首の回りが、一番ひどかったから、耳に湯がはいりそうになるまで、深く身を沈めた。温泉の蛇口も、洗面器も、金属は腐蝕するとみえて、一切、使ってなかった。ヒノキの湯舟まで、洗われたように白く、彼にこの温泉の効能を、信じさせた。

ゆでダコのようになって、彼が湯から上っても、女中は、まだ、本館からきていなかった。彼は、自分でカーテンをひき、ガラス戸を開けて、廊下のイスに、身を休めた。

すばらしい、新緑だった。正面の双子山の白緑、庭の楓の大樹の鮮緑――そして、朝の大気と、太陽の直射が、いかにも、スガスガしかった。

彼は満足して、タバコに火をつけた。

「もう、お目ざめですか。お早うございます……」

まだ、宿の者は起きてないと思ったのに、庭から彼に、声をかける者があった。

「おう、お早う……」

大原泰山は、アイサツをした男に、答えた。

新緑の朝にふさわしく、見るから健康そうな、愛くるしい青年だった。折り目のついたズボンをはき、洗濯のきいた白シャツを着てるが、素足に下駄であるし、手には箒とゴミトリを、持っていた。一見して、この家の者とわかったが、庭の掃除番にしては、態度に品があった。あの婆さんの孫ででも、あるのだろうか――

「この宿屋は、少し、寝坊じゃな」

大原は、文句をいってやりたかった。

「いいえ、そうでもありません。とっくの昔に、皆、起きています」

青年の白い歯が、美しかった。

「でも、なかなか、女中さんがやって来んぞ」

「それは、先生の眠りを、妨げたくなかったからでしょう。閑心亭でお泊りの方は、皆さん、ゆっくり、おやすみになります」

「どういうわけじゃ」

「たぶん、静かで、居心地がいいからでは、ないでしょうか」

「ハッハハ、君、宣伝を心得とるの。息子さんかな、君は……」

「いいえ、番頭でございます」

「ずいぶん、若い番頭じゃな。いくつになる?」

「十七です。乙夫と申します。どうぞ、よろしく……」

彼は、両手を脇につけて、頭を下げた。

「十七か。よくない年齢じゃな」

大原がトボケた笑いを見せた。

「なぜでございます」

「浅沼君をやったのも、たしか……」

「あア、そのことですか。でも、岸さんをやったのは、先生ぐらいの年の人じゃなかったですか」

「いや、わしより若いだろう……。しかし、十七歳が特に危険な年齢というわけでもないのかな」

「ご安心下さいませ。先生を狙うよりも、先生に長く滞在して頂く方が、店のためになりますんで……」

乙夫は、軽く頭を下げた。

「ハッハハ、なかなか、抜目がないな。しかし、十七歳にしては、大きな体をしとるじゃないか」

大原は、乙夫の立派な体格に、目をつけた。

「はい、体重は、七十一キロと、ちょっとあります」

「それがちょっと、困るんじゃ。貫目の方で、いってくれ」

「はい、十九貫と、少しで……」

「そんなにあるのか。堅太りというやつじゃな。そういえば、君は、だれかに、似とるな」

「大鵬でしょう、先生……」

乙夫は、ニヤニヤ笑った。

「そうそう、笑ったところが、よく似とるよ……。どうじゃ、君、相撲取りにならんか」

「え、ぼくがですか」

「わしは、相撲が好きで、ある部屋の後援会の会長をしとるが、その部屋だったら、いつでも、世話してやるがね……」

　大原は、どうやら本気らしく、

「これからの力士は、男ッ振りがよくて、頭も、人並み以上でなくちゃいかん。君は、見たところ、両方の条件を、備えとるようじゃ」

「そうでしょうか」

「うん、大丈夫じゃ。思い切って、相撲取りになんなさい。名前は、わしがつけてやる。箱根山というのは、どうじゃ」

「ありがとうございます」

「旅館の番頭なんかしとるより、いくらええか知れんぞ」

「でも、先生、ぼくは、この家を出ることができないんです」

　乙夫はマジメな顔つきになった。

「前借でもあるのか」

「いいえ、ぼくは、ここのおかみさんに、生涯、忠誠をつくすことを自分に誓ってるんです」

「古風なことをいう男だな」

「おかみさんが生きてる間は、ぼくは、この家を離れません。だって、おかみさんは、ぼくが生まれ落ちてから、今日まで、ずっと育ててくれたんです。ぼくは、女中の子だったのに……」

「ほウ。その恩に、感じたというわけか。えらいもんじゃ。十七歳も、いろいろじゃな。そして、君の父親というのは……」

「先生、あまり、聞かないで下さい。ぼくのプライバシーに、触れます」

「いや、失敬。あれは、なかなかうるさいらしいな」

「そんなことより、先生、ぼくの頼みを、聞いて下さい」

「なんじゃ」

「箱根に、人間の歩く道をつくって下さい」

「人間の歩く道？」

「ええ、そうです。いま、道路公団の箱根バイパスも、八分どおりできました。〝関急〟のターン・パイクも、工事を始めています。それから、先生のお友達の北条さんも、芦ノ湖スカイ・ラインを始めて、今年一ぱいで完成するそうです。そんな風に、箱根は、これから、とても、便利になるんです。まるで、道だらけになっちまうんです。でも、先生、どれもこれも、車の通る道ばかりなんですよ。人間の通る道ったら、一本もありません……」

「なるほど、そんなもんかな」

「おかしいじゃありませんか、先生。こんな、景色のいい、静かな山の中へきて、人間が散歩もできないなんて……。西洋人のお客さんは、いつも、文句をいいます。日本のお客さんだって、アベックの人は……」

「わかった。確かに、君のいうとおりじゃ。人間は、足を持っとる。その足を活用する機会は、かかる景勝の地を、選ぶべきじゃ。富士箱根国立公園設立の趣旨も、そこにある。北条がきたら、一つ話してやろう」

「さア、人間の歩く道なんて儲かりませんから、北条さんはやるでしょうか。それより、先生のご尽力で、政府の力で……」

と、乙夫が、一心に、陳情運動を始めた時に、

「まだ、おやすみかと存じまして、おそくなりまして、あいすみません……」

女中が、掃除にはいってきた。


大原泰山をもてなすのに、お里婆さんが、一番苦労したのは、食事だった。

玉屋の板前は、旅館料理の定式は、よく知っていて、練り物なぞこしらえさせれば、腕は確かだが、東京のエラい人は、そういう料理を好まなかった。エラい人でなくても、夏場の滞在客は、きまりきった旅館料理に、すぐ飽きてしまう。それで、そういうお客には、昔の〝お伺い式〟を復活することにした。塗り板に、献立を書いて、好みの料理を註文してもらう〝お伺い式〟は、本来、玉屋や若松屋の古い習慣なので、足刈が湯治客を主にして、営業を立てていたことが、おのずからわかるのである。戦争直前の昭和十五年まで、箱根で一番最後の〝お伺い式〟を守っていたが、ついに、時勢には勝てず〝おきまり式〟になってしまった。その方が、仕入れからいっても、手間からいっても、ずっと経済で、もうかるのである。

それでも、大原には、季節外の〝お伺い〟の特別待遇を、行ったのだが、一向に、ものを

食べてくれない。もっとも、彼は、糖尿病患者なのだから、食物に制限があるのは、やむをえないが、

「ヒジキと油揚げを、煮てくれんかな」

なぞと、ヘンな註文を出されるのは、閉口だった。

それにもまして、腹の立つのは、常春苑から、料理のサシイレがあることだった。常春苑の和食料理人は、よく大原の好みを知ってるらしく、二、三種類の料理を、車で届けてくるが、それだと、彼は余さず食べた。関西風の料理屋式料理で、玉屋の旅館料理のように、ヤボではなかった。

しかし、お里婆さんの身になると、

「北条さんも、ずいぶん、人を踏みつけになさるね。大原さんは、とにかく、うちのお客なんだよ」

と、小金井に、ウップンをもらした。

「ですが、ご新さん、いいお客をとろうと思ったら、旅館式料理ではいけないのかも知れませんよ。宮ノ下でも、湯本でも、気のきいた宿屋は、みんな、懐石料理の板前を、雇っております」

小金井は、時代を知ってるから、女主人の考えに、必ずしも、同調しなかった。

「そうかねえ。でも、昔は、乃木さんでも、浜口さんでも、うちの料理を、喜んで召上ったもんだよ」

「それだけ、世の中がゼイタクになったんでございますねえ。ところで、今夜は、北条さんがうちへ見えて、閑心亭で、ご一緒に夕飯をあがるんですが、どんな献立に、いたしますかな」

「とにかく、今夜は、北条さんのところから、料理を届けてもらうのは、お断りしよう」

「それは、結構ですが、うちの板前に、よほど趣向を、変えさせないと……」

「いいよ、寅さん、いっそ、山家料理にしよう。久振りで、あたしが、板場の指図をして見るよ……」


名物の山の芋だの、三島寄りの坂という山村のニンジンやゴボウだの、いまが盛りのワラビやゼンマイ――それに、お里婆さんが自慢の手打ちソバといったものが、夜食の膳にならんだ。

「なアんだ、まるで、田舎の法事にでも、呼ばれたようじゃないか。これで、宿賃をとるのか」

北条は、悪口をいいながらも、よくハシを動かした。

「こりゃア、ええ。こういうものを、食っとりゃア、湿疹がカユくならんのじゃ」

大原も、東京にいれば、毎夜のように、お茶屋の食物が続くから、こういう山菜料理は、珍らしかった。それに、〝坂〟の野菜は、京都付近に負けないほど、柔かで、味もすぐれていた。

「君は、明日帰るのか」

大原は、水割りのウイスキーを飲みながら、北条に話しかけた。彼も、ほんとは、北条のように、日本酒をガブガブ飲みたいのだが、持病を考えると、我慢するほかなかった。

「ええ。午前中に、東京へ着く時刻に……。あんたは、ゆっくりなさって下さい。たまには、

「静養もいいですぜ」

「うん。東京と、電話で相談したんじゃが、四日間のヒマをくれるそうじゃ。それに、ここの湯は、確かに、効くらしい。君のところの温泉が、こんなに効くと、ええのじゃが……」

「なアに、薬さえブチこめば、どんな温泉だって、できますよ。でも、臭い温泉は、人がいやがるから、こしらえんだけです」

「香水風呂の方が、ええのか。困った世の中じゃ……。ところで、君、道路の方は、どんな具合かね」

大原も、北条が箱根へ来た目的は、知っていた。

「今日も朝早くから、現場にいって、ケツをひっぱたいて来たんですがね。要するに、三国峠の原始林を、犠牲にすれば、問題はないんですが、わたしは、そりゃア、断じて許さん。どこまでも、原始林の美を生かして、しかも、十月いっぱいに仕上げろと……」

「ハッハハ、いつも、ムリな註文をする男じゃな。しかし、自然を尊重する君の考えには、賛成じゃよ」

「尊重じゃなくて、利用なんですがね。まア、東京から二、三時間で、山奥へ来た気分にさせるには……」

「そこでじゃ。君にいいたいことが、一つある……」

大原は、怪魚のような顔を、もっともらしく、自分でうなずいて見せて、

「君にしても、篤川にしても、木下の会社にしてもだな、盛んに、この箱根に、道路をこし

らえる。その道路に、こっちの車を通せ、いや通さん――そんなことで、いつも、揉み合っとる……」

「いや、わたしのところのスカイ・ラインは……」

「まア、待ちたまえ。だれも、彼もが、自動車の通る道ばかり、つくっとる……」

「そりゃア、そうですよ。バスが通れば、多くの人が、観光にくる。多くの人がくるようになれば……」

「君の事業が儲かるというのじゃろうが、ちょっと、考えが小さいな」

大原は、ジロリと、相手を眺めた。

「わたしの考えが、小さい？」

北条は、飛び上るような声を出した。構想の大きいという点で、自他共に許す彼であって、そんなことをいわれるのは、初めてである。

「そうじゃ。考えの出どころが、小さいというんじゃ。つまり、自動車の通る道ばかり考えとるようでは……」

「車が通らずに、何が通る道ですか」

「人間の通る道じゃ。ええかね、君は、原始林を大切にするといったが、ただ、バスでその側を通り抜けては、モッタイないではないか。なぜ、林間の逍遥ちゅうことを、考えんのじゃ。それには、道が必要じゃ。人間だけが通る道が、必要じゃ。しかるに、この箱根には、人間が安んじて散歩できる道路が、一本もない。こりゃア、君、国辱的な……」

「わかりました……」

北条は、大きく、手をあげた。

「なるほど、プロムナード・ロードですな。スイスでもイタリアでも、観光地には必ずありますな。それが、箱根にはない……。なるほど……」

強情男の北条には、似合わないことだが、すっかり、相手の説に、感心してしまった。

「どうじゃ、わしのいうことに、まちがいはないじゃろう」

大原は、ウマそうに、ウイスキーを飲んだ。

「そこへ、わたしが気がつかなかったのは、おかしいくらいですよ。わたしは、常に、観光日本を後進国でなくすために、あらゆる計画を立てとったんです。いや、確かに、従来のハイキング・コースでは、ダメです。サンダルでも歩けるような、プロムナード・ロードは、是非、必要だ。ハイ・ウェイと並行して、建設すべきでしたな……」

「そうとも。むしろ、自動車道に先立って、その方を、考えるべきじゃった。なぜかちゅうと、それは、人間の道である。人道である。箱根八里を、険悪なる世相に例えるならば、それを踏み破るには……」

「わかりましたよ。そんな演説は、選挙区へ帰って、おやり下さい……。しかし、非常に、いいアイディアです。わたしに、売って下さいよ」

「ええとも。さしあたって、そんな道路をつくるのは、君の会社よりほかないからな」

「やりますよ。すぐ、儲からんのはわかっとるが、まず、観光外人を喜ばすと、日本人が、続々と、マネしますから、有料プロムナード・ロードの将来性は、充分です……。しかも、あんたは、観光事業には、あまり興味を持たれなかったのに、よく、そんなアイディアが……」

と、首をひねる北条の顔を見て、大原が大声で笑い出した。

「いや、実をいうと、受け売りなんじゃ。ここの番頭から、今朝聞かされたばかりで……ハッハハ」

「番頭ッて、あの爺さんですか」

北条は、フに落ちない、顔だった。

「いや、いや、まだ、若い男じゃよ。庭を掃きに来たんじゃから、よほど、下の番頭じゃろう」

「すると、新米ですかな。しかし、曲者ですぜ、番頭のくせに、そんな着眼力を、持っとるとは……」

「いや、あの番頭だって、お客さんの受け売りかも知れん。それよりも、わしは、あの若者に、ちょっと、目をつけとるんじゃ。着眼力以外のことでな……」

「へえ、どんな……」

「年を聞いたら、十七歳というんじゃ。気に入ったな」

「そいつは、おかしい。男の十七歳は、政治家にとって、最も警戒すべき……」

「まア、聞きたまえ。あの番頭、年に似合わぬ体力を、持っとるんじゃ。わしは、最初、相撲とりにならんかと、すすめたんじゃが、相手にしよらん。箱根山というシコ名まで、選んでやったんじゃがね……」

「モノズキですな、あんたも……」

「しかし、後になって、考えてみると、相撲とりにするのは、惜しくなったな。あの体力と、あの頭脳を持っとって、しかも、年は十七歳じゃ。こりゃア、めったに、人には渡せん、とな……」

「わかりませんね。あんたの手元にでも、引きとる気なんですか」

「そうじゃ。わしのボデー・ガードに使ったら、最適ではないか。保守党じゃから安全という時代ではない。何せ、十七歳ちゅうものは、見境がない。その十七歳を、味方につけておけば、危険率が減少する。反対に、防御率の方は……」

「ハッハハ、逆用ですか。政治家も、なかなか、苦労しますな」

「そりゃア、北条君のような立場が、一番ええ。こわいのは、ストぐらいなもんじゃろう」

「スト？　一向、平気ですね。賃上げすりゃアいいんですから……。賃上げした分を、わたしゃア、きっと、儲けてみせますから……。組合も、闘争も、わたしゃア、ちっとも、こわくない。こわいのは、彼等が勤労意慾を失った時だけです……」

と、北条は、反り身になった。

彼も、だいぶ酒がまわってきて、いつもなら、これからラッパを吹き鳴らすところだが、何か気になることがあるらしく、

「いまの話の番頭ですね、どんな顔立ちでしたか」

と、話を元へもどした。

「どんな顔ちゅうて、なかなか、美男子で……」

「色が白くて、どこか、外人みたいな……」

「そう、そう、その男じゃ」

「いけません。あの男なら、予約ずみです」

北条は昨年の夏、玉屋を訪れた時に、目をつけた少年を、ハッキリと、思い出した。

「いや、まだ、話はしてないが、たとえ大原さんでも、箱根山の人間に、手をつけられては、困ります。十七歳の少年なら、ほかにいくらもいますよ……」

霧の日

今年の梅雨は、早く来たらしく、箱根の山の上は、毎日、雨と霧だった。たまたま、雨がやんでも、雲が低く、すぐ前の双子山が、フモトだけしか見えなかった。

二軒の旅館は、湿気で悩まされた。タタミがふくれあがり、寝具がジトジトして、臭気を発した。冬の寒さと、梅雨時の湿気は、足刈の人間の悩みの種だが、よくしたもので、その季節は、お客さんも、杜絶《とだ》えがちである。それは、天候のためばかりではない。日本人の生活に、何かの波があるらしく、二月と六月は、遊山旅をひかえるのである。ほんとは、この季節を狙って、旅館に泊ると、いろいろ、トクをするのだが――

女中も、料理番も、アクビをしているほどだから、主人だって、帳場でハリきる理由はない。まして、若松屋幸右衛門は、平常から、遊び半分であるから、梅雨時になると、まったく休暇気分である。もっとも、旅館の主人の方は、休暇であっても、例のアス学説の研究は、この時とばかりに、身を入れるから、ヒマで困るというわけではない。一年のうち二月と六月は、彼も、学者に転身するのである。

従って、店の方には、一向、姿を見せないで、自宅の書斎に、朝からひきこもるが、細君のきよ子にしてみると、良人を本職の学者とは思えないから、遠慮なく、ジャマをしに来るのである。

「あなた、今年のアルバイト学生の申し込みが、もう、来ましたよ」

と、朝の郵便を持って、店から自宅へ、帰って来た。

「うるさいな……」

幸右衛門は、書見用のメガネをはずして、ビューロー風のデスクから、向き直った。

「だって、早く返事してやらなければ……」

毎年、七、八月の両月は、多忙をきわめるので、東京から、アルバイトの大学生を、雇うことになってる。学生も、近ごろは抜目がなくて、涼しい山上で、一夏を送りながら、金もうけをしようと、六月にはいると、就職運動の手紙を、よこすのである。

「この手紙の植木さんて人、去年は、よく働いたわね」

「あア、あの、フランキー堺に似た男か。ありゃア、愛嬌があって、お客さんの受けもよかったな」

去年、二人来たアルバイトの中で、植木というM大生は、まるでサービス業に生まれついたように、人好きがして、骨身惜しまず働く男だった。

「じゃア、あの人、頼むことにしますよ」

「いいとも。報酬を、少し上げたって、かまわんよ」

「そうね。うちには、乙夫のような番頭はいないんだから、せめて、夏場だけでも、インテリに来てもらわなくちゃア……」

「それに、玉屋じゃア、アルバイトを入れないからな。あの婆さん、アルバイトのことを、渡り者と、いってるんだ」

幸右衛門は、声を出して笑った。

しかし、もう用は済んだから、細君は、書斎を出ていくだろうと、幸右衛門は、再び、メガネをかけて、読書にかかろうとすると、

「あなた、明日子のことですがね……」

と、側へ寄ってきた。

「何だい、また、学校から、注意でもきたのか」

幸右衛門は、顔をシカめた。

「いいえ、その反対なのよ。明日子の英語のお点が、このごろ、メキメキと、よくなってき

たんですって……。受持ちの先生から、電話で知らせて、下さったわ」

「結構じゃないか。あいつは、もともと、そんなに、頭の悪い子じゃないんだ。やる気になりゃア、学校の英語ぐらい……」

「でも、少し、おかしいじゃないの」

「小田原の先生を、頼んだんじゃなかったのかい」

「いいえ、頼んではあるけど、まだ、きては下さらないのよ」

「じゃア、もう、断ってしまいなさい。できるようになれば、先生の必要はない……」

「そうね。でも、あの子、どうして、急に、英語の力がついたんでしょうね。だれかに、教わってるんじゃないか知ら……。そういえば、このごろ、学校から帰ってきてから、フッと、姿が見えなくなる時があるのよ」

「といって、足刈じゃア、教わりに行く先きはないよ。元箱根のツタ屋食料品店の娘あたりじゃないかな。あの娘は、白バラで、一年上のはずだ」

「そうだわね。それなら、ツタ屋のお嬢さんに、お礼いわなくちゃア……」

「まア、うっちゃっておきなさい。当人が、かくれて勉強している時には、こっちも、知らないフリをしとくものだ……」

幸右衛門は、明日子に対しては、特に理解ある父親振りを、示した。

それで、明日子の問題はかたづいたから、きよ子は、店へ帰っていくだろうと思ったら、ちっとも、ミコシをあげない。何しろ、一年で一番ヒマな時だから、彼女も、旅館の女将から妻の座に、還元したくなったのだろう。

「あなた、タマにはどこかへ連れてってよ」

「店をあけてか」

「どうせ、今月は、お客さんありゃアしないわよ」

「そうだな。海ッぷちの景色のいいところに一晩ぐらいなら……」

「うれしいわ、約束したわよ」

といったが、やはり、商売のことは、忘れないとみえて、

「あなた、うちでも、温泉掘ってみない？　もし、玉屋のボーリングが、当ったら、うちは大変よ」

「なアに、いくら掘ったって、出るものか」

「だって、万一ということがあるわ。こっちも、掘ってみましょうよ」

「黙って見てるのが、一番だよ。玉屋じゃア、もう二百万円も、ムダ金を使ってる。この上、まだまだ、使うだろう。それが原因で、自滅の道をたどるかも、知れない。そうなりゃア、足刈は、うち一軒で……」

若松屋がヒマなら、玉屋もヒマな道理で、今日のお泊りは、たった二名様。それも、風体あまりよろしからぬアベックで、部屋にいるんだか、いないんだか、わからぬほど、ヒッソリしてるから、全館、セキとして、声なき有様だった。

といって、お里婆さんほど、商売の甲羅をへると、客がないからといって、フテ寝をするような料簡は、持っていない。客なぞというものは、いつ、どんな上客が、舞い込んでこないとも、限らない。現に、この間は、予想もしなかった大原泰山という最高の客が、電話の予報から十分もたたないうちに、乗り込んできた。ああいうことがあるから、この商売は、夏のシモガレだといって、油断はできない。

婆さんは、常に変らず、衣服をあらためて、〝お部屋〟のチャブ台の前に、キチンと、坐っていた。

この部屋は、若松屋幸右衛門の書斎から比べると、ずっと陰気で、古くさく、その上、外は一面の霧であるし、夕方のように暗い。朝から、電燈をつけ放してあるが、視力の衰えた婆さんに、新聞を読ませるほど、明るくはなかった。

時々、塀の外を、バスの通る音が聞えるが、霧の日は、徐行運転をするから、いつもほど、やかましくない代りに、部屋の陰気さを、破ってもくれなかった。

こういう時には、小金井を呼んで、お茶でもいれるのが、一番いいのだが、あいにく、彼は早朝から、三島へ下っていた。商売のヒマな時だから、例の話のサグリを入れに、茗荷屋を訪ねさせたのである。

――やっぱり、あんな風に、決心する外なかったけれど……。

婆さんは、大英断を下したのである。

乙夫を、九代目玉屋善兵衛に予定する以外に、いかなる良策もないと、心を定めたのは、数日前のことだった。乙夫が最適任者であることは、彼女も知り抜いていたが、ただ、混血児という点で、躊躇したのである。しかし、ものは考えようである。乙夫の現在は、半分の日本人であるが、彼の子は、四分の一、孫は八分の一ということになると、五、六代もたてば、日本人と変らなくなるではないか。もともと、箱根の人間には高麗人の血がはいっているというし、若松屋の主人は、アソとか、アスとか、とんだ遠い国の人間が、箱根人の先祖だともいうし、生粋の日本人なんて、かえって、さがす方が骨が折れるかも知れない。

そんな気持になって、茗荷屋のフミ子を、入籍させる決心をしたのだが、

――どうだろうか。少し、早まったのではなかろうか……。

と、気丈なようでも、女のことだから、迷いも出てくるのである。

また、一台のバスが、通っていった。そして、間もなく、

「ただ今、帰りました。どうも、ひどい霧で……」

と、小金井がはいってきた。

「どうだったい？　寅さん」

お里婆さんは、陰気なもの想いから、救われたような、気持だった。

「へい、折りよく、茗荷屋のご主人も、ご在宅で……」

小金井は、頭を上げた。

「それは、よかった……。まア、一つ、お上り……」

婆さんは、朱泥《しゅでい》のキュウスから、にがい茶を汲んだ。

「今度は、気をひきに参ったのですから、何も、ハッキリしたことは、きめて参りませんでしたが、どうも、先方さんは、ご三男をご希望のようで……」

「そりゃア、そうだろう。初めから、その話を、持ち出しているんだから……。でも、あたしゃア、いくら実家の子供でも、ここの家を乗っ取られるのは、いやだよ」

「まさか、そんなことにもなりませんでしょうが、茗荷屋さんも、お見受けしたところ、あまり、景気はよいとも、申されませんようで……」

「ほんとに、いやな世の中になったよ。木下さんや、篤川さんのところで、乗っ取り騒ぎを起すもんだから、タカの知れた旅館まで、マネがしたくなるんだろう」

「そこは、個人営業は、株の買占めができませんから、大丈夫で……。その代り、主人が変れば、根こそぎやられますが……」

「それが、コワいから、男の子はご免だというんだよ。それに、後ろにゃア、オヤジという影武者がついてるからね……。それで、フミ子のことは、切り出さなかったの」

「ええ、勿論、申しあげました。なるべく、カドの立たないように、そして、アイマイに……」

「何といったい、主人は……」

「だいぶ、お不服のようでございましたが、どうしても、三男でダメなら、仕方がない。フミ子でもかまわないというような、お口ぶりで……」

「ね、寅さん、そこが、心配なんだよ、だれか一人を、どうしても、こっちへ入れたい腹なんだから……」

「でも、女のお子さんなら、心配はございません。しまいには、乙夫という亭主のいうことに、従うようになります。若松屋のおかみさんにしても、最初のうちは、商売不熱心でしたが、今では、あんなに……」

「そりゃア、女ってものは、慾が深いからね。それに、何といっても、この商売は、女がシンになるんだから……」

「お言葉ですが、これからは、宿屋も、男が頭を使って、時代に敗けないようにして、参りませんと……。そこは、乙夫を、手前がミッチリ、仕込みますから……」

「そうしておくれよ。あたしも、生きてさえいりゃア、フミ子を仕込むよ」

「とにかく、この夏の休みには、フミ子さんに、避暑がてら、泊りにきて頂くように、話して参りましたが、いかがなもんでございましょう……」

「そりゃア、いいところへ、気がついておくれだね。大体、気の知れた子だけど、養女の縁組みをする前に、一度、側へ置いて、様子を見れば、一番確かだからね」

と、お里婆さんは、明るい顔になった。

「へい、夏場ひと月、お側で、トックリご覧になれば、まちがいございません。ご当人も、それだけ、玉屋におなじみになることですから……。それに、ご新さん、何と申しましても、これからの足刈は、若い人たちにやってもらいませんと……」

小金井は、この間、六字ケ池弁天で、乙夫が若松屋の明日子に、英語を教えてやってる現場を覗いてから、よほど、考えが変ったようだった。あれは、確かに、この古い温泉場の百年の眠りを破るような、大事件であって、両家対立の堤防に、一つの穴が開き、チョロチョロと、水が流れ出したようなものなのである。

小金井は、あの日のことを、女主人に話そうか、話すまいかと、いまだに、迷っていた。ヘタに話すと、お里婆さんは、火のように怒って、乙夫を追い出すと、いいかねなかった。といって、主人にものを秘《かく》すというのも、気がとがめた。しかし、乙夫がモノになるのが、十年後と見て、その頃の足刈を考えると、二つの旅館がケンカなぞしていられる場合ではなかった。大きな資本が、牙をむき出して、すでに、三方から攻め寄せているのである。ウカウカすると、十年たたぬうちに、玉屋も若松屋も、ウワバミに呑まれてしまうかもしれない。そういうスキを見せないためには、どうしても、両者の間に、協調の機運を生み出させなくてはならない。協調といっても、無論、玉屋が主導権を握るところへ、持っていかなければならないが、それには、第一に、いま掘っている温泉が、成功することである。そして、分湯でもしてやれば、若松屋にグウの音も、吐かせるものではないが、それは、弁天さまの胸中にあることで、アテにはできない。そうなると、乙夫が若松屋の家族に、恩を売ってることは、協調の場合に、大変都合がいいので、お里婆さんの感情の火に、油をそそぐようなことは、避けねばならない。そして、乙夫と明日子の件を、自分の胸にしまって置く気になるのである――

「それから、申しおくれましたが、茗荷屋さんから、こんなお土産を……」

小金井は、折詰めらしい包みを、出した。

「何をくれたんだね」

「ご新さんのお好きな、三島のウナギでございます」

「よせばいいのに……。人の気に入ろうと思って、そんな……」

お里婆さんは、にが笑いをした。八十九になっても、ウナギの好きな、婆さんなのである。

その時、玄関の方で、スウと、車の止まる音がした。どうやら、高級車の音である。

「お客さまらしいよ……」

梅雨時といえども、油断はならなかった。だから、婆さんはキチンと、衣服を着ていたのである。

ところが、車は立派な外車だったが、中から出てきたのは、お客ではなかった。

「やア、どうも、悪いお天気で……」

常春苑の塚田総支配人が、大きな体を現わした。

迎えに出た小金井も、客のアテがはずれたといっても、悪い顔はできず、

「これは、お珍らしい。さア、どうぞ……」

「ちょっと、お話があって、おジャマにきました。お手間は、とらせませんが……」

「いいえ、この通りの開店休業で……」

旅館の式台に、景気よく、無数のスリッパの列んでる時は、景気が悪いことなのである。

塚田は、右手の古い洋室へ、通された。玉屋が外人客を迎えた時代の名残りであって、見

るから、古色蒼然としてるが、夏場は、グリル・ルームに使われていた。

「天気のせいもあるでしょうが、今年の夏シモガレは、ひどいですよ。昨夜なぞは、たった、お二人さん。目も当てられませんよ。でも、お宅あたりは、また、別でしょう」

小金井はサグリを入れた。

「いや、ウチでも、ホテルの方は、閑散です。半分しか、部屋がふさがりません」

「半分はいれば、結構ですよ。ヘルス・センターの方は、いかがです」

「あの方は、変りませんな。どんな天気であっても、影響なく、館内で遊べるように、できてますから……」

塚田は、ニコニコして、答えた。

——畜生！

腹の中で、小金井が叫んだ。新式経営には、やはり、太刀打ちができないのか。

「この間は、不意に大原さんをお願いして、済みませんでした。ああいう客は、気骨が折れますからな。それでも、湿疹のカユミが止まったといって、大変喜んでおられましたよ」

「いえ、いえ、願ってもない、いいお客さまを回して頂きまして……。とりあえず、電話で、お礼を申しあげては置きましたが、一度、伺わねばならんところを……」

大原泰山を紹介してくれたことは、玉屋として、常春苑に〝借り〟ができたようなものだった。

「なアに、そんな、お堅いことは……。社長は、お宅のお婆さんがヒイキですからね。さもなかったら、よその旅館に客を渡すなんて、絶対に……」

「ほんとに、恐れ入ります。おかげで、若松屋に対しても、どれだけ鼻が高かったか、知れません。足刈に、政界の大ものが泊ったなんて、戦後初めてなんで……」

「ハ、ハ、そうですか。それじゃア、お世話のしがいが、ありました……。ところで、小金井さん、お宅に、十七になる、若い番頭さんがいるそうですね」

「はい、勝又乙夫のことでございましょう。乙夫が、大原先生のご滞在中に、何か、失礼なことでも……」

小金井は、不安な顔になった。

「いや、いや、決してそんなことは……。大変、ハキハキした、頭のいい番頭さんだと、大原先生も、ほめとられたそうですよ」

塚田総支配人は、ニコニコした。

「はい、まア、頭のいい奴だということには、なっておりますが……」

小金井の不安は、まだ、去らなかった。

「その番頭さん、いつごろから、お宅に雇われてるんですか」

塚田の質問も、少し探偵じみてきた。

「それが、いつからとも、申せませんので……」

「と、おっしゃると？」

「子供の時から、この家におりましたもんですから……」

「しかし、それでは、労働基準法に、触れますぜ」

「そうかも知れませんが、何しろ、この家で産声を、あげたんですから……」

「小金井さん、まさか、お婆さんの……」

と、塚田は、声をひそめた。しかし、お婆さんの年から、十七を引く暗算をやってみると、すぐ、早合点だと、気がついた。

「ハッハハ、乙夫の素姓は、ちょっと、おわかりにならんでしょう。まア、ご落胤には、ちがいないんですが、そのタネが、外国からきとりましてな……」

と、小金井は、戦時中のドイツ海軍将兵の滞在のことから、フリッツ兵曹とお留のこと、そして、兵曹の帰国後、お里婆さんや、彼の妻の手によって、乙夫が育てられた因縁を、かいつまんで、語った。

塚田は、首を振って、乙夫の数奇な運命に、興味を示した。

「すると、アイノコですか。箱根の山に、そんな人間がいるとは……」

「なアに、べつに、珍らしいことじゃないんですよ。明治時代から、箱根じゃ、よくアイノコが生まれましてね。マカロフとラシャメンお幸の間にできた女の子なんかは、とても、美人でしたよ。それから、ラフィンさんというアメリカ人、この人は炭酸の製造かなんかやってましたが、お金がうんとあって、あんな昔に、自動車まで持ってたんですが、どういうもんか、湯本の百姓の娘と、いい仲になっちまったんです……」

「ほウ、それで……」

「とうとう、正式に結婚したんですよ。ところが、子供がゾロゾロと、生まれちゃってね。ラフィンさんのこさえたアイノコだけでも、相当の数ですよ。そのうち、ラフィンさんが死んで、家族は、皆、アメリカへ行きましたがね。戦後、息子の一人が、箱根を訪ねてきましたよ。海軍士官か何かになってね……」

「そりゃア、面白い……」

「しかし、ラフィンさんの奥さんになった百姓の娘も、ひどく、器量が悪かったんです。乙夫の母親も、それに負けませんでしたな。外人てえものは、オカチメンコが好きなんですかね。そういえば、ポルトガルの外交官をつかまえた、元箱根の女も……」

「もう、結構です。乙夫君のことさえわかれば……」

「そうですか。でも、どうしてあなたは、乙夫の戸籍調べを……」

小金井は、気になった。

「いや、そんなつもりはないんですが、ひどく、頭のいい男だそうですから、興味を起しましてね……」

塚田総支配人は、言葉をボカした。

「頭のいいことにかけちゃア、ちょっと、類がありませんな。箱根全山、百五十軒の旅館の番頭のうちで、あいつほど悧巧なやつは、一人もいないでしょう」

小金井の自慢は、玉屋の歴史と、乙夫のことに尽きた。そして、箱根町小学校開始以来という彼の成績について、やや誇大に吹聴することを、忘れなかった。

「ほう、感心なもんですな」

「今だって、講義録をとって、勉強してますからね。なまじっかの大学生より、学力は上ですよ」

「いや、学力は、そんなに、必要としないが……」

塚田は、つぶやきをもらした。

「すると、人物ですか。これが、また、よくできたやつで……いま時に珍らしい、忠義者なんですよ。自分を育ててくれた、ご主人の恩ということを、一日も、忘れないんです。そして、陰日向《かげひなた》なく、よく働くんです……。塚田さんも、ご同業だから、おわかりと思いますが、このごろの従業員ときたら、男も女も、手におえたもんじゃありませんよ。旅館の一番の泣きどころは、人事ですな」

「そりゃア、どこも、同じですよ」

「乙夫のようなやつは、まったく天から降ったようなもんですよ。わたしの考えるのに、どうも、あいつのえらいのは、アイノコのせいじゃありませんかな。つまり、半分だけ、日本人でねえから……」

「そうかも知れません。ドイツ人は頭はいいし、勤勉だそうで……」

「うちでも、従業員は、全部、アイノコにしたいくらいでさア」

と、小金井は、乙夫を自慢するあまりに、現代日本人を軽んずる口吻をもらした。もっとも、旅館の現代日本人は、客もふくめて、最近、大いに実質が低下したことは、事実らしい。

しかし、小金井が、あまりに乙夫をほめちぎると、塚田は、次第に、当惑の表情になった。

「すると、乙夫君は、お宅でも、大切な人間ということになりますね」

「そりゃア、もう……。あなただから、お話ししますがね、あたしの腹では、次ぎの支配人は、あいつときめてるんですよ」

「だって、まだ子供だし、海のものとも、山のものとも……」

「いや、あたしの目は、狂ってないつもりです。きっと、あいつは、モノになります」

「で、当人は、そのことを、知ってるんですか」

「ハッキリいったわけじゃありませんが、大体は……。それにだれだって、支配人に出世するのを、いやがるわけがありませんよ……」

「小金井さん……。弱ったよ」

と、塚田は、頭をかいて見せた。

「何がです」

小金井は、まったく、見当がつかなかった。

「うちの大将が、乙夫君を欲しいといって、きかないんです」

「北条さんがですか」

小金井は、驚いた。

「ええ、何でも、去年の夏、大将がお宅へお寄りした時に、目をつけたらしいんですがね。それっきり、忘れていたのを、大原さんが滞在中に、乙夫君のことを、あの若い番頭は見どころがあるなんて、話したもんだから……」

「へえ、北条さんは、乙夫をどうなさろうと、おっしゃるんですか?」

小金井の声が、強くなった。

「氏田観光の社員にしたいと、いうんですよ。うちの社長の社員採用方針は、ちょっと変ってましてね。学歴や毛並みは、全然、問題にしないんです。自分のメガネにかなえば、どこの馬の骨でも——ぼくなんかも、その一人ですが、とにかく、見込んだ者を側に置いて、叩き上げる主義なんです」

「どういう主義だか、知りませんが、人のうちの大切な人間を、ひっこ抜こうなんて……」

「ごもっともです。いまお話をうかがって、乙夫君が玉屋さんと、どれだけ深く結びつけられた男だか、よくわかりました。それをこっちへ頂戴しようなんて、ムリな話です」

「そうですとも、ムリの骨頂ですよ」

「ところが、小金井さん、うちの社長ときたら、ムリが好きで——というよりも、ムリというものは、世の中にないと思ってるんだから、弱っちまいますよ。現に、スカイ・ラインの工事のことでも……」

「社内で、ムリをおっしゃるのは、ご勝手ですが、世間に向って……」

「いや、その見境もないんだから、困るんですよ。いいだしたら、もう、一歩もひきゃアしません」

「そんな無茶な……」

「そこをですな、小金井さん、ムリをムリでなくするように、ご相談願えませんかね」

「そんなこと、できっこありませんよ」

「まア、こっちの条件も、聞いて下さい……。失礼ですが、お宅でも、今度の温泉試掘で、だいぶ、お使いになりましたね」

「え？　もう、そのことを……」

「ご近所ですもの。いや、遠くであっても、箱根である限り、どこで、だれが、試掘中で、どんな経過で、どれくらい注ぎ込んだぐらいは、おおよそ、調査はしていますがね」

「驚きましたね。よけいなお世話じゃありませんか」

「いや、箱根は、どこも、地続きです。利害も、関連します……。そんなことより、どうですか。うちの会社で、お宅の試掘に、融資しようじゃありませんか。無論、その代償は、考えて頂くことにして……」

　塚田は、何もかも、知っていたらしかった。

　やがて、彼は、霧の中を、小湧谷へ帰って行ったが、黒塗りの車が、玉屋の車寄せから、動き出したとたんに、姿を消した。それほど、霧は深くなり、ガラスを広く使った玄関ホールも、海底のように、暗かった。

　――クサクサするなア……。

　小金井は、塚田を見送ってから、身の置きどころのない、気持だった。降ってわいた難問題を、静かに考えねばならないが、支配人室があるほどの旅館ではなく、帳場で浮かぬ顔をしていれば、従業員の士気に関係する。といって、勤務中に、自分の部屋へ帰ることは、気が許さなかった。

結局、彼は、風呂場を選んだ。

旅館の家族や従業員は、早朝か深夜に入浴するのだが、こんなヒマな時は、別だった。地下に降りる階段に、おナラのような、温泉のにおいが立ちこめ、その下に大風呂小風呂が列んでいるが、弄花山人の描いた江戸時代の玉屋の浴室と、大差なかった。タイルは腐蝕するので、使用できず、木材も、すぐ黒ずむので、一層、感じが古めかしかった。

夜のように暗い、大風呂の隅に、身を沈めて、小金井は、考えにふけった。ヌルいので評判の湯なので、長湯をするには、適していた。

――病気には効いても、こんな、古くさい風呂場じゃ、ダメなんだ。だから、おれは、新しい温泉を掘って、グッと明るい、新式な浴室を建てようと、思ったんだ。

彼は、多額な発掘費を使い込んだ弁解を、自分にいって聞かせた。しかし、もう三百万近く費して、信用金庫に払う利子だけでも、バカにならなかった。そして、温泉が出なければ、その借金は、長いこと、玉屋の経営を、おびやかすだろう。

――氏田観光は、無利子で、肩代りをしてくれるというが……。

しかし、願ってもない、その申し出には、乙夫を手放さなければならない、条件がついていた。

なるほど、乙夫は、将来有望で、玉屋にとっても、必要な人物にちがいないが、何といっても、まだ十七歳。途中で、どうグレないとも限らない。それよりも、目先きにブラ下ってる、三百万の援助の方が、玉屋の利益になるのではあるまいか。塚田は、これから先きの試掘費まで、面倒を見ると、いっているのだ。

――いっそ、乙夫をくれてやるか。

だが、今日は、何のために、三島へ降りたのか。茗荷屋のフミ子を、この夏、足刈に呼ぶ話まで、きめてきていながら、今更、どの面さげて、ご新さんに、そんな話を持ち出せるというのか。

――一体、北条が、よくねえんだ。なにも、乙夫に、そんなにホレることは、ねえじゃねえか。

小金井は、思いあまって、北条一角のモノズキが、恨めしくなった。

変　事

年に一回、国際観光旅館連盟の旅行会があった。

加盟会員の親睦をはかると共に、営業上の視察を、目的とするのだが、実のところ、骨休めの遊山旅に過ぎない。行先きも、加盟会員の経営する旅館であり、そこの迷惑にならぬよう、また、会員もヒマな時となると、毎年、梅雨時が選ばれることになる。六月が、夏シモガレに当るのは、箱根ばかりの現象ではなかった。

今年の旅行は、栃木県の那須温泉ときめられた。そこで、大きな旅館をやってる会員の一人が、事業を拡張して、ベル・ビュー・ホテルという名で、大きな新建築を完成したので、それを視察がてら、旅行会が企てられた。

若松屋幸右衛門は、普通の旅館主と、少し毛色がちがっているから、この旅行会も面倒がって、よく欠席をするのだが、今年は、通知がくると、すぐ、参加の返事を出した。

行先きが、気に入ったのである。

彼は、かねがね、那須という土地に、興味を持っていた。那須と阿蘇は、共に火山であり、温泉を持つが、ナスも、アソも、アス族と、必ず関係があると、にらんでいた。恐らく、太古に日本へ渡ったアス族は、箱根のアシカリに本拠を置いたとしても、その一部が、地熱と旭日登天の眺めを求めて、那須や阿蘇に、分れて行ったにちがいない。それは、ナスとアソの地名から見て、明らかである。また、信州のアサマ山なぞも、名称から考えて、その疑いが充分である。

ことに、那須は、那須五峰といって、活火山を中心に、山塊が重なっているが、その一つに、朝日岳というのがある。これは、足刈に、朝日という丘があるのと同様に、アス族が先住した、有力な証拠となる。アスは、朝日の意だからである。

とにかく、幸右衛門は、アス族関係と聞くと、重い腰も、にわかに軽くなって、飛び出す癖があるから、今度の旅行も、イの一番に申し込んだのだが、それを聞いて、細君のきよ子が、

「あたしも、連れてってよ」

と、ダダをこねた。

彼女は、べつに、アス族に興味はないが、久しぶりで、新婚旅行の染め直しをしたい意志はあって、この間も、夏シモガレの間に、どこか海岸に一泊旅行の約束を、良人と交わしたところである。そして、そう度々は、家をあけられないとすると、海岸を山の温泉に振り替えたところで、文句はないと、考えたのである。それに、加盟会員は、会費を倍払って、細君同伴ということも、決して、異例ではなかった。

「そりゃアいいが、二晩も家をあけて、留守は大丈夫かな」

と、幸右衛門がいったのは、学問研究に女性はジャマと、考えたのであろう。

「なによ、一晩や二晩……。番頭と女中頭が、いるじゃないの」

そういわれると、幸右衛門も、反対できなかった。


その日も、足刈は、朝から霧であったが、明日子が学校へいく時分に、両親は、旅行カバンも、身なりも、すっかり整えていた。午後一時、上野駅集合というのだから、そんなに慌てなくてもいいのだが、細君の身になると、久振りに良人と旅行するので、気もそぞろなのであろう。

「ハイヤー呼ぶんなら、明日子も、小湧谷まで、乗ってこうかな」

明日子は、両親が小田原駅まで行く車に、便乗を申し込んだ。

「そんなことしてたら、学校におくれやしない？」

母親が心配した。

「大丈夫よ。バスより、早く着くもん……。どうせ、お店から乗るんでしょ？」

明日子は、書籍カバンをさげると、一足先きに、自宅を出て行った。そして、霧の中を、塀沿いに、若松屋の玄関へ行く途中で、塀の土台の石垣の隙間に、素早く小さな紙片をつきこむと、なに食わぬ顔で、歩き出した。二、三分おくれて、両親も、同じ道を、店の方へ回ってきた。

「あいにくのお天気で……」

番頭の源さんや、女中頭のお国さんも、式台に頭を揃えていた。

「ハイヤー、おそいわね。もう一度、電話で催促してみて……」

細君がいった。

お国さんが、座を立ったが、すぐ、帰ってきて、

「もう、出ましたそうでございます」

女中頭も、番頭も、立ち列んだ女中たちも、皆、ニコニコしていた。客が少い上に、主人も留守となれば、思う存分、命の洗濯ができると、思うからだろう。そういえば、明日子にしたって、いつもの快活さの上に、更に、生色をみなぎらせていた。

「ママたち、那須へいくんなら、あたしも、学校の帰りに、小田原へいって、映画見て、お茶のむかな」

「いけませんよ、そんなこと。小田原へいきたければ、あたしたちが、帰ってからになさい。あなたは、留守中は、ここの主人なんだから、いつも、お部屋にいて、少しは、旅館の見習いをするものよ」

母親は、きびしい顔をした。

「ご飯も、お店で食べるの」

「あたりまえですよ。あっちの家は、留守中は閉めて、女中さんも、こっちを手伝わせますからね」

「つまんないの。でも、学校のお勉強だけは、むこうでするわよ」

「どうして、こっちで、できないの」

「だって、机も、本も、あっちに置いてるし、慣れたところでなくちゃ、気が進まないわよ」

「大ゲサなこといってるわ」

国道の方から、車の音がした。霧が深いので、ヘッド・ライトをつけてるらしく、二つの橙色の目玉が、次第に、近づいてきた。

その車に乗って、小湧谷の横断電車駅まで行く間に、明日子は、母親から、留守中の注意を、耳にタコができるほど、聞かされたが、いつものように、いちいち反抗しなかった。

さては、両親と、しばしの別れが、悲しくなったのかと、母親はウヌボレたが、事実は、正反対。早く解放の喜びを、味わいたいから、よけいな口はきかなかったに、過ぎない。

だから、駅前で降りて、坂を降って行く両親の耳に、

「バイ、バイ!」

と、手の振り方は、まったく、威勢がよかった。

明日子も十六歳で、女の知恵のつき盛りである。ことに、彼女なぞは、戦後児の第一号であって、批判ということを、学校で養成されてるから、海より深き父母の恩なぞとは、考えられない。

――ママとパパも、個人的幸福を追求に出かけたらしいわ。まア、お二人さんで、充分、愉しんで頂くとして、こっちも、解放の喜びを、たっぷり味わわなくちゃア……。

彼女が生まれてから、両親がそろって、家をあけるというのは、今度が初めてだった。父親が留守でも、母親は常にガンばっているし、母親が東京の実家にでも出かける場合は、父親が帳場に坐った。

もっとも、父親の方は、側にいても、それほどウルサイ人間ではないが、母親とくると、何かにつけて、若松屋の体面とか、世間の評判とか、わかっちゃいない標本のようなことばかり列べる。若松屋が、何だというのか。こんな、古くさい建物と、おナラのにおいのする温泉が、どこに価値があるというのか。それを、先祖代々、玉屋と必死の競争をして、守ってるなんて、最低の所業ではないか。そして、母親が二口目にはいう、世間というものは、資本主義社会の狭小なる一部分、箱根の世界に限られてるのだから、バカバカしくなる。やがて、資本主義そのものの崩壊が、目前に迫ってるというのに――

とにかく、今日から三日二晩、彼女を支配する人間、監督する人間が、姿を消すのである。

世間だの、評判だのということを、小うるさくいわれなくても、すむのである。考えただけでも、気がウキウキして、世の中が、全然、面白い。

彼女は、学校でも、いつもより、快活だった。そして、授業がすんでも、小田原へは行かずに、横断駅からバスに乗った。映画を見て、お茶をのむなぞといったのは、母親へのイヤがらせであって、解放された人間は、そんな平凡な冒険を愉しむことはない。

足刈で降りると、霧がいくらか、明るくなっていた。そして、開花期に入ったヤマッカのにおいが、プンプンと鼻を打った。箱根に多いこの樹木は、見かけの悪い、白い花を咲かすが、その香気は強烈であって、芳香というよりも、何か、明日子のまだ知らない、人間の分泌物を想像させた。

彼女は、母親の命令にそむいて、店には入らず、自宅の方へ曲ったが、途中で、石垣の穴を覗くことを、忘れなかった。


明日子は、その後も、乙夫から英語の教えを、受けていた。場所は、いつも、六字ケ池の弁天堂だった。

彼女の英語力は、自分でもわかるほど、進んできた。それは、もとより、満足であったが、もっと魅力的なのは、だれにも気づかれず、乙夫と会ってることだった。彼女は、無論、小金井に覗かれたことを、知らなかった。そして、両親は、まったく気づかないのは、確実だったし、狭い足刈の人目も、完全に忍び得たと思うことが、たまらなく愉しいのである。

そういうことは、一つの事業ではないか。事業の成功ではないか。人を出し抜いた事業の成功は、北条一角と同じように、十六歳の少女も、胸一ぱいに、味わうことができるのである。

彼女は、最初、小金井の想像したとおり、往来で乙夫をつかまえ、直接談判をしたのだが、その後は、秘密通信によって、彼と会合の打合せをした。

それは、若松屋と彼女の家の間にある、石垣の穴の利用である。シダが青々と生えてる自然石の隙間に、鉛筆の走り書きの紙片を、さしこんで置けば、乙夫が、それを見にくる約束になっているし、時としては、〝忙がしくていかれません〟と、乙夫の方からも、置き手紙をする。その横丁は、乙夫が郵便局へ使いに行く時の通り道であり、また、そこへ立ちどまって、何かコソコソやっていたところで、店舗というもののない足刈では、人目につくわけもなかった。

この秘密通信だけでも、明日子にとっては、小田原で映画を見るなぞとは、比較にならない愉しみであって、自分の両親をふくめ、足刈中の人間を、バカにしたようで、何ともいえない優越感に、ひたることができた。

そして、今日の魅力は、また、新しかった。

〝三時半に、あたしの家の方に、来ること〟

彼女は、そういう指令を書いて、今朝、石垣の穴へ、入れて置いたのである。両親が那須へ行くことは、昨日からわかっていたが、とたんに、彼女は、その計画を思いついた。この頃は、毎日霧が出て、弁天堂の会合の後では、スリップまで、ジトジトしてくる始末で、決して、快適といえなかった。それで、両親の留守中は、乙夫を自宅の勉強部屋へ呼び入れることにしたのだが、霧に濡れない上に、スリルの点で、遥かに優っていた。玉屋の雇い人が、若松屋の主人の自宅に、入り込むなんて、足刈の大事件というべきではないか。

明日子は、家に帰ると、セーラー服のままで、すぐ、台所に立った。食事は、店の方でする時が多いから、炊事の設備も簡単であったが、彼女はプロパン・ガスのコンロに湯沸しをのせ、戸棚から、不二ホテルのホーム・メード・クッキーを出して、皿に列べた。

やはり、彼女も女性であって、人を呼べば、茶菓の用意をするほどの気遣いは、持っているらしい。

三時三十分ジャストに、玄関のベルが鳴った。

「いいんですか、こちらへ、うかがっても……」

乙夫が、正確に時間を守ることができたのも、商売閑散期のおかげだろう。

「かまわないのよ、だれもいないんだから……」

明日子は、まるで主婦のように、客用のスリッパをそろえた。

「それは、知ってます。若松屋さんは、おそろいで、那須の旅行会へ、お出かけになったんでしょう。うちでは、いつも断っています。ご主人が、ご老体ですから……」

足刈にいては、何でも、筒抜けに、わかってしまう。

「留守とわかってるなら、ドンドン、上ったらいいのに……」

「そうはいきません。ご両家の関係を考えまして……」

「乙夫は、そんなこと、問題にするの」

「いいえ、ぼくは、愚劣だと思います。いつか、改善すべきことです。しかし、現在は……」

「現在は、あたしが、この家の主人よ。他に、だれもいないのよ。その主人が、上れといったら、上ればいいのよ」

明日子は、上り口に立って、若い女王の権威を示した。

「それも、そうですね。現在の管理者の許可があれば、かまわんでしょう……。ではご免下さい」

乙夫も、ドイツ人の血をひいてるから、理窟っぽいのは、やむをえない。

「さア、どうぞ……」

明日子は、応接室のイスに、乙夫を招いた。

「やア、なかなか、立派な部屋ですね。やはり、若松屋さんの趣味は、近代的です。どうも、うちは、保守反動で……」

乙夫は、旅館番頭の性根を忘れず、建物や家具の吟味に、ジロジロと、視線を動かせた。

「うちだって、お客の座敷は、保守反動よ。パパは、自分の住いだけ、新式にしてるのよ。ズルいわね」

「ズルいということもありませんが、旅館経営者としては、住居と食物を客に依存する方が、合理的でしょうね」

食物の材料も客用のお余り、居室も建物のお余り——それで、やっと、旅館の経営が立っていくものだと、乙夫は、小金井から教えられていた。

「いやアね。だから、あたしは、旅館なんて、きらいなのよ」

「それは、ご随意です。さア、そろそろ、レッスンを、始めましょう」

「お待ちなさいよ。いま、紅茶を入れるから……」

明日子は、立ち上って、台所の方へ去った。彼女としては、勉強は、今日の目的ではなく、親の留守を幸いに、乙夫と、いろいろ、おしゃべりがしたかった。

紅茶とクッキーを、銀盆にのせて、明日子がはいってきた。

「クリーム、入れる?」

そういう調子に、この童女にも、どこか、女らしさがにじんだ。いつも、母親のする仕事を、初めて、今日は行ってみるのである。

すると、乙夫は、客にサービスは慣れていても、自分が客になるのは、これまた初めてであって、ひどく神妙に、

「はい、どうぞ……」

「このクッキーは、東京のより、おいしいわよ。食べてよ」

「はい、頂きます……」

彼は、かしこまって、菓子にも紅茶茶碗にも、手を出さなかった。

「遠慮しなくても、いいのよ。今日は、家来にならなくても、かまわないから……」

「いいえ、家来は、家来です。ご命令に従って、ここへ、うかがったんですから……」

「じゃア、遠慮するなって、命令するわ」

「かしこまりました」

乙夫は、紅茶茶碗を、両手で持った。

「乙夫は、可哀そうね。頭がよくても、いつまでも、旅館の使用人で、しばられるんだもの。あたしだったら、東京へ飛び出して、チャンスを見つけるんだけどな」

明日子は、ケシかけるようなことをいった。

「いいえ、チャンスなんてものは、ここにいたって、つかまえられますよ。かえって、ここの方が、東京へ出るより、歩留りがいいでしょう」

「なぜ？」

「だって、チャンスを与えてくれるような人が、よく箱根へ遊びにきますからね」

「あ、そうか。乙夫は、この間、大原泰山の気に入られたんだってね」

「あの人は、あたしの年が、気に入ったんですよ。来年、あたしが十八になれば、気に入られなくなるでしょう」

「そんなのないわね。でも、ほんとに、乙夫にチャンスを与えてくれる人が、現われたら、どうする気？」

「その人は、すでに、現われているんです」

「だれよ？」

「うちのおかみさんと、小金井さんです。お二人は、玉屋の経営を、将来、あたしに任せて下さるお考えらしいんです」

「まア、ちっぽけな希望！　玉屋なんか貰ったって、何になるのよ。それに、玉屋は、温泉を掘って、お金つかって、ツブれるかも知れないって話よ」

「お嬢さん、同業者を悪くいってはいけません。玉屋が悪くなれば、若松屋さんも、決して、いいことはないのです。足刈が狙われているということを、忘れてはいけません」

「かまやしないわよ。若松屋だってツブれた方が、いいんだわ。そうすれば、あたしも、お兄さんも、自分の好きなことが、できるんだもの……」

「若松屋さんがツブれれば、あたしが買収しますよ……。しかし、お嬢さんは、一体、何をなさりたいんですか」

乙夫は、もう支配人になったような、大言を吐いて、明日子をかえりみた。

「あたし？　そうね、この間、映画女優の話があったんだけど……」

彼女は、O撮影所のK監督が、滞在中に、父親に洩らした言葉を、やや得意になって、乙夫に語った。

すると、彼は、ひどく厳粛な顔つきになって、

「いけませんよ、お嬢さん。映画女優なんて……」

「あら、どうして？」

「不堅実です。そして営業期間も、足刈の旅館のように、短いんです」

「だって、飯田蝶子のように、お婆さんになっても、やってるじゃないの」

「唯一の例外です。それは、彼女が、美人でなかったためです。しかし、お嬢さんは……」

乙夫の声が、低くなった。

「あたしは、どう？　美人？」

「だれでも、そういってます」

「乙夫は、どう思って？」

「そりゃア……」

やはり、十七歳である。政治家暗殺の能力があれば、ハートだって、成育しないわけはなく、色白の顔が、パッと、赤くなった。

だが、次ぎの瞬間に、彼のドイツ的意志が、すべてに、打ち克った。

「さ、お嬢さん、レッスンを始めましょう。あたくしは、ムダ話に参ったわけではありません。ご本を、お持ち下さい」

「お勉強は、あたしの部屋でするのよ。もう、少し、話してからでも、いいわよ」

「いいえ、そういうご命令は、受けていません」

「じゃア、あらためて、命令するわ」

明日子は、先刻使ったテを、もう一度、用いた。

「いけません。ローヤリティーは、そういうものではありません」

「わかったわよ。でも、乙夫は、あたしが映画女優になるの、反対なんでしょう」

「それは、そうです」

「じゃア、あたし、やめるわ。ほんとは、映画女優なんか、ならなくてもいいのよ。箱根を出て、生活できれば、何だっていいのよ」

「そんなに、箱根がおきらいなんですか」

「箱根もきらいなら、旅館もきらい……」

「だって、お兄さまが、若松屋のあとを、おやりになるんでしょう。お嬢さまは、何も……」

「ところが、お兄さまは、全然、その意志がないのよ。だもんだから、お母さまは、あたしをムリに……。乙夫、あたしのこの悩み、相談に乗ってくれる?」

「困りましたな。あたしのお約束は、英語と物理でして……」

「乙夫の意地わる!」

明日子は、手を上げた。やさしい殴打を、乙夫も、やさしく受け止めた。互いに、皮膚の温みを感じた。形は子供っぽい争いだが、そこが、十六と十七のむつかしいところであった。

しかし、乙夫は、

「おや?」

と、立ち上った。

「あの音、何です」

乙夫は聞き耳を立てた。

「なんにも、聞えやしないわよ」

明日子は、もっと、遊びを続けたいらしかった。

「いいえ、確かに……」

その時、塀の外を、二、三人の足音が、あわただしく、駆けて行った。

乙夫は、玄関へ飛び出して、ドアを開けた。

外は、霧が濃かった。

しかし、パチパチと、何かハゼる音と、わめく人声が、ハッキリ聞えた。それは、山の方から吹いてくる、風のためだった。天候が変るのか、強い風が、霧を渦巻かせていた。

「あッ」

乙夫は、灰色の幕のなかに、パッと、幻燈のように映し出された、赤い焔《ほのお》を見た。焔といっても、美しい朱色の暈《かさ》であって、揺れ動くから、それと推定されるだけであった。そして、その方角は、玉屋に当っていた。

「帰りますッ、お嬢さん……」

下駄をはく間も、もどかしかった。若松屋の玄関前を、駆け抜ける時には、雇い人が総出で、霧の中に立っていたが、高見の見物という風に、手をこまぬく者ばかりだった。

玉屋の本館は無事だった。しかし、乙夫は、開け放された入口に、駆け込むとたんに、火に包まれた旧館と、舞い込む煙と、旧館をつなぐ地下道から、金切り声を立てて、布団類を運んでくる女中たちの姿を見た。

「おかみさんは？」

乙夫は、女中の一人にきいた。

「知らないよッ。それどころかい！」

彼女は、ド鳴りつけて、また、地下道へとって返した。

乙夫はお部屋へ飛び込んだ。

そこは何事もなかったように、暗く、静かだった。老主人の姿は、どこにも見えなかった。

「おかみさん！　おかみさん！」

乙夫は、張り裂けるような声をあげた。

返事はなかった。

しかし、彼は、お部屋の次ぎの間で、まっ黒に古びた神棚の前に、合掌したまま、石像のように動かない、お里婆さんの姿を発見した。

「おかみさん、危いです。逃げて下さい」

礼儀にかまってる場合でないので、彼は、立ったままで、叫んだ。

その声が、まるで聞えないように、婆さんは、口に祈願をくりかえしていた。

「ご免なさい、おかみさん……」

乙夫は、婆さんの体に、手を回すと、置き物でも運ぶように、軽々と、抱き上げた。

「いやだよ。どこへ連れていくんだい」

婆さんが、初めて、口をきいた。

「危いです。お家の外へ……」

「いやだよ、いやだよ」

乙夫は、ウムをいわさず、玄関まで、主人を運んだ。彼は、今までいた明日子の家が、一番安全な避難所と考えた。

早く、火事場へ行って、手伝いたいが、それより、老主人の身を——と、考えるので、乙夫は、お里婆さんを、前抱えにしたまま、外へ走り出した時に、霧の中から、ポッカリ現われた明日子の姿を、目にとめた。彼女も、火事の見物にきたにちがいなかった。

「お嬢さん、お願いしますッ」

彼は、トッサに、彼女の助力を仰ぐ気になった。従来の玉屋と若松屋の関係なぞ、考えてるヒマもなかった。

「おかみさんを、安全なところへ……」

「いいわ、引き受けたわ」

明日子は、荷物のように、地上におろされたお里婆さんの手をとった。

「お願いしますッ」

乙夫は、弾丸のように、本館の中に、姿を消した。その時分に、元箱根からきたらしい消防車のサイレンも、聞えてきた。

乙夫は、地下廊下に投げ込まれた、家具や寝具類を飛び越えて、旧館の入口に達した。火は、目前だった。料理場の男たちが、白衣のままで、洗面所からひいたホースで、水をかけていた。何の効果もない、消防だった。

「乙夫、どこへいってたッ」

まだ焼けない客室から、テレビ機を運び出してきた小金井が、ヨロヨロしながら、怒声を落した。

「すみません。後で、後で……」

乙夫は、テレビ機を受けとった。それを地下道へ運びながら彼が叫んだ。

「おかみさんは、安全なところへ、お連れしました……」

小金井は、ギョッとした。出火と聞いて、旧館へ駆けつけてから、まったく、女主人のことを、忘れていたのである。

「よしッ、よくやった……」

小金井は、また、客室へとって返した。

それからの乙夫の働きが、目ざましかった。彼は、濡れ手拭でマスクを急造し、客浴衣を水に浸して、シャツの上に着込み、焔と煙の中を潜って、だれにも優った、大胆さと、敏《びん》捷《しょう》さを示した。

火は、旧館の二階の湯沸し場あたりから出たらしく、上から燃え始めたことが、まだしも幸いだった。階下の客室まで、燃え下ってくる間に、什器類を運び出すことができたが、乙夫の救出する品物には、よく選択眼が働いていた。その部屋にある品物のうちで、最も高価なもの――例えば、江戸時代の文人墨客が、滞在中に書き残した書や画とか、買ったばかりのナントカ・ソフトのゴム布団とかいうものを、真っ先に運び出すが、獅子文六が書きなぐった色紙なぞには、目もくれなかった。

その上、彼の体力と腕力が、ものをいった。乙夫が山のような器物を、苦もなく抱えて、普通の男の三倍の力を振うところを、大原泰山が見たら、もう一度、相撲入門をすすめたかも知れなかった。

しかし、その努力のカイもなく、また、駆けつけた消防車も、水利が悪くて、旧館は、やがて、全部、焼け落ちてしまった。


玉屋の建物は、本館、旧館、別館の三部にわかれていて、本館は戦後の新築だが、階下はホールや浴場や炊事場が、主な面積を占め、階上は、団体用の大広間であって、普通の客座敷はなかった。

別館は、建物としては、一番古いのだが、大原泰山の泊った閑心亭をはじめ、離れ座敷ばかりだった。

そこへいくと、旧館は、昭和初期の建築ではあっても、並列式に八畳の客間が、総二階の上下とも、八室ずつ続き、同じように、二畳の次ぎの間つきで、眺望こそないが、居心地は悪くないので、一番利用率が高く、三つの建物のうちで、かせぎ頭だった。それだから、夏場を前に控えて、畳も新しく替え、襖障子《ふすましょうじ》も張り直して、金を注ぎこんだばかりなのに、一時間半で灰になったのである。

幸いといえば、閑散期で客のなかったことで、階段に近い二階の一室に、一組はいっていただけだが、すぐ逃げ出したので、無事だった。もっとも、火元といわれる湯沸し場と、その部屋は、隣接しているので、女中がいない時は、客が勝手に湯をとりにいくから、出火も、客の粗忽と疑われもしたが、べつに、証拠はなかった。

とにかく、これは、玉屋にとって、大きな痛手だった。温泉発掘で、ずいぶん金を使っている上に、大切な旧館を失ったのだから、泣き面にハチだった。その上の痛手は、保険金がとれなかったことである。

火災保険は、全館にかけてあったのだが、ちょうど、先月が改約期で、小金井は、手元の苦しいままに、契約更改を怠っていた。一つには、この足刈に、かつて火災というものがなかった。強い風の吹く土地なのに、不思議なように、火事を知らなかった。従って、この土地には、火の見ヤグラがなかった。半鐘が鳴っていたら、乙夫も、もう少し早く、主家の急に、駆けつけることができたろう。

七月の声を聞けば、ドッと、収入が殖えるので、その時を待って、保険料を払い込もうと思っていたのが、小金井の油断だった。しかし、そんなわずかな隙をねらって、災害が見舞うというのも、玉屋の店運が、傾きかけたことなのだろうか。

小金井は、黒い焼け木杭《ぼっくい》と、余燼《よじん》を前にして、呆然と、口もきけなかった。消防隊に対する礼すら、まるで、忘れていた。火災の報が伝わると、箱根の主な旅館から、番頭か主人が駆けつけて、見舞いを述べたが、彼は、白痴になったように、受け答えをしなかった。

しかし、玉屋の面目は、乙夫が保った。彼はきわめてテキパキと、そして、不敵な面魂で、人々と応対した。

「ありがとう存じます。でも、お客さまにお怪我のなかったのは、不幸中の幸いで……。今日は、各室満員でしたが、いいアンバイに、お立ちの後に……」

彼は、ウソをついた。

「それに、旧館の方は、建物も古くなりましたから、新築にかかろうとしていたところで、取りこわしの費用だけは、はぶけましたようなわけで……」

敵の塩

お里婆さんは、わが家の一部が、焼け落ちるのを、若松屋主人の私宅から、眺めていた。とはいっても、何分、霧の中の火事であって、すべては、ピンボケ写真のように、不明瞭だったが、その方が、幸いだったかも知れなかった。彼女の愛着のこもった旧館が、メラメラと焔に包まれる姿を見たら、恐らく、現場へ駆け出さずにいられなかったろう。

「お婆さん、火が消えたらしいわよ」

明日子は、霧の中の赤いものが、ほとんど、見えなくなった時に、そういった。

「みんな、焼けちまったんですね」

それは、お里婆さんの声とも思われない、弱々しさだった。八十九歳の年齢が、アリアリと、現われた声だった。

「いいえ、大丈夫。本館と別館は、残ったんですって……」

若松屋の男衆が、様子を知らせにきたので、明日子は、よく経過がわかっていた。

「ほんとでしょうか」

「途中から、風向きが変ったおかげなんですって……。よかったわね、ほんとに……」

「いいことなんか、ございませんよ。もう、玉屋は、おしまいでございますよ」

「あら、そんなことないわ。悪いことの後は、きっと、いいことがあるわ……。それより、お婆さん、うちへはいりましょうよ。あんまり、霧に濡れると、毒だわ」

二人は、玄関前の小高い場所から、火事を見ていたのである。

「いいえ、火がしずまったら、すぐ、帰らなくちゃなりません。小金井たちが、さぞ、心配しておりましょう」

婆さんは、二、三歩、足を進めたのを、明日子が、シッカリ押えた。

「ダメよ、お婆さん。本館だって、きっとゴッタ返してるわ。お婆さんがいらっしゃると、かえって、ジャマになるわ」

「いいえ、あたくしは参ります。この目で、焼け跡を、見てこなくてはなりません」

「焼け跡なんか、見たって、しようがないわ。そのうち、きっと、だれかお迎えにくるわよ。それまで、うちで待ってらっしゃいよ」

「いいえ、それでも……」

「お婆さん、あたしのいうことを、お聞きなさい」

明日子が、高ッ調子で、きめつけた。

もし、幸右衛門が、こんな態度をとったら、どんなことになるだろう。まして、細君のきよ子だったら、お里婆さんは、どんなに戦闘心を湧かせることだろう。

しかし、チンピラの明日子に対して、婆さんは、猫のように、おとなしかった。

「はい、はい……」

そこへ、玉屋の下足番が、伝令にやってきた。

「おかみさん、やっと火が消えましたから、ご安心下さい。でも、お部屋の中まで、消防の水で濡れていますから、今しばらく、こちらで……」

部屋の中は、すっかり暗くなっていた。いつか、夕暮れがせまってきたのだろう。

明日子が、スイッチを入れた。

「あア、よかった。火事で、停電かと思ってたのに……。でも、玉屋さんはきっと、今夜、停電よ」

明るい電灯が、テーブルの上の紅茶茶碗や、クッキーのはいった皿を、照らし出した。乙夫をもてなしたままで、かたづける暇もなかった。もし、お婆さんが、先客がだれであるかを、知ったなら、どんなに驚くか。もっとも、いまの放心状態では、何の反応もないかも知れないが、明日子は無論、よけいな口はきかなかった。

「お紅茶、いれるわ。体が、お冷えになったでしょう。あんなに長く、外に立ってらっして……」

明日子は、テーブルの上のものを、盆にのせて、台所へ去った。

お里婆さんは、イスにかけたまま、首を垂れていた。

幸右衛門の私宅に、彼女は、一度も、足を入れたことはなかった。新年のアイサツにきても、いつも、若松屋の店頭だった。旅館の主人が、立派な私宅を建てるなんて、もっての外だと、彼女は思っていた。その上、幸右衛門たちは、夫婦で店をあけて、那須へ遊びに行っている。そんな、心がけの悪い主人を持つ若松屋が、無事で、商売に全身を打ち込む小金井や、お里婆さんのいる玉屋が災いを招くなんて――

「熱くしてきたわ、召しあがらない？」

明日子が、紅茶を持ってきた。

「はい……」

婆さんは、心が揺れて、口かずがきけなかった。

水一ぱいもらわないはずの、玉屋と若松屋だったのである。それが、紅茶を頂戴するハメになった。お里婆さんとしても、そうカンタンに、手を出すわけにはいかない。百五十年間の冷戦に、雪どけが始まるのはいいとしても、玉屋の屈辱で、それが終るとしたら――

しかし、若松屋主人の住宅に、避難した時から、婆さんの敗けなのである。それに、婆さんは、心労と体の疲れで、ヘトヘトになっていた。相手は、幸右衛門やきよ子ではなく、小

娘の明日子であるし、

——ままよ。

と、彼女は、記念すべき紅茶に、口をつけた。

「あア、おいしい……」

ほんとは、婆さんは、番茶の方が好きなのであるが、冷気と疲労を感じてるから、砂糖の味が、身にしみた。

「よろしかったら、おかわりなさって……」

「いいえ、そうは頂けません」

「じゃア、お菓子でも……」

「はい、ご親切に……ほんとに、ありがとう」

婆さんは、頭を下げて、それから、明日子の顔を見た。

同じ土地に住みながら、お里婆さんは、明日子と、こんなに長く話したこともなく、こんなに近くで、彼女の顔をながめたことはなかった。

といって、婆さんは、小田原へ映画見物に行って、学校帰りの明日子と、バスの中でも会うし、玉屋の前を通る明日子を、店から婆さんがながめるというようなことは、始終であった。

その度に、アイサツぐらいは、交わしていた。

「今日は……」

「どこへお出かけ……」

それ以上の言葉は費やさなかったが、明日子の印象は、よく捉えていた。若松屋に対する反感ばかりでなく、婆さんは、この小娘を好かなかった。

——いやに、高慢チキだよ、少し、お面がいいと思って……。親が甘やかすから、なお、いけないいんだね。

婆さんは、幸右衛門の自由主義教育に、反対だった。

ところが、今日初めて、明日子に親しんでみると、そう小憎らしい娘というわけでもない。言葉つきは、ゾンザイであるが、心まで粗末とも見えなかった。火事の最中でも、何かと、慰めの言葉をかけてくれたし、その上、従来の不仲を知らぬわけもないのに、婆さんを座敷へあげて、紅茶なぞふるまってくれるのは、確かに、同情心の現われだろう。

——ことによったら、見かけによらず、よく気のつく娘かも、知れないね。

婆さんは、火災の打撃で、気が弱ったせいか、認識をあらためた。

——それにしても、この娘は、どうして、火事の時に、玄関前にきていたのだろう。そして、乙夫は、どうして、あんなに馴れ馴れしく、この娘に、あたしのことを頼んだのだろう。

ふと、その疑問が浮かんできた。

「明日子ちゃん、あんたは、あの時、よく、危い場所へ……」

婆さんは、それとなく、聞いた。

「だって、面白いじゃないの、火事ッて……」

「そうですか。ヤジウマだったんですか。それを、乙夫ときたら、とんだご厄介をお願いして……」

「いいじゃないの。うちとお婆さんとこは、もともと、親類じゃないの」

「そりゃア、そうですよ。だけどね……」

しかし、婆さんは、複雑な気持になった。

若松屋の一族から、親類という語を聞かされるなんて、思いも寄らなかった。婆さんが嫁にくる前から、玉屋と若松屋は敵同士で、どんな他人よりも、仲の悪い両家であり、先祖が兄弟であったことを、わざと、忘れるような努力ばかり、してきたのである。

「じゃア、明日子ちゃんは、親類だと思って、あたしをいたわって下すったんですね」

婆さんは、念を押した。

「親類でなくたって、それくらいのことはするわよ。お婆さんは弱者ですもん……」

「弱者？」

「か弱き者よ。そうでしょう、老人は……」

明日子は、いやに論理的なことをいったが、乙夫に頼まれたから、お里婆さんを引き受けたことを、隠す気持があるからだろう。

実際のところ、彼女は、婆さんに、好意も、悪意も抱いてるわけではなかった。ガンコ婆さんの噂は高いし、両親は、口をきわめて悪くいうから、好意が持てるわけはないが、憎む理由もなかった。八十九のシワクチャ婆さんなんて、どっちみち、彼女に関係はなかった。

しかし、こうやって、長時間、一緒にいてみると、乙夫に託されたお荷物が、そう迷惑でもなくなってきた。家を焼かれた不幸な老人に、ミッション・スクールの生徒らしい、博愛心が湧いてきたのか、お里婆さんをいたわってやるのが、面白くなってきたのである。それに、人をいたわるということは、生まれて最初の経験でもあった。

「あら、ずいぶん、暗くなってきたわね。お婆さん、お腹が空いたでしょう。お店へ電話かけて、ご飯、運ばせるわ」

　と、彼女は、立ち上った。

「とんでもない。あたしは、すぐおいとまします」

　お里婆さんも、イスを立った。紅茶ぐらいならまだしも、若松屋から一飯の恩にあずかるなんて、考えただけでも、身がちぢむ。

「ダメよ。あっちが少しかたづいたら、お迎えがくる約束じゃないの。それまでは、ジッとしてなくちゃア……」

「はい、それなら、置いては頂きますが、ご飯だけは、どうぞ、おかまいなく……。それに、胸がいっぱいで、なんにもはいりゃアしませんから……」

「それが、いけないのよ。精神的な打撃で、食慾がなくなってる時は、かえって、多くのカロリーを補給する必要があるのよ。ご飯が食べたくないんなら、牛乳と卵になさい。ね、いうこと聞くものよ」

「いいえ、そんな……」

「いいから、坐ってらッしゃい」

明日子は、婆さんを押えつけるようにして、イスにかけさせた。そして、玄関の側の電話機のところに行って、若松屋の女中頭を呼び出し、半熟卵と牛乳とトーストの食事を持参するように、命じた。

そして、彼女が、応接間に戻ってくると、お里婆さんは、イスの上で、エビのように体を曲げ、両手で顔をおおい、シクシク泣いていた。

「あら、お婆さん、どうしたの、気持、悪いの」

「いいえ……いいえ……」

「お家が焼けたんで、悲しいんでしょう。わかるわ。でも、今度は新しい、立派なお家建てりゃアいいじゃないの……」

そこへ、小金井の声が、玄関で聞えた。

「ご新さん、お迎えに参りました。まだ、ゴッタ返しておりますが、お部屋だけは、何とか、かたづけましたから……」

若松屋幸右衛門夫妻は、火事のあった日の夜半に、足刈へ帰ってきた。

玉屋出火の報が、那須のベル・ビュー・ホテルへ、電話で伝えられた時に、夫婦の間で、議論が起きた。

「とにかく、帰らなくちゃア……」

そういったのは、良人だった。

「玉屋が焼けたからって、何も、帰ることはないでしょう。うちで火を出したわけじゃあるまいし……」

細君としては、せっかくの新婚旅行染め直しを、ムダにしたくなかった。

「おれだって、着いたばかりで、アス族研究は、何もやってやしない。しかし……」

「あら、研究なさいよ。あなたの生涯の仕事じゃないの」

「残念だが、仕方がない。旅館業者の悲しさだ。世間の手前、仲間の手前というものがある……」

幸右衛門も、商売は不熱心だが、さすがに、若松屋主人という自覚は持っていた。いくら不仲でも、玉屋は親戚であり、同じ土地の同業者である。世間は、それを知ってる。その玉屋が被災の報を受けながら、悠々と遊んでいては、一緒にきてる同業者たちが、何というか知れない。それに、旅館にとって、出火ほど恐いものはなく、世間にも、顧客にも、一番申し訳のないことで、たとえ類焼は免れたにしても、近火の場合に、主人夫婦が、揃って家をあけていたら、将来の信用にかかわる。その日のうちに、帰宅していれば、世間体も、何とかゴマかせるので、シブシブ帰途についたのである。

足刈へ着いたのは、十二時を過ぎていたが、夫婦は、自宅へ入る前に、玉屋へ見舞いに寄った。ケンカしながらも、冠婚葬祭の義理を果すのは、長年の習慣で、出火は葬の部に属すらしい。

「あら、本館は、何ともないじゃないの」

きよ子は、若松屋より立派な、玉屋の表構えが、無事で残ってるのに、やや不満げだった。

「シッ。大きな声を、出すんじゃない」

しかし、本館のホールは、乱雑な、諸道具の山で、やっとついた電灯の下で、男たちが、その整理をしていた。

「小金井さん、どうも、とんだことで……。あいにく、観光連盟の旅行で、朝から留守をしとったもんですから……」

幸右衛門は、入口に小金井を呼んで、型のような見舞いを述べた。

「わざわざ、お帰り下すったんですか。それは、それは……」

小金井が、ひどく低姿勢なのは、出火の詫びのためなのか。

「おかみさんは、べつに、お障りなく……」

きよ子が聞いた。

「はい、もう、おやすみになりましたが、今日は、出火の節、おかみさんが、お宅のお嬢さまから、なんともかんとも、一方ならぬお世話になりまして……」

幸右衛門夫婦は、小金井のいうことが、よく腑に落ちなかった。深夜のことではあるし、早々に自宅へ引き揚げた。明日子は、命令通り、若松屋へ泊りに行っていた。

「明日子が、お婆さんに、どうしたっていうんでしょうね」

「あいつのことだから、チョコレートの見舞いぐらい持ってったんだろう……。何にしても、眠いよ。早く、寝なくちゃア……」

幸右衛門は、急いで、着替えにかかった。

翌朝、彼は寝坊をしたが、細君はそうもいかず、定刻に起きて、顔を洗ってると、

「あら、ママたち、帰ってきたの」

制服姿の明日子が、声をかけた。学用品を、とりにきたらしかった。

「そうよ。玉屋の火事のこと、知らせてきたからよ」

「へえ、感心ね……。じゃア行ってまいりまアす」

「ちょいと、ちょいと……。あんた、火事の時に、玉屋のお婆さんを、何か、世話してあげたの」

「大したこっちゃないわ。当然のことを、したまでであります——なアんてね。じゃア、バイ・バイ……」

彼女は、玄関へ、飛んで行った。

きよ子は、着替えをすますと、朝飯を食べに、若松屋へ行こうとした。平常は、自宅の方で、パン食をするのだが、旅行のために、準備がしてなかった。

そして、彼女が、下駄をはこうとしている時に、玄関のドアが開いた。

「どうも、昨夜は……」

キチンと、ネクタイをしめて、靴まではいた小金井が、立っていた。彼も、若松屋の方には、用事で出向くことはあるが、幸右衛門の自宅を訪れたことはなかった。

「この度は、手前どもの不始末から、とんだお騒がせをいたしまして、何とも申し訳ござい

ません……」

と、彼は、切口上で、出火の詫びを始めた。昨晩も、一度いったことなのに、今日は正式のアイサツのつもりか、長々と、続いた。

「それから、昨晩は、おはやばやと、お見舞い下されまして……」

番頭という商売ながら、実に、何度も、頭を下げる男だった。

それから今度は、女主人を保護してくれた、礼の言葉になった。それは、切口上でなくって、心からの感謝が溢れていた。

しかし、きよ子は驚いた。小金井の言葉で、彼女は、初めて、お里婆さんが、この家へ避難してきて、晩の食事まで食べていったことを、知ったからである。

――まア、明日子ったら、なんて思い切ったことを……。

今までの両家の関係からして、考えも及ばないことを、明日子がやってのけたのである。

しかし、それならば、お里婆さん自身が、礼にくるのが、本当ではないか。小金井を代りに寄こすなんて、やっぱり、本家だと思って、威張っているのか。火事を出しても、まだ、ヘコたれないのか――

しかし、それは、きよ子の誤解だった。

お里婆さんは、出火の打撃が、よほど身にこたえたのか、今朝は、起き上る気力を失ったのである。

朝は六時に起きて、神棚の薬師さまを拝んでから、二片のトースト・パンと牛乳を、残さず食べる彼女が、今日は、寝床の中で、牛乳を半分飲んだだけだった。

「うちから火を出すなんて、世間に申し訳がない……。若松屋にだって、顔向けができない……」

そんな泣きごとを、ひとりで、つぶやいていた。お部屋付きの女中も、気味が悪くなって、小金井のところに、告げに行った。

小金井は、すぐ、主人を見舞った。

「ご気分は、いかがでございますか」

「べつに、どうということはないんだけど、やっぱり、年だね。まるで、腰が抜けたようで、起き上る気になれないんだよ」

婆さんは、枕の上から、答えた。

「ご無理ございません、お力落しなさるのが当然でございます。すべて、手前の責任でございます。手前さえ、シッカリしていましたら、火を出すなんて不始末も……」

小金井は、昨夜も、婆さんの前に、両手をついて、詫びた。クドいほど、詫びの言葉を列べたが、それを、もう一度、くりかえそうとするのである。

「いいんだよ、寅さん、何もお前さんが火をつけたわけじゃあるまいし……。あたしゃ、火事のことだけを、悔やんでるんじゃないんだよ。昨日、若松屋の娘に、あんなに親切にされたことが悲しくてしようがないんだよ……。考えてもご覧な、あたしが幸右衛門さんの家へ行って、食事まで、よばれてくるなんて……」

婆さんは、指先きで、涙をぬぐった。

「いいえ、ご新さん、今までだって、お法事やご婚礼の時は……」

「それとこれとは、ちがうんだよ。香典やお祝い物を持ってって、ご馳走になるのとは、一緒にならないんだよ。あたしゃ、お恵みを受けちまったんだよ……」

婆さんは、いかにも、情けなさそうに、嘆息をもらした。

「何とも、相すみません。手前は、一向、存じませんでしたが、乙夫の奴が、ご新さんのお体を案じて、若松屋のお嬢さんに、お願い申したんだそうで……」

小金井は、また、あやまった。

「いいえ、乙夫が、悪いんじゃない。火事場にいちゃア、あぶないというんで、幸右衛門さんのところへ、預けてくれたんだからね。第一、あたしがここにいたら、皆の足手まといで、あんなに早く、火は消せなかったかも知れない……」

「はい、それは……」

「だがね、寅さん、こりゃア、玉屋が若松屋に助けてもらったってことだよ。何という、めぐり合わせだろうね。そんなことは、あたしが嫁にきてから、一度だってなかった……。寅さん、玉屋の運も、いよいよ、曲ってきたんじゃなかろうか……」

どうやら、お里婆さんにとっては、火事の打撃よりも、若松屋の世話になったという屈辱感の方が大きいらしかった。

さすがの小金井も、女主人の妄執の強さに、舌をまいたが、

「ご新さん、決して、そんなことを、お気になすっちゃいけません。火事の時に、ちょいと避難させて貰ったのと、カンタンな食事を出されたぐらいのことで、恩に着ることはございませんよ。まして、そんなことで、玉屋のノレンが傾くの、なんのと……」

「そういうけれどね、寅さん、うちと若松屋の仲を、考えてみたら……。もう、百五十年も睨み合って、一度もヒケはとらずにきたんだよ。あたしが嫁にきてからだって、水一ぱい分けて貰ったことはないよ。商売のセリ合いにしたって、どっちかというと、うちの方がブがよかった……。それを、火事を出したのが、第一の敗け……」

「そのことをおっしゃられると……」

「いいえ、お前さんの罪じゃないさ。でも、次ぎの敗けは、あたしが悪かったんだよ。何も、あんな小娘に誘われたからって、フラフラと、幸右衛門の家へ行くなんて……」

「それは、あの急場でございますから……」

「いま考えると、不思議でならないんだよ。幸右衛門さんか、おきよさんだったら、あたしゃ突ッぱねたにきまってるんだが……。相手が、あんな小娘だもんだから……」

「ですから、お気になさることは、ございません。主人同士のことじゃございませんから……」

「いいえ、主人の留守だけに、あたしゃア気がトガめるんだよ。先方じゃ、きっと、あの婆ア、ひとの留守に這い込みやがって、飯まで食ってったなんて……」

「まさか、そんなことも……。でも、それほど、お気になさるんでしたら、お耳に入れたいことがございます。若松屋のお嬢さんが、ご新さんのお世話ぐらいしてもいいわけが、あるんでございます」

「へえ、それは、どうして……」

「実は、わざと、申しあげずにきたんですが……」

小金井は、乙夫がひそかに明日子の勉強を見てやってる事実を、主人に告げる気になった。弁天堂で、のぞき見をして、そのことを知ったが、お里婆さんが、乙夫を叱責するのを恐れて、わざと、秘していたことを――

「そんなことが、あったのかい。へえエ、それは、驚いたね」

「手前も、あの時には驚きました」

「なるほど、それで、乙夫は、あたしの体を、明日子ちゃんに頼んだんだね」

「そうだと思います。そんなわけで、ご新さんが、ちっとやそっと、あのお嬢さんの世話におなりになったって、何でもありゃアしません。乙夫は、ものを教えてやってるんですからな。先生ですからな。つまり、若松屋さんには、それだけの貸しがあったわけで……」

と、小金井は、主人の気持を引き立たせるために、熱弁をふるった。

しかし、小金井は、お部屋に長座もできなかった。

「ちょっと、支配人さん……」

絶えず、店の者が、呼びにきた。

出火の翌日で、用事は山ほどあった。

警察の人には、火災の原因について、いろいろ訊問を受けた。結局、旧館の二階番の女中が、湯沸し場で、火の不始末をしたと、推定された。

しかし、多くの見舞客には、彼は、べつなことをいった。

「それがですね、警察じゃァ女中の不注意といってますがね。知れたもんじゃありませんよ。湯沸し場の隣りに、ヘンなアベックの客がいて、火事になると、宿賃も払わず、逃げ出しちまったんですからね……」

旅館の自火は、信用にかかわるので、一所懸命に、話をボカすことに努めた。

しかし、見舞客は、同業者や、出入りの商人ばかりではなかった。

〝函豆《かんず》〟の社長の大浜銀次が、同系の湯ノ沢ホテルの支配人を連れて、車を飛ばせてきた。湯ノ沢ホテルは、足刈に最も近い温泉の同業者だから、話はわかるが、〝函豆〟の社長がくるのは、鄭重《ていちょう》過ぎた。

「これは、どうも、恐れ入ります……」

小金井が、恐縮して出迎えると、

「ほかならぬ玉屋さんが、ご出火と聞きまして、起き抜けに、飛んできたんですよ。ほんとに、何というご災難で……」

大浜銀次は、箱根の名物男であり、篤川安之丞の第一家老でもあって、昨年の聴聞会の時にも、奮戦に努めた男だが、小肥りの短軀が、七十とも思えぬ精気を見せてるのに、どことなしに、愛嬌があった。

「おかみさんは、ご無事で……」

「へえ、ちょっと、お疲れになって、今日は寝ていらっしゃいますが……」

「そりゃアいけません。どうぞ、お大事になすって下さい。おかみさんにゃア、一方ならんご恩になっていますんで……」

大浜は、若い時に、芦ノ湖の渡船の船頭をしていたともいわれ、玉屋の支店が、湖畔にあったころに、働いていたこともあった。しかし、出世した今日でも、そういう過去を一向、人に秘そうとしないのが、この男の取柄であり、また処世術でもあった。

「しかし、小金井さん、あんたもご心配だね。被害は、旧館だけで済んだといっても、温泉井戸で金を費ってるところだというし、保険金もとれなかったとかいうし……」

彼は、何でも、知っていた。

「ほんとに、お察し下さい。悪いことばかり、重なっちまいまして……」

小金井も、相手が有力者だけに、本音を吐かずにいられなかった。

「わかりますよ、小金井さん。旅館業の苦しさは、あたしも、身にしみてますからね。だが、苦しい時は、お互いだ。それに、ほかならん玉屋さんの苦境を見ては、あたしも、黙っちゃいられませんよ。どうか、お力になれることがあったら、遠慮なくいって下さいよ。そういう時には、第一に、この大浜をお忘れなく……」

大浜が帰っていくと、入れちがいに、〝箱根横断〟の副社長が、箱根町の電機商の町会議員を連れて、見舞いにきた。

〝横断〟の副社長は、小金井も、あまり顔馴染みがないだけにわざわざ慰問に来られるのは、意外であり、また、恐縮であった。

「この度は、不慮のご災害で、千葉社長がお見舞いに伺うべきでありますが、あいにく、今日は、〝関急〟本社の方へ、出かけとりまして……」

副社長は、東大出の秀才でもあるのか、風采も、弁舌も、はなはだ整然としていた。

「これは、ほんのお見舞いのしるしですが……」

乗ってきた車の運転手と、町会議員とが、二人で運んできたのは、ウイスキーの一ダース入りらしい、木箱だった。

「いや、これは、恐れ入ります。こんなことをして頂いては……」

小金井が、高価な見舞い品に驚いていると、

「かまやしませんよ、玉屋さん。〝横断〟のバスが、いつも、お宅の前を走って、儲けさせて貰ってるんでさア……」

と、町会議員が、口を出した。

「それに、当社は、旅館も経営しとりますから、同業者の見舞いとして、お受けとり下さい」

副社長は、ウムをいわさなかった。

「しかし、玉屋さん、夏場を控えて、こんな災難に遭っちゃア、たまりませんな」

町会議員が、同情の弁を吐いた。

「ほんとに、一夏、棒に振っちまいますよ」

「それに、温泉掘りでも、ずいぶん、お費いになったでしょう」

「そうなんですよ。察して下さい」

「そこへもってきて、保険もとれないときちゃアね」

この連中も、すべてを知ってるらしかった。

「まったく、今度という今度は……」

と、小金井がシオれると、

「なアに、心配なさることはありませんよ。足刈の玉屋さんとくりゃア、箱根の名家だから、誰も見殺しにゃアしませんよ。〝横断〟さんは、その点、特別な同情を、持ってるらしいですぜ。ねえ、副社長さん、そうでしょう」

町会議員は、口火を切る役をつとめた。

「ええ、もう、そりゃア、箱根繁栄の趣旨からも、当社としては、できる限りのご援助を、惜しまないつもりで……。もし、他から融資を受けられるような場合には、第一に、〝横断〟をお忘れなく……」

副社長は、小金井をジッと見て、頼もしい言葉を伝えた。

そして、二人が帰って、一時間も経たないうちに、今度は、常春苑の塚田総支配人を乗せた車が、玉屋へ着いた。

「やア、どうも、とんだことで……。昨夜、出火と聞いて、すぐお見舞いに上ったんだが、知ってますか。社長にも、すぐ電話しましたら、とても心配してましてね。お役に立つことなら、何でもしてあげろということです。いいですか、小金井さん、お困りのことがあったら、第一に、ご相談下さい。氏田観光がバックにいることを、お忘れなく……」

渡る世間に、鬼はない――

箱根の三大資本のどれもが、重要人物を見舞いによこして、どれもが口を揃えて、援助の金を惜しまないと、いってくれたのである。

小金井が感激したのも、ムリはなかった。

――やはり、足刈の玉屋だからだ。古いノレンが、ものをいってくれるのだ。

そして、相手は、大きな親会社を持って、資力も豊かであり、あの調子では、一千万ぐらいの融通は、文句なしにやってくれるだろう。そうなれば、焼けた旧館の新築も、またたく間である。

あの旧館も、お里婆さんの好みで、つまらなく高価な木口を用い、当時としては、ゼイタクな普請だったが、今は、もう、湯治宿の古い間取りが、鼻につき、新築の必要に迫られていたのである。今度建てれば、もっと安い材料で、新式で、スッキリした座敷がつくれる。強羅《ごうら》あたりの新興旅館に、敗けない座敷をこしらえ、若松屋を、グッと、引き離せないものでもない。

小金井は火災の翌日に、早くも、希望の緒を、見出した。日本人は、火事を怖れるくせに、焼けてしまうと、早くも、復興のツチの音を立てて、手軽く、立ち上る。バラックでも、復興と考えるだろう。しかし、小金井は、堂々たる本建築の望みが、現われてきたので、急に、気持が明るくなった。

三人の幸運の使者が、帰って後に、小金井は、勇気百倍して、跡かたづけの仕事にかかってると、

「番頭さん、ちょっと……」

ノッソリと、温泉井戸掘りの親方が、汚れた仕事着のままで、中庭からはいってきた。

「おウ、親方、ゆんべは、よく働いてくれて、すまなかったなア。礼に行こうと、思ってても、朝から、手が離されなくて……」

出火の時に、親方は、二人の若い職人とともに、駆けつけて、消火に努めてくれたのである。

「礼なんか、どうでもいいさ」

親方は、不愛想に答えた。その顔つきを見て、小金井は、ドキリと、胸にこたえた。先月末に支払うべき金が、そのままになっているのだが、いま催促されたら、どうにもならない。三大勢力のどこからか、金を貸してもらった後でなければ――

「何しろ、この騒ぎで、ボーリングどころでなくなっちゃったんだよ。何なら、当分、休んで貰おうか」

小金井は、そこまで、決心した。新温泉の発掘より、旧館新築の方が急務になってきたのである。

「番頭さん、金のことを、心配してるんだろう。金なんか、どうだっていいさ。おりゃア、頼まれて、あの井戸を掘ったけど、こうなりゃア、意地でも、掘り続けるよ。金は、都合の

ついた時に、払って下せえ。ただ、飯だけは、いままで通り、食わしてくれねえとな。まさか、飯まで自腹は、切れねえからな」

　気むずかしい職人だと思った親方が、意外なことを、いってくれた。


　お里婆さんは、その翌日も、寝たきりだった。

　どこが悪い、という容体ではなかった。ただ、起き上る気力がないのである。

「ご新さん、元気を出して下さいまし。いろいろ、いい話が舞い込んできてます。ことによると、玉屋は、焼け肥りになります」

　小金井が枕もとへきて、激励した。

「そうかい、それは、ありがたいね」

　婆さんは、わざと、微笑をつくってみせるが、番頭の言葉を、信じている様子はなかった。彼女のように、長生きをすると、自分の判断や直覚を、一番頼りにするようになる。人が何といおうと、耳を傾けるものではない。

　――玉屋も、没落の時がきた。

　そう信じ込んでしまったのだから、どんな朗報がきたって、受けつけはしないのである。

　三日目になっても、寝床を離れないので、遂に、小田原から、医者を呼んだ。

　その博士は、前から、婆さんの体を、診察してるので、態度にも、親しみがあった。

「どうだね、お婆さん。寝るなんて、珍らしいじゃないか」

「滅多に、寝ない代りに、寝たとなったら、おしまいですよ」

婆さんは、力なく答えた。

「何をいっとるんだ。さア、舌を出して……」

医者は、仔細に、診察を始めた。胸をひろげさせると、干しブドウのように小さく、シナビた乳房が、現われた。腹部は、メロンの食べカスのようにエグれて、肉がなかった。衣服を着てると、そうでもないが、皮を剝がれると、やはり、八十九歳の老婆であった。

しかし、医師は、聴診器をはずすと、

「どこも、悪いところはないね。いつもいうとおり、お婆さんの体は、二十年若いよ。心音なんか、まるで、若い女みたいだ……」

と、気強いことをいった。

「ダメですよ、先生……」

「何が?」

「そんな、ウソいったって、すぐ、わかりますよ。あたしゃアね、もう、お迎えが近いんですよ」

「こりゃア、面白い。あんたが、そんな弱音を吐くのを、初めて聞いたよ。火事で、少し、気疲れがしたんだな。まア、何でも、好きなものを食べて、気楽に、寝ていなさい。一週間もすりゃア、自然と、起きる気になるよ。では、お大事に……」

医師は、こともなげにいって、お部屋を出ていった。

しかし、見送りに立って、玄関まで行った小金井には、また、別なことをいった。

「どこといって、特別に、悪いところはないが、やはり、体全体が、弱ってるね。早くいえば、老衰だ。いくら丈夫な機械でも、ガタがくる時はあるものだ。急変はないだろうが、充分に、注意した方がいいね。また、そのうち、診察にきます……」


医師のきた日の夕方に、小金井は、一通り仕事を終ってから、ふと、体がベトベトして、シャツの袖口も、黄色くなってるのに、気がついた。

――そうだ、おりゃア、火事の晩から、湯にはいっていねえんだ。

日に二度ずつ、温泉にはいる男が、四日間も不精したのだから、気持の悪くなるのも、当然である。出火の跡始末で、彼は、寝食を忘れた男だった。

しかし、体を不潔にしたところで、事情が好転するわけもないので、彼は、タオルをぶらさげて、一風呂浴びに出かけた。

客の宿泊は、まだ断ってるので、家族風呂はもとより、大風呂も、ガランとしていた。彼は、一人で、ゆっくり入浴するつもりで、入口のガラス戸を開けると、浴槽のフチに頭をのせて、体を長くしてる、乙夫の姿が見えた。

「おや、お前か」

「すみません。お客さんがいませんから、今時分、はいらせて貰いました」

「いいとも。おりゃア、すっかり、湯にはいるのを忘れて……」

小金井は、出火以来、ロクロク乙夫と、口をきく暇もなかった。乙夫も、焼け跡の整理を、人夫と一緒に働いて、忙がしかった。

「あア、いい気持だ。やっぱり、湯はありがてえ……」

小金井は、タオルで顔を濡らした。

「支配人さん、お疲れでしょう。肩でも、揉みましょうか」

乙夫が、浴槽の中に、立ち上った。白い肌が、湯で暖められて、美しいバラ色になり、ギリシャ彫刻のように、みごとな体軀は、十七歳というのに、胸毛が生えかけ、その他も、黒々と、毛深いのは、フリッツ兵曹の遺伝であろう。

「いや、それにも、及ばねえよ……。だが、乙夫、今度の火事にア、おれも、参ったな。もう十年、若かったら、こんなにヘコたれもしねえだろうが、何といっても、もう六十だ。気だけは、若い者に負けねえつもりでも……」

小金井はだれにもいわなかったグチを、初めて、乙夫に洩らした。

「ダメですよ、支配人さん、そんな気の弱いことをいっちゃア……。おかみさんが、寝込んじまったんだから、支配人さんがシッカリして下さらなくちゃア……」

「いや、ご新さんが、ガックリなすった気持は、おれにはよくわかるよ。百五十年も、若松屋と張り合ってきて、ここで、尻餅をついたんだから……」

「昔のことは、ぼくにゃアわかりませんが、若松屋を、そんなに、問題にしなくたって、いいじゃありませんか。玉屋は玉屋で、独自の道を、踏んでいけば……」

「それが、そういかねえんだ。若松屋に、敗けまい、敗けまいという踏ン張りがあって、玉屋は、今日まで、栄えてきたんだ。向う様だって、恐らく、そんなところだろう。それを……」

やがて、小金井が流し場へ上ると、乙夫も、そのあとに続いて、

「支配人さん、流しましょう」

と、背後に回った。流すといっても、石鹼のきかない湯なので、タオルでこするだけである。

「乙夫、こうなってくると、頼みにするのは、お前ばかりだ。シッカリやってくれよ」

小金井は、乙夫の体が、どこもかしこも、一人前なのを、見せつけられて、急に、信頼が湧いてきたらしかった。

「ええ、一所懸命やります」

「他所《よそ》から、引き抜きにきても、ウンといっちゃァならねえぜ」

「ぼくを、引き抜きですって？」

「実は、北条さんがお前に目をつけて、社員に欲しいと、いってきてるんだ」

「へえ、驚きましたね」

「おれも、驚いたよ。お前を出してくれれば、金を貸すとまで、いってるんだ。えらい執心だよ」

「へえ、じゃァ、行きましょうか。玉屋は、苦しいんですから……」

「バカ。何をいうんだ。お前に出ていかれちゃァ、おれは、どうなる？　それに、金の目当

ては、火事のおかげで、ついてきた……」

「だって、保険はダメでしょう」

「あれは、とれねえが、〝横断〟も、〝函豆〟も、氏田観光まで、復興資金を、いくらでも、貸してやろうと、いってきてるんだ。一日のうちに、三社から、申し込んできたんだぜ。どうだい、乙夫、古いノレンてえものは、ありがたいじゃねえか。足刈の玉屋というノレンがあればこそ、皆さんが、そうやって、力になろうと、いってくれるんだ……」

と、小金井は、声をはずませるほど、喜んだが、乙夫の円い目は、ピカリと、光った。

「支配人さん、そう無反省に喜んで、いいんですか」

「だって、金さえありゃア、すぐ、旧館の新築にかかれるし……」

「資本家は、計算なしに、一銭の金も、出しませんよ。三社が揃って、そんな申し出をするのは、まず、怪しいと見なければなりません」

「お前、アカみてえなことをいうじゃねえか」

「アカでなくても、資本家がどういうものであるかぐらい、わかります。ぼくの考えじゃ、三社とも、出資によって、玉屋のなかに、橋頭堡《きょうとうほ》を築いて、やがては、足刈を占領する計画でしょう。いけませんよ、支配人さん、そんな危い金を、借りちゃいけません。三社が、この足刈を狙ってることは、支配人さんも、よくご承知じゃありませんか」

「そりゃア、知ってる。だから、いくら土地を買いにきても、話に乗らなかった……」

「ところが、火事というスキが出たんで、つけ込んできたんですよ。三社とも、足刈が欲しいんですが、それよりも、他の社に取られることを、一番、怖れてるんですよ……。支配人さん、これからが、大変ですぜ。アメリカ、ソビエット、中共の間にハサまれた日本と、同じ立場ですからね……」

夏来にけらし

芦ノ湖の小魚アカハラが、産卵期に入る頃に、箱根の山だけの暴風雨が、よく起こる。この山上の嵐を、土地の人は、〝アカハラじけ〟と呼ぶが、それが、昨日あった。小田原や三島は、蒸し暑い晴天だったのに、山の上は、地軸を揺がす豪雨と烈風で、交通も、一時は杜絶したほどだった。玉屋の旧館は、毎年〝アカハラじけ〟では、雨洩りで苦しむのだが、今年は、きれいサッパリ焼けてしまって、その心配もなかった。

しかし、今日は、ケロリとした、静けさ。

「おや、雲が高えな」

足刈の住民は、一カ月間、彼等を封じ込めた雲と霧が、地上から姿を消して、とてつもなく高い大空へ、退却したのを知った。空とは、こんな高いものであったかと、考え直すほど、視界がひらけ、その高いところにたなびく雲も、白く輝き、所々に青い隙間さえ、洩らしていた。

宝蔵ケ岳で、大ルリが鳴き始めた。弁天山では、駒鳥。そして、両山を斜めに切って、ホトトギスの声が、飛んでいく。

「どうやら、これで、ツユ明けかな」

「昨日のアラシで、雷も鳴ったしな」

「でも、まだ、ヒグラシが鳴かねえぜ」

山ゼミは、天気が直ってから、かえって、鳴かなくなった。ヒグラシは、平地では、盛夏の声であるが、この山上では、夏来にけらしと、告げるのである。

しかし、ヤマツカは花盛り。双子山は、その花で、灰が降ったように、白くなった。そして、宝蔵ケ岳の頂上ではヒメシャラが、咲き出した。この二つの花が、足刈の夏の装いであるが、箱根バラの黄色い花も、玉屋や若松屋の生垣の裾を、飾った。そして、米ザクラや山イチゴの実は、足刈の子供の唇を、色濃く染めた。

一年の稼ぎの大半を、夏に生み出す土地であるから、梅雨明けの気配は、活気と生色を、一時に、みなぎらせるのである。とても、春のシーズンの始めの比ではない。

ことに、若松屋は、すべての準備を完了して、全館ふくれあがるほど、活気を呈している。なぜといって、今年の夏は、もう、勝負あったである。百五十年の戦いは、いつも五分五分であったが、今年の夏は、玉屋を足下に見降すことができるだろう。旧館を失った玉屋は、四等国に下落して、例年の三分の一の収入も、あげられないだろう。そして、今年の夏ばかりでなく、若松屋制覇の形勢は、当分続くのではあるまいか。

しかし、玉屋とても、いつまでも、虚脱と昏迷に、沈んでるわけにもいかなかった。いつかの夕、大湯の中で、小金井と乙夫が、文字通り、ハダカになって相談した結果、とにかく、焼け残った本館と離れ座敷を、フルに運転するばかりでなく、焼け跡を整理して、キャンプ場にする案をたてた。昔、外人客が使用した舶来のテントが、いくつも倉庫に眠ってるから、それを利用して、林間学校や、青年学生の客を、受けることにした。守勢ではあっても、戦意を喪失したわけではなかった。

そして、やがて、ヒグラシが鳴き始めた。

そして、箱根の夏がきたのであるが、今年の夏は、二つの新しい話題とともに、幕をあげた。

一つは、芦ノ湖の建艦競争である。艦というのは、おかしいようだが、この競争の長さと熾烈さを考えると、遊覧船とか、観光船とか、生やさしい名は、浮かんでこないのである。第二次大戦の前奏曲だった、日・英・米の建艦競争と、少しも、変るところがないのである。

この小説の発端であった運輸省の聴聞会も、バス路線の争いではあったが、もとはといえば、湖上の船の争いから、激化したので、〝函豆〟側にいわせれば、〝横断〟が協定を破って、大型船の金時丸を、浮かべたことが、原因であった。

それ以来、〝函豆〟側は、湖上の戦いでは、いつも後手に回っていた。百トン以上の船を、二隻持っているが、建造が古いヒケメがあったところへ、〝横断〟側は、昨年、またしても、新造船の山姥丸《やまうばまる》を、建造した。山姥だから、金時よりも大きくて、百八十トンもある新型船で、〝函豆〟の船は、一見して、見劣りがするのだが、それ以上に困ったことは、早雲山―桃源台のロープ・ウェイの完成だった。

バス路線の争いを、文字通り、眼下に見降して、〝横断〟側は、空中で観光客を運び出したのだが、ひどく人気に投じて、利用率が高い。その多数の乗客が、桃源台へつくと、目の前に、スマートな新造船が、待っているから、ドッと、乗り移ってしまう。

この一年間、湖上の争いは、完全に、〝横断〟の勝ちであった。

それを、黙って見てるような、篤川安之丞ではなく、また、大浜銀次でもない。ことに銀次は、湖畔で生まれて、湖上で育ったような男であるから、腹の中で、スキヤキでも始められたように、煮え立った。その結果が、新鋭船、富士見丸の建造となった。

富士見丸は、超弩級の二百トン。しかも、日本最初の双胴船という設計である。そして、双胴の広いスペースを利用して、船室の外に、パーティーのできるホールをつくり、輸送船であるばかりでなく、遊楽船としての新味を出そうという。

この船は、すでに、箱根町の湖畔で、建造を急ぎ、七月下旬には、進水するというが、山上造船の技術が、特に箱根で発達してるわけではない。清水港の造船所で、エンジンも、船体も、部分的に建造して、トレーラーで運び上げるのだが、厳密にいえば、船、山に登るの逆理を、行ってるのである。船頭の数が多いから、この奇現象も免れないのだろうが、山上の建艦競争そのことが、すでに、多くのムリを、ふくんでいるのである。

だが、この組立て作業が、大音響を発する。エア・コムプレッサーやエア・ハンマーや、クレーンの音で、ワン・ワン・ガア・ガアと、現場の人間は、半分、ツンボになってる。静かな湖の山々に響くぐらいなら、まだいいが、近所のホテルや旅館は、営業にも差しつかえるほどである。

しかし、人々は、そのわりに、苦情をいわない。

「あの船ができたら、面白いケンカになるぞ」

ケンカの山の住民は、ケンカの見物も好きだからである。

と、いうのは〝横断〟側でも、富士見丸に対抗して、新造船を用意してる形跡がある。〝横断〟側は、その計画を、一切秘密にしてるから、すでに横浜の造船所で、建造にかかってることは、明らかでも、どんな船体で、どのくらい大きいか、まったく、見当がつかない。山上の噂では、富士見丸をリードするためには、トン数も、恐らく、三百に近く、一方が双胴船であるから、それ以上に新式な、水中翼船を走らせるらしいと、見てきたようなことを、いってる。

一体〝横断〟は、親会社の気風を受けて、冷静を装うことが好きなのに、カンカンになって、建艦競争に突入したのは、敵側の新鋭船が、一隻ふえるというだけの理由ではない。

〝函豆〟は〝横断〟側のロープ・ウェイの成功に打ち勝つべく、高麗山から湖畔に、同様の計画を立ててる。小田原から乗りかえなしに、バスで高麗山へ運ばれた客を、ケーブルで頂上へ、そして湖畔へブラ下げると、そこに、新式双胴の富士見丸が、待ってるというプランである。

〝横断〟側としては、その計画の一環である富士見丸が、強敵なのである。富士見丸を、芦ノ湖のクインとか、エースとか名乗らせてはならないのである。そこで、急いで、富士見丸以上の新船を、建造し始めたのだが、恐らく、その新船が就航するころには、〝函豆〟側も敗けていられないから、さらに、優秀船の建造計画を、発表するだろう。

果しのない建艦競争が、始まったのである。この分でいくと、千トン船の実現も、夢ではなく、湖上は、船で一ぱいになり、ゴー・ストップの交通巡査を、水上に派遣しないと、危険の事態を生じるだろう。

箱根山の風雲は、またも、急となった。もっとも、毎年のように、急を告げる土地であるが、今年の特徴は、風雲が陸上から水上に移転したところにある。そして、最も観光客の多い夏のシーズンに、戦端が開かれるところにある。

そのおかげで、玉屋に押しかける強制慰問の客が、減ってきた。〝函豆〟側としては、富士見丸の進水式や、披露パーティーを控えてるから、そっちの方が、忙がしくなったのだろう。それでなくても〝函豆〟は高麗山と湯ノ沢高原に勢力を張り、近くの足刈を掌中におさめるのは、時間の問題と、タカをくくっているからでもあろう。

〝横断〟側も、箱根ニュー・タウンからのハイ・ウェイ工事が、用地買収で手間取ってるところへ、建艦競争の火の手が、急に高くなったので、足刈問題よりも、桃源台の組立て造船場の整備が、急務となってきた。

ただ、氏田観光だけは、建艦競争に関係がなかった。この社も、船は持っているが、海運の方であって、山上造船を行う必要がなかった。社長の北条は、いかにも第三の男らしく、傍観の態度で、湖上を見渡しているが、胸中は新計画で、ウズウズしていた。

玉屋を訪れる塚田総支配人の足が、このところ、メッキリ繁くなったのは、他の二社の虚をつくためばかりではなかった。

「やア、小金井さん、また、おジャマにきましたよ……」

常春苑の塚田総支配人が、三日置きぐらいに、玉屋に訪ねてくる。常春苑だって、今年も、ハワイヤン・ナイトを催すから、塚田も、準備に多忙なはずなのに、よく、足刈通いを続けるのである。

もっとも、彼も、一面、ラクになったと、いえなくもないところがあった。

例の芦ノ湖スカイ・ラインの工事を、秋までに完成させろという社長の大難題が、昨今、少し、風向きを転じてきたのである。

無論、北条社長のことだから、一旦出した命令を、撤回するようなことは、一言もいわない。ただ、あの当時ほど、口やかましく、いわなくなっただけである。これは、北条一角が、ヘンリー・カイザーと同じように、半分仕上げた事業には、興味を感じなくなったのかも知れない。事業の鬼と漁色家《ぎょしょくか》とは、全然、形態が同じで、常に、新しい〝女〟を追いかける。古い女は捨てるのではなく、次々に、カコって置くのだが、新しく目をつけた女の魅力とは、比較にならない。

彼は、瀬戸内海の無人島をいくつも買って、そこに、無数の常春苑を建設するプランをたて、すでに、その会社も発足した。例のデラックス・バスも、芦ノ湖スカイ・ラインを通り、東海道新五十三次に寄って、京都に行く計画だったが、京都から、志摩の快楽《けら》島に出て、それから、瀬戸内海の船旅に延長したら、規模は一層雄大になると、考えついた。

そうなると、スカイ・ライン工事を、ムリに急ぐこともなくなってくるが、そこへもってきて、突然、ミズミズしい、愛くるしい、一人の娘が、飛び出してきたのである。

——箱根のプロムナード道路か。なぜ、今まで、そこへ気がつかなかったか。

彼としては、不思議でならなかった。あの旅館の少年番頭が、考えつくほどのことを、全然、念頭に浮かべなかったということは——

車の通る道ばかり造ったって、何にもならない。ほんとに、その通りである。箱根へきて、ほんとにレジャーを愉しむには、自分の足で、悠々と歩くのが、一番ではないか。自動車のドライブは、完全に壁につき当った。こんなに車がふえてしまっては、どうにもならない。金とヒマを持つ将来の日本人は、文化的に必ず向上するから、今の状態で満足するはずはない。

それに、プロムナード道路なんて、篤川や近藤が、手をつけるわけがない。彼等には、今日の戦いを、湖上で戦わして置けばよい。その間に、こっちは、明日の戦いのために、陸上で新手を打ってやる。まず、小湧谷の常春苑を起点として、三人連れの人間が、ラクにすれちがえる幅を持った道を、国道と不即不離の形で、足刈まで造る。足刈から、山中にはいって、相模湾の眺望を愉しみながら、円形を描いて、いつか、小湧谷に帰ってくる。これが、第一期計画。次ぎは、足刈から湖畔に抜け、スカイ・ラインにそって湖尻へ降り、旧県道を通って、元箱根へ帰ってくる楕円コース。

そんな計画が、頭に浮かぶと、すぐ実行に移すのが、北条一角の主義であって、ホレた途端にクドく手回しの早さは、類がない。

しかし、その計画は、早くも、山上の人々に伝わって、なるほど、北条らしい新構想だと、噂の種になった。もっとも、散歩なんかする人間は、箱根に金を落さないだろうという説もあり、いや、バスで通り過ぎる客よりも頼もしい、という者もある。とにかく、湖上の戦いの激化と共に、プロムナード道路建設は、この夏の話題となってるのだが、塚田総支配人を悩ましているのは、用地の買収よりも、玉屋の勝又乙夫を、すぐ社員に引き抜けという、北条の厳命だった。

「イヤも、オウもない。欲しい人間は、首へナワをつけても、連れてくるのだ」

「そんなことおっしゃっても、社長、玉屋で放しそうもありませんよ」

「玉屋には、金をやれ」

「かりに、玉屋が承知したとしても、本人が、その気になりそうもないんです。何しろ、ひどく忠義な少年でして……」

「そう聞けば、いよいよ、欲しくなる。どうしても、話し合いがつかなくなったら、かまわんから、誘拐しろ」

「ヘッ？」

「飯場の腕ッ節の強いのを、五、六人使えば、いくら、あの少年が、相撲が上手でも……」

北条は、恐るべきことを、いいだした。漁色家も、掠奪結婚を考えるようでは、よほど、思いつめたにちがいない。

なぜ、北条は、そんなに、乙夫に執心をかけるのであろうか。

学歴や毛ナミを問わず、人材を集めるのが、彼の主義とはわかっているが、いくら、頭がいいといっても、箱根山の世界しか知らない、十七歳の少年に、そんなに傾倒するのは、正気の沙汰とも思われない。塚田総支配人や、その他の側近も、社長の真意が解せないので、玉屋との交渉も、身がはいらなかった。

北条自身も、最初のうちは、単に、有望な少年として、乙夫を社員に欲しかったのである。しかし、絶対に欲しいというわけでもなかった。ところが、大原泰山と玉屋で会見した時に、その少年番頭が、箱根プロムナード道路の案を持ってると聞いてから、彼の考えが、一変した。

――うム、こりゃア、インスピレーションだ！

彼は、乙夫の発案を、そっくり、自分が貰う決心をした。しかし、彼のように、いつも、自分の創意で、事業をやってる人間は、そういう所業をやっては、気がヒケるのである。だれも知らなければいいが、大原泰山が知ってる。あの政治家に、弱みを握られると、後がコワい。

これは、至急に、乙夫を入社させるに限る。社員が提出したプランを、会社が採用する分には、公明正大である。社長としても、なんら恥ずることはない。

そこで、誘拐をしてまでも、乙夫が欲しくなったのである。

今日も、塚田総支配人は、足刈に車を走らせた。

夏らしい青空が、広かった。山ゼミとヒグラシが、一緒に鳴き、白い蝶が舞うのを、林間学校の子供が、補虫網を持って、追いかけていた。それでも、まだ、山からくる風に湿気が残り、ほんとの夏がくるのには、一時の間があった。

「ほウ、変ったテントですね」

玉屋の玄関ホールに通された塚田は、中庭を隔てて、旧館の焼け跡に建てられた、キャンプ場を眺めた。

「昔、外人のお客さんが使ってたんですがね。舶来らしいですが、丈夫なもんですよ。布地は、どこもいたんでません」

小金井が答えた。

「生徒さんたちは、かえって、この方を喜ぶでしょう」

「ええ、お座敷で暮すより、面白いらしいんですな」

「しかし、うまいチエを、お出しになりましたな。焼け跡を利用して、キャンプ場をつくるなんて……」

「それが、やはり、あの男の考えなんです」

小金井は、乙夫の自慢をした。彼は、塚田の用向きはわかってるし、また、それに応ずる気持は、一向ないのだが、子供が、自分の持ってる菓子を、他の子供に見せびらかすのと、同様の心理だった。さらに、つきつめていえば、万が一、乙夫を手放さなければならぬ時に備えて、彼の売り値を、できるだけ釣り上げて置く必要があると思っていた。

「よほど、頭が働くんですな。うちの社長も、若い時、きっと、乙夫君のようだったでしょうよ」

「さア、北条さんには、ドイツの血がはいっていませんから、どうですかな」

「しかし、小金井さん、いつまでも、キャンプ場を続けても、いられないでしょう。十一月には、霜の降りる土地ですからね。早く、新築計画にかかられた方が、利益ではありませんか」

塚田は、ジワジワと持ちかけた。社長は、暴力で誘拐しろといっても、そんなことを実行するようでは、総支配人の腕の持ちぐされである。世間ていからいっても、納得ずくで、乙夫を連れ出さなければならない。それに、玉屋が金に詰ってることは、わかりきったことなので、差し当り、旧館の新築費が、ノドから手の出るほど欲しいのだから、しまいには、きっと、金の餌に飛びついてくるに、きまってるのである。

「ええ、そりゃア、早くかかりたいのは、山々ですが……」

「このごろは、どこの建築屋も忙しいですから、前金だけでも、早く打って置かないと、来年のシーズンに、間に合いませんよ」

「そりゃア、知ってます……」

小金井は、痛いところをつかれて、声が低くなった。

「だから、あたしのいうことを、きいて下さいよ。正直いって、あたしゃア乙夫君を、それほど買ってるわけじゃないが、社長が熱をあげてるのが、ツケ目ですよ。今のうちなら、社長は、思い切った金を、出しますよ。社長は、気が変りやすいから、ほんとに、今のうちに……」

——畜生！　こっちの弱味に、つけこみやがって……。

小金井は、相手に腹を読まれて、くやしくて堪らなかったが、キッパリ、はねつける勇気もなかった。

「塚田さん、もうちっと、考えさして下さい。何しろ、今月来月は、猫の手も借りたいくらいの時に、乙夫に行かれちゃア……」

「ごもっともです。しかし、人手がご入用なら、常春苑から回しますよ」

「いや、乙夫でなければ、用が足りないことばかりで……。それに、おかみさんが、まだ、床を離れないのに、乙夫を出すなんてことを、お聞かせしたくないんです」

小金井の防戦も、必死だった。

「なるほどね。それじゃア、八月一ぱいに、ハッキリした返事を、聞かしてくれますか。あたしも、何とか、社長をなだめて、それまで待ちます」

「そうして頂ければ……」

「それから、ちょっと、お耳に入れて置きますが、社長は、今度、箱根散歩道路の計画をたててるんです。第一期は、小湧谷から、足刈までですが、その道を、どうつけるか——お宅の都合のいいようにつけるか、それとも、若松屋さんに都合のいいようにつけるか、それは、まだ、未定なんです。どっちにつけるかは、八月の末に、あなたのお返事一つで、きめることにしましょう……」

塚田が、意外なことをいいだしたので、小金井は、ギョッとなった。

どんな道路ができるかは知らないが、氏田観光のことだから、やるとなったら、必ず、着々と、工事を進めるだろう。バスと自動車が危険で、散歩にも出られないとは、滞在客の多くが、口にするところだが、そんな結構な道ができても、若松屋の客ばかりが、利用できるとなったら、玉屋として、大打撃である。

「へえ、いつから、そんな道路を……」

「いや、もう、小湧谷の起点は、ナワ打ちをやってますよ。社長は、気が早いですからな……」

しかし、塚田は、その道路のプランが、乙夫の頭の中から生まれた、ということは、口にしなかった。あるいは、彼も社長の案と、信じ込んでいるのかも、知れなかった。

「どうも、北条さんは、人の考えつかないことばかり……」

「飛躍的な頭を、持ってますからね。乙夫君も、社長の下に使われると、一層、頭がよくなりますよ……。どうですか、玉屋さん、この辺で、氏田観光と提携しませんかね。〝横断〟や〝函豆〟も、このところ、湖上合戦に熱中してますが、あれが一段落すると、足刈へ攻勢に転じてくるにきまってます。そうならない前に、わが社と手を結んで置かれると、何かにつけて、ご安心ではないですか。乙夫君だって、そうなれば、わが社の社員であると同時に、玉屋さんの営業に参画しても、さしつかえないわけです……。とにかく、世界の情勢を見ても、中立ということは、不可能になってきてますからな……」

　塚田は玉屋を辞してから、小湧谷へ帰るのかと思ったら、彼の車は、ちょっと走っただけで、若松屋の前へ止まった。

「ご主人は、ご自宅の方ですか」

「いいえ、今日は、朝からこちらで……」

　女中が、奥へ取次ぐと、ユカタにヘコ帯をしめた幸右衛門が、自分で、玄関へ出てきた。

「やア、いらっしゃい。どうぞ……」

　幸右衛門は、箱根の同業者のうちでも、塚田とは、親しい方だった。塚田も、玉屋の小金井とは年齢もちがうし、インテリの幸右衛門は、何かと、話がしやすかった。

「珍らしいですね、あなたが、店務ご精励とは……」

　夏座敷らしく、装いを変えたお部屋に、通されると、塚田が、からかった。

「仕方がありませんよ、夏場にかかっちゃア……」

　そうはいいながら、幸右衛門も、不満そうでもなかった。やはり、旅館主人の本分は、心得てるのだろう。

「どうです、また、〝函豆〟と〝横断〟が、やり始めましたね。さぞ、あなたのところには、いろんな情報がはいってくるでしょう」

　と、塚田がいうとおり、幸右衛門は、土地の有力者であり、人の出入りも多いので、山上の消息通だった。その上、彼は、歴史研究家のせいか、群雄の割拠や、覇権の争奪に興味があって、箱根戦争の熱心な傍観者だった。そして、自分は、どこまでも、高見の見物であり、弱小中立国の立場を、忘れないつもりでいるらしいが、果して、いつまで続く自由であろうか。

「富士見丸の艤装も、九分どおり、済んだらしいですね。あれが就航すると、いよいよ、湖上夏の陣ですか。ハッハハ」

「〝横断〟の戦備は、どうなんですかな」

「水中翼船を、建造中だといいますがね。あまりスピードのある船も、考えものですね。アッという間に、湖水を渡ったんじゃ、お客さんが、不満でしょう。景色をながめるヒマも、ありませんからね」

「そこですよ。ご主人、うちの社長が、気がついたのは……」

「へえ、北条さんも、湖上合戦に……」

「いや、いや、社長は、よその国の戦争には加わらんです。しかしですな、観光地へくるまでは、最大のスピード・アップが要求されますけど、観光地へきてからも、同様のスピードが必要か、どうか。無論、箱根の日帰り客は、今後も増加するでしょうけれど、そういう連中にも、充分に、真のレジャーの愉しみを与えるには、むしろ、箱根へきてからは、スピード・ダウンが、必要ではないか。つまり、途中の時間を短縮して、目的地で、タップリ、時間的にも、精神的にも、別世界で遊ぶ余裕を与える——これが、社長の考えなんですが、あたしは、非常に新しいと思うんです。スピード時代の一歩先きを行く、スピード・ダウンのアイディアですからな」

「そこで、プロムナード道路ですか」

「おや、もう、ご存じで……」

「箱根のことなら、腹蔵なく、何でも、耳へはいってきます……」

「それなら、お話ししますが、一つ、協力して下さいよ。第一期の工事は、小湧谷から足刈までなんで……」

「そりゃア、結構なお話ですから、応援しますよ。まったく、輪禍の心配なしに、箱根の道を歩けるようにしたいもんで……」

「第二期は、足刈から湖畔なんですが、お宅の持ち山を、通らせて頂くことになります」

「うちの地所だけなら、何としても、都合してあげますが、玉屋の山も、隣接してますからね」

「その点なんですが……。いや、その点だけでなく、ご主人、今日は、重大なご相談があって、伺ったんです」

と、塚田総支配人は、ゆっくりと、新しいタバコに火をつけて、

「どうでしょう、足刈も、ついに新段階に入る時期が、来たんではないでしょうか」

「と、おっしゃると？」

幸右衛門は、解せなかった。

「その理由を早くいえば、今度の玉屋さんの出火です。さらに、ハッキリいえば、百五十年だか、二百年だか、長い間のご両家の確執が、ついに、勝負あった、ということです」

「そうですかね」

幸右衛門は、トボけた微笑を、見せた。

「お宅の勝利ですよ」

「そうでもないでしょう」

「いや、火事を出す前に、すでに、玉屋さんは、温泉発掘で、痛手を受けていたのです。その上に、火事以来、あすこのお婆さんは、床についてしまいました」

「でも、大したことはないんでしょう」

「ここだけの話ですが、あたしは、主治医に手を回して、実態をたしかめましたよ。もう、老衰で、体全体が、弱ってるんだそうです。今度は、絶望ではないですか」

「へえ、それは、知りませんでした……」

幸右衛門にとっては、憎らしい婆さんであったが、不起の床についたと聞けば、勝者の憐憫も起ってくる。

「あの婆さんに、万一のことがあったら、跡はどうなるんです。子供はいないし、頼もしい後継者の目星も、見当らないんじゃありませんか。小金井君が、いくらガンバッても、もう年です。それに、もともと、雇い人です。乙夫という小番頭が、優秀だそうですが、これも、まだ少年だし、おまけにアイノコで、お婆さんとは、何の血縁もありません。第一、彼は、よその会社へ就職するという話もあるんですよ。どうしても、玉屋さんは、あの婆さんの死と共に、自滅の運命にあります……」

「そういえば、そんなもんですかな」

「つまり、歴史的な足刈の紛争も、ついに、若松屋さんの勝利で、ケリがつきました。おめでとうございます。ご主人としては、先祖代々の位牌に、鼻高々と、ご報告ができますな」

「いや、それほどでも……」

「そこでです。あたしが、是非、ご勧告申しあげたいのは、ご主人は、勝者の優越感といっては、失礼ですが、ひろい、大きなお気持になって、もともとご一家であった玉屋さんと、手を握らないまでも、共同の利害を守ろうというお考えになられたら、氏田観光は喜んで、仲介役に立ちますよ……」


塚田は、それから一時間も、幸右衛門を説いて、帰って行った。

その晩、店の用務を終って、幸右衛門夫婦が、自宅に帰ってくると、応接間の隣りの居間で、ヒソヒソと、相談を始めた。明日子は、とっくに、床にはいっていた。

「お前、どう思う?」

幸右衛門は、塚田の話を、細大洩らさず、細君に語ってから、意見を求めた。

「すると、玉屋がダメになったら、その新会社で買収して、足刈は、大きな旅館一軒にしてしまう案なのね」

「そうだ。株主は、氏田観光と、うちだけでね。そして、経営は、ぼくたちがやってもいいし、場合によっては、氏田観光で引き受けてもいいと……」

「あなた、それが一番、魅力なんでしょう——氏田観光に、経営をやって貰うことが……」

「いや、決して、その……」

「ゴマかさなくても、いいわよ。あなたが、旅館の主人の仕事を、どんなに面倒がってるか、知らないわけでもないし……」

「本音をいえばだね、ぼくの運命だと思って、今日まで、我慢してきたようなものだ。ところが、とうとう、玉屋との競争に勝ったと思ったら、急に、アクセクするのが、バカらしくなったのは、事実だ。以前から、よく空想していたように、箱根の山を降りて、田園調布にでも住んで、アス研究をやって、暮していくことが、株主になれば、できるわけでね。しかし、若松屋は、事実上、お前が背負って立ってるのだから、ぼくは、決して、自分の考えを、押しつけはしない。ただね、子供たちが二人とも、あんな気持だとすると、遅かれ、早かれ、若松屋は……」

「そうよ、そのことなのよ。あたしだって、もともと、旅館のおかみさんになるつもりで、嫁にきたわけじゃなかったんだし、商売に未練はないけど、でも、うち一軒の天下になったら、四、五年は、ここで、威張ってみたい気持もするのよ」

細君は、ほんとに、迷ってるらしかった。玉屋を征服した快感は、良人以上に、シミジミと味わってるのだが、一方、だれにも頭を下げないで、上品で、気ままな利子生活者となることも、大きな魅力だった。

「でも、商売やめても、ほんとに、安楽に暮していけるの？」

「そりゃア、大丈夫さ。若松屋の営業権だけでも、出資に見積もらせれば、大変なことになる。その配当だけで、食っていけるだろうが、地所や山林を、会社に買わせれば、その金は、ぼくたちの資産だから、信託にでも預けて、悠々と、一生を送れるよ」

「まア、いいわね。東京で、何もしないで、ノンキに暮していくなんて……」

「それに、だれよりも、子供たちが喜ぶよ。二人とも、箱根で生活する気はないんだから……」

「そうね。そうすれば、万事、うまくいくわね。だけど、あたしも、せっかく、ここまで努力して、玉屋を敗かしちまったんだから、もうしばらく、この土地で……」

真夏の夜の夢

盆が過ぎると、ほんとの夏場がきた。

青い空と、入道雲と、ヒグラシの大合唱ばかりではない。学校の暑中休暇が始まったので、ドッと、客がはいってくる。その混雑と共に、足刈は、ほんとの夏にはいるのである。

子連れの客が多いのが、夏場の特色である。そして、また、足刈の特色である。昔とちがって、戦後の箱根は、子連れの客を歓迎する旅館が少い。子供が、廊下をバタバタ駆け出すようでは、芸妓をあげて騒ぐ客の感興をそぐことになる。そして、子供は、酒を飲まないから、勘定も沢山貰えない。

足刈の玉屋と若松屋は、箱根じゅうで、湯治宿の気分を保ってる、最後の旅館だから、子供連れの客を、嫌わない。昔は、滞在客といえば、家族連れと、きまったものである。ただ、この頃は、主人を省いた家族連れが多い。主人は週末から日曜にかけて、姿を現わすに過ぎない。これは、交通が便利になったのと、世の中がセチがらくなったのと、それから、留守中のタノシミというものが、案外、主人側に存在するのかも知れない。

とにかく、旅館の中でも、庭さきでも、子供の騒ぐ声が、一ぱいであって、ちょいとした幼稚園に化するのが、足刈の夏である。

玉屋も、若松屋も、連日の満員続きである。お客さまは、全部、予約ばかりであって、一組が滞在を終れば、すぐ、その日のうちに、他の予約客がはいり込むスケジュールができていて、フリの客の宿泊は、困難であった。

若松屋では、三人のアルバイト大学生が、東京からきた。昨年も働きにきた植木君というのは、顔がフランキー堺にそっくりであり、人好きがするので、今年は、番頭格で、客部屋を受けもたせることにした。他の二人は、マキ割りとか、庭掃除とかの荒仕事が与えられた。その三人も、目の回るほどの忙がしさで、若松屋は、例年以上の繁盛だった。玉屋火災の報が、新聞に出たので、玉屋のナジミ客も、若松屋へ予約替えをするからである。

そして、客を奪われた玉屋も、やはり、満員であった。レジャー・ブームというのか、それとも、東京人が夏に弱くなったのか、客は、ドンドン押しかけてくる。ただし、同じ満員であっても、若松屋とは、満員振りがちがうのである。

旧館が焼けて、数棟の離れ座敷と、大広間だけになったのだから、高級客と団体客しか、受けることができない。高級客は、高い室料を払ってくれるが、座敷の数が少いから、金額も知れたものである。大広間の団体客は、休憩が多く、宿泊しても、一夜きりであり、そう毎夜はない。といって、普通の客を、大広間へ入れるわけにもいかない。

だから、満員とはいいながら、若松屋と比べると、大変な収入減である。その上の打撃は、ナジミ客の大半を、若松屋にとられたことである。客というものは、伝書バトと反対であって、一度、手放したら、滅多に、古巣へ帰ってこない。

その上、玉屋では、せっかく、古いナジミ客が、離れ座敷へきてくれても、例年のように、お里婆さんが、伺候できなかった。

「お婆さん、どうかなすったの」

どの客も、不審を起した。お茶と、温泉マンジュウの次ぎに、きっと、出てくるものが、出てこないから。

「はア、ちょっと、加減を悪くなさいまして……」

女中の答えを聞いて、お客さんは、腹の中で考えるのである。

――この家も、火事を出したり、主人が寝ついたりするようでは、ロクなことはない、来年の夏は、若松屋に変えようか知ら。

そういうお客の気持は、お部屋に寝ているお里婆さんに、手にとるように、伝わっていた。

長い年月の経験で、お客が何を感じ、何を考えてるか、すぐ、わかってしまうのである。

——もう、いけないね、こんな風に、曲ってきちゃア……。

そんなことばかり考えてるから、婆さんの容体が、持ち直すはずがなかった。といって、よほど、丈夫に生まれついた体と見えて、ガックリ悪くなった様子は、どこにもないのである。

「何にも、食べたかアないね」

と、いいながら、看護の者にすすめられると、固く炊いたおカユを、二杯ぐらい、ペロリと、食べてしまう。

「シビンだけは、ご免だね」

といって、便所にも、ヨロヨロしながらも、自分で立っていく。

どうやら、婆さんの病気は、肉体よりも、精神の老衰の方が、勝ってるように、思われた。

婆さんが寝ついてから、お部屋づきの小女中では、心もとないので、小金井の細君が、看護に当っていたが、最近、三島から、茗荷屋のフミ子がきて、二人がかりになった。フミ子は、学校が休みになったので、かねての約束どおり玉屋の手伝いにきたのだが、親にいいふくめられたと見えて、婆さんの看護には、念入りだった。

フミ子は、明日子より一つ上の十七だが、肉づきのいいせいか、もう、一人前の娘のようだった。気質も、容貌も、とりたてて難のない娘だが、明らかな欠点は、ひどくおシャレなことだった。おシャレは、女の欠点とならないのだが、彼女は、服飾よりも、顔の化粧一辺倒で、その趣味が、ちょっとドギついのである。早くいえば、女学生にあるまじき化粧で、恐らく、女性週刊雑誌とか、芸能娯楽雑誌とかのカラー口絵を、参考にしてるのであろうか、多彩を極めるのである。若い娘だから、赤やバラ色の塗料は、仕方ないとしても、鮮かな緑色とか、ブルーなども、愛用するのは、家庭的でなかった。

「フミちゃんや、もうちっと、サッパリしたお化粧にしたら、どうだい？」

婆さんが寝床の中から、注意しても、

「はい」

と、いうのは、返事だけだった。

しかし、お里婆さんの記憶でも、小金井の観察でも、三島にいた時のフミ子が、そんな、レヴィユー・ガールの舞台顔のような、厚化粧を好む娘とは、思わなかったのである。どうやら、彼女は、足刈へくるために、そういう化粧法を、あらかじめ、研究したのではないかと、思われた。

玉屋なぞは、堅い旅館のうちでも、堅いのが評判で、女中たちも、お里婆さんの目が怖いから、顔を塗りたくりたいのも、我慢していた。それが、たとえ、主人の縁辺の娘ではあっても、あのように思い切った化粧をされると、胸の中が、平らかでなくなった。

「何よ、あのお嬢さんたら、小娘のくせに、青い目グマなんかとってさ」

「それに、あの口紅の毒々しさ――いつも、スイカ食ったあとみたいじゃないか」

「おかみさんも、あたしたちには、やかましくいいながら、あの娘には、黙ってるのかねえ」

「でも、あのおシャレぶりは、ただごとじゃないよ。何か、目当てがなけりゃ、あんなに色っぽくなれないよ」

「あんたも、芦ノ湖タクシーの運ちゃんに、気があった時分は、ずいぶん、塗り立てたからね」

「よけいなこと、いうもんじゃないよ。あたしは、フミ子さんのこと、いってるんだよ」

「じゃア、だれさ。だれに見しょとて、紅カネつけてるんだよ」

「さア、だれだろうね。あたしゃア、大体、見当つけてるんだけどね。悪いから、いわないよ」

「いやだよ、思わせぶりな……。きっと、板場の忠さんだろう」

「残念でした。忠さんは、若いようでも、もう、子持ちです」

「すると、他にないじゃないの。まさか、風呂番の吉ベエじゃァ——あれは、独身だけど……」

「何て、カンが悪いんだろうね。打ってつけなのが、一人いるじゃないの」

「あ、わかった。乙夫だわよ」

「乙夫は、まだ、子供じゃない？　十七じゃ、フミ子さんと、同い年だわ」

「同い年なら、おかしかないわよ。この頃は、女が年上のがハヤるくらいだもの……」

「お染・久松は、同い年じゃなかったかね」

「さア、それは知らないけど、あたしゃ、フミ子さんが、乙夫にそぶりが怪しいと、にらんでることがあるんだよ」

「何か、見たの」

「見ないことは、いわないよ。昨日ね、あたしが、お部屋の前を通ったらさ、フミ子さんが、うまそうなお菓子を皿にのせて、お帳場の……」

忙がしい最中なのに、女中溜りに集まった面々が、何より好物のオシャベリを始めて、話が佳境に進もうとしたところへ、閑心亭からのベルが、鳴り出した。続いて、仰雲亭からも、ジリ・ジリ・ジリ・ジリン。

「チェッ。後で、ゆっくり聞かしてね……」

二人の女中が、飛び出した。


狭い足刈のことだから、玉屋の女中溜りの噂ばなしは、すぐ外へ拡がり、だれ知らぬ者もなかった。そして、口から口へ伝えられる度に、オヒレがつくのも、やむをえなかった。

その上、噂というものは、小説や劇の進行よりも、ずっと、スピードが早いのである。噂の作者は、原稿料を貰わないから、ミズマシをする必要がない。

足刈の噂では、乙夫とフミ子は、もう、デキてるのである。玉屋の婆さんは、今度の病気で、余命のないのを覚り、血筋のつながる三島茗荷屋の娘を、養女にして跡をつがせるために、側へ呼び寄せたところが、乙夫が、すぐ、口説き落してしまった——

「乙夫の奴、その娘と関係すれば、今に、番頭から主人に、出世するだろうという腹なのさ。

色と慾との二人連れってわけでね。頭のいい奴は、ちがうよ」

そして、お里婆さんは、そのことを苦に病んで、病勢がにわかに悪化したから、もう、長いことはないだろう。そして、乙夫は、主人の死を待って、小金井も追い出し、まだ、子供のくせに、玉屋を横領しようと、たくらんでいる。いくら、頭がよくたって、あんなチンピラに、玉屋の経営がやっていけるものか。古い玉屋も、いよいよ、これで、おしまいだ——ざっと、そんなところまで、噂は進展してるので、火元の玉屋の女中溜りの連中も、呆れ返ったほどである。

一体、乙夫は、足刈でも、評判のいい男であって、欠点のないのが欠点というくらいのものだった。それが、急に、恐るべき悪漢に仕立てられたのは、好評の反動と見るほかはないが、日本では、珍らしい現象でもない。強いて、理由づけをするならば、彼の頭がよすぎることが、無意識のうちに、あまり頭のよくない土着の人々に、恐怖や反感を植えつけていたのであろうか。そして、彼がアイノコであることも、箱根人の血にひそむ排他性を、暗黙のうちに、刺戟するのであろう。

しかし、フミ子が足刈へ来なかったら、こんな噂は立たなかったろうし、来たとしても、彼女が、過度の化粧好きでなかったら、平穏無事の夏だったにちがいない。一つの小さな過度から、そんな、恐ろしい噂がひろがる。過度は、常に、いけません。

とにかく、乙夫やフミ子が、郵便局へ出かけても、窓口の女事務員は、クスリと笑うのである。いわんや、若松屋の前でも、通ろうものなら、女中や下足番が、指をさして、嘲《あざけ》るのである。

フミ子の方は、ノンキな生まれであって、自分が噂のタネにされてるのも、気づかぬ様子であるが、頭のいい乙夫は、そうはいかない。早くも、悪評の的にされてることを知ったが、何か、悲しげな表情が、面上にただようだけで、弁解がましいことは、一言も口にしなかった。

そのうちに、八月も近くなって、最多忙期に入り、さしもの噂も、少し下火になったと思ったら、今度は、別口が始まった。

若松屋の明日子は、月の半ばから暑中休暇に入ったので、すっかり、ノビノビとして、夜は、テレビの最終番組まで見た上に、さんざ夜更しをするものだから、朝の大寝坊は、やむをえなかった。

しかし、母親は苦労性であって、ことに、夏場は、気をもむことが多かった。家族連れのお客のうちには、親のまえで、平気で、タバコなぞフカすお嬢さんもいるので、娘に悪習の伝染を警戒するのである。

「復習は、どうしたの。宿題だって、あるんでしょう。そんな、怠けぐせがついて、秋の学期が始まったら、どうするの」

「八月になったら、やるわよ。それまでは、少し、英気を養わなくちゃア……」

明日子としては、休暇の初めではあるし、目下、勉強に、全然、興味のない理由も、持たぬでもなかった。

乙夫が火事以来、レッスンをやってくれないのである。火事の跡始末で、彼も忙がしかったのだが、一息入れる間もなく、夏場にかかってしまった。夏場にかかれば、明日子に対するローヤリティーは休業と、前から、約束ができていたのである。

それでも、明日子は、ちょいと、話ぐらいはしたい時もあって、例の石垣の穴の中に、秘密通信の紙片を、入れては見たが、約束の場所に、乙夫は来なかったばかりでなく、紙片さえ、そのままだった。それは、彼の忠誠が衰えたのではなく、ひとえに、夏場の多忙さのせいであることは、旅館の娘である彼女のよく知るところだった。

——夏場ッって、大きらい！　東京へ、避暑したいわ。

山上の涼しさは、彼女にとって、何の恩恵でもなかった。

そして、彼女が、毎日、勉強をサボるものだから、母親が、応急対策を立てた。アルバイト学生の植木君に、午後の一時間を、割かせることにしたのである。母親も、普通の大学生は、警戒していたが、フランキー堺に似た植木君なら、ヒョウキンな男であるから、色恋の心配もあるまいと、タカをくくったのである。

ところが色恋の心配は、大丈夫そうだったが、植木君は、家庭教師のガラではなかった。明日子の勉強部屋へはいっても、彼女のウクレレを弾いてみたり、奇声を発してみたり、しまいには、一緒に外へ飛び出して、ワアワア・キャアキャア騒いだりするのが、欠点であった。

明日子の方でも、こういう勉強は、大歓迎で、毎日、植木君の来るのを待ちかねるようになったが、親は何も知らないから、一安心していた。しかし、足刈の噂は、たちまち火の手をあげて、

「若松屋のお嬢さんは、アルバイトの学生と、怪しいんだって！」

「そういえば、よく、一緒に遊んでるわ」

「すると玉屋の乙夫と三島の娘とデキて、若松屋のお嬢さんも相手をさがしたとなりゃア、二組じゃないか。今年の夏は、早稲の当り年だよ……」

明日子は、自分の身に、そんな噂がひろがってることなぞ、夢にも、知らなかった。

しかし、乙夫とフミ子のことは、店の女中たちの口から、耳にはいっていた。

——ウソよ。そんなこと、絶対にないわ。

どういう理由なのであろうか。彼女も、それを、ハッキリとはいえないのだが、結論は、先きに出てる。そんな事実は、あり得ないのである。

強いていえば、乙夫のローヤリティー。彼は、家来として、彼女に忠誠を誓ってるのだから、そういう裏切り行為は、できないはずである。もっとも、乙夫の忠誠は、彼女に英語と物理を教える場合のことであって、彼自身の恋愛の自由まで、返上するのか、どうか。封建時代でも、臣下が恋愛をするのに、主君の許可を必要としなかったのだから、乙夫は、当然の権利を、行使していいではないか。

それなのに、明日子は、断乎と、否定するのである。

——乙夫って、そんな人じゃないわ。頭のいい人は、そんなことするわけないわ。第一、不潔じゃないの。大不潔！

彼女は、噂を一蹴した。

そこまでは、見事だったが、それから後が、少しダラシがなかった。言動の違和を、来したのである。植木君の教え方が、気に入らないといって、ケンカをするかと思うと、反対に大ハシャギで、首ッ玉へかじりついたりする。そして、両親に対しては、手のつけられない、気むずかしい娘になった。

「明日子ったら、一体、どうしたんでしょう。年じゅう、プリプリして、憎らしい口答えばかりするのよ」

母親のきよ子は、良人に訴えた。

「あの年頃には、そんなことがよくあるんだよ。気にしたって、始まらない。それより、きよ子、氏田観光から持ち込んできた話だがね。ぼくは、だんだん、乗り気になってきたよ。うまくいくと、来年の夏は、お客さんのキゲンもとらずに、家で本が読めるかと思うと、ゾクゾクするね」

幸右衛門は、夏場になって、毎日、店へ出なければならないので、弱音が吐きたくなる頃だった。娘の気まぐれぐらい、どうでもよかった。

だが、そのうちに、明日子は、問題のフミ子の姿を、わが目で見届ける機会が生じた。若松屋に、取りにいくものがあって、明日子が、店へ上ったとたんに、

「お嬢さま、ちょっと、ちょっと……。あの娘ですよ、乙夫と噂のあるのは……。あのお化粧、ご覧なさいよ。まるで、チンドン屋……」

店の前を、シャナリ、シャナリと、大柄のユカタに、赤い帯のフミ子が、通っていった。

彼女も、老婆の看護に退屈したのか、いかにも、散歩を愉しむように、緩慢な足どりだから、評判の濃化粧ばかりでなく、彼女のすべてが、明日子の目にはいった。

こういう時は、暗示にかかりやすい。

明日子は、女中さんの軽蔑の言葉を、そっくりそのまま、心に植えつけられた。

——ほんとに、なんて、不潔な……。


乙夫は、忙がしかった。

減少した客座敷を、フルに運転して、少しでも、利益を多くするためには、彼も番頭ぶって、帳場にひっこんでいるわけにいかず、男衆のすることまで、手を出さねばならなかった。毎年、玉屋では、夏場になると、人をふやすのに、今年は逆に、減らしてるのだから、彼の仕事は多くなるのである。

ことに、焼け跡のキャンプ場は、彼の発案なので、林間学校の生徒が去って後も、客の招致に奔走したが、幸いM大のゴルフ部の学生たちがはいってくれた。付近に、湯ノ沢コースがあり、湖畔にも、二つの新コースが開かれ、練習にこと欠かなかった。といっても、彼等は、テント生活をしても、食事は、大広間へ食べにきた。食事の知らせは、昔の小学校で用いたような、振鈴を鳴らすのだが、その役は、いつも、乙夫の受持ちだった。

学生たちは、乙夫と、すぐ仲よくなった。乙夫の顔や体に、大学生のフンイキがあるので、親しみやすかったのだろう。乙夫の方でも、出入りの商人のアンチャンよりも、大学生たちの方に、同世代を感じた。そして、彼等とよく話し合うのだが、言葉遣いは、彼等よりも乙夫の方が、大学生らしかった。

「オッちゃん（彼等は、乙夫のことを、そう呼んだ）、おれたちはよウ、どうもよウ、煮ざかなッてやつによウ、弱いんだ。なるべくよウ、トンカツなんかをよウ……」

そういう下品な言葉を、乙夫は用いたことがなかった。それは、付近の足柄下郡《あしがらしもぐん》から、中郡にかけて、無教育な土民の間の語法であって、箱根では軽蔑されてるのに、東京の大学生が、なぜマネをするのか、わからなかった。

そして、彼等はゴルフ場に往復する間に、若松屋の明日子が、自宅の前で遊んでいる姿に目をとめた。その美少女が明日子という名であることをつきとめると、たちまち〝ツモロウ〟という隠語が生まれた。

「おれ、ツクヅク、なげくよ。若松屋に、キャンプがあればなア、ツモロウとも、毎日、会えるんだ……」

「今日は、ツイてたぜ、おれが前を通った時に、ツモロウの奴、窓から首出してやがんの……」

そんな風に、その隠語は、最大の使用率を持ったが、そのうちに、

「世の中にゃア、呆れた運のいい野郎が、いるもんだぜ。法科に、植木ッて奴がいるだろう」

「知らねえ」

「まア、そいつがよウ、若松屋へ夏のアルバイトにきてやがってよウ、それだけならいいけ

どよウ、ツモロウの家庭教師まで、やってやがんだって……」

「えッ、何たる不届きな……」

植木君は、たちまち羨望の的になった。

それだけなら、まだ、よかったが、ある日の夕方、ゴルフ場から帰ってくると、一人が重大な発言をした。

「おい、このキャンプ、もうひきあげようじゃねえか。今日、おれについたキャディの言によるとな、ツモロウは、もう、植木とデキとるって話だぜ……」

多忙な乙夫が、足刈のゴシップに、耳をかす暇がなかったのは、当然であったが、キャンプの連中に、真正面から質問を受ければ、感想をのべないわけにいかなかった。

「オッちゃん、若松屋の娘と、アルバイト野郎の植木と、怪しいってのは、ほんとか。君なら、よく知ってるだろう」

その時、彼は、確かに、ギョッとした。

しかし、次ぎの瞬間に、なぜ、自分がギョッとするのか、明日子が恋愛をしたからといって、自分が衝撃を受ける理由がないではないかと、自己反省をしたら、心の波は、たちまち静まった。

「そんなことないでしょう」

彼は、ニヤニヤ笑った。

「いやに、おめえ、自信あるんだな」

学生の一人が、聞いた。

「自信てこともありませんが、明日子さんは、そういう性格の人じゃないんです」

「君、くわしいんだなア。交際してんのか、ツモロウと……」

「狭い土地のことですから、知らないとは、申せません」

「じゃア、紹介しろよ、今度……」

「へ、へ。いずれ、小金井支配人とも、相談しまして……」

「よせよ、バカだな……」

乙夫は、沈着であり、克己心に富んでいた。

しかし、ナグられた時に、痛みを感じないで、時がたつと、うずいてくる傷というものもある。

――お嬢さんが、まさか……。

やはり、気になる証拠である。

噂の人物、植木君という学生は、昨夏も若松屋にアルバイトにきていたから、乙夫も、顔見知りだった。気が軽くて、だれにでも好かれる性格で、お嬢さんには、いい遊び相手だろう。お嬢さんが命令すれば、家来にもなるだろう。しかし、お嬢さんの恋愛の相手というのは――

乙夫も、頭はいいのだけれど、恋愛というものは、いかなる形態と実質を持つか、調査が不充分だった。だから、未確認部分が、どういう働きをして、明日子を捉えないとも、限らない。そして、恋愛なるものが、結婚の前提だとすると、植木君は、彼自身よりも、明日子の良人たる資格に、恵まれている。彼は、やがて、大学卒業生である。家柄も、九州の海産物問屋とか、聞いてる。そして、乙夫自身は、中学校を出ただけで、旅館の番頭であり、かつ、アイノコときている――

しかし、何だって、そんな問題を、考えるのだろう。明日子と植木君が、恋愛をしようが、結婚をしようが、乙夫の知ったことではないではないか。

――そうだとも。ぼくは、主家再興のために、すべてをささげてる人間だ。他のことに、頭を使ってはならない。

やっと彼は、自分を制御した。

ところが、ゴルフ部の連中が、またしても、彼に、よくないことを、聞かせるのである。

「オッちゃん、聞いたぜ」

「何をです」

「隠したって、ダメだよ」

そういわれて、乙夫は、心中の秘密を感づかれたように、ギョッとしたが、

「君は、国産カラー・テレビと、婚約者なんだってな」

と、不思議な質問である。

帳場によく顔を出すフミ子が、学生たちの間で、〝国産カラー・テレビ〟というアダ名で呼ばれてるのは、乙夫も、知らないではなかった。彼女が、赤や緑の原色を、ドギつく、顔

面に塗るから、目の毒だとも、いわれていた。しかし、彼女が彼の婚約者だというのは、意外である。

「そんな、バカな……」

「シラバくれるなよ。君ア、将来彼女と結婚して、玉屋の支配人になるんだってな。女中さんが、すっかり、話してくれたぞ」

これには乙夫も、驚いた。

未来の支配人ということなら、彼も、ひそかに自任してるのだが、フミ子の婿さんになるのは、望ましい事態ではなかった。

彼は、どうも、フミ子を、好かなかった。大恩あるおかみさんの縁続きと思うから、彼も、フミ子には、鄭重な態度をとっていた。また、フミ子の性質にも、例の化粧の趣味以外には、どこといって、欠点もないようだった。

ただ、彼が堪えがたいのは、フミ子が彼に、特別の親切をほどこすことなのである。おかみさんを見舞いに、お部屋へ行った時だとか、帳場で仕事をしてる時だとかに、彼女は、必ず彼のそばへ寄ってきて、必ず、何かの菓子や果物をくれるのである。この頃では、彼の部屋へ立ち入ることを覚えて、彼が寝がけに洗濯しようと思うシャツやパンツを、知らぬ間にきれいに洗って、アイロンまでかけてくれるのである。

こういう経験は、初めてではなかった。彼の体が大きいせいか、十五ぐらいの時から、彼に特別の親切をほどこしてくれる女中さんが、何人もあった。閑心亭の受持ちだったおミツさんなぞは、三十近い年増だったが、お客さんのお残りの菓子や果物を、いつも、彼にとって置くばかりでなく、洗濯物もしてくれた。それだけなら、文句はないのだが、ある日、湯沸し場へ引っ張りこまれて、ギュッと、力一杯、頰ずりをされた。

その時の恐怖と不潔感が、頭にコビリついて、彼は、特別の親切をほどこしてくれる女性に、警戒心を持たずにいられなかった。フミ子は、同年の十七歳だから、湯沸し場へ引きずりこむ暴挙は、まさか行うまいと思っていたが、洗濯物をしてくれるようでは、油断ができなかった。

とにかく、特別に親切な女は、マッピラである。明日子のように、威張りくさってる女の方が、女性の尊厳と純潔の名にふさわしいではないか。

その夜、乙夫は、久振りに、小金井と話す機会を持った。顔は、いつもみているが、忙がしくて、ゆっくり話し合う暇はなかった。

「乙夫、西瓜を切ったから、食べに来い」

小金井に呼ばれて、裏二階の彼の部屋に行くと、細君はお里婆さんの看護で、彼一人だけだった。

「うまいぜ。遠慮なく、食いな」

十時を過ぎてるので、彼もユカタ姿で、西瓜の大切れを、抱え込んだ。

「ほんとに、毎日、こんなに忙がしくて、儲けは、例年の半分にもならねえんだから、いやになるな」

「でも、焼け跡のキャンプで、多少の収入もあがりましたから……」

「うん、ありゃア、お前のチエが当ったよ。しかし、来年の夏までにゃア、新築をやらなければならねえが、費用のことを考えると、頭がズキズキするよ。いっそ、氏田観光にでも借りちまうかなア。じつは、この間うちから、塚田さんが、しきりに……」

と、小金井は、北条の箱根プロムナード道路建設のことと、融資申し込みについて、語った。

「へえ、いよいよ、やるんですか」

乙夫が微笑した。

「おや、その話、知ってるのか」

「だって、プロムナード道路のことは、ぼくのプランなんです。ぼくが、大原さんに話したのを、北条さんが聞いて、思いついたんでしょう」

「そいつア、驚いた。道理で、北条さんは、お前を、社員に欲しがるわけだよ。是非とも、お前を氏田観光に、入れたいというんだ。そのかわり、金はいくらでも、貸してやるというんだ……」

「じゃア、小金井さん、ぼく行きますよ」

乙夫は即座に答えた。

「何をいうんだ。お前をそう手軽く、放せるくらいなら……」

「だって、ぼくが行けば、お金が借りられるんでしょう。そのお金で、新築をすれば……」

「金は欲しいよ。でも、お前は、手放せないんだ。お前は、玉屋の後つぎになる男だ。やがては、九代目玉屋善兵衛になる男だ」

小金井は、つい、口をすべらした。

「ぼくは、小金井さんの後つぎになるんじゃないんですか」

「いや、それだけじゃない。あのフミ子さんと夫婦になって、やがては……」

「やっぱり、ほんとだったんですか」

乙夫は、大鵬が土俵で尻餅をついた時のような、表情になった。

「小金井さん、それだけは、勘弁して下さい」

「九代目になるのは、いやだというのか」

「いいえ、それは、ありがたく、お受けするとしても、結婚の自由の方は……」

「それが、そういかねえんだ。二つ、つながってることなんだ」

「それだったら、ぼく、両方とも、ご辞退します……」

火と水の祭り

湖水祭りと、大文字焼き。

これが、箱根の夏の二大行事で、後者の方は、京都に粉本があるが、湖水祭りには涼味を追って、東京から出かける客も、少くない。

といって、格別の催しがあるわけではなく、ポンポンと花火があがって、ブカブカと灯籠が、水に流れるだけのことであるが、そんな火の彩りが、両国の川開きとは、まるでちがった美しさを与えるのは、山と水と森の静かさを、反映するためだろう。そして、ユカタでは寒いほどの冷気と——

しかし、花火や灯籠流しは、この祭りの本体ではない。第一、湖水祭りという名前からして、怪しいもので、フランス革命祭を、パリ祭と呼ぶのと同断であろうか。少くとも、箱根に関所のある頃には、湖水祭りなんて名称はなかった。

しかし、同じ日に、九頭竜《くずりゅう》神社の祭りがあった。そして、人身御供《ひとみごくう》を、竜神にささげた。後には、赤飯三升三合三勺を、神官が舟に乗って、湖心に沈めた。それ以前は、童子を沈めていたという。悪竜が、棲んでいたのである。その悪竜が、箱根権現の万巻上人《まんがんしょうにん》の教化によって、湖水の守護神となったばかりでなく、人間の子供を食うことをやめて、お赤飯で我慢することになった。

それ以来、九頭竜神社の祭りは、続いているのだが、戦時中は三升三合三勺の米は、大変であって、一ケタ単位を下げて、まけてもらった。

だから、湖水祭りというのは、ほんとは、九頭竜神社の祭礼なのである。湖畔の県道を行くと、水際に近い林の中に、ちっぽけなお社がある。箱根神社の百分の一ぐらいしかない。それでも、湖水祭りの主体性は、ここに確立されなければならない。

しかし、夕暮れの赤飯投入の儀式は、見たところで、そう面白いものではない上に、今年は、箱根町で、もっと興味ある式が行われるので、大人も子供も、そっちへ出かけた。

〝函豆〟の誇る新造船、富士見丸の進水式が、この日に行われるのである。普通の進水式とちがって、艤装は全部済ませて、水上に滑り出すので、明日から就航が可能である。明日から、いよいよ水上合戦が、始まるのである。

〝函豆〟側は、うまい日を選んだものである。もっとも、湖水祭りを売出したのは、元箱根から北岸に根を張る〝函豆〟であって、箱根の避暑客や熱海の行楽客まで、いっぱい集めた眼前で、双胴船の偉容を宣伝しようというチエは、朝飯前に出たろう。そして、親玉の篤川安之丞も、大浜銀次を従えて、式にのぞみ、自ら進水のオノをふるうという。

クス玉が割れ、ハトが飛び出した。青い水に、白い波が立って、満船飾の新船体が、銀色に輝いて、浮かんだ。

「うわッ、でッけえな」

「やア、双胴船だ。水上飛行機みたいだぞ。早く乗りてえな」

子供のよろこぶこと。

その日も暗くなるころに、足刈の国道に近いところで、一台のバスが待っていた。

湖水祭りの夜景を見る人を、運ぶバスである。今宵は、強羅や、宮ノ下からも、同じようなバスが、出ることになってる。平日なら、夕刻の湖畔行きバスは、ガラ空きだが、今夜は、小田原や湯本から乗ってくる客で、満員なので、途中の温泉場の客のために、特別仕立ての車が用意される。

しかし、何といっても、足刈は、旅館も二軒だし、その全部の客が、見物にいくわけでもないので、例年、バスの座席があまるほどだが、由緒の古い温泉場なので、会社も、配車しないわけにいかなかった。

子供連れの客が、三組ほど、もう乗り込んで、キャアキャア騒いでるところへ、乙夫の大きな体が、現われた。続いて、フミ子の満彩的化粧と、ユカタの姿も、現われた。先乗者は、若松屋ばかりの客で、乙夫がアイサツする必要のなかったのは、幸いであった。

「乙夫や、気の毒だが、今夜は、この人に、湖水祭りを見せてやって、おくれな。一度も、見たことがないらしいから……」

病床のおかみさんから、側にいるフミ子のことを、頼まれたのである。

これには、さすがの乙夫も、シュンとなった。大体、彼は、フミ子を好かない。その上に、二人の仲に、あらぬ噂の立ってることも、知ってる。湖水祭りの晩に、二人で出かけたということになったら、まるで、噂を裏書きするようなものである。

しかし、主命もだしがたし。そして、恩人が、病床からの頼みである。断ることはできない。乙夫はシブシブ、フミ子はイソイソ――お化粧も、ふだんの倍の手間をかけて、バスに乗り込んできたのである。座席に列んで腰かけても、乙夫は、一言の口もきかない。フミ子の方は、なにやかやと、話しかけるのだが、前方を睨んだ彼は、オシと化してしまった。

そこへ、玉屋の仰雲亭滞在の親子三人連れが、乗り込んできた。

「ご見物ですか。さア、どうぞ、こちらへ……」

乙夫は救われたように、ベラベラ口を開き、自分の座席を立ち上って、お客の少年に、席を譲ろうとした。

「あら、いいのよ、こんなに、空いてるじゃないの」

仰雲亭滞在の奥さんは、スイをきかせるつもりらしく、わざと遠くへ、わが子を坐らせた。車外で休んでいた運転手も、乗り込んできた。そして、いよいよ発車という時になって、ドヤドヤと、五、六人の一組が、飛び込んできた。

白いワンピースに赤いベルトの明日子が、先頭だった。植木君が、それに続き、女中頭のお国さんと、お客さんの子供らしい、三人の少年少女の手をひきながら、笑いさざめいて、車中にはいってきた。

笑いくずれていた明日子の顔が、乙夫がフミ子とならんでる席を見ると、ジッパーの留め金をひいたように、ギュッと、堅くしまった。

その表情のまま、彼女は、植木君の隣りに、腰をおろした。バスの座席のことだから、前方の座席の彼女は、後部の乙夫を、見ることはできないわけだが、恐ろしいもので、後頭部が、視力を持ち始めたように、アリアリと、映像がうつるのである。

——まア、乙夫ッたら！

いつまでたっても、胸の中は、同じ言葉を、叫んでる。

乙夫の方は、乗り込んだ時から、シブッ面をしてるので、変化の度も、明日子ほどでないにしろ、何ともいえない、悲しみの色が加わってきたのは、争われなかった。

——まさか、明日子さんが……。

その間にも、車は、快速力で国道を走った。途中、ノン・ストップだから、たちまち湖畔へ下る大カーブへ達した。

「あら、きれい！」

子供たちはよろこびの声をあげた。暮れかけた眼下の湖が、砥石のように、にぶく光ってる中に、イルミネーションをつけた富士見丸、金時丸、山姥丸以下の観光船が、動く竜宮のように走り、どの家も、一ぱいに灯を点じた元箱根の町は、宝石函をブチまけたようだった。一年中で一番人が出るので、湖畔道路に面した家々には、書き入れの夜なのである。

その雑踏のために、このバスは、車庫前で打ち切りだった。

最初に、明日子たちの一行が降りた。最後に、いかにもユックリと、乙夫が腰を上げた。

彼は、黙って、歩いていた。湖畔通りは、大変な通行人で、湖に面した旅館、飲食店、喫茶店の全部が、ギッシリと、客が詰まってるから、よほどの人手にちがいなかった。

「乙夫さん、どこへいくの？」

フミ子が、不安げにきいた。乙夫は、カジを失った船のように、権現道の方へ行くかと思うと、また、湖畔の方へ、曲ったりした。

「あ、そうでしたね。では、権現下の杉並木あたりへ、いきましょう」

彼は、初めて、フミ子に口をきいた。しかし、彼は、今日の主命が、いかにも、呪わしかった。彼は、ひとりになって、考えたいことが、山ほどあるのに、側にフミ子のいるのが、ジャマだった。というよりも、フミ子の側さえ離れれば、彼に掩いかぶさった苦悩は、半減するように、思われた。

杉並木は、いつもほど、暗くなかった。その先きにあるホテルがつけたのか、掛けアンドンやボンボリがならび、トウモロコシやアイス・キャンデーの露店が、灯をつけていた。その代り、杉の匂いも、苔の匂いも、かすかだった。

湖の中の鳥居が、ぼんやり見えるあたりに、乙夫は、場所を定めた。もう御供船の出た後だったが、その場所には、大勢の人がきていて、彼女と二人きりになる心配はなかった。

ドカーンと、音がした。湖面が、パッと、明るくなり、花火の第一発が、空中に雷鳴をとどろかせた。

乙夫は、全然、花火を見る気がしなかった。

――明日子さんたちは、どの辺で、見てるだろう。

よけいな、心配である。よけいなことに、頭を使うのは、智者の業でない。今夜の乙夫は、すっかり、頭を悪くしたらしい。

といって、彼は、植木君に対して、激しい嫉妬を、もやしてるわけではなかった。植木君が明日子と親しくなり、彼女を妻とするようになったところで、それは、仕方がない。文句をいうべき筋は、一つもないのである。彼は、二人の幸福――というより、明日子がよい人生をおくることを、心から祈るほかに、何事もできない。

しかし、彼に対する明日子の誤解だけは、黙っていられないのである。恐らく、足刈じゅうに拡がってる噂を、彼女も、耳にしたにちがいなく、そして、彼とフミ子が、連れだって、湖水祭りへいくのを実見して、すべてを肯定したのであろう。さもなければ車中で、あのような目つき、あのような態度が、とれるわけがない。

乙夫には、その誤解が、悲しくてならなかった。

——ぼくとフミ子さんの間には、何物もないんだ。どうしても、おかみさんや小金井さんが、彼女と結婚しろというなら、ぼくは、玉屋を飛び出そうと、思ってるくらいなんだ。それなのに、明日子さんは……。

乙夫は、ほんとに、その決心をしているのである。

この間、西瓜を食べながら、小金井から聞いた話では、プロムナード道路の発案者の乙夫を、氏田観光で欲しがって、もし、彼が入社するなら、玉屋へ莫大な融資をするとのことだ。それならば、彼が身売りをすれば、玉屋を救うことができるのだ。昔の日本の孝行娘は、親の危急を救うために、遊里へ身を沈めたではないか。それと同じ行動をとることによって、彼の忠誠が果されると共に、フミ子との結婚を、回避することもできるのだ——

そこまでは乙夫の考えも、頭がよかったのだが、なぜ、それを明日子に話さなければならないのか。明日子は、この問題について、まったく無関係者ではないか。

——でも、話したいのだ。誤解を解きたいのだ。そうしなければ、箱根の山を降りるにも、降りられないのだ。

と、わけのわからない思案に、暮れてしまうのである。

花火は、後から、後からと、音を立てた。夜空に開いた火の花が、そっくり、黒い鏡のような水面に映るのが、美しかった。

しかし、乙夫は、湖水に背を向けてしまったので、何も知らなかった。

ついに、彼は、フミ子にいった。

「ちょっと、元箱根まで、用足しをしてきます。帰りのバスは、九時に、さっきのところで出ますから、そこで、お待ちしています……」

ついに、フミ子をオッポリだした乙夫は、無論、元箱根に用なぞないので、そっちの方へは、足を向けなかった。

彼は、ただ、ひとりになりたかったので、人のいないところなら、どこでもよかった。

彼は、箱根育ちであって、そういう場所がどこにあるか、よく知っていた。箱根神社境内も、その一つだった。

夜になって、あんな寂しいところへ、足を運ぶ者はない。今夜は、人が出てるが、あの境内は、高所にあっても、杉木立が生い茂って、湖水は見おろせないから、行く者はないであろう。

彼は、暗い石段を登り始めた。

ところが、案外に、登る人も、おりる人も、多いのである。そして、至る所に、ボンボリがともってる。恐らく、土地に慣れない、湖水祭りの見物客が、高さにダマされて、登っては、失望して、おりてくるのだろう。

——これじゃア、とても、ひとりになれない。

乙夫は、よほど引き返そうかと思った。しかし、社務所から万巻上人の墓へ行く細道があるのを、思い出した。石を敷いてあるが、草が茂り、大きな杉木立に掩われ、昼間でも、あまり通る人がなかった。箱根の生え抜きの者でないと、知らない道だった。

彼は、左折して、その道にはいった。老杉の幹と葉が、トンネルの壁となって、昼間でも暗い道だったが、今は、鼻をツマまれそうだった。急に、冷えた空気が肌にしみ、花火の音や、拡声機の音楽も、遠い世界に隔てられた。曾我五郎時致が、権現別当の館にかくまわれていた時代の静寂と、変らないように思われた。

乙夫は、ホッとして、歩みを緩めた。

——ぼくが、山をおりれば……。

彼は、夏場いっぱいを玉屋で働いて、東京の氏田観光へ入社する気でいた。小金井の反対を押し切っても、そうすることが、結局玉屋を救う道と、思われた。

彼は、十七歳まで育った箱根に、愛着を感じないではなかった。山や、湖水や、丘の上の小学校や、わけても、玉屋のお部屋が、なつかしかった。そこに臥っているおかみさんの意志にそむき、店を出るのが、つらかった。

——でも、おかみさん、フミ子さんと結婚することだけは……。

東京の会社で、ヒトカドの働きをしたら、いつかは、足刈へ帰ってきて、おかみさんにわびをいいたかった。

——ただ、おかみさんは、それまで、もってくれるかな。

それが、大きな心残りだった。

それにもまして、大きな心残りは、明日子のことだった。

「お嬢さん、なぜ、あんな目つきで、ぼくを睨めたのですか。誤解です。ひどい、誤解です。ぼくは、誤解されたまま、山をおりるのか」

激情が、彼に、大きな声を出させた。

すると、その声に呼び寄せられたように、明日子の白い姿が、木立の間から、現われたのである。

乙夫は、無論、それが彼女であるとは、思わなかった。白いものが、フラフラと出てきたので、ギョッとしただけだった。しかし、彼は、頭がいいので、オバケの存在を認めないし、また、箱根の山には、権現の威力が強くて、狐狸のイタズラする話も、聞かなかった。彼は、アベックの片割れが、道へ出てきたと考え、後から、ノソノソと現われる、男の姿を期待した。

ところが、その白い姿が、口をきいたのである。

「乙夫じゃないの……」

その声は、幽霊のように、弱々しかった。

「え、お嬢さん？」

乙夫の声は、逆に、最大の驚きを示した。

その時に、湖上では、仕掛け花火が始まったらしく、空は月夜のように、明るくなり、木の間洩る光りが、紛うかたない明日子の姿を照らした。

「お嬢さん、どうなすったんです。こんなとこへ、一人で……」

乙夫は、心配のあまり、詰問するような態度になった。

明日子は、答えなかった。

「植木君や、お国さんは、どこにいるんです」

彼は、植木の発音に、特に、力を入れた。

「どっかで、花火見てるわよ」

明日子が、やっと答えた。

「きっと、みんな、心配してますよ。早く、お帰りにならないと……」

「よけいな、お世話よ。乙夫こそ、たった一人で、こんなところで、何してるの」

今度は乙夫が答えなかった。

「フミ子さんは、どうしたのよ」

「さア、どこかで、花火を見物してるでしょう」

「そんなことしていいの」

蛇は寸にしてのコトワザがあるが、明日子も十六歳だから、かかる場合にいうべき女のイヤミぐらいは、自然と心得ている。

「なぜですか」

乙夫が、憤然となった。

「それは、あんたの胸にきいてみれば、いいの」

すべて、型どおりの言葉を、知ってる。

「ぼ、ぼくの胸に？　何をおっしゃるんですか」

乙夫の方は、若い牛のように一途にハヤるばかりだった。

「つまらない噂を、信じないで下さい。今夜だって、おかみさんの命令で、どうしても、あの人を花火見物に、連れてこなければならなかったんです。お嬢さんこそ、植木君と……」

それ以上、乙夫はいえなかった。

ところが、植木君という言葉を聞くと、明日子が、火がついたように、笑いだした。

「乙夫って、愉快ね……」

しかし、そういつまでも口争いをしてはいられなかった。

二人とも同伴者と離れ、こんな寂しいところで、バッタリ、顔を合わしたという奇蹟を感銘すべき時期に、達したのである。

「お嬢さん、少し、マジメに話しましょう」

乙夫が、決意をもっていった。

「話すわよ」

明日子も、即座に、答えた。

「お嬢さんは、なぜ、皆と別れたんですか」

「一人になりたかったからよ」

「じゃア、ぼくと同じです」

「乙夫も、そうなの？　一人になって、どうするつもりだったの」

「一人になって、考えたいことが、沢山あったからです」

「あたしも、そうなの」

両者の会話は、初めて、一致点を見出した。

「ぼくは、お嬢さんに弁解したいことが、あって――よもや、こんなところで、お目にかかろうとは、思いませんから、ぼくは、そのことを、細かく書いて、あの石垣の穴の中へ、入れて置こうかと、考えました。ところが、不思議なんです。お嬢さんに会ったら、弁解なんかする気が、すっかり、なくなりました……」

乙夫の声には、まったく、混乱が見られなくなった。

「何の弁解よ」

「いや、もういいんです。もし、お嬢さんが、ぼくを誤解していても、ぼくの行動を見て下されば、自然にわかることなんですから……。お嬢さん、ぼくは、この秋から、玉屋を出て、東京の会社で、働く決心をしました……」

「え？　ほんと？」

明日子は、飛び上るような、驚きの声を立てた。

「ぼくは、お嬢さんとちがって、足刈が好きなんです。でも、玉屋を救うためには……」

乙夫は、玉屋の苦境と、氏田観光の申し出とを、細かに語った。

「……ぼくも、山を降りたら、十年ぐらいたたないと、帰ってこれないでしょう。もう、お嬢さんの勉強も、見てあげられません。それから、玉屋のおかみさんの看護も、してあげられません。でも、ほかに方法がないんだから、仕方ありません……」

　乙夫の声がしめってきた。

　明日子とすると、乙夫が玉屋を出る決心と聞いて、誤解は一切解けたのはいいが、新しい悲しみが、彼女を捉えてはなさなかった。

「どうしても、山を降りるの」

「時期をおくらせては、ならないんです。少しでも早く、焼けた旧館を建てなければ……」

「そんなにまでしないだって……。どうしても、乙夫が東京へ行くんなら、あたしも、東京の白バラへ、転校さして貰おうかな」

「いいえ、お嬢さんは、足刈に残って、将来、若松屋のおかみさんになって下さい。そして、ぼくが足刈に帰ってくる時分には、もう、玉屋とケンカしないように工夫をして、頂けませんか……」


　湖水祭りは、いつも、霧に悩まされるのだが、今年のような晴夜は、珍らしかった。それでも、時には、薄い霧が上空に流れ、その中で開く花火は、かえって風情があった。

　それにも敗けない美しさは、灯籠流しだった。それは、花火と併行して、すでに、始められていた。

　千二百個の灯籠を流すのだが、そのうち二百個は、石油灯籠といって、早くいえば、カンテラである。その代り、焰も大きく、火もちもいい。石油灯籠が、隊長格であって、後は多数の角灯籠が、ロウソクの火を点じて、湖上を浮遊するのである。

しかし、仕掛け花火なんかよりも、何倍か、見た目も美しいし、それに、環境との調和がある。湖水であるから、水流がなく、山から吹く微風に追われて、動くのだから、隊伍整然たる火の行列である。それが、水に映り、山影に浮き上る。後から、後からと、ふえていく火に、何か、宗教的フンイキが生まれ、九頭竜神の祭りらしく、水と山の静けさが、前面に出てくる。湖水祭りの真打ちは、これであろう。

しかし、全部の灯籠が浮かぶまでには時間がかかり、子供たちは退屈して、帰路につくのもいる。そのために、湖畔通りの通行人は、花火打揚げの最中より、多くなってきたのだが、その中を縫うようにして、あっちこっちと、迷子でもさがすように、歩き回ってるのは、若松屋の女中頭のお国さんと、アルバイト学生の植木君である。

「ほんとに、しようがないよ。どこへ行っちまったんだろう、お嬢さんは……」

「もう、一時間も、さがしてるんだから、会わないはずはないんだがな……」

彼等が、バスで湖畔まできてから、花火見物にいく場所を求めて、〝函豆〟桟橋の方へ歩いていく途中で、ふと、明日子の姿が、見えなくなったのである。何か、買物でもして、すぐ、追いついてくると思って、二人は、船着場前の広場で、待っていたのだが、いつまでたっても、現われない。

何しろ、気まぐれの娘の標本であることは、二人も、よく知ってるから、その辺の喫茶店なぞ、若い娘の好きそうな場所は、いちいち、中へはいって、さがし回ったが、ムダだった。

こうなると、お国さんの顔が、すっかり、青くなった。大切な主家の一人娘に、万一のことがあっては、クビの問題である。

「植木さん、まさか、不良の仕業じゃないだろうね」

「何とも、わからないね。今夜は、東京から、愚連隊が出張してるかも知れないよ。警察に訴えたら、どうだね」

「そんなことしたら、一ぺんに、山の評判になって、おかみさんに叱られるよ。あア、困ったね」

「とにかく、帰りのバスは、九時に出るんだから、車庫の辺に行ってみよう」

二人は、花火見物も忘れて、車庫前にガンばっていると、灯籠も流し終った時刻になって、植木君が叫んだ。

「あ、お嬢さんだ。しめたぞ、こっちへやってくる……。しかし、おかしいな。一緒に、ツルんで歩いてるのは、玉屋の番頭じゃないか」

Z

湖水祭りの翌日に、フミ子は、三島へ帰ってしまった。

「少しぐらい、暑くても、三島の方が、よっぽど面白いわ」

それが、理由だった。

お里婆さんも、あまり、引きとめなかった。

ただ、フミ子は、帰り支度を始めた時に、もう、濃化粧はやめていた。普通のお嬢さんらしい、装いだったが、その方が、よほど、彼女に似合った。恐らく、彼女は何かの目的をもって、足刈滞在中に、あのような媚態を、示したのだろう。それも、彼女の発意というよりも、親にいいふくめられた結果ではないのか。なぜといって、帰るといい出した彼女のどこにも失恋的打撃は見られず、門払いを食ったセールス・マンの不満が、うかがえる程度だった。元箱根から、足刈へ帰るバスの中で、乙夫と明日子が、あまりに親しく語り合ってるのを見てから、フミ子は、自分が門払いを食ったことを、ハッキリ知ったらしかった。

彼女が去っても、お里婆さんの看護は、小金井の細君がいるから不自由はなかった。そして、小金井が、病床を見舞いにくると、婆さんは、ニガ笑いをしながら、話しかけた。

「とうとう、ダメだったね、寅さん……」

「どうも、申しわけありません。こんなことに、なろうとは……」

小金井は、自分が進言したプランが、失敗に終ったので、ひたすら、頭を下げた。

「なアに、乙夫の気持を考えないで、筋書きを立てたのだから、こっちが、悪いんだよ。でも、乙夫も、一人前の役者になったじゃないか。嫌いな役は、蹴ったりしてさ」

「あいつは、お店のためなら、決して、首は振らない奴だと、思ってましたが……」

「この道ばかりは、ちがうんだろう」

「当人も、そういってました」

「そんなら、早く、あたしに聞かしてくれれば、いいものを……。あたしは、乙夫の気持がわからないから、試験をするつもりで、二人一緒に、湖水祭りに出してやったんだがね……」

「それが、ヤブ蛇となりまして……」

「いいさ。実をいうと、あたしもフミ子を側に置いてみると、あんまり感心した娘でもなくてね……」

「さいですな。あんなお化粧が、お好きでは、旅館の奥さんは……」

「それにしても、三島に、ハッキリした話をしとかなくて、よかったよ」

「はい、その点は、大丈夫でございます。すべて、それとなく、お話をして参りましたので、後ぐされはございません」

「だが、寅さん、これで、サランパンだね」

「へ？」

「いいえ、玉屋の後つぎは、だれもいなくなったということさ」

「はい、また、振出しに、もどりました」

「いいよ、かまわないよ。どうせ玉屋は、ツブれる時がきてるんだから……」

　婆さんは、負惜しみをいったが、ゴロリと、枕の上の首を、回転させた。

その頃、若松屋の方でも、家族の一人が減った。

暑中休暇で、足刈へきていた、長男の幸之助が、予定を一週間も早めて、帰京すると、いい出したのである。

「なんだい、まだ、来たばかりじゃないか。東京は、暑いぞ」

父親は、できるだけ、息子を引き止めたかった。

「ええ、でも、劇団の秋季公演が早めに、稽古にはいることになりましたから、グズグズしていられないんです」

その用事も、あるかも知れないが、幸之助は、足刈へ来ると、すぐ退屈してしまう男なのである。

「一人前のことをいって、お前なんか、せいぜい、切符売りぐらいのところだろう」

「冗談いわないで下さい。演出助手っていうものは、非常に重要な役目なんですよ。ぼくがいなかったら、稽古も運ばないし、初日が出たら、演出家よりも、責任の大きな……」

「お見それしました。そんな、立派なお役目だとはね……。それなのに、一文にもならんというのがフに落ちんよ」

「わかっちゃいないんだな、パパは……。ほんとの芸術は、常に、金銭と関係のない場で、行われるんです。ぼくらは無償の上に、入場税という不当な税金まで課せられて……」

「わかったよ。おれも、一文にもならないアス研究をやってるんだから、文句はいえないかな。しかし、お前は、ほんとに、若松屋の跡をつぐ気はないのか」

「何度もいうとおり、それだけはキッパリお断りします」

「そうか。パパも、将来のことを考えてる最中でな。ことによったら、旅館営業から手をひくことに、なるかも知れんぜ」

「大賛成ですね。お客さんに、無意味にペコペコする、卑屈な商売は、パパにも、ぼくにも、向かないですよ」

「同じことを、明日子まで、いい出すんだからな」

「いや、明日子の心境は、少し、変ったようですよ」

幸之助は、意外な言を、吐いた。

「え？　それは、どういう意味だ。あいつが、一番、旅館商売を嫌っていたじゃないか」

幸右衛門が、首をかしげた。

「ぼくも、驚いてるんです。今度帰ったら、あいつ、いろんな点で変ってるんです。旅館営業も、ハタゴヤと思わないで、ホテルだと思えば、立派な事業だとか、足刈という土地も、太古に、アス族の居城だったとすれば、明日子という名の自分は、ここに、永住の義務があるとか——前とは、全然、反対のことを、いい出すんですよ」

「ほウ、そいつは、驚くね……」

幸右衛門が、東京移住に心を動かした時に、逆転向したというのは、意外だった。そしてアス族のことまでいい出すのは、少し、クスリが効き過ぎたか——

「どうも、明日子は、おかしいですよ。恋愛でも、してるんじゃないかな……」

幸之助のいうことは、いちいち父親を驚かせたが、ことに、最後の言葉が、ショックだった。

「ハッハッ、まさか、あの青い果実が……」

幸右衛門は、一笑に付した。

「青い果実だなんて、思ってるのが、親の認識不足なんですよ。高校上級生なら、恋愛の受け入れ態勢は、充分と見て、差しつかえありません」

「お前、くわしいんだな」

「経験はなくても、外国演劇を研究してると、それくらいのことはわかります。ウェデキンドの〝春の眼覚め〟とか……」

「一体、何を証拠に、そんなことをいうんだ」

「そりゃア、わかりますよ。同じ世代の心理ですもの。それに、ちょいと、あいつの日記も、のぞいちゃったんです」

「悪いことをするな。で、何と、書いたった?」

「それは、個人の秘密ですから、詳しいことはいえませんが、明日子が、Zという青年を愛してることは、確かです」

「Z? そんな名の青年は、足刈にいないぜ。きっと、善三とか、善吉とかいうんだろうが……玉屋善兵衛なら、とっくに、死んじまったし……」

「ことによったら、符号かも知れません」

「そして、どの程度まで、恋愛が進行してるんだ?」

「それは、判定がむつかしいんですが、熱度は、非常に高いのは、事実です。しかし、目下のところプラトニック・ラブにとどまっていることが、ぼくの芸術的推理力から、断言できます」

「それ以上に進まれちゃ、大変だが……なぜ、そんなことがわかる?」

「二十六になるまで、結婚しないという文句が、日記に書いてあります。一体、女性というものは、一旦、肉体的交渉を生ずると、翌日にも結婚してくれというのが、通例でして……」

「おい、お前、いつ、そんなことを……」

「内外の戯曲に、沢山、その例があります。明日子の場合は、十年後に、Z青年と結婚の約束をしてますし、それから推理しますと……」

「そうか、しかし、二十六とは、いやに、限定したもんだな。何か理由があるにちがいない……」

「それから、湖水祭りとか、権現の森とかいう字句も、度々、出てきます。今年の湖水祭りに、明日子は、出かけましたか」

「うん、今年は、珍らしく、花火が見たいなんていい出してね」

「だれと、出かけました?」

「無論、一人で出しはしないよ。お国と、それから、植木君をつけて……。わかった。Zというのは植木君だな」

幸右衛門は、奇声をあげて、発見の衝動を示した。

「ちがいますよ、パパ。植木君の性格を、考えて下さいよ」

「いや、恋は思案の外だから……」

「植木君は、だれにも好かれる性格の代りに、恋愛の対象には、選ばれにくい男なんですよ。ことに明日子のような、気位の高い娘には……。Zは、恐らく、お客さんではないですか。そういえば、M大のゴルフ部の連中が、玉屋にきていたそうですね……」

幸之助も、妹の胸中に恋愛のめざめたことは、確認するのだが、その相手の人物となると、すべては、臆測に過ぎなかった。

とはいっても、舞台上の恋愛にくらべると、筋も単純らしいから、べつに問題にしないで、東京へ帰ってしまった。

しかし、両親の方は、そうはいかない。

幸右衛門は、すぐ、細君に、その問題を話した。今が一番の稼ぎ時という、八月中旬の店務多忙のなかで、二人は、寄るとさわると、ヒソヒソ話を始めた。

「ねえ、あなた、相手はだれでしょう」

「だから、Z君だよ」

「そのZ君のことですよ。植木さんだって、ああ見えて、ドドンパばかりうたってるわけでも、ないでしょう」

「そりゃア、彼だって、恋愛ぐらいするだろうが、明日子とは、大丈夫だ。二人の様子を見れば、すぐわかる。想い合ってる二人が、どんな状態を呈するか、お互いに、まんざら、経験のない、ことでもあるまい……」

「あら、いやアだ。でも、そういえば、あたしたちは、明日子と植木さんのように、フザけ合わなかったわね。反対に……」

「ぼくは、むしろ、松の間のRさんの息子が怪しいと、にらんでる。年は十八だし、少し弱そうだが、優しい男ッ振りだし、それに、名前が、末太郎だ……」

「末太郎なら、どうしたっていうの」

「考えてごらん、Zというのは、アルファベットの最後の文字だ。従って、末太郎さんの暗号かも知れない……」

　何しろ、推理小説が流行するので、幸右衛門も、ナゾを解くようなことをいい出したが、細君は、取り合わなかった。

「あら、あの息子さんじゃないわよ。明日子は、あんな青年に、ひかれないわ。メロン・シャーベットなんて、アダ名つけて、笑ってるくらいですもの」

「どういう意味だ。そのアダ名は……」

「さア、青くって、冷たそうだってことじゃない？　それに、あの息子さん、学校はできないって評判だし……。明日子は、頭がよくって、体も気性も男らしい青年が、好きらしいわよ……」

そこまで、ヒントが与えられてるのに、どうして、両親には、乙夫という名が浮かんでこないのか、不思議であった。幸之助は、妹の日記を盗み読んで、愛人の名をZと知ったのに、なぜ、漢字の乙に、考え及ばなかったのだろうか。明日子は、日記を人に読まれると思わないから、符号なぞ用いずに、乙夫の乙を、略称して書いたのかも、知れないではないか。

しかし、幸之助にしても、両親にしても、乙夫という名を考えなかったのは、湖水祭りの宵に、彼女が行方不明になったのを、叱責をおそれて、植木君やお国さんが、主人にひたがくしにして、乙夫が同行したことなぞ、一言も洩らさなかったためでもあろう。

しかし、もっと強力な理由は、若松屋の娘が、玉屋の雇い人を愛するなぞということは、考えることも許されない、大逆事件みたいなことだからだろう。

それにしても、明日子の変り方というものは、普通でなかった。

「あんた、どうして、急に、店が好きんなったの」

母親が、驚きの声を発したほど、明日子は、足繁く、若松屋に通い出した。

あれほど、旅館商売がきらいで、店へ来ない算段ばかりしていた彼女が、朝飯から、お部屋で食べるようになり、ほとんど一日じゅう、自宅へ帰らないのである。

「だって、夏場は忙がしいから、お食事は、こっちでする方が、人手が省けるでしょう」

彼女は、ひどく、もっともな返事をした。まさに、その通りで、両親も、その考えで、三食とも、店で食べていたのを、明日子だけが、自宅へ運ばせていたのである。

「そりゃア、それに越したことはないけれど……」

母親は、狐にツマまれたような顔になる外はなかった。

そして、明日子の心遣いは、人手を煩わさないことから、人手を助けるところまで、進展した。

彼女は、帳場へ入りこんで、伝票書きの手伝いを始めた。旅館というものは、コマゴマした伝票の使用が多く、しかし、一枚でも落せば、店の損になるし、また、重複すれば、客から叱られる。女中が座敷から、註文を聞いてくれば、品物を出すと共に、すぐ、伝票が帳場に渡り、帳場は元帳という大きなカードに記入する。

涼しい土地でも、帳場は、風通しの悪いのが通例で、そこへ、朝から入りこむ明日子は、番頭たちの驚異の的だった。

「お嬢さん、お天気でも変りアしませんか」

「何いってるのよ。ヤドヤの娘が、ヤドヤの仕事したって、不思議ないわよ」

「ごもっとも。どうか、長続きなさいますように……」

番頭に、ヒヤかされたが、彼女は、三日坊主でもなかった。このところ、連日、帳場へ出勤なのである。ただ、出勤するばかりでなく、早くも、伝票制度改革の意見まで、口にするようになった。

「ねえ、パパ、伝票って、今のやり方じゃ、どうしても、まちがいが起りやすいわよ。お客さんの註文品を、お座敷へ持ってく時に、お客さんに伝票のサインをさせたら……」

「つまり、ホテル式だろう。その方が、いいにきまってるが、日本の旅館じゃ、なかなか、むつかしいんだ」

「むつかしいなんて、いわないで、お客さんを訓練するのよ。だって、正確な伝票は、結局、お客さんの利益なんですもの……」

それほど、店の仕事に、精を出した代りに、勉強の方は、すっかり、おろそかになった。とはいっても、彼女は、植木君と遊びもしなかった。遊ぶ代りに、盛んに使用するのである。植木君が、教師として不向きなことは、両親も、認めたが、彼女も教えを乞わなかった。

「ちょいと、植木さん、竹の間でお呼び。テレビの具合が悪いんですって。あんた、ちょいとした故障なら、なおせるでしょう……」


しかし、乙夫は、変らなかった。

あの暗い万巻道《まんがんみち》で、杉の木の匂いを、プンプンかぎながら、若松屋のお嬢さんから、意外にも愛の言葉をささやかれ、そして、彼も十年の後の結婚を誓ったにもかかわらず、その翌日からの態度言動に、何の異常はなかった。

いつものように、五時半に起きたのは、前夜、不眠に煩わされなかった証拠だった。そして、忙がしい帳場の仕事も、お座敷の用務さえ助けてやりながら、滞りなく勤めた。飯も、三杯を欠かさなかった。

もっとも、注意深く、彼を観察すれば、彼の表情が、どことなしに、晴れ晴れしてる点もあるだろう。といって、それを、明日子との結びつきのせいにするのは、早計だった。

むしろ、彼は、フミ子が三島へ帰ったことを、喜んでいた。

「乙夫、お前も、本望を達したな」

小金井は、苦笑しながら、乙夫をヒヤかしたが、彼は、素直な微笑で、それに酬いた。もっとも、小金井も、湖水祭りの晩に、フミ子と乙夫を一緒に、出してやった計略が、失敗したことは認めても、同じ晩に、乙夫が、どんな大それた獲物を射止めたか、想像も及ばなかった。

乙夫は、ほんとは、変らないのではなかった。〝大それた〟初恋の相手を獲たことを、ウキウキと、喜ばないだけだった。彼は、責任の大きさを、腹の底で、シミジミと考え、そして、彼女との約束を、必ず守り抜くには、どんなに慎重で、不抜な決意と実行が、必要であるかに、思いをめぐらせているのだから、ニヤニヤと、相好を崩したりする余裕がないのである。

——氏田観光で、十年間、ミッチリ働いて……。

彼は九月になったら、玉屋を出て、北条一角のいる本社で、働く気でいた。大学出の同僚に敗けない働きは、きっと、やってみせるが、その間に、北条という傑物のあらゆる長所を学び、観光事業経営のあらゆるコツを覚えて、箱根山へ帰ってくる計画だった。

それは、再び、玉屋の人となって、お里婆さんの恩に、報いたいばかりでなく、若松屋の夫婦が、娘の婿の候補者として、先方から食指を動かすほどの人物になっていたいからでもあった。

そして、明日子と結婚する日がきたら（恐らく、その頃には、お里婆さんは、この世にいないかも知れないが）玉屋と若松屋の仲を、百五十年前に戻し、本来の血縁の一家として、足刈を守り、外来資本と戦い抜く、覚悟だった。

そのことを、万巻道の杉木立の下で、二人は相談し、且つ、誓ったのだった。

「乙夫がその気なら、あたしも、きっと、やり抜くわ。そんな理想があるなら、あたしも、旅館経営に、生涯をささげてみせるわ」

明日子が、暗黒の中で、叫んだ。

「お嬢さん、これも、ローヤリティーっていうもんです、理想っていう主君に対する……」

そういう経過と心境があるから、乙夫は、初恋の甘い酔いなぞに、浸っているヒマがなかったのだが、一つには、今月一ぱいで、懐かしい玉屋を去らねばならず、また、高齢なお里婆さんと、十年間も別れねばならない悲しみが、いつも、腹の底にあった。

——おかみさんも、後十年間、生きて下さいといったって、とても、ムリだ。すると、最後のお暇乞いになるのか……。

その悲しみが、一番、彼を捉えた。

彼は、いまのうちに、一度でも多く、お里婆さんの顔を、見て置きたかった。それでなくても、婆さんが寝ついてから、お部屋を見舞いたくてならなかったのだが、フミ子という障害物があって、つい、足が遠のいていたのである。

今日は、閑心亭と仰雲亭のお客が、午前中に、相次いでお立ちで、新客は、夕方来着の予定だから、ちょっと、ヒマのできたのを幸い、彼は、久々で、お部屋のフスマを開けた。

すると、意外なことに、北条一角の八角形の顔が、お婆さんの枕もとで、柱時計のように、こっちを向いていた。

「あ、失礼いたしました……」

乙夫は、慌てて、引き下がろうとすると、

「帰らんでもええ。いま、ちょうど、君のことを、婆さんと、話しとったんだ。中へ入んなさい」

アグラをかいたままで、北条が、さし招いた。

「いえ、お後で……」

乙夫は、番頭の分を心得て、尻込みをしてると、

「乙夫や、かまわないから、おはいり……」

寝床から、婆さんの弱い声が、聞えた。こうなると、遠慮をする場合ではない。

「では、お邪魔をさせて、頂きます……」

乙夫は、部屋の入口で、北条に一礼してから、女主人の病床に進んだ。

「おかみさん、お加減、いかがでございますか。店が忙がしいので、つい……」

「いいんだよ、見舞いなんか。それより、お前は、少し、詰めて働きすぎるから、体をやすめなくちゃいけないよ」

「はい、ありがとう存じます。この間は、湖水祭りにもやって頂きまして、適当に、遊んでいます」

「でも、コブつきじゃア、保養にもならなかったろう」

さすがは、お里婆さん、フミ子に対する乙夫の気持を、見抜いたようなことをいった。

「おい、おい、時代ばなれのした、主従のセリフは、その辺にして、おれの話を聞いたら、どうだ」

北条が、ワニが草むらから、這い出したように、首をのばした。

「はい、すみません」

「おれは、今日婆さんが病気と聞いて、ちょいと、見舞いに寄ったんだが、それだけの目的で、わざわざ、足刈までは来んよ」

と、北条は、憎まれ口をきいてから、

「おい、君、どうだ、覚悟はできているのだろうな」

「覚悟と、おっしゃいますと？」

乙夫は、落ちついて、聞き返した。

「わかっとるじゃないか。わが社の人間になることだよ」

「それはおかみさんのお心一つでございます。お許しがございましたら、ぼくは……」

「婆さんは、かまわんと、いっとる」

「おかみさん、ほんとでございますか」

乙夫は、半信半疑で、病床の方へ、顔を寄せた。

お里婆さんは、弱々しい微笑と、声で、

「乙夫や。あたしは、もう、何もかも、あきらめたよ。せっかく、北条さんが、お前を見込んで、そうおっしゃるんだから、使ってお頂き。その方が、お前の将来のためになることだからね」

「おかみさん、ぼくは、玉屋の将来のために、氏田観光で働かせて貰いたいんです」

「どういう意味だ、そりゃア？」

北条が、口を出した。

「はい、まず、ぼくが入社しますと、お金を貸して下さるとか……」

「うん、ここの焼け跡へ、新築する資金を出す条件は、小金井君に話してある……」

「確かに、出して下さいますね」

「あたりまえだよ、おれは、ウソと尻餅は、ついたことのない男だ」

「安心しました。それから、ぼくは、十年間を限って働かして頂くつもりです」

「バカな男だな。十年ぐらいでは、課長にもなれんぞ。おれは、働き次第で、抜擢する主義だが、それにしても……」

「いえ、そんなに、えらい人にならなくても結構なんです」

「あア、わかった。君は新築資金が欲しくて、入社するつもりなんだな。つまり、身売りの金が……」

北条は、興ざめ顔だった。

「無論、それも欲しいんです。でも、そればかりではありません。十年間と、期限を切りましたのは、いろいろ、理由がございまして……」

乙夫は、ニヤニヤと、子供らしくない、笑いを洩らした。

「理由とは？」

「それは個人的関係でございますので、申しあげなくても、よろしいかと思います。ただ、その十年間にぼくは、社長さんを研究させて貰います。なぜ、ワニなのか。なぜ、ブルドーザーなのか。そして、社長さんのいいところは、そっくり頂いて、十年後に二十七歳で、退社する頃には、社長さんが二十七歳の時に敗けない——うまくいったら、も少しマシな人間になって、足刈へ帰ってくる計画なんです」

「こいつ、太いことを、考えとる……」

と、北条が、苦笑すると、お里婆さんも、

「乙夫や。それは、面白い。是非、おやり。お前が、北条さんよりも、図太い男になって帰ってくるのを、あたしは、草葉のかげから……」

弁天山から湯ノ沢へかけて、草むらの中に、ススキの白い穂が、目立ってきた。近くへいくと、オトギリ草、リンドウ、ミゾ萩の花も、咲き出していた。

夕方の涼気が、急に、肌に浸み、太陽も六時にならないうちに、宝蔵ケ岳からウグイス坂の山蔭に、沈み始めた。

カケスや四十雀《しじゅうがら》も、里から山へ帰ってきた。夏じゅうを鳴き通したウグイスの声も、いつか絶え、直線的なモズの声が、大空に響いた。

そんな自然現象よりも、ポツポツと、旅館の部屋が、あき出したことで、足刈の秋が知れるのだが、といって、九月の声を聞くのには、まだ一週間ほど、間があった。春のくるのが遅いかわりに、秋は駆足でやってきた。

若松屋幸右衛門は、五十日ぶりで、自宅の朝飯を食べた。客足が、いくらか疎らになると、思い出したように、わが家の書斎が懐かしくなり、今日は、店へ出るのも、午後からときめて、ゆっくり、コーヒーを飲んだ。

細君のきよ子も、一夏働き通した喜びと疲れで、

「ねえ、那須は、あんなことで、行かないのも同然だったんだから、九月になったら、どこかへ連れてってよ」

と、甘えてみた。

「うん、よかろう」

良人も、鷹揚に、うなずいてから、

「明日子は、まだ、寝てるのか」

「あら、とっくに、お店へ行ってますわよ」

「へえ、どういう風の吹き回しかな」

「ほんとよ。でも、お店の仕事が好きになるのは、悪いことじゃないわ」

「そりゃア、そうだ」

「じゃア、いってまいります。あたしも、そう怠けても……」

と、細君が、店へ出ていくと、入れちがいに、玄関に、新聞が投げ込まれた。新聞が、朝飯の後にくるのは、山里の慣いであろう。

幸右衛門は、自分で、新聞をとりにいくと、飲み残しのコーヒーに、口をつけながら、東京の新聞から、読み始めた。

べつに、変ったこともなかった。

次ぎに、彼は、地方紙をひらいた。小田原日報に、意外な記事が出ていた。箱根の湖上合戦で、優勢を伝えられた〝函豆《かんず》〟側が、思わぬ打撃を受けたというのである。それは、新鋭の双胴船、富士見丸が、なまじ二つの胴体があるために、操舵性が不安定で、修繕のために、休航というニュースだった。

「こりゃア、函豆さん、つらいだろう……」

彼は、つぶやきを洩らしながら、次ぎのページに目を移した。

「おや、立花が、何か書いてるな……」

立花禎造は、小田原高校の教師で、小田原史学会を牛耳ってる男だが、一度、若松屋へ泊りにきた時に、幸右衛門と議論を闘わしたことがある。幸右衛門は、インテリの客だと、例の如く、アス研究の話を持ち出すのだが、立花は、国学院出で、どちらかというと、官学的な歴史家だから、幸右衛門のいうことを、真っ向から、否定してかかった。温厚な幸右衛門も、この時ばかりは、顔面朱をそそいで、論戦を始め、喧嘩別れになった過去を、持っていた。

その立花が書いたものだから、あまり、読みたくもないと同時に、読まないと気になる点もあって、〝函嶺閑話〟という随筆に、目を通した。

閑話といっても、箱根にいつから人が住んだという主題があって、彼は、それを、ずっと後のことだと、判定している。箱根山のフモトには、縄文時代の人間が、住んだ形跡があるが、山の上には、僅かに、小湧谷の土器の出土品があったのみである。人が集落をなして、箱根に住むようになったのは、弥生時代の後期であって、そう古いことではない――

そこまで読んで、幸右衛門は、

「何をいってやがる！」

と、彼に似合わない、乱暴な独語をもらした。

「縄文どころではない。もっと、もっと、大昔から、アス人が、足刈を拠点として、住んでいたのだ。太陽と地熱を求めて、この山上に、居を定めていたのだ。出土品や採集品がないからといって、否定することはできないではないか。そんなものは、いつ、出てくるか、わからない。まだ出ないから、無いと断言する理由は、どこにあるのだ……」

彼は、まるで、立花禎造が目前にいるように、昂奮し始めた。

しかし、その辺までは、まだ、よかった。文章の半ばに至って、ギョッとする文字が、出てきた。

――箱根の山の中で、旅館の主人には珍らしい、史癖のある男があって……。

「おや、おれのことを、書きャがったな」

と、急に、眼を皿にし始めた。

――商人にして、学問を解するのは、結構なことであるが、単なる歴史道楽にとどめて置けばいいのに、途方もない、独創的（？）な史的発見を持ち出すには、恐れ入る。例えば、その男の唱える、アス学説なるものは、何等の史的根拠もない、ロマンチックな空想であって、有史以前に、アス人なるものが、箱根に居住したことを、固く信じている。

詩や文学の着想としては、面白いが、歴史は証拠と論理の学問であるから、その裏づけがなくては、発見は成立しない。しかるに、その男の立証は、実に振るってる。例えば、足刈のアシはアスであるとか、仙石、宮城野の諏訪信仰のスワはアスの逆転であるとか、すべてが、児戯に類したコジツケである。

大体、箱根山上のような、農耕に不便で、気候に恵まれない僻地に、太古の人間が、好んで住む道理がない。太陽と地熱を求めて、アス人が箱根山上を選んだとかいっているが、そんなことは、ロマンチックな空想に過ぎない。太陽や地熱の信仰よりも、太古人にとって必要なものは、食物と安全な住居である。

要するに、箱根に人の住んだのは、弥生後期と見るべきで、素人の史学弄《いじ》りに、迷わされてはならない。（終り）

幸右衛門は、その新聞を、ズタズタに裂いて、さらに、ダンゴにまるめて、庭へ投げ捨てた。

朝日ケ丘

乙夫が、東京へ出る日が、次第に、近づいてきた。

彼は普通の箱根の子と違って、両親に連れられて、東京へ遊びに行ける身分ではなかった。中学校時代の修学旅行で、東京に一泊したきりで、あのバケモノのような、巨大な都会を、訪れる機会はなかった。

しかし、彼は、少しも、東京を怖れなかった。東京なんて、要するに、小田原を百倍したに過ぎないではないか。そんなことは、簡単な、数学の問題である。そして、東京人というものは、ヤタラに、足刈へ押しかけてくるから、どんなものだか、よく知ってる。どうも、あまり感心できる人物に、お目にかかったことがない。大原泰山なんかも、東京人の中では、クジラか、象に相当するのだろうが、湿疹をボリボリかいてるところは、あまり雄大な動物とも、思えなかった。

彼は、東京も、東京人も、怖れなかったが、たとえ、給仕同様のチンピラ社員にしろ、とにかく会社員として働くとなれば、多少は、胸がさわいだ。

といって、計算にしろ、記帳にしろ、腕に覚えのある仕事で、人に敗けるとも、思っていなかった。また、人との応対なら、番頭として、経験豊富なので、どんな大学卒業生にも、勝って見せるつもりだった。

だから、会社員の仕事も、恐れる必要はなかった。ただ、問題は、会社員の衣服のことなのである。

セビロというやつ、乙夫は、まったく未経験なのである。夏はスポーツシャツ、冬はスエーターか、ジャンパーで、暮してきたので、ネクタイというものを、結んだこともなければ、上着をきたこともない。

ネクタイの結び方は、最近、小金井から講習を受けてるが、セビロというやつは、持っていないのだから、着るわけにいかない。小金井は、自分のお古をくれるというが、小柄な彼の洋服が、相撲になれと言われたほどの乙夫の体に、合うものではない。

いっそ、小金井に前借りして、小田原の洋服屋に、註文しようかと思ったが、

「よせ、よせ、東京のデパートへいけば、いくらでも大きいのが、既製服売場にある。その方が、型も新しいし、値段も安い」

と、小金井に止められた。

すると、東京へ行かなければ、セビロは着れないわけで、戦場にのぞんで、軍服に着かえるというのは、大きな不安である。

しかし、そんなゼイタクも、いっていられない。宿所の方は、氏田観光の独身寮ときまったし、月給も一万一千円くれるという話だし、それに、まだ暑いから、当分、上着なしで、通勤できるだろう。

よく考えれば、何も、心配のタネは、ないわけだった。

そして、十年！

彼は、十年の年期で、苦界に身を沈める娘のようなものだが、実は、妓楼経営の秘訣を研究するという大目的があるから、泣きの涙で、家を出る必要はない。その上——

その上、十年後に、乙夫を待ってるものは、何と輝かしい未来であるか。

その頃は、お里婆さんも、九十九になる勘定で、もう生きてはいないだろうけれど、また、小金井も、七十を越して、引退のほかないだろうけれど、それは、何とも、残念なことではあるけれど、彼には、新しい協力者が、出現するはずである。

「十年間、だれが何といっても、あたし、結婚しないわ！」

その協力者は、断言したのである。べつな言葉なら、

「あなたの帰るのを、指折り算えて、待ってるわ！」

ということで、しかも、ただ遊んで、待ってるわけではない。彼が東京で、観光事業の基礎的研究をする間に、彼の協力者も、旅館経営の実務を、十年計画で、身につけてしまおうというのである。

十年たったところで、協力者は二十六歳、この頃のお嫁さんの年齢として、ちっとも、おそい方ではない。むしろ、二十七の彼の方が、若過ぎる婿さんといえるだろう。

そして、二人は、この足刈で、何を始めようというのか。

「あたしが、ウンといえば、若松屋の跡つぎになれるのよ。今まで、絶対に、断ってきたけ

れど……」

協力者は、そういった。

「ぼくは、ウンといわなくても、玉屋の将来の支配人です。もう、話はきまってるんです。その時になれば、思う存分、腕をふるうことができます」

そして、二人が、一心同体の関係となれば、玉屋と若松屋の関係も、百五十年の因習を破って、驚くべき新事態が生まれるだろう。

「若松屋と玉屋の提携というよりも、若松屋も、玉屋もなくなって、新しい一軒の旅館の誕生が、考えられます。無益な競争と嫉視《しっし》の代りに、一本の矢が一本になって、外敵と闘えます。具体的にいえば、今まで断っていた大団体の客も、その新旅館では、ラクに収容できます」

「そうよ。それに、百五十年前には、同じ一軒の店だったんだから、昔にかえることにもなるわ」

「そうです。それが、本来の姿なのです。そして、それを実現させることが、真のローヤリティーなのです」

玉屋と若松屋が合併すれば、用地の点だけでも、非常に合理的になる。同じ祖先から出た家だけに、玉屋の地所内に、若松屋の飛び地があり、若松屋の庭の中に玉屋の所有地があって、不便この上もない。これを統一して、整地をすれば、約三万坪の絶好な旅館用地が生まれる。

そこへ、常春苑を学んで、常春苑以上に、新式で、巨大なホテル式旅館を建てる。温泉が、少し足りない恨みはあるが、水は豊富である。そして、経営精神は、乙夫が北条のもとで、全部を吸収してくるし、実務は、明日子が、これから、必死の勉強をする。そして、二人が力をあわせて、この輝かしい未来に、突進すれば、箱根第四の男というよりも、四番目の成功者夫婦として、マスコミに騒がれることも、夢とはいえないではないか——

そういう希望と光明の絵図を、乙夫に描かしてくれたのは、明日子であって、アス族の名にちなんだ娘の霊力の作用かも知れなかった。

といって、十年後の未来を、そのようにコマゴマと、語り合ったのも、あの万巻道の暗やみの中であって、時間にしたって、知れたものであり、言葉数だって、そう用いたわけではないのだが、お互いに、いおうとすることを、半分いわない先きに、意志が通じ合ってしまうので、実に多くのことが、語りつくせるのである。

二人は、暗中に、眼を輝かせ、イキをはずませて、将来を誓ったにかかわらず、手を一つ握りもしなかったのは、感心だった。体の動きで、ちょいと衣服が接触するようなことはあったが、二人とも、焼け火バシでも押しつけられたように、ハッと、飛び離れた。幸右衛門夫婦の留守中に、二人が会った時の方が、よほど、馴れ馴れしかった。恐らく、二人は、年齢に不相応な、人生の大事を誓い合ったために、厳粛と純潔の感情が、過度に湧出して、そのような結果を、生じたのであろう。これが後二年後のことだったら、こうはいくまい。十九と十八の男女だったら、もう、かなり、ナマグサくなっている。人の一生のうち、男の十七、女の十六というのは、最も美しき年齢と、いわねばならない。

そして、その後、二人は、一度も会っていないのである。

会わなくたって、大丈夫。十七の男と、十六の女が、一度、約束したことは、指切り、ゲンマン、絶対に、かわるものではない。顔を見て、念を押したり、証文を書いたりする必要はない。

しかし、会わないけれど、時々、意志は通じ合ってる。例の石垣の穴があって、二人だけの私書函の役を、果してくれる。それによって、明日子は、乙夫がセビロを新調することをやめて、デパートの既製品で間に合わす決心をしたことまで、知っているのである。

ところが、九月には、箱根全山の町会議員選挙があるので、箱根町の電気商議員が、幸右衛門のところへ、事前運動にやってきたのはいいが、手土産のつもりで、また、明日子の縁談を持ってきた。

「今度のは、〝関急〟の重役さんの息子で……」

幸右衛門は、この前と同様、話に乗らなかったが、明日子がいつまでも子供ッぽいのを、矯正する目的で、今度は、彼女の耳へ入れてやる気になった。

「どうだい、世間じゃ、お前を、一人前の娘と見てるんだぞ」

と、笑いながら、話してやったが、彼女は、ひどく、マジメな顔になった。

「パパ、あたし、十年間は、お嫁にいかない決心なんだから、そう思って頂戴！」

「へえ、十年間とは、ずいぶん、先きが長いね。売れ残りになるぜ」

「心配ないの。それよりも、あたし、十年間に、勉強しなければならないことが、山ほどあって……」

その時は、幸右衛門も、娘の言葉に、深く気を留めなかったが、細君のきよ子から、注意を受けて、首をひねるようになった。

「あなた、この頃、明日子は、少しヘンですよ」

夫婦きりになる機会が、多くなったというのも、明日子が、店へ行き切りのせいであろう。

「どう、ヘンだね」

「何かというと、十年、十年というのよ。何が、十年なんだか……」

「そういえば、ぼくにも、結婚は、十年後に延期すると、断言したよ」

「あら、まア、結婚のことまで……」

「理由を聞くと、旅館の営業を、十年計画で、身につけるというんだがね」

「それと、結婚とは、関係ないじゃありません？」

「つまり、結婚も忘れて、旅館営業の研究に、打ち込もうというのだろう」

「少し、ヘン、ね。まア、それはいいとして、あれほど嫌っていた旅館の商売を、ガラリと好きになったのは、どういうわけ？」

「さア、その辺は、おれにもわからんが、何しろ、十六の娘の心理なんて、春さきの足刈の天候みたいなもんで……」

「ノンキなこと、いわないで頂戴よ。明日子が、そんな気持になったとすると、あたしたちも、考え直さなければならないのよ」

「そうかね」

「あなた、お忘れになったの、氏田観光からの話を……」

「忘れやしないよ。大体、あの話に乗る決心をしてるんだ。長い争いの玉屋には勝ったし、アス研究にはケチをつけられるし、おれも、足刈には、未練がなくなってきたんだ……」

小田原日報に出た記事は、意想外に、幸右衛門の自尊心を、傷つけたらしい。アス学説なるものを、素人の空想といわれてちょっと、返す言葉が見当らなかったのが、いかにも口惜しい。旅館経営の片手間にやってる仕事だから、専門学者は、そんな風に、色眼鏡で見るのである。ほんとは、旅館の方が、片手間なのだが――

つまり、彼が、いつまでも、学者に踏み切らないから、こんなことになるのである。専門雑誌にデータを発表するとか、著書の一、二冊も出せば、もう、学者として、通用するのだが、その前に、若松屋主人の肩書きを、是非とも、捨てる必要がある。諸般の事情から、その時機は、眼前にきているのではないか――

「あたしだって、田園調布の生活が、目さきにチラつき出してきたわよ。それに、何といっても、ハタゴ屋のおかみさんていわれるより、学者の奥さんの方が、うれしいわよ」

「そうだろう。お前の腹は、よくわかってるのだが、明日子が、急に、寝返りを打って……」

「でも、ついこの間まで、こっちが、若松屋の跡つぎになれって、あんなに勧めてたんだから、今さら叱るわけにもいかないし……」

幸右衛門夫婦が、明日子の心境の変化を、恋愛が原因と感づかないことも、その恋愛の相手が、乙夫ではないかと、疑わないことも、歯がゆいほどだが、世間の親というものは、大体、わが子の問題となると、このような、見当ちがいを、行いがちなのである。

もっとも、明日子の態度も、およそ、恋に悩む娘のそれと、遠かった。痩せるとか、顔色が悪くなるという現象もなく、食事は、以前より進む様子で、言語もハキハキと、生まれつき明るい娘が、最大の燭光を放ってる趣きだった。

恋をすれば、もの想いに沈むというのは、八百屋お七とか、川島浪子の時代であって、むしろ、勇気を獲得するのが、生物の自然だろう。ことに、彼女の場合は、恋人と同時に、新足刈建設という大目的も、併せ得たので、とても、クヨクヨと、もの想いに沈むヒマはなかった。

——十年たって、ご覧なさい。この古い足刈が、箱根で、一番、新しい世界になるから……。

彼女は、乙夫を信じ、また、計画の成功を、ツユほども疑わないから、ただ、目的に突進すれば、いいのである。それに、学校の暑中休暇も、残り少くなってきたから、旅館経営の勉強に、一層、馬力をかけねばならない。

毎日、彼女は、若松屋に詰め切りだった。そして、お部屋に引っ込んでれば、いいものを、帳場へ出たり、時には、料理場に入って、見学を志すので、雇い人の方では、うるさくてかなわない。

「おかみさんも、小うるさい方だが、お嬢さんとくると、見境なしに、口を出すから、やりきれたもんじゃねえ」

「ほんとだよ、姑《しゆうと》の上に、小姑が一人、ふえたようなもんだ」

しかし、何といわれても、彼女の熾烈な研究心は、変らなかった。

実際、旅館商売も、常識ではわからないことが多く、例えば、客用のユカタや帯なぞが、一夏の間に、三十ぐらい、消えてなくなるのである。結局、お客に、ドロボウが多いということになるが、それほど、悪人ばかり、泊るわけではない。清遊のスーブニールとして、ちよいと、そんなものを、持ち帰りたくなるらしい。といって、旅館の方では、いちいちカバンの検査をするわけにいかず、この頃では、ユカタや帯は、宣伝費として計上するようになった。その代り、ユカタは、若松の模様を註文して、字も染め出してある。細帯の方は、裏側に、天下の霊湯、箱根カリの湯、若松屋と、ハッキリ印刷してある。こうして置けば、盗んでいったお客が、宣伝をつとめてくれるわけで、新聞に広告を出すより、安上りなのである。

そういう商売の機微を知って、明日子も、いよいよ研究心を燃やしたが、日に一度、例の石垣の穴をのぞきに行くことは、決して、忘れなかった。

今日も、夕暮れ時を選んで、秘密通信をとりにいくと、新しい紙片が、穴の奥に、ほの白かった。

——いよいよ、出発の日も迫りましたから、お別れの話をしたいと思います。明朝四時半に、朝日ケ丘へ、どうぞ。弁天神社は、この頃、人目が多くなりました。乙。

それが、乙夫の手紙だった。

明日子も、乙夫の出京の期日は、知っているのだが、そのわりに、別れが悲しくないのは、一つは彼女の性分であり、また一つには十年後の大計画の第一歩と考えるからだった。

そうはいっても、出発前に、一度、ゆっくり話したいと、思ってるところへ、この手紙だから、うれしくないわけはない。朝の四時起きという難事も、ものの数ではなく、その夜は、早く自宅へ帰って、寝についた。

翌朝は、そよ風吹く晴天。やがて、台風季節が近づくと、霧と雨に悩まされるが、それまでの一休み、といった晴れ方で、まだ薄暗い西方の空に、美しい金色の星が輝き、身をひき締める暁の冷気が、流れていた。

明日子は、ソッと、雨戸を開けて、外へ出たのだが、万一、両親に気づかれても、立派に弁解のできるよう、花バサミとバケツを、用意していた。

「客室へ活けるお花を、朝日ケ丘へとりにいくの。朝、早くでないと、花がしぼんじゃいますからね」

最近の彼女の旅館傾倒振りからいって、不思議のない行動である。それに、箱根も、ひどくセチがらいところであって、人の持ち山で、木の枝一本切っても、後がうるさいのだが、朝日ケ丘は、玉屋と若松屋で、半分ずつ所有してるのだから、若松屋の領分に、明日子が花をとりにいくのは、まったく、自然なことだった。こんな、うまい口実を、考えつくというのも、彼女が、乙夫と交際してから、頭のよくなった証拠である。

朝日ケ丘は、弁天堂のある六字ケ池の湿原の細道と、一号国道から、道というより、ガケを登っていく道と、二つあるのだが、彼女は、アシの間の道は、気味が悪いから、後者を選んだ。

道は、ずっと上り坂になり、相模湾の一角が遠望できる地点へきた。そっちの空は、うっすらと、朱と金の輝きを見せてるが、まだ、日の出には、間があった。

彼女は、腕時計を見た。

――あら、ずいぶん、日の出がおそくなったわ。

四時三十七分である。つい、この間までは、もう、高麗山の頂きが、朝日で染められる時間だったのに――

彼女は、国道のふちから、赤い肌を露出したガケに、足向きを変えた。こんな時間でも、トラックが何台も通り、彼女に、ヒヤカシの声を投げていく者もあった。

彼女は、急なガケを、登り始めた。土がザラザラして、何度も滑りそうになったが、

「お嬢さん、ここです」

上から、声が降ってきて、同時に、白い、たくましい腕が、さしのべられた。明日子は、それに、すがった。

乙夫は、六字ケ池の道を通って、先着していたのである。例によって、時間を守ること、昔の国鉄のように、正確だった。

「早くお起しして、すみません。でも、五時からは、働かなければなりませんから……」

柔和で、明るい声が、聞えた。

「いいわよ。花とりに、カコツケてきたんだもん……」

彼女は、ハサミとバケツを見せた。

「何になさる花です」

「お客座敷へ、生ける花よ。立派な口実じゃない？」

「口実になさる必要は、ありません。ぼくも一緒に、花をとりますから、持ってお帰りなさい。若松屋さんも、生け花の師匠が生けにくるんでしょうが、花代だけは、助かります」

「そうね。部屋数が多いから、バカにならないわね」

「あ、河原ナデシコが、咲いてます……」

乙夫は、朝露に濡れた可憐な花を、パチンと切った。

「ありがとう……。あたし、あれから、旅館の仕事を、ずいぶん、マスターしたわよ。何だか、もう、わかっちゃったみたい……。十年なんか、待つ必要ないんじゃない？」

「そいつは、即断です。決して、そう急に、身につけられるものではありません。うちのおかみさんのようになるのには、大変な努力と経験がいります」

「そうかなア。じゃア、何を重点的に、勉強したらいい？」

「お嬢さん、試験勉強とちがうんだから、ヤマなんかはっちゃ、いけませんよ。帳場仕事、調理場関係を、一応、マスターしてから、人事にはいって下さい」

「人事なんて……」

「一番、重要なことなんですよ。雇い人を使う技術は、今後の旅館の最大課題です。民主主義普及のために、人の下に使われる女中や番頭の志望者が、とても、払底してるんです。その乏しい資源を、いかに、能率的に回転させるか……」

「そうね、日本式旅館の方式は、その点からも、行き詰ってるわね」

「将来は、サービスのオートメ化を、考えなくちゃならんでしょう。女中も、ロボットを使いましてね。それにしても、人は使わなければなりません。機械を動かす人間を……。そして、何といっても、最も重要な人事は、お客です。お嬢さん、お客を研究しましたか」

「いいえ、そこまでは、まだ……」

「世の中に、お客というものほど、気むずかしくて、わがままで、威張り屋で、見栄っぱりで、そのくせ、ガメつくて、不人情なものはありません」

「ママも、そういってるわ」

「しかし、気に入らないからといって、お客をクビにするわけにいきません。だから、一番、むつかしい人事なんです……。まず、お嬢さん、彼等が、何者であるか、何を求めてるか、どんな気持で、足刈へくるか——この点の研究から、始めて下さい……。おや、ホトトギス草が、咲いてますよ。ハサミを、貸して下さい……」

じきに、別れなければならない、相愛の二人だったら、もう少し、甘い言葉の交換があっても、よさそうなものだが、当人たちとしては、これで、充分に、愛や誓いを、ささやき合ってるつもりなのである。旅館経営のことは、二人の将来に重大な関係があるのだし、〝あなたを愛します〟という語は、くりかえすことによって、効能を増すものではない——

「それで、氏田観光では、十年契約ということを、承知したの」

それだけは、明日子も、少し気になった。

「大丈夫です。北条さんが、玉屋へきた時に、直接に約束しました。北条さんは、心配するな、十年間で、お前を使いツブしてやると、いいました」

「酷使する気よ、きっと……」

「そうヤスヤスと、使いツブされませんよ。ぼくの方こそ、北条一角の長所を、吸いツブしてやります。それより、お嬢さん、二十六までには、度々、いろいろな……」

「縁談のこと？　バカね。成年以降は、憲法で保障されてるのよ、結婚の自由は」

「ぼくは、東京へ行ったら、十年間は、滅多に、足刈へ帰ってきませんよ。よござんすか」

「ヘッチャラよ。あたしは、足刈でしなければならないことが、ウンとあるもの」

「そうです。その意気です。そして、大人たちを、見返してやりましょう。われわれの世代の勇気と情熱と、そして、利害打算が、どれほどのものであるかを示して……」

「そうよ。あの連中ときたら、希望ってものが、全然、ないんだから……」

「そうですね。うちのおかみさんだけは、希望を失わない人だと、思ってましたが、とうとう、今度は、絶望家になりました。しかしそれだけに、お気の毒です。お嬢さん、ぼくが山を降りたら、おかみさんを、よろしくお願いしますよ。時々、見舞ってあげて下さいね」

「いいわよ。この間、火事の時にすっかり、仲よしになったんだもの……」

「ほんとは、おかみさんの生きてる間に、玉屋と若松屋の提携を、実現させてあげたかったんですが、そうもいきません」

「箱根人に、ケンカをやめろっても、ムリよ。あたしたちは、新しい箱根人だから、平和的解決を望むことが、できるのよ」

「そうですね、お宅のご両親だって、一応の理解は、持ってらっしゃるんですが、いざとなると、対抗意識をお出しになりますからね」

「だから、あたしたちの時代のくるのを、待つの。それまでは、隠忍持久《いんにんじきゅう》……」

「欲しがりません、勝つまでは、ね。でも、ぼくは、ちっとも、長いと思いませんよ」

「あたしも。十年なんて、何よ」

さすがに、前途、春秋に富むだけあって、十年を問題にしなかったが、乙夫は、話をしながらも、明日子のために、花をさがすことを忘れなかった。

「尾花やリンドウも、とって置きましょう……。おや、お嬢さん、ヘンなものが、落ちてますよ」

乙夫は、国道沿いのガケに、可憐な秋草を見出したので、赤い地肌の露出した傾斜面を、数歩降って、手をのばすと、花のある場所の近くに、石炭の断片のようなものが、二、三個、ころがってるのを、認めた。

彼は、花を切ってから、ついでに、その石片を二つ持って、明日子の側にもどった。

「はい、尾花とリンドウ……」

と、彼女に渡してから、彼は、石片をいじくり回した。

「何よ」

「変った石ですね。ただの石コロじゃありませんよ」

「トラックが、石炭をハネ飛ばしていったのよ」

「いや、石炭とは、色がちがいます。石質も、とても、堅いです。黒曜石かな」

さすが、優等生であって、中学で教わった鉱物の知識が、そっくり、頭の中にある。

「そんなもの、どうだっていいじゃないの。それより、十年後の話続けてよ」

「お待ちなさい。この石、確かに人工を加えた跡がありますよ。ね、サキが、こんなに、鋭くなってる。エーと、ぼく、何かの本で、こんな石を、見たことがある……」

「いいわよ、石なんか……」

明日子は、石片を乙夫の手から奪いとって、バケツの中に、投げ込んだ。

「あッ、惜しいな」

「時間の方が、もっと惜しいわよ。もうじき五時よ……。で、あんた、いつ、出発するの」

「三十一日の始発のバスです」

「見送りにいきたいけど、やめた方がいいわね。ただ、バスの窓から、あたしの部屋の方、見て頂戴。手を振るわ」

「ぼくも、手を振ります」

「それから、あんたに、何かおセンベツあげたいと思って、この間から、ずいぶん考えたの。小田原へ降りて、万年筆か、腕時計買ってこようかと、思ったけれど……」

「両方とも、ぼく、持ってます」

「あまりにも、物質的で、平凡なおセンベツで、あたしたちの将来の希望に、ふさわしくなくて、いやんなったの。そんな品物よりも、いっそ、無形のおセンベツの方が……」

「無形？　何を下さるんです」

「あの……あんた、もう、あたしの家来でなくて、いいの。これからは、対等よ。そう思って、東京へいって頂戴！」

「わかりました。ありがとう。でも、ぼくは、お嬢さんに、永遠のローヤリティーを……」

「お嬢さんなんて、いわないで」

「はい。では、ぼくも、あなたに贈り物をします」

彼は、明日子のバケツの中から、さっきの石をとりだした。

「この石は、普通の石ではありません。ことによったら、幸福の石かも……」

その時に、二人の顔が、一時に金色に染まったのは、相模湾から壮麗な日の出が始まったからだった。

「あッ、きれい！」

二人は、石を手に持ち合ったまま、東天をながめた。初めて箱根へきた。アス族の若い二人のように——

幸福の石

乙夫は、ついに、山を去った。

始発の小田原行きバスは、ガラ空きで、ビニールのバッグと、大きなフロシキ包みを持ち込んでも、置き場所は余った。

見送りは、小金井夫婦と、風呂番の忠さんだけで、小金井も、いうだけのことは、いいつくしたので、

「じゃア、元気でな……」

と、一言洩らしただけだったが、彼の声は、朝霧の濃さに負けないほど、曇っていた。

恐らく、娘を吉原へ売る貧農の父親も、彼のような愛惜と、自責を感じたろう。そして、乙夫は実の子と同じように、彼等夫婦の手で、育て上げたのである。

しかし、乙夫の方は、ひどく、元気だった。サラリーマンの生活も、苦界にちがいないが、胸の大望が、すべてを忘れさせるのである。そして、バスが動き出した直後に、若松屋主人の自宅に向って、手を振るべき約束も、待っている。

幸い、霧が深かったので、バスは徐行で、明日子の家の前を通った。ちょっと視界は、悪かったが、明日子の白い掌が、霧の中の蝶のように、舞っていた。こっちも負けずに、長い

手を、水車のように振り回して見せた。

朝霧が出るようでは、秋の兆し。

乙夫の出発の翌日は、二百十日で、その日は無事だったが、数日後に、豆台風が通過して、豪雨が、夏中の山の汚れを、すっかり洗い流すような、降り方だった。

その後は、秋晴れになった。

山の下より、一月早い秋がきて、空はクッキリと澄み、朝夕の冷気は、セルを着ないと、しのげなかった。

夏の客は、すべて、退散した。秋の本格的シーズンのくるには、ちょっと間があり、玉屋も若松屋も、閑散だったが、梅雨時のそれとちがって、タンマリ儲けた夏の後だから、満腹で眠くなったような、明るさがあった。

女中たちや、板場の連中も、夏の疲れを口実に、午睡をしたり、おしゃべりに、日を暮した。そして、店を去った乙夫のことが、なにやかやと、噂にのぼった。

「乙夫は、氏田観光にはいったんだってね。きっと、この家も、先きが知れると、見切りをつけたんだろう」

「悧巧な子だからね。でも、よく、おかみさんや小金井さんが、手放したもんだよ」

「乙夫の奴、役に立つのを、鼻にかけて、賃上げでも持ち出したんじゃないかね」

「大きに、そんなことかも、知れないよ」

実際、乙夫が役に立った証拠には、彼がいなくなった帳場は、ヒマな時だったからいいようなものの、誤算や誤記が、数件も発見された。小金井支配人が、また、帳場に坐らざるを得なくなったが、やがて、税金の申告期がきたら、あのミゴトな書き込みを、だれに頼もうかと、頭を悩ませた。

「乙夫は、いまごろ、どうしているかねえ」

病床のお里婆さんも、そんなツブヤキをもらすことが、度々だった。

婆さんの容体は、変らなかったが、乙夫がいなくなったことが、ひどく、寂しそうであった。

「独身寮ってところは、どんなところだろうねえ。若い男ばかり集まって、不精ったらしく、暮してるだろうねえ」

「そんなこともござんすまい。大きな会社の寮なら、設備も、旅館並みだそうで……」

小金井の細君が、慰めた。

「そうかねえ。あたしは、どうも乙夫を出したことが、気がとがめるんだよ。あの子の出世のためといえば、人聞きはいいが、ほんとのところは、身売りだからね。まるで、九頭竜さんの人身御供に、赤ン坊を出したようで……」

「乙夫も、もう、一人前でございますよ。深い考えがあって、山を降りたんでございますから、当人としては、大ハリキリで、出発の時も、ちょいと、応召軍人みたいな……」

「そうかい。ベソもかかなかったかい」

「それどころじゃございません。やっぱり、若い者は、一度は東京で働くのが、望みなんでございましょう」

「それにしても、寅さんが、大変だね。乙夫に行かれちゃうと、寅さんが、一手に働かなくちゃならないから……」

「はい、一時は、だいぶヘコたれましたけど、もう、覚悟をきめたようでございます。よしッ、もう十年ガンばるぞと、申しまして、元気を出しましたから、ご安心下さいまし」

「へえ、寅さんが、そんな気になってくれたか。ありがたいね。まア、あの人は、まだ若いから、十年ガンばる気になれば、できない相談でもないだろうけれど……」

「あら、ご新さんだって……」

「いいえ、あたしは……」

婆さんは、左右に、首を振った。

「あたしは、とても、十年は待てないよ。まア、あと十月保てば、大デキだね。寅さんや乙夫が、そんなに一所懸命に、店のことを思ってくれるのは、うれしいが、あたしは、あの人たちの働きを、しまいまで見れないよ。とても、それまで生きちゃいられないよ……」

「何をおっしゃいます。乙夫も、うちの人も、ご新さんお一人のために……」

「ほんとに、ありがたいと、思っているよ。でも、もう、あたしゃアあきらめたね。若松屋との長いケンカにも、敗けてしまったし、そのおわびを、早く、お先祖さまのところへいって、申しあげなければ……」

婆さんは、すっかり、生きる力を、失ったようだった。小金井の細君も、慰めの言葉を、使いつくしたように、黙ってしまった。

そこへ、一大事出来《しゅつたい》という風に下足番が飛び込んできた。

「おかみさん、若松屋の娘が、お見舞いだといって、玄関へきてるんですが、ボッ返してしまいましょうか」

「そんな、お前さん、失礼な……いいから、ここへ、お通しおし。あのお嬢さんには、火事の時に、厄介になってるんだしね……」


「こんちは、おばアさん……」

明日子は、デニムのパンツの足を、大股に、運んできた。

「あら、おいでなさい……」

婆さんは、寝床の上に、起き上ろうとした。

「寝てらっしゃいよ」

「いいえ、たまには、こうしないと……。いつかは、ほんとに、大変お世話になりましたね。あれっきり、お目にかかれなくて……」

「いかが？　お元気？」

「ご覧のとおりですよ。燃え残りのお線香みたいなもので……。明日子ちゃんは、まだ、学校は？」

「まだ、少し、お休みが、残ってるの……。おばアさん、寂しいでしょう、乙夫ちゃんが行っちゃって……」

「はい、それは、何といっても……。赤ン坊の時から、うちにいた男ですしね……」

「わかるわ。でも、悲観しないでね。あたし、時々、慰めにきてあげるから……」

「あなたが?」

婆さんは、少し、驚いた。

一体、明日子が玉屋へ足を踏み入れるということからして、妙なのである。無論、彼女は、一度だって、お里婆さんを訪ねたことはなかった。そういえば、婆さん自身が、若松屋の自宅で、晩飯を食ったことも、妙な話だったが、あの時は、火事の騒ぎだから、仕方がない。少くとも、婆さんの意志ではなかった。それを、今日は若松屋の娘が、正式に、玄関から訪ねてきたのである——

「それは、ありがとうございますが、ご両親のおいいつけですか」

婆さんは、サグリを入れた。

「あら、あの連中は、冷戦を忘れっこないわよ。あたし、自分の自由意思できたのよ」

「さいですか。何にしても、お礼を申しあげますよ。でも、明日子ちゃんは、乙夫の頼みで、火事の時も、あたしを助けて下さいましたね。今日、おいで下さったのもことによったら、乙夫が……」

婆さんの目は、鋭かった。

「ご名答。でも、そればかりでもないのよ」

「すると、明日子ちゃんは、このババアが、寂しかろうと思って、わざわざ……」

「そればかりでもないかな。まアいろいろね」

「では、深くはうかがいますまい。それにしても、あなたが乙夫と、ご懇意にして下さるなんて、あの時まで、あたしゃアちっとも、知りませんでしたよ」

「そうでしょう。秘密で、勉強を見て貰ってたんですもの。弁天堂の裏で……」

明日子は、クスクス笑った。

「ご両親にも、内緒でですか」

「そりゃア、そうよ。あたしの自由意思で、教わったんですもの」

「乙夫も、自由ナントカだったんですね。あたしにも、小金井にも一言もいいませんでした」

「それが、あたしたちの特権よ」

「すると、明日子ちゃんと乙夫は若い者同士で、気が合うってわけですね」

「そうよ、とても……」

「乙夫、お好きですか」

「好き、大好きよ」

明日子は、何の躊躇もなく、いいはなった。

ここで、お里婆さんは、第一暗示を得た。

——これは、乙夫とこの娘との間に、何かあるな。

何かといえば、若い者の間には色恋にきまっている。しかし、この娘は、乙夫がいなくなったのを悲しむ様子は、一向なく、また、好きかと問われて、少しも恥じずに、大好きと答えている。まだ、色恋というところまで、進んでいないのかも知れない。

それにしても、これは、困った事件である。明日子が色恋をするのは、勝手だが、乙夫は婆さんの店の雇い人であるのが困る。フリッツ兵曹が、お留をハラませた時には、婆さんは、若松屋へネジこんだが、今度は、こっちが一札とられる番らしい。たとえ、深い仲でなくても、落度ということは、免れない。

しかし、ほんとに困るのは、若松屋の方であって、ことに、気位の高い幸右衛門夫婦は、乙夫を婿に迎えることに、絶対反対をとなえ、明日子と大悶着をおこすだろう。

――ちょっと、面白いじゃないか。なにもかも、乙夫が足刈へ帰ってくる十年後のことだが……。

婆さんは、イタズラをする子のような笑いを、心の中で感じた。そして、その頃まで、自分は生きていないから、若松屋からネジこまれたところで、痛くも、カユくもない……。

――これは、知っても、知らん顔をしてるに限る。

婆さんが、そう思った時に、明日子が質問してきた。

「ねえ、おばアさん。旅館経営の一番の要諦は、何でしょう。教えて下さらない？」

「要諦って、コツのことですか。そりゃア、一口には、申せませんよ。でも、そんなことを覚えて、どうなさるんです。まさか、明日子ちゃんが、若松屋を背負って立つわけでもないでしょう。第一、あなたは、旅館が大嫌いで、東京へお嫁にいくんだって、評判ですよ」

「あたし、全然、変っちゃったの。旅館も、足刈っていう土地も大好きになっちゃったのよ。

だから、この商売を研究しようと思って、この間から、とても勉強してるんだけど、英語や物理より、もっと、むつかしいわよ。うちのパパやママは、どうも、職業に不忠実なところがあって、教師として、失格だと思うわ。そこへいくと、おばあさんね。職歴七十年で、真剣に、一生を……」

「そう賞められちゃア、あたしも何とか、いわなくちゃいけませんね……。明日子ちゃん、この商売で、一番、大切なものは、人使いですよ」

「人使い？　つまり、人事ね。乙夫も、そういってたわ。乙夫は、やっぱり、えらいんだな……」

明日子は、三日にあげず、お里婆さんを訪れ、旅館経営の秘訣を、授かろうとした。婆さんとしても、そんなに信頼されてみると、明日子が憎いわけでもなく、また、退屈な病床に、若い娘の明るさと、とりとめなさが、かえって、慰めとなってきた。八十九と十六の女の間に、友情といっていいものさえ、生まれかけていた。

しかし、そう足繁く、明日子が玉屋を訪れれば、両親の目につかないはずもなかった。たまりかねて、母親が注意した。

「あんた、この頃、よく、玉屋のお婆さんのところへ行くらしいわね」

「そうよ、悪い？」

彼女は、少しも、秘そうとしなかった。

「今までのうちと玉屋の関係を、知らないわけじゃないでしょう」

「そりゃア、知ってるわよ。だから、和平運動の助けになるように、訪問してるのよ。もともと、玉屋とは、親類じゃない？　百五十年も、ケンカしてたことが、不合理じゃない？」

「そんなことは、子供の関係したことじゃないの。一体、お婆さんのところへ、何しにいくの」

「不幸な老人を、慰めてあげることと、それから、旅館経営者のベテランとしての彼女に、教えを乞うことと……」

「バカらしい。旅館のことなら、あたしが教えてあげるわよ」

「でも、玉屋のお婆さんに比べると、ちょっと落ちやしない？」

「何いってんのよ。それにね、うちは、近いうちに、旅館やめるかも知れないのよ。そしたら、田園調布にお家を持って、あんたも、東京の白バラにでも、転校してもらって……」

「絶対反対！　あたし、東京なんかいかないわよ。足刈で、一生を送るつもりよ」

「まア、この間まで、何ていってたの。足刈は、世界中で一番きらいで、旅館商売も……」

「変ったっていいでしょう、いい方へ転向するなら……。だって、この間までは、ママは、あたしが、若松屋の跡つぎになることを、あんなに熱望してたじゃないの。あたし、その方へ転向したのよ。ママから、感謝されていいはずだわ……」

事実、その通りなんだから、母親も、一言もなかった。

「明日子ったら、ほんとに、憎らしい。こんなことを、いうのよ」

彼女は、早速、良人のところへ、相談に行った。

「まア、ぼくに、任しときなさい。ぼくは、跡つぎ問題のことを、強くいわなかったから、言質は与えてないんだ。若い娘が、東京へ出たくないはずはないし、今はそんなことをいってても、また風向きが変ってくるよ。それから、玉屋の婆さんのところへ、出入りするのも、見ないふりをして置けば、いいのじゃないかな。もう、ケンカは、こっちが勝ったんだし、それに、氏田観光との話にしても、玉屋に協調的態度に出てもらわないと、スムーズにいかなくなる点もあるし……」

幸右衛門は、足刈退散の腹をきめたので、何事も、穏便に運びたかった。

それから、数日たって、明日子の学校も、いよいよ、明日から、新学期が始まろうという日だった。

山の秋意は、まったく明らかになり、ススキの穂は、白い波の泡立ちに似てきた。若松屋の持ち山から、新栗がとれたと、出入りの者が、届けてきた。

東京は、まだ暑いというが、客は、ほとんど帰ってしまった。この清涼な期間に、空いてる旅館で静養すれば、ワリ得なのに、十月の声を聞かないと、秋の箱根へ遊ぶ人は、少なかった。

店がヒマなので、幸右衛門の細君も、自宅で、冬着の支度をしていた。もっとも、自分で縫うだけのカイ性はなかったが、自分で選んだ反物を、自分でたつのは、女の愉しみの一つだった。

台所のガス台には、新栗をゆでる鍋が、かかっていた。

明日子は、休暇の最後の一日を、小田原へ遊びにも行かずに、朝早くから、若松屋へ、出かけていた。

カケスの鳴き声が、うるさいほど、弁天の山の方から、聞えてきた。

「森川さん、郵便！」

玄関で、声がした。

「はアい」

きよ子は、ヘラを捨てて、玄関へ立ったが、式台に投げ込まれた郵便物は、デパートや、投資信託の宣伝ばかりだった。たった一枚、信書があったが、それは、幸右衛門や、彼女自身宛ではなかった。

「森川明日子様――あら、男の字だわ」

彼女は、白い洋封筒に、活字のような、正確な書体で、ペン書きされた文字を見た。無論、彼女は、封筒を裏返して、発信人をたしかめた。

「まア、乙夫じゃないの――目黒区中目黒、氏田観光大志寮内、勝又乙夫……」

彼女は、封筒を、たちもの台の上に置いて、考え始めた。

彼女も、乙夫の出京や、その動機についてさえ、とうに、聞き知っていた。玉屋も、雇い人を売って、新築資金をつくるのかと、彼女は憫笑していた。しかし、その乙夫が、東京から、明日子に手紙をよこすというのは、合点がいかなかった。

最初は、乙夫を明日子の家庭教師にと、考えたくらいで、彼女も、彼の頭脳と品行に優良点をつけていたのである。また、玉屋出火の時に、乙夫からお里婆さんを託されて、明日子が世話をしたことも知っていた。

とはいっても、乙夫は、玉屋の一介の雇い人である。そんな身分の者が、東京へ行ったからといって、若松屋の令嬢のもとへ、堂々と、本名を書いて、手紙をよこすなんて、無礼である。世間の聞えも、あるではないか。

——一体、何を書いてあるんだろう。気になるじゃないの。明日子を呼んで、開封させてみようか。

しかし、明日子は、そうカンタンに、親の命令に従う娘ではなかった。ムリに、親の前で手紙を開封しろといったら、自分も読まぬうちに、二つに裂いて捨てるぐらいのことを、やりかねなかった。

結局、母親は、憲法違反の意志を起した。信書の秘密は、旧憲法にも保障されているくらいで、親といえども、これを犯すことを許されないが、親のうちでも母親とくると、憲法なんて、何よ——きっと親の気持も知らない人が、つくったにちがいないわよと、何の躊躇もなく、大法を破ってしまう。

きよ子も、特に遵法精神に富む方でもないから、娘の手紙を手にとると、台所へ立っていった。妙な場所へ出かけると思ったが、女のチエは格別であって、グラグラ煮え立つ新栗の鍋のフタをとると、立ちのぼる水蒸気に、手紙の封のところを当てた。見る見る、紙にシワが寄って、封のノリが、軟かくなった。そこへ、バター・ナイフのさきを差しこんで、巧みに、封をハガしてしまった。

――大丈夫、これなら、後で、わかりゃアしない。

こういう犯行は、女性に限ると、賞めてよろしい。

二枚の便箋が、四つ折りになって、それに、正確無比な活字的書体――

お嬢さま

お元気ですか。あれから、すでに一週間、ぼくは東京の生活人として、呼吸し、食事し、勤務してます。しかし、べつに、新奇な経験もありません。修学旅行で見た東京より、少しは立派な東京になっていますが、足刈で想像した以上の東京ではありませんでした。足刈のお客さんの大部分は東京で、そのお客さんを通じて、すでにぼくは東京を知っていたのでしょう。車の混雑といっても、シーズン中の日曜日の箱根国道で、ぼくらは見慣れてますからね。

ただ、空気の汚染のひどいのには、呆れています。実に、不健康です。その上、最近の現象だそうですが、何ともいえぬ臭気が、どこからともなく流れてきて、胸がムカムカします。足刈温泉も、硫化水素の臭いがしますが、とても、あんなものではありません。

東京は過度な人口を収容して、胃腸が消化不良を起し、そのために、あんな臭いガスを発散するのでしょう。しかし、お嬢さん、これは、われわれにとって、有利な現象です。臭気が増すにつれて、東京人は、必ず、一カ月一度、一週一度と、足刈のようなところへ、逃げてきます。

お嬢さん。

われわれの夢は、確実に、実現しますよ。われわれの誓いは、必ず、グローリアスな果実を結ぶでしょう。

今日の発令で、ぼくは本社企画部勤務に、きまりました。そして社長直属の箱根プロムナード道路建設班員に、任命されました。

すでに十年のうち、一週間が経過しました。もう、九年と三百五十八日！

あの朝日ケ丘の日の出を、常に心に描いて、日一日と、ゴールに近づきましょう。

もう家来でなくなった、乙

きよ子は、手紙を持って、良人の書斎へ駆け込んだ。

「あなた、あなた、大変！」

今日は、朝から机に向って、立花禎造に対する反論を書き、小田原日報に送ろうと思っていた幸右衛門は、

「何だ、騒々しい……」

と、不機嫌な顔を示した。

「何だじゃないわよ。明日子は、恋愛してるわよ」

「どうしてわかる、そんなこと……」

「だって、相手が、わかったんですもの。乙夫よ、乙夫なのよ」

「そんな、バカな……」

「論より証拠よ。これを読んでごらんなさい」

細君は、良人の鼻さきへ、手紙をつき出した。

「乙夫から、明日子にきた手紙かい」

「きまってるわよ」

「それを、お前が開封したのか」

「そうよ」

「いかんな。いくら、親だといっても……」

そういいながらも、幸右衛門は、手紙の文句を目で追った。それで、彼も、同罪になった。

「べつに、ラブレターらしい文句は、ないじゃないか。乙夫の東京論なんか、なかなか、面白いぜ」

「そりゃア、乙夫は頭がいいから、怪しまれるような文句は、書きゃアしませんよ。だけど、こっちも頭をよくして、底の底まで読んでごらんなさい」

「さア、この文面じゃ、どうも……」

「誓いって言葉がありますよ。明日子と二人で、将来を誓い合ったんですよ」

「そうかなア」

「それから、十年後という文句！　ほら、明日子も、十年たたなければ、結婚しないなんて、いい出したでしょう。そして、乙夫は、十年間、氏田観光で働いて、足刈へ帰ってくるって話でしょう。その時に、二人は結婚するって約束したんですよ」

「なるほど、そう聞くと、ツジツマが合うな。しかし、何だか、他愛ない誓いだぜ。子供の約束で、あまり、重視する必要はないんじゃないかい」

「そうはいきません。十年後のことは、別として、現在、明日子が、玉屋の雇い人と、こんな手紙のヤリトリをするというだけでも、あたしは、身の毛がヨダつんです。万一、これが、世間へ洩れてごらんなさい。いいえ、きっと、そのうちには……」

「まア、待ちなさい。朝日ケ丘で、二人が、そんな約束をしたらしいことが、書いてあるぜ。あすこは、アス族の旧跡であることが、ぼくの研究でハッキリしてるんだが、明日子は、やはり、自分の名に因んで、あんな場所を……」

「アス族なんか、どうでもいいんですよ。乙夫の奴を、どうしたらいいんです。まさか、あなたは、あんな者を、明日子のお婿さんに……」

「そう、騒ぎなさんな。ぼくだって、乙夫の頭のいいことと、態度も立派なことを、認めるとしてもだな、明日子の良人に適当だとは思わんよ。第一、あいつは、大学を出ていない。母親は、旅館の女中で、しかも、私生児だ……」

「父親だって、ドイツの下士官だから、きっと、家柄はよくないわ。その上、財産だって、何もありゃアしないだろうし……。やはり、うちと同格の家柄と財産のある家でなけりゃア、問題にはなりませんよ」

「それに、まだ、早いよ。もっとも、乙夫は、十年後といってるが……」

「十年待たれて、たまるもんですか。明日子は、二十六になっちゃいますよ」

「まア、そんなことより、きよ子、早く、東京へ出ようじゃないか」

「あら、どうしてですか」

「足刈にいるから、こんな、いやな事件が起きてくるんだ。田園調布にでも行って、一、二年暮していれば、明日子も、こんな、他愛ない約束は、すぐ忘れちまうよ」

「そりゃア、そうね。でも、あたし、くやしいわ。乙夫なんかに、明日子を誘惑されて……。玉屋へネジこんで、婆さんをあやまらしてやりましょうか」

「よせ、よせ、そんなことして、何になる。騒ぎを大きくするだけじゃないか」

「それも、そうね」

「もう、玉屋なんか、相手としないことだ。おれも、玉屋を説き伏せて、うちと一緒に、氏田観光に売りつければ、売り値も上ると、慾を出していたんだが、もう、うち単独で、話を運ぶことにきめたよ。こんな事件が起きちゃ、一刻も早く、足刈を退散したくなった。経営参加なぞやめて、株の配当だけ貰って、ノウノウと暮した方が、いいよ」

「賛成だわ。だけど、乙夫と明日子は、どの程度の関係だったんでしょう。まさか、肉体的な……」

「あたりまえだよ。まだ、十七と十六の子供じゃないか。恋愛のママゴトをやってるんだ」

「とは思いますけど、乙夫は、あの通り、一人前以上の体ですからね……。あたし、急に心配になってきたわ。ねえ、あなた、幸之助がやったように、あたしたちも、明日子の日記を、読んでみましょうよ。日記を読めば、大体、見当がつきますよ」

母親は、今度はプライバシーの侵犯を、企てた。

「そんなことまでしないでも……」

と、シブる良人を、彼女は、強いて、娘の勉強部屋まで、連れて行った。

「日記は、人に読まれたくないから、きっと、テーブルのヒキダシよ……」

母親は、片っぱしから、ヒキダシをかきまわした。

「おかしいわ。どこへ、しまっちまったんでしょう」

細君に話しかけられても、幸右衛門は、耳にも入れないで、娘のテーブルの上を、見つめていた。その眼は、ランランと、燃え上っていた。

ライティング・テーブルの上には、若い娘の好みらしく、赤いシェードの卓灯とか、色つき彫刻のブック・エンドとか、コケシ人形とか、聖母像名画の複製だとかいうものが、所せまく飾られてあるのだが、その中に、およそ不似合いな、二片の石のカケラが、丁寧に、婦人用ハンカチの上に、のせられてあった。朝日ケ丘で、乙夫が拾って、明日子に与えた石だった。

幸右衛門の目は、それに吸いつけられて、動かなかった。

「あなた、どうなすったのよ。早く、日記をさがして頂戴よ。不意に、明日子が帰ってきたら、困るから……」

細君は、別のヒキダシの底へ、手を入れ始めた。

幸右衛門は、腕組みをしたまま、無言だった。

「あなた、何をボンヤリしてらっしゃるのよ」

それには答えず、幸右衛門は、テーブルに手をのばした。

「不思議だ。やっぱり、ハンド・アックスだ。どうして、明日子は、こんなものを……」

幸右衛門は、石を目の近くへ持っていって、ためつ、すがめつ、細君の存在を忘れた。

「あなた、あたしのいうこと、聞えないんですか」

「それどころではない……」

「あなたこそ、そんな石を、いじくり回して……。あたしたちは、日記をさがしてるんですよ」

細君が、怒り出した。

「わかってる。しかし、明日子は、いつ、考古学に興味を持って、こんなものを……」

幸右衛門の目は、すっかり、すわってしまって、もう、乙夫のことも、日記のことも、念頭になくなった。

「きよ子、これは、大変なものだ。縄文期以前の人類が、木をきったり、土を掘ったりした、石のオノだよ」

と、コブシ大の石を、大切そうに示すと、今度は、小指のさきほどの黒い小石片をつまんで、

「これは、ブレードといって、肉を切ったり、皮をはいだり——つまり、料理ナイフだ。その時分の人類は、まだ、ほんとの農耕を知らない。ケダモノが沢山いたから、手当り次第、

それを捕えて、食っていたんだな。そして、ものを貯えるという習慣がなかったから、器というものが、まだ、なかったんだ。土器なぞのできたのは、それからずっと後のことだ。だから、これは、洪積世人類の使用した、無土器時代の旧石器の遺物で、非常に、貴重なものだ。まず、二万年ぐらい昔の……」

「二万年前なんか、どうでもいいんですよ。あたしたちは、明日子の今年の日記を読みに、この部屋へはいってきたんですよ」

「わかってる、わかってる。しかしだな、この石の輝きを、見てごらん。これは、黒曜石でこしらえたものだが、われわれの祖先は、この石を欠いては刃をつくり、刃がにぶると、また石を欠いて……おやッ！」

と、幸右衛門が、飛び上った。

「何ですよ、大きな声出して……」

「石に、新しい土がついてる。ローム層の土がついてる。こりゃあ、極く最近に、地中から掘出したものだ！」

　小田原の史学者立花禎造とは反対に、幸右衛門は、太古から、箱根山上に人類の住んでいたことを想定し、それが、遠い国から、太陽と山上の地熱を求めて、移動してきたアス族であると、考えていた。そして、その箱根人の祖先が、必ず、山上のどこかに、遺品を残してると、信じていた。

といって、一個人の力で、大がかりな発掘も行えないので、時機を待っていたが、たまたま、小湧谷の常春苑建築の大土木工事が始まった時に、県の教育委員会に調査を申請し、それが実行されたことがあった。しかし、その時はすでに、整地が完了した後で、収穫はなかった。次ぎの機会は、二ノ平にモーテルが建築されると聞き、同様の申請をした。この時は、土木工事の最中であり、縄文土器の破片が採集された。

それに自信を得た彼は、さらに遠い昔にさかのぼる縄文前期の遺品の発掘を、夢みていたのである。

——必ず、ある。山の上のどこかに、必ず、縄文以前の遺品が眠ってる！

そして、その埋蔵地点を、宝蔵山麓、穂無平《ほなしだいら》、土肥畑《といのかふち》、弁天山、朝日ケ丘、双子山頂なぞと、見当をつけていた。何万年か前、諸峰がまだ火を噴いていた時代の箱根に、原人的人類のアス族が、朝は山岳信仰の祈りを神にささげ、昼は、巨獣を追って、その日の糧を仰いでいたとすると、狩猟の器具や、獲物を截断する用具ぐらい、どこからか、出土していいはずである。

しかし、そんなものは、破片すら発見されず、さすがの幸右衛門も、最近は、少し、自信がグラつき、立花禎造の嘲笑が、身にこたえるわけなのである。

ところが、彼の夢想した石器が、きわめて完全な状態で、二つも、わが娘の勉強机の上に、のっていたというのは、何という奇蹟であるか。

はじめ、彼は、明日子が、ひそかに考古学に興味を持ち、学習用の模型でも買ったのかと思った。しかし、手にとって、よく眺めると、紛れもない黒曜石であって（どこの国の縄文以前の石器でも、その石が多かった）しかも、足刈付近の出土品の証拠には、まだなまなましい赤い土が、付着してるのである。

彼は、狂喜して、体が震え出し、口もきけなかった。われを忘れるというのは、ほんとに、こういう状態をいうのだろう。気がついた時には、二つの石片を抱えて、自分の書斎へ飛び込んでいた。

「あなた、日記は、どうなさるんですよ」

細君が、追いかけてきた。

「日記なんか、どうでもいい。明日子と乙夫の問題は、お前にまかせるよ。それよりこの石器を、明日子がどこから拾ってきたか、知りたいんだ。おれは、明日子の口を、八つ裂きにしても、それだけは、白状させるぞ！」

それでも、午後になると、幸右衛門の昂奮は、やや静まってきたが、その間にも、彼は、二つの石器を、茂呂や茶臼山の出土品の写真と比べたり、考古学事典をひっくりかえしたりした結果、無土器時代のものであることに、絶対の自信を得た。

こうなれば、明日子を呼んで、発見の場所を問いただすのが、急務であった。彼女は、いわば、宝庫の鍵を知る、唯一の人間であった。

――あいつは、わがまま娘だから、カサにかかって質問すると、ヘソをまげて、口を閉じるかも知れない。できるだけ平静に、父親らしい温顔をもって……。

彼は、ひどく、神経質になって、あらゆる準備を整え、店に電話をかけて、明日子を、自宅の書斎へ呼んだ。

「パパ、何の用？　あたし、仕入れ伝票の計算をやってて、忙がしかったのよ」

彼女は、寸暇を惜しむという人のような、表情を示した。

「いや、大した用でもないんだ。店の仕事に、だいぶ、熱心なようだね」

「ええ、とても……。ねえ、パパ、あたし、番頭の言葉で、気に入らないことがあるのよ」

「そうか。それは、いずれ……」

「今、聞いてよ、お客さんが着くと、番頭が、お早いお着きさまでと、いうでしょう。あれ、どういう意味？」

「意味といって、べつだん……」

「早く着いたから、どうだというの」

「昔は、道中が危険だったから、早い時刻に着いて、おめでとうというのだろう」

「そうか。それならいいとして、サマというのは？」

「それは敬称だ」

「早く着いたという事実に、なぜ、敬称をつけるの」

「なぜだか、おれは知らんよ。ご苦労さんというようなものだろう」

幸右衛門は、ジリジリしてきた。

「とにかく、あんな非文化的挨拶は、うちでは、やめさせましょうよ」

「よろしい、絶対禁止……。そこで、明日子に、ちょっと、聞きたいことがあるんだがね」

彼は、ついに、我慢しきれなくなった。いよいよ重大質問を始めると思うと、優しく装った声も、強くなった。

「今日、ぼくが家にいると、一疋の毒蛾が、飛び込んできてね」

彼は、用意したウソから始めた。

「今ごろ、毒蛾がいるかしら」

「いや、いたよ。それで、家じゅう追っかけ回したが、なかなかつかまらない。とう、とう、お前の部屋へ、飛び込んでしまってね」

「あたし、ドア閉めて置いたはずだけど……」

「いや、開いてたよ。そして、毒蛾は、やっと退治したが、ふと、お前のテーブルの上を見ると、面白い石が、二つ、置いてあってね。あれは、パパの研究上、大変、役に立つものなんだが、どこで、拾ってきたね。それとも、だれかに、貰ったのかね」

「ああ、あれ？」

と、いったが、明日子は、急に口を閉じた。何か、警戒の色が、彼女の目に浮かんだ。

「うん、かくさず、いってくれないか。パパは、お前の好きなものを、何でも、買ってあげるがね」

親が猫ナデ声で、こんなことをいう場合に、ウッカリ乗ってはならぬと、子供の本能が、教える。

「そんなこと聞いて、どうするのよ」

「いや、是非、それを知りたいのだ。お前の名を、明日子とつけたほど、パパはアス研究に、十六年間も心血をそそいでることは、わかってるね。そのアス研究に、決定的な裏づけをしてくれるのが、あの石コロなんだよ」

「あんな石が？」

「あれは、ただの石ではない。縄文前期、無土器時代の人類が用いていた……数万年前の生活用具なんだ……」

「あら、ウソよ。そんな、太古の遺品が、朝日ケ丘の地面の上に、ムキダシで落ちてるなんて……」

「えッ、朝日ケ丘？」

幸右衛門は、大声を発した。果然！　果然――彼が、出土可能の線をひいていた地帯の一つである。

同時に、彼は、乙夫の手紙の中に、朝日ケ丘の日の出と、書いてあったのを、思い出した。

「いってくれ、いってくれ、明日子、あの石は、ムキダシのまま、地上に……」

幸右衛門は、呼吸をアエぎ、眼をすえて、娘に詰め寄った。

「そうなのよ。花をとろうとしたら、地面に落ちてたのよ。でも、ハッキリは、知らないわ。あたしは、自分で拾ったんじゃないんですもの……」

「お前じゃない？　すると、だれだ」

明日子は、とんだ口をすべらせたことを、後悔しながら、

「だれだって、いいじゃないの」

「よくはない。これだけの大発見をした、功績者の名は、永く、学界に伝えられなければならない……」

「困ったなア。どうしても、いわなくちゃならないの」

「お前が発見者だと、ぼくも満足なんだが、同行者が拾ったのなら、ウソをいうわけにもいかんから……」

「じゃア、いうわ……。乙夫よ」

明日子は、詰問と叱責を覚悟しながら、敢然といった。彼女は、これを機会に、父親に、乙夫との約束を宣言し、反対されたら、必死の抗争を始める腹だったのである。

ところが、父親は、乙夫と二人で、朝日ケ丘へ行ったことも、手紙のことも、全然、不問に付したばかりでなく、何か意味ありげに、眼を走らせて、考え込んだ。

「うん、それは、不思議だ。乙夫の苗字は勝又だろう。勝又は、スワ族の名で、母親は、宮城野の女だ。つまり、アス族の後裔なんだ。その乙夫が、アス学説に因んだ明日子と二人で、朝日ケ丘で、アスの遺品を発見するというのは、こいつは、ただの偶然といいきれない。遠い、太古の呼び声が、今、ぼくの耳に、聞えてくる……」

叱言どころかどうやら、お賞めの言葉らしいものを、父親から頂戴して、明日子は、ホッとした。

——パパは、アスに夢中だから、そっちの線から、乙夫との結婚を理解させたら、きっと、うまくいくんじゃないかな。

彼女は、早くも、次ぎの作戦を考えた。

それにしても、あの石炭のカケラのような石片が、こんな結果を生むなんて、思いもよらないことだった。乙夫は、幸福の石だといって、明日子に贈ってくれたのだが、何という頭のいい男だろう。こんな将来を、予見していたのだろうか——

同時にそれは、幸右衛門にとって、最大の幸福の石だったので、彼は、一通り、娘に口を割らせると、もう、居ても立っても、いられなくなった。

「明日子、この石器を拾った場所を、覚えているだろうな」

「ええ、そりゃア、無論……」

「よし。すぐ、これから、案内しなさい」

彼は部屋着の単衣に、細帯という姿だったが、着がえをする間も惜しく、下駄をつっかけた。もっとも、尻ハショリをすることは、忘れなかった。

外へ出ると、かなり、強い風だった。青空に、低い雲が飛び、木々の梢は、サッサッと、音を立てていた。野分の前駆の箱根の山風だった。

明日子は国道沿いから、父親を案内した。赤い土が、濃淡の層をなして、崖となってるところから、朝日ケ丘へ登りかけた。

「フーム……」

幸右衛門は崖の途中で、腕組みをした。宝の山を目前にしても、実をいうと、彼は、まだ、半信半疑だった。あんな太古の遺品が、地上に露出していたということが、不可解だったからだった。

しかし、彼は、玉屋善兵衛が、宮ノ下から湖畔へ、新道を開き、それを拡張整備して、一号国道が建設された時に、この朝日ケ丘の土を、大きく切りとったことを、思い出した。しかも、それから、数度の台風で、この崖が削りとられ、最近では、六月の集中豪雨で、多量の土を、洗い流したことに、思い当った。

――そうか。大自然と日本政府が、力を併せて、遺跡の発掘工事を手伝ってくれたのか。

彼は、はじめて合点した。

勇気が百倍して、なおも、崖を登ると、

「パパ、この辺よ」

明日子が、地面を指さした。

彼の眼が皿になり、赤く血走った。ローム層といわれる、赤土の層の上を、所々に生えてる夏草の根をわけて、彼の指が、走り回った。

「あった！」

彼は、大きな声をあげて、小さな石刃を、拾い上げた。

「あった！」

「あった！」

石刃や、尖頭器や、石斧まで、無数に、地上に顔を出していた。

こんなことが、あっていいのか。夢でなければ、こんなことが――

慾張り爺さんが、路上に散乱する金貨を拾うように、彼は、何ごとも、忘れて、手を動かした。

秋彼岸

秋の彼岸がきて、玉屋の裏山にある先祖代々の墓に、花と線香が手向けられたが、お里婆さんは、例年の墓まいりもできなかった。

今年の夏は、足刈でも、不快指数の高い天候が続き、その期間は、婆さんも、むしろ元気だったが、秋口になってから、疲れが出たらしく、衰弱が目に見えた。

「こういう病人は、陽気の変り目に、悪変することがあるから、気をつけて下さいよ」

小田原の医師も、小金井にそう警告した。

しかし、婆さんは、体の衰えとは反対に、いつもニコニコと、有和《ゆうわ》的な、やさしい顔つきをしていた。出火以来、嘆きと悩みの挙句、ヤケ半分の諦めが生まれたか、今では、八十九年生きた人間のチエが働き出したのか、天命に従順なのが、最上の生き方、死に方であるのを、悟ったかのようだった。

——あの世へ、何を持っていけるものではないし……。

若松屋との長い戦いに、敗れたといって、妄執のトリコとなるのは、愚かではないか。長い間には、どちらかが勝ち、どちらかが負けるのは、定法であり、もともと、同じ一家の両店の盛衰を、大きな目で見れば、どっちが勝っても同じことではないか。今まで、ケンカを続けてきたのが、おかしいとさえいえる——

後、十年もたてば、玉屋の方に運が向いてきて、乙夫がどんな働きを見せるかも知れないが、そんな空頼みに心を残すよりも、現状のすべてに満足して、この世を去るのが、一番の幸福というものだ——

ただ、婆さんも、信心するお薬師さまに、一つぐらいのお願いの筋は、持っていた。

それは、乙夫と明日子のことである。

彼女は、鋭いカンで、二人の仲を感づいたが、二人の結婚が実現するには、あまりにも多くの困難と障害があるのを考え、否定の側に立たないでいられなかった。

しかし、この頃になって、薬師さまにお願いしても、何とか、二人を添い遂げさせたいと、思うようになったのである。十年後に、乙夫が足刈に帰ってくる頃には、自分はこの世の人でなく、尽力してやることもできないと思うから、神さま以外に、頼る当てはない。

婆さんは、無論、乙夫を愛してる。また、明日子に対しても、出火の日以来、好感を持たないでいられなかった。二人は、ほんとに、似合いの夫婦である。そして、玉屋の雇い人と、若松屋の長女との結婚は、両店分裂以来、夢想もできなかった、平和の緒となるのではあるまいか。二人が結婚したら、二つの旅館のカンバンが無意味になり、恐らく、一軒の大旅館が、出現するだろう。——それが一番ではないか。つまらぬケンカをやめて、昔にかえるので、どれだけ商売がしやすくなるか知れない。ご先祖さまだって、それを、お喜びにならぬはずはない。

そういう考えが、生まれてきたのである。つまり、婆さんは、平和主義者になったのである。病気になってから、婆さんはよく新聞雑誌を読むが、どれを見ても、平和、平和という字が列んでいる。ほんとに、その通り。戦争やケンカは、もうマッピラであり、平和こそ、極楽往生のカギであると、思うようになっていた。

そして、婆さんは、秋の山上の空気のように、スガスガしく、澄みきった心境で、病床に横たわっているから、体が衰弱してきても、ニコニコと、平和な笑顔で、人に接することができた。

——小金井夫婦も、ほんとに、よくしてくれる。あたしの生きてる間に、玉屋の跡つぎがきまらなくても、あの人たちに任せて置けば、心配はない……。

今朝も、彼女は、スガスガしい気持で、窓の障子にさす日光を、眺めてると、

「ご新さん、妙な手紙が参りました。外国郵便なんですが、配達証明つきで……」

と、小金井が、航空便のフチどりをした、厚い封書を差し出した。

郵便局で書き入れたらしい、アシカリ温泉、タマヤという鉛筆書き以外に、日本字はなかった。

外国文字とくると、お里婆さんも、小金井も、弱いどころの騒ぎではない。

「何の手紙だろうね」

「配達証明なんて、気味が悪うございます」

「そうだ、幸右衛門さんのところへ持ってって、読んで貰ったら……」

婆さんは、躊躇なくいった。

「へ、若松屋の旦那にですか」

小金井としては、婆さんが平和論者に転向したのを、知らないから、主命が解せなかった。

「かまやしないよ、これくらいのこと、頼んだって……。それに、乙夫が、幸右衛門さんの娘に、英語を教えてやったこともあると、お前さん、いったじゃないか」

「なるほど、貸しがありましたな」

そこで、小金井は、封筒を懐ろにして、幸右衛門を訪れた。

恐る、恐る、来意を告げたところが、幸右衛門は最大のゴキゲン。

なにしろ、その後も、採集を続け、大小七十余個の石器を拾い出したので、現場には、頑丈なサクをめぐらせるやら、県に発掘申請を出すやら、もう、想いは数万年前の無土器時代に走ってる。氏田観光との交渉や、田園調布移転の問題なぞ、まったく、念頭になくなってしまった。やがては、この地に、出土品を集めた考古館を建てたいなぞといいだして、細君は、頭がイカれたのではないかと、心配を始めたところである。

従って、誰に対しても、ニコニコ顔の大満悦であって、小金井の顔を見ると、

「やア、よく来ましたね。さア、どうぞ、お上り……」

と、応接間へ、導き入れた。

「おかみさんの容体は、どうです」

「どうも、ハキハキ致しませんで……。ところで、お忙がしい中を、すみませんが、ちょっとお願いがございまして……」

「何です。遠慮なく、いって下さい」

「実は、かような手紙が、舞い込んだんでございますが、横文字とくると、皆目、明き盲の連中ばかりでして、せめて、乙夫でもおりますれば、ご迷惑をかけずに済んだかも、知れませんが……」

「つまり、外国からきた手紙を、あたしに読めと、おっしゃるんですか。おやすいご用……。拝見しましょう」

幸右衛門は、小金井の差し出す封筒を受け取って表裏の文字を読んだ。

「ほウ、これはドイツ文だ。乙夫君がいても、ちょいと、わからんでしょう……。おや、小金井君、こりゃア、フリッツ兵曹から来た手紙ですぜ」

「へ？　乙夫の父親の……」

「そうですよ。あの男、健在だったとみえるな。しかし、この手紙、よく、着いたもんだね。日本、箱根、玉屋サト夫人——フラウ・サト・タマヤと書いてあるだけだ。タマヤが姓だと、思ったんだろうが、ほんとの苗字を書いたら、かえって、着かなかったかも知れませんね。

やはり、売れた屋号のおかげだ……。封を切っても、よろしいか」

「どうぞ……」

「じゃア、ぼくが読むから、小金井君は、それを筆記しなさい」

と、幸右衛門は、便箋と鉛筆を与えてから、訳読を始めた。

一九六一年九月十五日　ハンブルグにて
親愛なるサト夫人よ。

最初に、私の長い無沙汰を、許して下さい。それは、私があなたや、私の夢にも忘れぬオットオ（乙夫のこと）を、忘却したからではありません。私が帰国してから、三通も続けて出した手紙に、御返事がなく、それから、翌年に書いた手紙も、到着すら気づかわれる結果に終ったからです。そして、その後、私は、あまりにも、多忙でした。私は、もともと、予備兵だったので、帰国後は軍籍を脱し製粉の工場を始め、それが意外の成功をもたらし、今では、ハンブルグでも人に知られた産業人となりました。

勿論、その間も、私はオットオを、忘れたのではありません。ただ、オットオのことを、口にする機会がなかったのです。

夫人よ。

あなたは、私がアシカリを去る時に、お約束した言葉を、覚えていて下さるでしょう。私は、もし妻が死んだら、すぐ、オットオを迎えにくると申しました。妻には、オットオのことを話しましたが、私の予想通り、ヒットラー心酔者の彼女は、異民族の血のはいった子供を、わが子とすることを、拒絶しました。ところがこの夏、わが妻はついに、病死しました。二人の間に、子供はありませんでした。ただ一人、世界に残された私は、急に、オットオを側に呼びたい衝動を、おさえることができません。

夫人よ、私は、電報一つで、すぐにも、オットオを迎えに、日本へ飛んで参ります。しかし、私はこの十数年来、私が父親の義務を怠ってることに、気がつきました。私は、オットオを育ててくれたあなたの許諾なしに、彼を手許に引き取ることはできないと思って、まず、この手紙を書きました。

夫人よ。

どうか、私の切なる、そしてわがままな願いを、お聞き届け下さい。私は、彼をハンブルグに連れ帰り、西ドイツの優秀なる大学に入れ、国籍もドイツに移し、祖国再建のために役立つ人物にしたいと思います。

そして、夫人よ。

どうしても、あなたが、私の願いを容れて下さらない場合はやむをえません。オットオは、日本人ですから、日本のために役立つ人物に、立派な教育を受けさせて下さい。その費用は、必ず、私からお送りします。

それから、もし、オットオが日本に残る場合は、私は、彼を私の財産の相続人として、遺書に書き込むつもりです。

親愛なる夫人よ。

できることなら、私をして、不幸だったお留の墓参を遂げ、そして、わが唯一の子供と共に帰国したい夢を、果させて下さい。今度の手紙は、お手許に届くか否かを確認するために、配達証明にしました。

どうぞ、御健康と御多幸を。

あなたの旧友
ハインリッヒ・フリッツ

その手紙を、小金井は、すぐ、お里婆さんのところへ、持って帰った。

「そうかい。フリッツさんからの手紙かい。あたしゃアね、昔のホテル時代のお客さんから、来たのかと、思ってたよ……」

婆さんは、フリッツ兵曹と聞いて、懐かしそうな声になった。

「では、若松屋の旦那に、読んで頂いたのを、そっくり、申しあげます」

小金井は、筆記してきた訳文を、ゆっくりと、読み出した。

婆さんは、微笑を浮かべたり、大きく、うなずいてみたり、涙ぐましい表情になったり、ひどく、熱心に聞いていた。

「あア、もっともだ、もっともだ……。やっぱりわが子のことが忘れられなかったんだね。そういえば、あの男も助平だったけれど、人間は堅かったからね……」

婆さんは、その当時の事を追想して、目を細くした。

「あの時は、ただの下士官で、値打ちはありませんでしたが、今じゃア工場主になって、よほど、金もできたらしいじゃございませんか」

「その金を、乙夫に遺そうというんだよ。乙夫も、運が向いてきたね」

「ところで、ご新さん、どうなさいます」

「何をさ」

「フリッツさんは、二つ条件を出しています。乙夫を、迎えにきて、ドイツへ連れ帰るか、それとも、日本に置いて、遺産相続人にするか――ご新さんのお心一つということで……」

「そのことかい。そりゃア、きまってるよ」

「将来の玉屋のことを考えても、乙夫は、ちょっと、手放されませんな」

「いいえ、寅さん、乙夫を、帰してやるんだよ」

「へ？　そりゃア、困ります。手前、せっかく、あれまでに仕込んで、十年後には、支配人の跡つぎと、思っていますのに……」

「寅さん、未練なことを、いうもんじゃないよ。お前さんの気持は、うれしいけれど、玉屋は、もう、来るところまで、来ちゃったんだよ。そりゃア、あたしだって、十年先きに、乙夫が、どんな働きを見せてくるか、愉しみにしないでもなかったけれど、こんな手紙がくるのを見ると、所詮、玉屋は、運が尽きてるお告げだよ……」

「そんなことはございません。生みの親より育ての親で、乙夫は、ご新さんの子供のようなもんです。ご新さんが、乙夫を渡さないと、一言、おっしゃれば……」

「でもね、寅さん、乙夫は、ドイツへ帰れば、幸せになるんだよ。大学に入れて貰って、やがては、フリッツさんの工場の社長になって……。倒れかかった玉屋の屋台の下敷きにさせちゃア、あんまり可哀そうだ……」

「でも、日本にいたって、乙夫は、財産相続人になれるんですから……」

小金井は、何としても、乙夫を手放す気になれなかった。

「寅さん、親の気持ってものを——フリッツさんの気持を、汲んでやらなけりゃア……」

そこへ、女中がはいってきて、

「常春苑の塚田さんが、お見えになりました……」

「では、手前、あちらで……」

と、小金井が立ちかけるのを、お里婆さんは、

「かまわないよ。ここで、お会いなさい。きっと、お金を持って見えたんだろう」

氏田観光の融資の第一回分が、渡されるのは、今日であることを、彼女も、知っていた。その金を、手金として、建築会社へ渡し、玉屋の旧館新築工事が、始められる予定になっていた。

小金井が立って、塚田支配人を、案内してきた。

「やア、その後、ご無沙汰を……。ご気分、いかがですか。社長も、気にかけていましてね……」

塚田は、小肥りの体を、行儀よく、正座した。

「失礼なところへ、お通し申しあげまして、ごかんべん下さいましよ。ご覧のとおりの有様で、婆アも、もう長いことはないと、北条さんに、お伝え願いますよ」

それでも、お里婆さんは、寝床から半分身を起して、頭を下げた。

「何をおっしゃるんです。お顔色だって、一向、悪いことはない……」

「お世辞をおっしゃっても、ダメですよ。ところで、乙夫は、どんな具合に、働いておりますか。山ん中から、東京へ出て、山猿同然の子供が、お役に立つとも、思われませんが……」

「昨日、ちょうど、本社へ行って、乙夫君が、元気に働いてるところを、見てきましたよ。社長も、口には出しませんが、乙夫君を見込んでると見えて、近く、秘書課に入れるといっていました。自分の手許で、直接、仕込もうというんでしょう。そうすると、プロムナード道路班と兼任で、手当も、ふえるんじゃないですか」

「それは、それは……。でも、まだ子供ですから、あまり、可愛がって頂くと、つけ上る心配もございます」

「いや、なかなか、シッカリしてますからね……。ところで、今日は、お約束のものを、持参してきました。金額をお改めの上、受領書に、ちょっとご判を……」

塚田は、内ポケットから、会社の封筒に入れた小切手を、とり出した。

「どうも、恐れ入ります。おかげで、早速、新築工事にとりかかれます。ご新さん、手前が代りまして、拝見さして頂きます」

　小金井は、封筒から、小切手を抜き出し、金額を確かめると、帳場へ、印鑑をとりに、立ちかかった。

「寅さん、ちょっと、お待ち……」

　婆さんが、声をかけた。そして、寝床から、身を起して、塚田の方へ、向き直ると、

「こんなことを申しちゃ、ご親切を無にするようで、何とも申し訳がないんですが、そのお金は、頂かないことに致しました」

「何をおっしゃるんです」

　塚田も、小金井も、同じ叫びを発した。

「実は、今しがた、思わぬところから、手紙がきまして、それで、ツクヅク思い当りました。玉屋は、もう、見込みございません。ノレンを降せというお告げなんです。新築なんかやっても、ムダでございます。北条さんのご親切は、ありがとうございますが、この上、人さまにご迷惑は、かけたくございませんので……」

　塚田が、帰ってから後、小金井は、生まれて初めて、主人と口論をした。

　せっかく、氏田観光から金がきて、復興の第一歩を踏み出そうとする機会を、お里婆さんが、蹴飛ばしてしまったからである。

　しかし、婆さんは、断乎と、譲らなかった。フリッツ兵曹の手紙が、よほど、彼女に衝撃

を与えたらしいのである。折りも折り、氏田観光から金がくる日に、希望の的の乙夫を返してくれと、父親からいってきたのは、玉屋の店運尽きた証拠である。それでなくても婆さんは、出火以来、その暗示に悩まされていたので、今は、まったく、刀折れ、矢尽きた心境となってしまった。

「あたしゃア、もう、何にもいらないよ。玉屋もいらない、乙夫もいらない。早く、乙夫を、フリッツさんに、返してあげとくれ。子供は、親のものなんだから……」

と、フトンの上で、シクシク泣き出した。

平常なら、小金井は平身低頭、詫びをいうところだが、今日は、彼も昂奮してるので、そのまま、お部屋を飛び出した。

そして、帳場のイスに腰かけてしばらく、腕組みをしていたが、どうしても、主人の考えには、同意しかねた。

――ご新さんは、お気の毒にモウロクなすったんだ。せっかく話がここまできたものを、あんな仕打ちって、あるもんじゃない。よし、今度ばかりは、ご新さんに背いても、お店のために、支配人の役目を果すぞ。

彼は、すぐ、上京の準備を始めた。

氏田観光の本社へ行って、乙夫のとりなしで、北条に、援助の継続を依頼するためであった。

――しかし、フリッツさんの手紙のことは、乙夫に知らさねえ方がいいな。あいつだって、実の父親は恋しいだろうし、それに、ドイツの大学へ入れてくれると聞けば、日本に、いる気はなくなるよ。あいつ、学問が好きなんだから……。でも、あいつに行かれちゃ、大変だ。十年後の玉屋の支配人が、いなくなるし、それよりも、今日にも必要な、旧館の新築資金を、氏田観光が貸してくれなくなるじゃねえか。

そうは思っても、小金井は迷った。彼も、わが子のように愛してる乙夫に、この最大の吉報を伝えてやらないのは、心に忍びなかった。そして、乙夫宛の手紙でないにしても、その手紙に一番重大な関係のあるのは、彼なのである。

結局、小金井は、乙夫に見せる決心もつかないままに、手紙と訳文とを、内ポケットにしまって、山を降った。

九月の終りというのに、また夏がきたような日だった。バスが湯本に着くと、暑気が加わってきた。小田原は、もっと、暑かった。そして、新橋駅で降りると、東京の残暑は、頭がクラクラするほどだった。

——これじゃア、東京の奴等が足刈へきたがるわけだよ。

それだけに、玉屋の商売を、やめてはならなかった。焼けた旧館を新築すれば、来年の夏は、シコタマ稼げるのだ。

小金井は、氏田観光の受付で、来意を通じた。

「支配人、どうしたんですか」

やがて、奥から現われた青年紳士——暑いのに、キチンと、紺色のネクタイを結び、グレーのセビロが、ピッタリと、体に合った乙夫だった。

「おッ、お前、ひどく立派になりあがって……。それでもその服、ブラ下りか」

「ちょうど、体に合ったのがありましてね。さア、どうぞ、応接室の方へ……」

と、先きに立って案内する乙夫のテキパキした態度は、十年も、東京の会社で勤めている男のようだった。

「わざわざ、足刈から出ていらっしたのは、何か、急用と思いますが、どうぞ、十五分以内に、話の済むようにして頂けませんか。ぼくも、ここの社員となった以上、勤務中の時間は、大切にしなければなりません。十五分間だけ、係長から許可を貰ってきましたから……」

と、水くさいような、感心なようなことをいった。

「わかったよ。じゃア、肝心のことから、話すが……」

と、小金井は、今日のイキサツと、北条へのとりなしの依頼を、かいつまんで話した。

すると、乙夫は、即座に、

「そりゃア、おかみさんが、どうかしてます。何のために、ぼくがこの会社へはいったか、意味がなくなりますよ。おかみさんだって、そのうち、気がお変りになりましょうから、既定方針でおやり下さい。社長には、必ず、了解を得てみせますから」

これで、話は済んでしまった。五分間も、かからなかった。後に、十分残ってると思うと、小金井も、そのまま、帰る気がしなかった。

「ねえ、乙夫、これは、たとえ話だが、もし、お前のドイツのお父つぁんが、まだ生きていて、立派に成功していて、おかみさんのところへ、手紙をよこしたとしてだな……」

「そんなこと、あるもんですか」

「いや、あったとしてだな。その手紙に、お前をドイツに呼んで、大学にいれて勉強させて、やがては、自分の事業の後継者としたいと、いってきたとしたら、お前、何と返事する気だね」

小金井は、何気ない顔で、そこまでいったが、実のところ、呼吸をとめて、全身を耳にしていた。

「ドイツの大学ですか。いいですね。それに、ぼくも、オヤジの顔は、ほんのウロ覚えですから、ハッキリと、たしかめたい気もしますね」

「じゃア、やっぱり、お前は……」

小金井の声は悲しかった。

「ええ、もし、一年前に、そんな話を聞いたらですよ。一年前というより、今年の、湖水祭りの前に、そんなことを聞いたらと、訂正しますよ。現在は、もう、ぼくの進路は、すっかり決定して、動かすことはできません。大きな理想と希望が、ぼくばかりでなく、もう一人の人をさし招いているのです。ぼくは、まっ直ぐに、進むだけです。十年ここで働いて、足刈へ帰って、それから……。おや、もう、十五分たちましたよ。仮定の話なんか、やめましょう」

と、乙夫が立ち上った時に、小金井が、たまりかねて、内ポケットから、手紙をとりだした。

「たとえ話じゃねえんだ。ほんとに、きたんだ。これを、読んでくれ。だが、どうか、今の言葉を、ホゴにしねえでくれよ。頼む、頼む……」

箱根は箱根

十五分の面会時間が終って、小金井は追い出されるように、氏田観光を出たが、ほんとなら、彼は乙夫を誘って、久振りで、東京の食べもの屋にでも、寄ってみたかったのだ。——旅館とちがって、会社ってところは、不人情にできてやがる。

といって、一人で、飲食店の軒をくぐるほどの勇気もなく、新橋から、また、湘南電車に乗った。

小田原に着いた時は、もう、日が暮れかけていた。午飯を食べそびれたので、腹の虫が、キュウキュウいっていた。足刈までもちそうもない空腹なので、彼は、幸町のなじみのスシ屋へ飛び込んだ。

「アジばかり、握ってくれ。それから、一本つけて……」

このスシ屋は、アジのスシがうまかった。旅館の番頭なんてものはロクな食事を与えられないが、それでも、客膳の料理は見飽きてるので、スシだとか、ウナギが、食慾をそそった。スシのうちでも、安くてウマいアジのスシが、彼の好物だった。

台の前の一番端のイスに、腰かけて、彼は、チビチビ飲み出した、空き腹なので、酒がよく回った。玉屋では、酒を飲むといっても、せいぜい寝酒だから、食事時間に、公然と飲む酒は、うまかった。

——乙夫の奴、すっかり、役者を上げやがったな。少し、ナマイキなくらい、一人前の会社員になりアがった。

彼は、それが、うれしかった。

しかし、何よりも、うれしかったのは、手紙を見てからの彼の態度と、返答だった。彼も、ドイツ語は読めないので、訳文の方を読んだだけだが、父親の住所だけは、手帳に書きとめて、

「わかりました。ぼく自身で、返事を書きます。英語しか書けませんが、オヤジだって、わかるでしょう。わからなければ、英語のできる人に、読んで貰うでしょう」

彼は、落ちついた口調でいった。

「何て、書く気だい」

「わかってるじゃありませんか。ぼくの人生コースは、もう、きまってるんです」

むしろ、怒ってるように、キッパリと、答えた。

「そうか。すると、フリッツさんには、もう、会わないで……」

「いや、オヤジには、一度日本へきて貰いますよ。そして、オヤジにも思い出の深い、足刈の玉屋の復興のために、出資させてもいいと、思いますよ。それから、オヤジに会って貰いたい人もあるし……」

「誰のことだ」

「それは、十年後まで、待って下さい」

「何でも、十年後なんだな」

「そうです。小金井さんも、後十年、ガンばって……。ただ、おかみさんに、後、十年生きて下さいと、いえないのが、残念です。九十九まで、生きて下さいとは……」

そんな会話を最後に、二人は別れたのだが、乙夫が、全然、ドイツへ行く意志のないことを確かめたのが、小金井の最大の喜びだった。その上、氏田観光の再出資も、見込みがついたので、今日の出京は、大成功というべきだった。

そこで、酒もウマく、スシも結構で、満腹して外へ出たのだが、そのまま、足刈へ帰る気がしなかった。何しろ、今朝は、お里婆さんと、生まれて初めての口論をしたのだし、帰れば、すぐ顔を出さなければならないし、どうも、具合が悪かった。なるべくならば、明朝のことにしたかった。

彼は、懇意な、小田原の旅館を、訪れることにした。そこの主人が、酒好きで、小金井を見ると、すぐ、酒の支度を命じた。

彼が、いい気になって、相手をしたので、いつか、夜の更けるのも、知らなかった。終バスにも乗りおくれ、駅前から、タクシーを雇って、足刈に着いた時は、もう、夜半に近かった。

玉屋は、ホールの灯火こそ、輝いていたが、もう、シンとしていた。あまり多くない客の全部が、寝てしまったのだろう。

小金井は、調理場の横から、店へはいろうと、数歩を移すと、暗中に、人影が動いたので、ギョッとした。

その人影は、玉屋前のバス停留所の小屋で、それまで腰かけていたらしく、小金井がタクシーから降りるのを見て、近づいてきたのだった。

——また、浮浪人が、泊めてくれとでもいうのか。

小金井は、前に経験もあることなので、わざと、相手を見ないようにして、裏口の方へ、足を早めた。

「支配人さんじゃねえかね」

その人影が、声を発した。

「誰だい、あんたは?」

小金井は、立ちどまったが、油断なく、相手に、目を注いだ。暗くて、よくわからないが、浮浪人と大差ない、風体の男だった。

「井戸屋だよ。あんたの帰りを、もう、三時間も、待っていたんだ……」

やっと、温泉井戸掘りの親方であることが、わかった。

「そいつは、すまなかった……」

小金井は、ちょいと、気味が悪かった。いつか、この親方に文句をいわれ、うるさく現場を見にくるなと、きめつけられて以来、小金井も意地になって、ボーリング場へは、近づかなかった。そして、後金の払いも、火事の時から、ずっと、おくれているので、それを根にもって、深夜に、彼を脅迫するのではないかと、想像された。

「何か用なら、明日の朝にしてくれないか」

「それまで、待てねえんだ」

「なぜ?」

「出たんだ、三時間前に……」

「何が?」

「手もつけられねえ熱いやつが、ドッと、出たんだ。何と、六十四度だぜ、支配人さん……」

「温泉が、出た?」

小金井は、寝ボケたような、声を出した。

彼は温泉発掘のことを、まったく、忘れていたのである。火事騒ぎから、夏場の混雑、そして、復興資金の調達に気をとられ、温泉どころではなかった。出もしない温泉に、希望をつなぐには、彼は、あまりに、目前の多事に、追われていたのである。

だから、急に、そんなことをいわれたって、目をこすり、耳の穴をほじくりたくなる。

「どこの温泉だ」

「何をいってるんだよ。おれの掘ってる井戸に、きまってるじゃねえか」

「すると、すると……おいッ!」

小金井の目が、すわってきた。

「とうとう、出たよ。九時、ちょっと過ぎに……」

「おい、親方、ほ、ほんとに……」

小金井は、口がきけなくなった。やがて、われを忘れて、親方の体に、カジリついた。

「出たか、出たか」

「出た、出た。しかも、六十四度だぜ」

親方の声も、感動で、揺れていた。

「そんな、高温な……。よくまア、親方……」

小金井の両手が、親方の両腕を、何べんか、締めつけた。

「でも、夢みてるんじゃねえのか、おれは……」

「うたぐり深けえなア、まア、現場を、一目、見ることだ。早く、来なせえ」

親方が先きに立って、歩き出した。

玉屋の背後を回って、裏山の道にかかると、鼻をつまれてもわからぬ、暗さだった。親方が、懐中電灯を、パッとつけた。

「支配人さん、熱いのが出ることは、一週間も前から、わかっていたんだぜ」

「え？　急に、わきだしたんじゃないのか」

「温泉掘りって、そんなもんじゃねえ。地面の中は、棚になってるんだ。熱いのが出る棚を、つきとめたのが、一週間前――でも、その時にア、ほかの棚の水とまじって、ぬるかったんだ。だが、おりゃア、こりゃア確かだと、見当をつけた。それからが、職人の腕の見せどころだよ。シュロ縄だの、粘土だのを使って、冷たい水の棚の出口を、だましだまし、ふさいでいくんだ。すると、自然に、熱いのだけが、ポンプを伝わって、出てくる勘定だろう……。だが、一口にそういうけど、何しろ、目の届かねえ、細い穴の中の仕事だ。今度のわき口だって、八十メーターも、地面の下だ。それを、地面の上から、手探りでやるんだ。こりゃア、長年のカンと、腕がなくちゃア……」

親方も、成功に酔ってるとみえて、歩きながら、しきりに、自慢話を始めたが、小金井は、半分も聞いていなかった。早く、現場へ着いて、事実を確かめたかった。

夜露にぬれた草が、足にからまった。秋の虫の声が、うるさいほどだった。

「支配人さん、あれを、見なせえ」

ボーリング小屋が近くなると、余水を吐き出す溝が流れていた。親方の照らした懐中電灯が、モウモウと、溝からわき上る、白い水蒸気を映し出した。

小金井は、その夜、一睡もしなかった――

何しろ、ボーリング小屋へ着くと、二人の下職人の姿も、ハッキリと見えぬほど、一ぱいの湯気で、硫化物のにおいが、ツンと鼻をついた。もう、何の疑いも、残らなかった。

「湧いた、湧いた、ほんとに、湧いた！」

彼は、小屋の中で、踊り回った。

ワシの湯と、カリの湯の外には、どこを掘ったって、絶対に、湯は出ないといわれた、足刈なのである。古来、何人が、何度、掘っても、掘っても、出るものは、水ばかりだった、足刈なのである。そして、全山が温泉枯渇の状態である箱根で、この足刈に、新しい泉源を、掘り当てたとは——

一個のハダカ電球だけが輝く小屋の中で、白い湯気と歓喜が、渦を巻いた。喜びは、小金井だけではなかった。親方も、弟子たちも、有頂天なのである。自分の所有物になる温泉でもないのに、古風な職人気質の親方は、請負った仕事の成功に、平常の仏頂面を、忘れてしまった。

「支配人さん、前のように、あんたが、うるさく催促にきたら、こんなに早く、掘り当てられなかったね。わしに、任せっきりにされてから、こっちも、必死になったんだ。掘り当てねえうちは、山を降りねえ覚悟になっちまったからね」

「すまん、すまん。ほんとに、よくやってくれた……」

小金井は、ポンプの吸い上げる湯が、コンコンと、溝に流れていくのを、目を細くして眺めた。その湯が、手もつけられない熱さであることは、すでに実験して、知っていたが、分量のことが、気になった。

「親方、一分間に、どのくらい湧いてるね」

「八斗だよ。もう少しで、一石だ。すげえもんだろう」

「え、一石近く……」

小金井は、とうとう、泣き出してしまった。そもそも、新温泉発掘を思いついたのは、彼であって、発掘費に金をかけ過ぎて、玉屋のノレンを、傾けさせたのだ。これだけ熱い湯が、これだけ多量に出てくれれば、もう、シメたものである。おかみさんに、申し訳の立つどころではない。旧館復興どころではない。大新館と大浴場を立てて、大躍進のチャンスを、握ったのである。

「この温泉なら、ゆで卵ぐらいできるぜ」

と、親方にいわれて、彼は、すぐ、玉屋の調理場へとって返し、生卵と三本の一升ビンを抱えてきて、酒宴を始めることになった。卵は、半熟にしかならなかったが、ビンごとおカンをした酒は、上々の味で、親方たちを、相手に、終夜、飲み明したのである。

箱根、足刈山ア
　宝の山よウ

そんな唄までうたって、小屋の中で、酔いつぶれてしまったが、ふと、気がつくと、もう夜明けだった。

昨夜のことが、夢でないのを確かめると、小金井は、ハッと、弁天さまのことを、思い出した。

——あの願かけが、効いたんだ。さもなければ、こんなことって、あるもんじゃねえ。すぐ、お礼まいりに、いかなくちゃア……。

六字ケ池の弁天堂で、小金井が、敷石に額をこすりつけ、どんなお礼の言葉で、盛大なお開帳の実行を誓ったかは、書くまでもないであろう。

それから、彼は、玉屋へ帰った。帰ったといっても、まだ、飯たき婆さんも、起きてない時刻で、裏口から、ソッと忍び入ったのだが、この大吉報を、だれよりも、主人に知らしたいと思っても病人の睡眠を妨げるのは、遠慮された。

彼は、足音を忍ばせて、調理場の外の廊下を歩いたが、本職のドロボウではないから、ミシ、ミシという音までは、避けられなかった。

「だれだい」

突然、カンの強い声が、お部屋の中から、飛んできた。老人の常で、お里婆さんは、早暁から目をさましていたらしい。しかし、八十九とは思えない、ハリのある、シッカリした声だった。もし、ほんとのドロボウだったら、撃退する自信でも、あるかのように——

「はい、すみません。手前でございます、寅吉で……」

小金井は、ひどく、恐縮して、答えた。

「あア、寅さんかい。そんなら、いいよ……」

婆さんの声は、急に、弱くなった。

「まだ、早ようございます。ごゆっくり、おやすみになって……。後刻、お耳に入れたいこともございますので、参上いたしますから……」

小金井は、フスマの外で、そう声をかけて、立ち去ろうとすると、

「寅さん、あたしは、もう、目がさめちゃって、眠られないよ。それに、ちょっと、寅さんにいいたいことがある。かまわないから、お入り……」

そういわれて、小金井も、吉報を早く知らせる機会を、喜びながら、フスマをあけると、

お里婆さんは、スタンドに灯をつけて、新聞でも読んでいたらしく、老眼鏡をかけたまま、横になっていた。

「こんなに早くから、申し訳ありません」

「なに、いいんだよ……。昨日は、乙夫に会いに、東京へいったんだったね。どんな、様子だったい？」

「はい。あいつ、見ちがえるように、もう、一端しの月給取りに、なってまして……」

「そうかい。それは、よかった。若松屋の娘のことを、何とか、いってなかったかい」

「いいえ、べつだん……」

「じゃア、きっと、じかに、手紙のやりとりでもしてるんだろう……。いえ、何でもないいんだよ。ところで、寅さんに、ちょっと、いいたいことがあるんだよ」

「へえ、何でございます」

「お前さんだって、まだ、六十ソコソコだから、たまに、気晴らしがしたくなるのは、わかってるが、朝帰りは、いけませんよ。そんなことが知れちゃア、おかみさんに、マズいよ。あの人は、ほんとに、あたしの看病をよくしてくれるんだからね。遊ぶなら、もっと上手に……」

「ご新さん……」

たまりかねて、小金井が、カマ首をもちあげた。

「それどころじゃございません。ゆうべは、手前、一睡もいたしませんで、ボーリング小屋で、温泉の湧くのを……」

「なに、温泉だって?」

「はい、ご新さん、喜んで下さい。とうとう、熱い湯を掘り当てましたんで……」

トンチンカンな話が、やっと軌道に乗ったが、お里婆さんは、自分の誤解を、詫びるどころか、シワだらけの瞼を、大きく、見開いて、小金井をにらんだ。

「寅さん、なにをいってるんだい!」

彼女は、いつか、寝床の上へ、起きあがっていた。

「へえ、裏山で掘ってる温泉が、やっと出たと、申しましたんで……」

「お前さん、少し寝ぼけてるんじゃないのかい」

「いいえ、ご新さん、お体に障らなかったら、手前、後で、ご新さんをオンブして、現場へお連れします。六十四度の熱い湯が、一分間に一石近くも、モクモクと、湧き出してるところを、一目、お見せしたいもんで……」

「ほ、ほんとかい……」

婆さんが、うしろに、のけぞりそうになったので、小金井が、あわてて、体を支えた。

「だって、寅さん、この足刈に、新しい温泉が、出るなんて……」

「それが、出たんでございます。ワシの湯も、カリの湯も、側へも寄れないような、熱い、豊富な湯が……」

婆さんは、ものもいわず、立ち上った。もう、三カ月間も寝ていた病人にしては、足もと

さまに、願をかけたんだから……」

「お薬師さまへ、お礼を申しあげなけりゃア——あたしは、ムリとは思ったけれど、お薬師さまに、願をかけたんだから……」

「いいえ、手前が、弁天さまに、お頼みしたからで……」

さて、どっちの霊験であろうか。

婆さんは、次ぎの間の神棚を、長いこと拝んで、帰ってくると、なんという不思議であるか、顔つきも、腰つきも、すっかり若やいでしまった。

「寅さん、氏田観光の金なんかに、未練を残すんじゃないよ」

「いいえ、実は、また話をつけまして、今日あたり、受けとることになっていますんで……」

「断っておしまい。それだけの温泉が湧いたからにゃア、銀行だって、信用組合だって、いくらでも、お金を回してくれる。〝氏田〟なんかに借りると、後がこわい……」

「はい、なるほど……」

「それから、乙夫も呼びかえしておくれ。金を借りなきゃ、乙夫は、こっちの人間だ」

「でも、乙夫は、ドイツから父親が呼びにきても、十年は、いまの勤めで、ガンばるんだと、申してます」

「へえ、バカな子だね。では、寅さん、あたしも、後十年、ガンばろうよ」

「へッ、ご新さん」

「玉屋の運が向いてきたんだ。やっと、向いてきたんだ。もう、若松屋に敗けるもんか。ここで、あたしは、勇気を出さなきゃア……。十年たったって、九十九じゃないか。それくらい生きられなくて、どうする……。さ、寅さん、今日は、お祝いだよ。温泉の出た祝いと、あたしの床揚げと、両方だ。もう、今日から、寝てなんかいないよ。お赤飯をたいとくれ。それから、板前や男衆には、好きなだけ、酒を飲ませて……」


精神力の奇蹟というのか、お里婆さんは、その日、ほんとに床揚げをして、お祝いの赤飯を、二はいも食べた。そして、翌日から、一時の平和主義なんか、ケロリと忘れて、お部屋の中から、対抗と競争の采配を振る、強気な女将に返った。

狭い足刈のことであるから、玉屋の新温泉湧出と、お里婆さんの全快の報は、無論、幸右衛門夫婦の耳に、達していた。

「あなた、玉屋の新しい湯口は、評判倒れじゃなさそうですよ。六十四度の湯が、ドブに溢れて、蛙がヤケドして、死んでるそうですよ」

細君はイマイマしそうに、良人に話しかけた。

「フン、温泉ぐらい、掘り当てたって、別に、さわぐことはないよ。こっちの前縄文石器発見に比べたら、問題にならない小事件だ」

幸右衛門は、わざと、平静を装った。

「そうかも知れないけど、玉屋は、豊富な泉源を見つけたので、大浴場の計画をたててるそうよ。それから、旧館の新築ばかりでなく、大浴場の上に、とても広い建て増しをするらしいわよ」

「そんなことは、文化的、学問的、国家的に見て、何の価値もない……」

「でも、あなたは、今度の石器発見で、また、足刈に腰を落ちつける気に、なったんでしょう」

「そうだ。朝日ケ丘考古館を、建てるまでは、滅多に、ここを動けんよ」

「そうだとすると、指をくわえて、玉屋の発展を見ても、いられないわね」

「いや、指をくわえる必要はない。玉屋の新温泉発掘で、こっちの湯の湧出量や温度に影響があれば、温泉法によって、すぐ、抗議を申し込むよ。番頭に、毎日、計らせているんだ。もっとも、今のところ、影響はないんだが……」

「あれは、まったく、別の泉脈らしいわ。温度がちがうし、成分も、ちょっと、別らしいの」

「そうか。何にしても、足刈で新しい泉脈を、掘り当てるなんて、運のいい奴にはちがいない……」

「あなた、黙ってるつもり？」

「文句をつける権利も、ないじゃないか。それに、こっちには、学問的大発見があるんだ。温泉以上の……」

「でも、学問と商売と、一緒になさらないでね。若松屋を続けていくからには、玉屋に追い越されて、黙っちゃいられませんわよ」

「それは、そうだ。おれだって、六代目若松屋幸右衛門の自覚を失ったわけじゃない……」

「どう、あなた。うちでも、温泉、掘りましょうよ」

「そうだな。玉屋がやったら、うちでもやらんわけにいかんだろう。出るか出ないか、別として……」

「いいえ、きっと、出ますよ。玉屋が出て、うちが出ない法はありませんわ。もっといい湯が、出るかも知れませんよ。出たら、玉屋の増築の倍かけて、新館をつくるんですね」

「また、競争か。すべて、昔にもどることになるが、足刈に住む以上、仕方のないことだ。よろしい。こっちも、近日、ボーリングを、始めよう」

「始めましょう。さア、これで、出直しだわよ。玉屋のお婆さんが、十年若返ったんなら、こっちは、二十年……」

〔付録〕

『箱根山』を降りて

今年の夏は、暑かった。箱根も暑かったし、北海道へちょっと行ったが、そこまで暑かった。『箱根山』も暑い盛りに、ボンヤリした頭で書いた箇所は、証拠歴然《しょうこれきぜん》である。今年の西暦を一九五六年なんて、書いてしまった。それを、係りの人も、読者の大部分も、気がつかない。だれも、暑くて、頭がボンヤリしてたのだろう。年少元気らしい一人の読者が注意してくれなければ、知らずに過ごすところだった。

しかし、『箱根山』は、もともと、夏の出生だから、仕方がない。この数年来、夏になると、箱根の芦ノ湯へ行くのを、例としていたが、毎年のことだから、土地の事情に通じてきて、単に芦ノ湯ばかりでなく、箱根全山のうわさばなしが耳にはいる。これが、なかなか面白い。ある日、旅館の一室で、アンマをとりながら、このケンカばかりしてる山のことを、書いてみようかという気になった。『箱根山』という題が、すぐ浮かび、外の題では、気が進まなかった。

とはいっても、観光資本や、旅館同士のケンカ話だけだったら、私は、この小説を書く気になったかどうか。私には、箱根の過去が、魅力だった。過去といっても、若松屋幸右衛門が研究するような、遠い太古は別として、箱根修験道《しゆげんどう》が発達してからの歴史に、心をひかれた。箱根が行楽の山として聞えたのは、ごく近世であって、それまでは信仰の山だったから、箱根権現《ごんげん》の勢力は大変なもので、自《みずか》ら三千の僧兵を養ったばかりでなく、常に、時の政権、武権と結んだ。従って日本歴史の重要事件が、この山上へ響いてきた。箱根の山は天下の嶮だが、山上は決して未開地ではなかった。

箱根権現の歴史を書くだけでも、面白いものができると思うが、明治維新の廃仏棄釈《はいぶつきしやく》で、権現がムリヤリに神社にさせられ、最後の権現別当、箱根太郎という人は、坊主なのに、ムリに神主にさせられて、悶々《もんもん》として死んだ。最近、その孫か何かにあたる人が、国家に没収された箱根太郎の所有の寺領返還を、求めてるそうである。話の結びも、チャンとできてる。

箱根の関所の話だって、なかなか面白い。あんなムリなものをこしらえたのだから、いろいろ、おかしな話が残っているのは、当然である。そんな話も、小説中に織り込みたかったが、うまい箇所が見つからなかった。

芦ノ湯にあった東光庵のことも、割愛を余儀なくされたが、これは、幕末のころに、われわれの先代同業者が、集まった場所らしい。関所より手前だから、江戸の文筆業者も、気軽に、足を運べたのだろう。当時の文春クラブといったもので、温泉にはいってから、酒でも飲んで、ノンキに詩作句作にふけったらしい。当時の文筆業者も、P・R癖《へき》があったのか、土地の有志に悪ヂエをつけて、現存の曾我《そが》兄弟の墓というものをデッチあげた。もとからあった五輪塔を、曾我兄弟と虎御前の墓に仕立ててしまったのは、当時、江戸で曾我の狂言がハヤっていたからで、土地発展のために、蜀山人《しょくさんじん》あたりが、「史実なんかは、どうでもようがしょう」とか、何とかいったのだろう。ずいぶん、人をバカにしてるが、この文士気質、果して絶滅したりや否や。

とにかく、箱根には、実に豊富な過去があり、それが、この土地の奥行きになってる。明治になってから外人の来遊も、一つの新層を加えた。

私は、そういう箱根の厚みに、魅力を感じ、現代小説のバックに、それを用いたかった。それが「箱根山」だと思った。ところが、いたずらに、ケンカ話の方に気をとられ、そっちの方に手が回らなかったのは残念である。

しかし、ケンカが箱根の名産と思って、長々と、筆をついやしたわけではない。地球上、至るところで、このごろは、つまらぬケンカばかりやってるではないか。日本の政界だけをとりあげても、箱根山の人々を笑う資格のある者は、一人もない。

〈昭和三十六年十月十二日『朝日新聞』〉

（『獅子文六全集』第十五巻「随筆　町ッ子」より　朝日新聞社　一九六八年）

〔付録〕
箱根山のケンカ

箱根山の堤《つつみ》と五島《ごとう》のケンカは、実に滑稽《こっけい》だった。私は『箱根山』という小説を書く時に、それを調べたのだが、あのケンカがなかったなら、あんな小説を書かなかったかも知れないほど、面白かったのである。箱根の山の上では、源平に分れた両軍が、一兵の末までも、歯をむき出してイガミ合い、常識では考えられぬ争いを、演じていた。ことに堤軍は、古風な兵隊が多く、その忠誠振りも、現代放れがしていた。あのケンカだけ書けば、あの小説ももっと面白くなったのだが、飛ばっちりを受けて、危険、作者の身に及ぶ惧《おそ》れがあったので、背景として使うにとどめた。それほど、すごいケンカだったのである。だから、実に滑稽だったのである。

小説を書き終えて、私は五島昇、堤清二の両君と会食の機会があったが、その席上でも、両君の呼吸《いき》使いは、ちょっとヘンだった。

ところが、そのうちに、箱根山の方で、ケンカが下火になった噂が流れてきて、私が首をひねってると、突如、最近の渋谷の手打ちが発表された。私はビックリしたが、世間も驚いたと見えて、今月は三つの大雑誌が、この問題をとり上げてる。

それを読むと、両者が旧怨《きゆうえん》を捨てて、握手したというわけでもないらしい。ナグリ合いだけはやめて、フェア・プレーで、お互いに儲《もう》けましょうという申し合わせをやっただけのことらしい。

世間では、それを清新なニュースと聞いたらしいが、私には面白くも何ともない。そんな手打ちなら、昔のバクチ打ちもやってるし、第一、一向に滑稽でない。両軍の若大将は、オヤジよりスケールは小さくても、常識は豊かで、現代事業家の典型らしいが、それだけ滑稽から遠い人物だろう。箱根山のケンカも、これでユーモア小説の圏外へ去った。


（『獅子文六全集』第十五巻「愚者の楽園」より　朝日新聞社　一九六八年）

解説

大森洋平

獅子文六の小説『箱根山』は世界的な温泉観光地箱根の開発を巡る様々な人間模様を描いたものです。その主題は、登場人物の一人北条一角の「箱根というところはケンカばかりしとるじゃないか。箱根の山は天下の嶮じゃなくてケンカのケンだぜ」という言葉に尽きます。冒頭の運輸省における、ライバル鉄道資本の本社と子会社・系列会社の巴戦《ともえせん》に始まり、二つの老舗旅館、江戸時代から尾を引く元箱根と箱根町、道路建設のルート、郷土史家の学説、ありとあらゆる場で犬猿の仲の対立があり、果ては箱根を開拓した古代の謎の民族にまで遡ります。

しかしこれから本書を読む方々、心配は全く御無用です。それぞれの対立の説明「どうしてこんなことになってしまったのか」が、どれも実に面白いのです。まともに聞けば全くこんがらかって訳の分からない話が、ひとたび獅子文六の筆にかかると整然と、ストンと腑に落ちます。この小説の醍醐味は実に「説明の快感を味わう」にある、と言えるでしょう。「ケンカの山」箱根全体が、完膚なきまでに説明しつくされます。

一見飄々と進んでいく文章ですが、その裏にどれほど綿密な取材が重ねられたかは、中盤以降重きを成してくる「温泉鑿井法」のくだりからも察することができますし、鉄道会社とその大物経営者たちも一読「ああ、この社はあれ、あの社はこれだな、これは美術館に名を遺すあの人がモデルか」等と戯画化の巧妙さを楽しめます。

とりわけ驚いたのは、主要登場人物「十七歳の神童」勝又乙夫出生の背景に「仮装巡洋艦」が出てきたことでした。

仮装巡洋艦とは、商船を改造して武装させた軍艦です。見かけは無害な民間船ですが、洋上で敵国の輸送船に近づくとにわかに本性を現して、隠していた大砲を突き出し、拿捕《だほ》して積み荷を分捕り、後は撃沈するか、味方の港に回航させるという、昔の海賊船が近代海軍に甦ったような代物でした。

昭和十七年秋、ドイツ海軍の仮装巡洋艦「トール」が太平洋での作戦後横浜に寄港中、僚船の爆発に巻き込まれて多数の死傷者を出しました。その生存将兵を静養と機密保護のため箱根の温泉旅館に滞在させていた、というのは史実です。この顚末は、石川美邦『横浜港ドイツ軍艦燃ゆ』、新井恵美子『帰れなかったドイツ兵』（ともに光人社NF文庫刊）という二つの名著で詳しく知ることができ、また近年横浜市では事故の犠牲者の顕彰、追悼も盛んに行われています。

しかし獅子は、これらの本が世に出るずっと前の昭和三十六年に、戦後も長らく秘密のベールに隠されていたこの事件を小説に取り入れていたのです。戦時中「海軍」「海軍随筆」

等の作品を発表した経歴もあるので、海軍人脈から何か情報を得ていたのかもしれません。風俗小説の大家として一世を風靡した獅子の、着眼点と取材力には脱帽のほかありません。

こうした筆の冴えが最も結実したのは北条一角と大原泰山の二大キャラクターでしょう。大資本をしり目に独立独歩の「箱根モンロー主義」を貫く北条はなんだか北条早雲みたいだし、「保民党」の長老大原は古き良き政党政治家の風貌で、どちらも不思議な魅力がありま す。彼らの言葉「大衆がいつまでもすし詰め式で満足していると思ったら大間違いだぜ」「車の道路ばかりで、なぜ林間の逍遥ちゅうことを考えんのじゃ」は、高度成長時代に入った当時の日本に対する重大な指摘です。

そしてこの二人が一致する「人が悠々と歩く、箱根プロムナード道路」構想、北条がぶち上げる「超デラックスバスによる東海道ツアー」案には啞然とさせられます。何せ本書が出たのは、東京オリンピック以前。高速道路も新幹線も、東海自然歩道も出来てはおらず、環境保護・景観保全の概念さえ確立していません。ましてや「ファーストクラスバスでのプレミアムクルーズ」などはつい最近登場したことです。丹念な取材結果を達意の文章でつづって行けば、これほど大胆な未来予想ができるものなのか。文六まこと恐るべし。

ところでなぜ私がこの小説にやたら感心するかと申しますと、それは放送局に勤務してドラマやドキュメンタリーの時代考証を仕事にしているからです。

「時代考証」と聞けば大抵の人は「ああ、時代劇を作るためのもんだね」と反応しますが大間違い。今や時代考証の対象は明治大正戦前戦中どころか、戦後期にまでに及んでいます。江戸時代なら山ほど参考書はありますが、昭和三十年代の資料は極めて少なく、その一方で当時を知る人は多いから、迂闊に番組が作れない、極めて難しい時代です。この時代を知らない制作者が、時代考証の参考として何に頼るべきか。それは当事者の話を聞く、ネット情報を調べる、だけではまったく不十分。私は「その時代を描いた良い小説を読む」が最善の方法だと思っています。これによってその時代を「全体的に、何となく把握する」ことができ、後はその枠組みの中を埋めて行けば、無理無駄がなく異論の少ない時代像を構築できるからです。

「ヴィクトリア朝時代の英国を知りたかったら、難しい歴史書よりもまずディケンズの小説を読みなさい」とは昔から言われていますが、この点獅子文六の小説はうってつけです。先般ちくま文庫にめでたくも収録された『七時間半』を読んでもお分かりいただけるでしょう。昭和三十年代の国鉄事情を知りたかったら、まずこれから読み始める。これは戦前の小市民モダン生活を描き、私どもNHKでドラマ化した『悦ちゃん』にも言えます。活字離れネット頼りでは、実のある時代考証は絶対にできません。

『箱根山』もそうした知識の宝庫です。曰く、運輸大臣さえエアコンのない部屋にいる、「BG諸嬢」が冷やし麦湯を配る、派手なビーチパラソル、若者がビニールバッグを使い始めている、デパートでは紳士用既製服売り場がスペースを占めつつある、「ドドンパ」が流行っている、縁日の露店で何が売られていたか？　読めばすべて自然に頭に入ってきます。

一つ一つを別々に調べていったら果たしてどれだけの手間がかかるでしょう？「モノ・コト」だけではありません。当時の「言葉」も的確に記されています。自分の記憶にもありますが、アルバイトを「渡り者」と言ったり、「ロープウェイ」が覚えられなかったりのお里婆さんのように、江戸明治以来の言葉を話す老人がいる一方で、乙夫と話す大学生たちの「当時なりに乱れた言葉遣い」があり、共に今は消え去ってしまいました。これらを拾っていくだけで、時代の雰囲気を十分に感じることができ、それを基に台詞を作れば「三十年代時代劇」の完成度はさらに高まるでしょう。時代考証的見地からも獅子文六の作品は今新たに評価されるべきと思います。

さて、本書を読み終えたら、それを手に箱根を周遊してみるのも一興でしょう。箱根山の対立から新しい未来を導くかもしれない乙夫と明日子は「十年後の再会」を約束しましたが、現実にはその十年後に空前の旅行ブーム「ディスカバー・ジャパン」が起こりました。その大波は彼らの夢見た未来にどんな結果をもたらしたのか、確かめてみては？

箱根湯本駅からバスで四十分ほどの「芦の湯温泉」には、仮装巡洋艦の独海軍将兵が実際に滞在した旅館も、彼らが地元のために造った防火用水池もあります。乙夫の父、フリッツ兵曹のモデルと思しき機関兵曹（終戦後不慮の事故で落命）のお墓も、静かな森の中に今も建っています。

（おおもり・ようへい　ＮＨＫドラマ番組部　シニア・ディレクター〈時代考証担当〉）

・本書『箱根山』は一九六一年三月十七日から十月七日まで「朝日新聞」に連載され、一九六二年一月に新潮社より刊行されました。
・文庫化にあたり『獅子文六全集』第九巻（朝日新聞社一九六八年）を底本としました。
・本書のなかには、今日の人権感覚に照らして差別的ととられかねない箇所がありますが、作者が差別の助長を意図したのではなく、故人であること、執筆当時の時代背景を考え、該当箇所の削除や書き換えは行わず、原文のままとしました。

ちくま文庫

箱根《はこね》山《やま》

二〇一七年九月十日　第一刷発行

著　者　獅子文六（しし・ぶんろく）
発行者　山野浩一
発行所　株式会社　筑摩書房
東京都台東区蔵前二―五―三　〒一一一―八七五五
振替〇〇一六〇―八―四一二三
装幀者　安野光雅
印刷所　中央精版印刷株式会社
製本所　中央精版印刷株式会社

乱丁・落丁本の場合は、左記宛にご送付下さい。
送料小社負担でお取り替えいたします。
ご注文・お問い合わせも左記へお願いします。
筑摩書房サービスセンター
埼玉県さいたま市北区櫛引町二―六〇四　〒三三一―八五〇七
電話番号　〇四八―六五一―〇〇五三

ISBN978-4-480-43470-8 C0193